HISTÓRIA DAS IDEIAS PEDAGÓGICAS

SÉRIE
MOACIR
GADOTTI

MOACIR GADOTTI

HISTÓRIA DAS IDEIAS PEDAGÓGICAS

Prefácio de
ANTONIO JOAQUIM SEVERINO

SÉRIE
MOACIR
GADOTTI

São Paulo
2025

© CEAD – Centro de Estudos Ação Direta, 2023

10ª Edição, Global Editora, São Paulo 2025

Jefferson L. Alves – diretor editorial
Judith Nuria Maida – coordenadora da Série Moacir Gadotti
Flávio Samuel – gerente de produção
Jefferson Campos – analista de produção
Bruna Izidora Caetano – assistente editorial
Marina Itano – capa
Equipe Global Editora – produção editorial e gráfica
chen xue bing/Shutterstock – imagem de capa

Dados Internacionais de Catalogação na Publicação (CIP)
(Câmara Brasileira do Livro, SP, Brasil)

Gadotti, Moacir
   História das ideias pedagógicas / Moacir Gadotti ; prefácio
Antonio Joaquim Severino. – 10. ed. – São Paulo : Global Editora,
2025. – (Série Moacir Gadotti)

   ISBN 978-65-5612-725-5

   1. Educação - Brasil - História 2. Educação - História
3. Pedagogia - História I. Severino, Antonio Joaquim. II. Título.
III. Série.

25-254250   CDD-370.981

Índices para catálogo sistemático:
1. Brasil : Ideias pedagógicas : Educação : História   370.981

Aline Graziele Benitez - Bibliotecária - CRB-1/3129

Obra atualizada conforme o
NOVO ACORDO ORTOGRÁFICO DA LÍNGUA PORTUGUESA

Global Editora e Distribuidora Ltda.
Rua Pirapitingui, 111 – Liberdade
CEP 01508-020 – São Paulo – SP
Tel.: (11) 3277-7999
e-mail: global@globaleditora.com.br

- grupoeditorialglobal.com.br
- @globaleditora
- blog.grupoeditorialglobal.com.br
- /globaleditora
- /globaleditora
- @globaleditora
- /globaleditora
- @globaleditora

Direitos reservados.
Colabore com a produção científica e cultural.
Proibida a reprodução total ou parcial desta
obra sem a autorização do editor.

Nº de Catálogo: 4673

HISTÓRIA DAS IDEIAS PEDAGÓGICAS

Os homens fazem sua própria história, mas não a fazem sob circunstâncias de sua escolha e sim sob aquelas com que se defrontam diretamente, legadas e transmitidas pelo passado.

Karl Marx, *O 18 Brumário de Luís Bonaparte*

SUMÁRIO

Apresentação da nova edição   13

Prefácio_Antonio Joaquim Severino   21

Apresentação da oitava edição   25

Por que recorrer às fontes?   25
Como apresentamos o pensamento pedagógico?   26
As tarefas da teoria da educação   27
O que este livro pretende?   29

Capítulo 1_O pensamento pedagógico oriental   31

Lao-Tsé: a primeira filosofia da vida   33
Talmude: a educação hebraica   35

Capítulo 2_O pensamento pedagógico grego   39

Sócrates: a virtude pode ser ensinada, se as ideias são inatas?   42
Platão: a educação contra a alienação na alegoria da caverna   44
Aristóteles: a virtude está no meio-termo   48

Capítulo 3_O pensamento pedagógico romano   55

Cícero: a virtude está na ação   57
Quintiliano: ensinar de acordo com a natureza humana   61

Capítulo 4_O pensamento pedagógico medieval   65

Santo Agostinho: a teoria da iluminação divina   70
São Tomás de Aquino: o método escolástico   72

Capítulo 5_O pensamento pedagógico renascentista   77

Montaigne: a educação humanista   82
Lutero: a educação protestante   87
Os jesuítas: a *ratio studiorum*   90

Capítulo 6_O nascimento do pensamento pedagógico moderno — 95

Comênio: nove princípios para uma educação realista — 99
Locke: tudo se aprende; não há ideias inatas — 105

Capítulo 7_O pensamento pedagógico iluminista — 107

Rousseau: o homem nasce bom, e a sociedade o perverte — 113
Pestalozzi: natureza e função da educação popular — 118
Herbart: a prática da reflexão metódica — 120
A Revolução Francesa: o plano nacional de educação — 123

Capítulo 8_O pensamento pedagógico positivista — 131

Spencer: quais os conhecimentos de maior valor? — 135
Durkheim: a sociologia e os fins da educação — 138
Whitehead: a educação deve ser útil — 141

Capítulo 9_O pensamento pedagógico socialista — 145

Marx: a crítica da educação burguesa — 157
Lênin: a defesa de uma nova escola pública — 160
Makarenko: a pedagogia da vida do trabalho — 163
Gramsci: a organização da escola e da cultura — 167

Capítulo 10_O pensamento pedagógico da Escola Nova — 171

Dewey: aprender fazendo — da Educação Tradicional à Educação Nova — 177
Montessori: métodos ativos e individualização do ensino — 180
Claparède: educação funcional e diferenciada — 182
Piaget: psicopedagogia e educação para a ação — 186

Capítulo 11_O pensamento pedagógico fenomenológico-existencialista — 189

Buber: a pedagogia do diálogo — 193
Korczak: como amar uma criança — 196
Gusdorf: a relação mestre-discípulo — 199
Pantillon: as tarefas da filosofia da educação — 202

Capítulo 12_O pensamento pedagógico antiautoritário   205

Freinet: educação pelo trabalho e pedagogia do bom senso   211
Rogers: a educação centrada no estudante   213
Lobrot: pedagogia institucional e autogestão pedagógica   216

Capítulo 13_O pensamento pedagógico crítico   221

Bourdieu-Passeron: a escola e a reprodução social   228
Baudelot-Establet: a escola dividida   231
Giroux: a teoria da resistência e da pedagogia radical   234

Capítulo 14_O pensamento pedagógico do Terceiro Mundo   237

Primeira parte: o pensamento pedagógico africano   243
Cabral: a educação como cultura   243
Nyerere: educação para a autoconfiança   246
Faundez: a educação de adultos   249

Segunda parte: o pensamento pedagógico latino-americano   253
Francisco Gutiérrez: a pedagogia da comunicação   253
Rosa María Torres: a alfabetização popular   255
Maria Teresa Nidelcoff: a formação do professor-povo   257
Emilia Ferreiro: o construtivismo   261
Juan Carlos Tedesco: a autonomia da escola   264

Capítulo 15_O pensamento pedagógico brasileiro   267

Primeira parte: o pensamento pedagógico brasileiro liberal   277
Fernando de Azevedo: o projeto liberal   277
Lourenço Filho: a reforma da escola   280
Anísio Teixeira: uma nova filosofia da educação   282
Roque Spencer Maciel de Barros: a reforma do sistema   285

Segunda parte: o pensamento pedagógico brasileiro progressista   288
Paschoal Lemme: educação política × instrução   288
Álvaro Vieira Pinto: o caráter antropológico da educação   290
Paulo Freire: a pedagogia do oprimido   294
Rubem Alves: o prazer na escola   297
Maurício Tragtenberg: a educação libertária   303
Dermeval Saviani: a especificidade da prática pedagógica   306

Capítulo 16_Perspectivas atuais   311

Primeira parte: a perspectiva da educação permanente   319

Unesco: aprender a ser   319

Furter: a educação do nosso tempo   322

Schwartz: a educação amanhã   326

Segunda parte: a perspectiva da tecnologia e da desescolarização   331

Skinner: o indivíduo como produto do meio   331

McLuhan: a educação na era da "aldeia global"   336

Illich: a desescolarização da sociedade   341

Terceira parte: a perspectiva da educação voltada para o futuro   345

Suchodolski: o humanismo socialista   345

Snyders: enfim, uma escola não autoritária   350

Epílogo_Aos fazedores do futuro   357

Índice onomástico   377

Apresentação da nova edição

O passado é o tempo dos projetos realizados. Não podemos mudá-lo. Mas, nem por isso ele é imutável. O que se passou está em constante movimento, é sempre reinventado e reinterpretado. Novos dados surgem e podem alterar nossa compreensão do que ficou para trás. O passado é como se fosse um organismo vivo e em evolução: há ainda muitas lições a aprender com ele. Revisitá-lo, para entender nosso futuro, é uma das grandes tarefas do presente, particularmente executada por educadores e educadoras.

Este livro resultou de muitos diálogos com colegas professores e, sobretudo, com meus numerosos alunos e alunas nas aulas do curso de Filosofia e História da Educação na Pontifícia Universidade Católica de São Paulo e de Campinas, na Universidade Estadual de Campinas e na Universidade de São Paulo. A eles e a elas agradeço pelos belos momentos compartilhados de sonhos e utopias.

A apresentação de uma nova edição de um livro tem por finalidade estabelecer um diálogo com leitoras e leitores que desejam conhecer a visão do autor sobre a trajetória do livro. Tratando-se de um livro de história que vai da Antiguidade aos dias atuais, é provável que não haja muito o que acrescentar, a não ser que o autor tenha descoberto algo inteiramente novo. Não é o caso deste livro. Parece-me que as ideias aqui tratadas há três décadas continuam atuais; ainda fazem parte da história na forma que eu as interpretei. Por isso foram poucas as alterações quanto ao conteúdo. O que posso fazer é reafirmar as escolhas que fiz na época e, no final, tecer alguns comentários sobre os rumos atuais da educação, de modo a abrir mais um espaço de diálogo.

O livro se originou na sala de aula e se espalhou por outros lugares. Nossa tarefa, de professores, professoras, estudantes, estudiosos da questão da educação, continua a mesma: reler a história da educação e da pedagogia, da ação educativa, refletir sobre ela, sobre as teorias e práticas educacionais, e tirar delas o que pode alimentar nosso trabalho de hoje. Para isso, precisamos revisitar, de vez em quando, o passado, para reinventar o futuro e o presente.

Estamos completando um quarto de século deste esperado terceiro milênio. O que há de novo, na área da educação, nesses últimos tempos? Num olhar panorâmico, tal qual fazem os *drones* com suas câmeras, podemos observar, por exemplo, que o combate ao analfabetismo no mundo ficou estagnado. Não observamos muita inovação na educação nesse período. A segunda metade do século passado, depois de décadas de guerras, foi cheia de iniciativas. A educação estava muito mais na pauta política do que está hoje. Parece que o neoliberalismo, na educação, realizou seu sonho: o fim da história, onde não há alternativas. Só restou um caminho, o de subordinar a educação à economia.

Mas, pousando nosso *drone* e observando mais de perto, em contato com a realidade histórica, vemos que o mundo da educação está em efervescência. É um mundo de insatisfações e perplexidade. E, igualmente, de busca incessante. Vivemos anos de busca por outra educação possível, uma educação para a paz e o bem viver compartilhados. Debatemos muito sobre o humanismo na educação. Ainda sonhamos com uma sociedade igualitária. O primeiro quarto do século XXI está sendo o do desmoronamento da globalização, de guerras por todo lado, de unilateralismo em crise, de extremismos, questionamentos da ordem global, tanto no campo político quanto no campo econômico, da enorme concentração da riqueza nas mãos de poucos.

Sabemos que a educação não pode tudo, que as ideias não podem tudo. Ideias não transformam o mundo; transformam pessoas que transformam o mundo, parafraseando nosso saudoso companheiro de tantas jornadas, Carlos Rodrigues Brandão. A teoria também pode ser um instrumento de libertação e de luta pela paz e o entendimento entre pessoas e culturas. Livros têm sido temidos e alguns até proibidos, porque representam alguma forma de poder de mudança.

A teoria educacional não cria a realidade nem modela a prática pedagógica. A teoria consolida a prática e pode reorientá-la. Teoria e prática renovam-se à medida que se relacionam. O papel da teoria na educação está justamente na sua capacidade de incidir sobre a prática. A teoria educacional não é algo estático, definitivo. Princípios, leis e diretrizes, em educação, não se cristalizam: evoluem com a própria sociedade. Mas não se trata de uma evolução unilateral. Há avanços e retrocessos. O pensamento pedagógico, por isso, é dinâmico, reformulado permanentemente na vivência da educação. A teoria não perde importância com isso. Para nós — educadores, educadoras — ela alimenta nossos sonhos. Foi isso que fizeram nossos grandes educadores do passado, como Fernando de Azevedo, Anísio Teixeira, Álvaro Vieira Pinto, Maria Nilde Mascellani, Florestan Fernandes, Darcy Ribeiro, Paulo Freire e tantos outros e outras.

Há, certamente, uma relação entranhável entre pedagogia e educação, entre teoria e prática, mas elas não são a mesma coisa. Paulo Freire ficava muito incomodado quando essa falta de entendimento atingia suas ideias pedagógicas, reduzindo sua pedagogia a uma metodologia. Uma forma de desqualificar a sua contribuição à história das ideias pedagógicas é entendê-lo meramente como um educador de adultos ou como o criador de um método de ensino. Ele deve ser reconhecido como um pensador global, um intelectual público e um filósofo da educação. Ao apresentar a história das ideias pedagógicas, procurei evitar essa confusão, bem como a preocupação classificatória que consiste em colocar pensadores da educação em caixinhas de tendências, correntes e vertentes, com seus respectivos rótulos e etiquetas. Ao contrário, procurei ficar no campo mais amplo das concepções e das perspectivas do "pensamento pedagógico", próprio da filosofia da educação.

Não podemos apequenar as ideias pedagógicas, reduzindo-as à legislação educacional, à análise dos sistemas educacionais ou a meros exercícios acadêmicos de classificação, periodização, rotulação. Mais do que falar sobre a história das ideias pedagógicas, precisamos oferecer — num livro sobre esse tema — a oportunidade para que aqueles e aquelas que formularam essas ideias ao longo da história possam expressar-se, em sua palavra viva, vivida, do seu tempo, genuinamente. Não devemos falar por eles e elas. A mesma intenção me guiou nas aulas que originaram esse livro.

Sim, as ideias pedagógicas são produzidas por pessoas, mas em determinadas circunstâncias, como diria Marx. Sem uma "leitura do mundo", como diria Paulo Freire, permanece-se longe da realidade, no mundo das ideias, no debate de ideias, o que não contribui com a construção de um outro mundo possível. Afinal, para que servem as ideias, senão para tornar o mundo um lugar melhor e de bem viver para todos e todas? Não é para isso que escolhemos ser educadores(as)? Numa visão idealista, iluminista, não há lugar para a educação como ato político. Fica-se no mundo das ideias, no "mundo do espírito", como dizia Dilthey. Se precisamos de educação para nos tornar humanos, é por meio dela que decidimos sobre nosso destino como humanos.

16 HISTÓRIA DAS IDEIAS PEDAGÓGICAS

É claro que ao assumir essa postura não nos tornamos imunes às críticas, muitas delas bem-vindas. Pagamos o preço por não sermos indiferentes, neutros, diante da história. Seria menos doloroso ficar em cima do muro, contemporizar, se omitir, ficar distante, não se envolver, não se pronunciar. Mas isso também seria não se assumir como humanos que somos e que nos tornamos pela educação. Fazemos história ao dizer nossa palavra. Somos seres "sentipensantes", como dizia o educador colombiano Orlando Fals Borda. Não é possível tratar a história das ideias pedagógicas de forma asséptica, neutra, com o pesquisador, de luvas, se dando ao trabalho de esquartejar o passado, dividindo-o em partes, classificando, periodizando, distinguindo as diferentes escolas, os diferentes modos de educação, sem contato com a política, a economia, a cultura, a ecologia, enfim, separando ideias sem ideologias, sem visões de mundo e de sociedade.

— Hoje, alguém poderia me perguntar: passadas três décadas, o que há de novo?

As pedagogias do século XXI se parecem muito com as pedagogias do século anterior, como nos mostra Jaume Carbonell em seu livro *Pedagogias do século XXI: bases para a inovação educativa* (Porto Alegre: Penso, 2016). Ainda estão presentes as pedagogias não institucionais, as pedagogias críticas, as pedagogias livres não diretivas, as pedagogias de inclusão e de cooperação, a pedagogia serena e sustentável, a pedagogia sistêmica, as pedagogias do conhecimento integrado, as pedagogias das diversas inteligências. O que parece mais novo são as abordagens ligadas às temáticas da inclusão, da cidadania, da complexidade, da conectividade, da multidimensionalidade, da virtualidade, da sustentabilidade, dos contextos criativos e dos diferentes pertencimentos.

No meu entender, o que predomina hoje é uma pedagogia da sofreguidão, do sufoco, da exaustão, do fútil, do *fake* e do fugaz, pedagogias do mercado, que pressionam sobretudo a escola pública, considerada exitosa apenas quando forma indivíduos flexíveis e competitivos. Esse é o modelo dominante de escola que temos: a mercantilização da educação, a educação concebida como mercadoria e não como direito, e a pedagogia das competências se sobrepondo à pedagogia dos direitos.

E assim continuamos remando para a frente, sempre em frente, a toda a velocidade, sem olhar para trás e sem saber para onde estamos indo. O importante é seguir a corrente, sem pensar, sem se perguntar. O que importa é surfar na onda. As pedagogias das competências do mercado capitalista nos empurram sempre adiante para não pensarmos que direção estamos tomando.

A única educação emancipadora, nesse contexto de fuga para a frente, é a que rema contra essa correnteza, a educação popular e radicalmente democrática, a educação cidadã crítica, uma educação guiada por uma "ética universal do ser humano" e não pela "ética do mercado", como disse Paulo Freire em sua *Pedagogia da autonomia* (São Paulo: Paz e Terra, 1997). Essa pedagogia, ao lado de outras como a do oprimido e a da esperança, nos ajudam a repensar o currículo escolar, de modo que os conteúdos tenham sentido para o estudante. A escola que temos está longe de ser uma organização democrática, muito longe de ser crítica e participativa, voltada que está para a padronização e para a homogeneização.

Para estruturar este livro, parti do mesmo critério usado na montagem do plano de estudos das minhas aulas: escolhi textos que dão a pensar. Portanto, textos provocativos. Privilegiei tanto as teorias da educação que tiveram influência na sociedade como algumas que foram ignoradas, seja por trazerem uma visão elitista, conservadora da educação, seja por razões político-ideológicas. Os livros de história da educação e da pedagogia foram fortemente marcados pela tradição europeia e norte-americana. Mostrei que há vida também fora dessas paragens.

Como nas minhas aulas, ao escrever este livro estava preocupado com o caráter didático de minhas escolhas. Tentei ser claro, conciso e preciso, na medida do possível, mas também abrangente, apoiando-me nos textos de autores e autoras que marcaram sua época, introduzindo cada um deles com dados biobibliográficos, com informações sobre o tempo e as condições sociopolíticas em que esses textos foram produzidos, contextualizando seus períodos históricos.

Nas edições anteriores de *História das ideias pedagógicas*, o foco estava sobre os autores e autoras que contribuíram ao longo da história com essas ideias e suas práticas. Esta nova edição inclui um epílogo no qual procurei refletir sobre a atualidade, para entender melhor a educação que temos e a que podemos edificar hoje para que amanhã tenhamos um mundo mais justo e solidário.

Na edição em espanhol, publicada em 1998 pela Editora Siglo XXI, na Cidade do México, fui honrado com o prólogo de José Ángel Pescador Osuna, em que ele alerta leitores e leitoras sobre a dificuldade que é escrever uma história das ideias pedagógicas. É um exercício ao mesmo tempo complexo e exigente, diz ele, apontando a dificuldade de encontrar algo novo que não tenha sido expresso em trabalhos anteriores. Nesse campo, muito do que hoje é considerado inovador vem de épocas passadas. Apesar disso, uma sistematização da história das ideias no campo da pedagogia continua sendo um grande desafio para qualquer autor. Para Pescador Osuna, escrever uma história da pedagogia é escrever uma história da humanidade. Por isso, ele recomenda aos leitores e leitoras deste livro — sejam eles estudantes, docentes ou pesquisadores — que busquem ampliar os horizontes para além das ideias pedagógicas e que as entendam no contexto econômico, político e social no qual foram elaboradas.

Considero essa observação pertinente porque remete ao caráter introdutório deste livro. Eu o escrevi para e com meus estudantes, alunos e alunas de graduação em diversos cursos de Pedagogia e Licenciatura, como uma espécie de roteiro, um itinerário, um caminho possível para ser trilhado de forma compartilhada, exercendo a riqueza do diálogo, do contato pessoal, confrontando-o com a realidade de hoje, com a prática, recusando a simples especulação. A partir desse roteiro, tivemos a oportunidade de ler e reler muitos textos clássicos sobre a educação no mundo, com muita reflexão, com muita "alegria cultural", como diria Georges Snyders. Era assim que conseguíamos, juntos, despertar o gosto pela filosofia da educação. Assim, meus alunos acabavam se dedicando mais aos estudos e sendo mais felizes na escola.

Como professor, minha preocupação permanente era o entendimento das coisas, a construção coletiva de um quefazer que é eminentemente coletivo. Tinha aprendido com Piaget, em Genebra, nos anos 1970, que só conhecemos realmente o que construímos autonomamente. Era preciso que meus alunos entendessem que aquilo que estávamos estudando, que poderia ser árduo — história da educação e da pedagogia —, tinha sentido e o sentido se constrói conjuntamente. Seria mais fácil simplesmente pegar a ementa da disciplina e "dar aulas" a partir delas e não construir encontros dialógicos. Eu sempre partia de um roteiro básico, provisório, dado que a sistematização das ideias pedagógicas me parecia muito estanque. Eu queria evitar, assim, a taylorização das tendências, categorizações e classificações dessas ideias pedagógicas cristalizadas numa espécie de neoescolástica epistemológica. A realidade é mais complexa do que isso.

Acreditava na importância da teoria que era o meu quefazer pedagógico como professor de teoria das ideias pedagógicas. Se eu não acreditasse, não poderia convencer meus alunos a acreditarem nelas. Entendendo as ideias como representações de uma dada realidade, buscava mostrar que essas representações não se reduziam a pequenos envelopes etiquetados que guardamos nas gavetas da nossa escrivaninha pedagógica. Elas precisavam ser expostas à luz do dia e compartilhadas, submetidas à crítica.

A interlocução com meus alunos e alunas me serviu de guia para discernir o que poderia contribuir melhor para o ato de educar na perspectiva de uma educação emancipadora. Não há contentamento maior para um professor, para uma professora, do que perceber no olhar e na fala de seus alunos e alunas a alegria de descobrir, nessa história de clássicos da educação, em que tudo nos liga a tudo. Há muita vida, antes de nós, que precisamos conhecer.

Meus alunos achavam o estudo da filosofia muito árduo e me pediam clareza, pelo menos isso, para tornar a tarefa deles menos difícil. Por isso, o(a) leitor(a) deste livro notará que minha linguagem é muito simples e concisa, compacta e, vez ou outra, coloquial. Para ganhar na comunicação em sala de aula, por vezes, foi necessário sacrificar a expressão.

Não tive a intenção de ser enciclopédico. Longe de mim sintetizar cinco milênios de história das ideias pedagógicas. É evidente que o pensamento pedagógico de Lao-Tsé, para alguns, pode agradar mais do que o de Confúcio; outros poderão preferir Descartes em vez de Erasmo de Roterdã, e assim para a frente. Leitores de outros países vão sentir falta de autores e autoras de seu próprio país. Não tive a pretensão de incluir todos que, ao longo da história, pensaram e se debruçaram sobre essa temática, por mais relevante que seja a sua contribuição. Tive que fazer escolhas, inclusive a pedido de meus próprios alunos, em diálogo com eles. Se fossem alunos de outros países, certamente eu seria perguntado sobre pensadores da educação desses países. No final do livro, apresentei um caso particular dessa história das ideias que é o pensamento pedagógico brasileiro. Se estivesse dando aulas em outro país, certamente essa última parte teria um outro conteúdo.

No prólogo já citado, Pescador Osuna se pergunta: Como podemos voltar aos povos egípcio, persa, hindu e chinês em tão poucas páginas? Como ser extenso e sintético ao mesmo tempo? Como determinar as seleções de grandes documentos, sem incorrer em arbitrariedades metodológicas?

É ele mesmo que responde, com muita propriedade: "esse problema foi superado com a orientação didática desse livro". Uma coisa que percebemos em sala de aula é que as ideias pedagógicas resultam de um trabalho coletivo que leva muito tempo para se consolidar e para o qual contribuíram muitos corações e mentes. Uma ideia que hoje nos parece revolucionária, passado algum tempo, poderá ser considerada banal. Um novo paradigma educacional é resultado de múltiplas contribuições e debates, por vezes muito calorosos.

Devemos ser pacientes com a história, sempre abertos ao novo, sem prescindir do que não é tão novo. Também não podemos simplesmente surfar na última onda pedagógica. Amanhã podemos levar um tombo. A escuta atenta e honesta parece ser o melhor caminho a seguir no estudo das ideias pedagógicas. É a lição que tiro de 63 anos de magistério. Como diz, acertadamente, José Ángel Pescador Osuna, falando de sua trajetória de professor e gestor público: "a minha experiência confirmou as vantagens do procedimento socrático para analisar a realidade".

Diante da história do passado, precisamos buscar, juntos, o que nos ajuda a seguir em frente com mais clareza, sabendo aonde queremos chegar. Somos programados, condicionados, mas não determinados; fazemos nossa história em determinadas condições, entre outras, conhecendo, enfrentando e superando o legado do passado. A educação surgiu na humanidade como uma exigência de sua própria humanização, uma necessidade vital, que prossegue ao longo da vida de cada ser humano. E assim seguimos, caminhando, buscando, acreditando no sonho, sem muitas verdades, mas com algumas certezas. E, parafraseando o poeta Fernando Sabino, pelo menos, com três certezas: a de que nos sentimos como se estivéssemos sempre começando; a de que precisamos continuar buscando; e a certeza de que a nossa busca, a busca de cada um, de cada uma, apesar de tudo, será interrompida antes de chegar ao lugar sonhado.

Prefácio

A educação é a prática mais humana, considerando-se a profundidade e a amplitude de sua influência na existência dos homens. Desde o surgimento do homem, é prática fundamental da espécie, distinguindo o modo de ser cultural dos homens do modo natural de existir dos demais seres vivos.

Mas, exatamente por impregnar assim tão profundamente a existência dos homens, a educação é mais vivenciada do que pensada. Quase que se autobastando, parece dispensar a tarefa esclarecedora e norteadora do pensamento. Isso ocorre não sem razão, pois a educação demorou para tornar-se preocupação dos teóricos, ressentindo-se até hoje de maior consistência conceitual. Também se vê por aí por que aqueles pensadores que, de uma maneira ou outra, tematizaram as questões educacionais, até hoje não têm suas ideias destacadas pelos intérpretes da história da cultura humana, ainda que esses mesmos intérpretes sejam a prova viva e concreta da fecundidade do processo educacional.

A primeira contribuição filosófica deste livro de Moacir Gadotti diz respeito exatamente a esse ponto. Com efeito, Gadotti parte de uma rica e profunda intuição de que a educação, enquanto prática fundamental da existência histórico-cultural dos homens, precisa ser pensada, ou melhor, precisa continuar sendo pensada, pois ela já o foi antes.

Para o público brasileiro, sensível ao debate das questões educacionais, não há mais necessidade de apresentar Moacir Gadotti, tão rica tem sido, nas últimas três décadas, sua produção teórica, militante e crítica, aliada ao insistente esforço de convocação de todos para o trabalho de transformação da sociedade brasileira. Esforço de politização da educação, em vista de sua relevância para os destinos da sociedade, e que se manifesta nas múltiplas frentes de seu engajamento de educador, seja no âmbito da docência universitária, da administração dos sistemas públicos de ensino, da pesquisa acadêmica e científica, seja ainda no âmbito da própria militância sindical e política.

22 HISTÓRIA DAS IDEIAS PEDAGÓGICAS

Não poderia deixar de registrar, companheiro que sou de jornada e testemunha do compromisso de Gadotti com a causa da educação brasileira, que essa retomada que faz neste livro das *ideias pedagógicas* não é apenas o registro frio e documental de resíduos literários e culturais, mas o registro dos resultados das pesquisas e reflexões que vem desenvolvendo nos últimos anos, em decorrência de suas próprias inquietações, indagações e perplexidades. Com sua intuitiva criatividade, sua pesquisa histórica das ideias realizou um investimento sistemático na busca do sentido, não do sentido petrificado, mas daquele construído no passado, ainda capaz de iluminar o futuro.

Esta história das ideias pedagógicas, esboçada por Moacir Gadotti, até certo ponto se confunde com sua busca pessoal de significação da educação; segue a mesma trilha de sua experiência intelectual, hoje voltada para a compreensão do que pode significar a educação no estágio pós-moderno do primeiro quarto do século XXI. Suas reflexões atuais levam-no a delinear para a educação pós-moderna uma tarefa eminentemente crítica, que lhe garanta meios para resgatar a unidade entre história e sujeito, que foi perdida durante as operações de desconstrução da cultura e da educação, levadas a efeito pelo racionalismo moderno.

Dando-se conta de seu caráter necessariamente multicultural, a educação pós-moderna buscará a igualdade sem eliminar as diferenças, ao contrário do que fizera o projeto educacional da modernidade iluminista. A própria diversidade de teses e de visões, acontecida no decorrer da história e apresentada nesta exposição sistematizada, já expressa a ambição do autor. Daí sua posição: a escola, embora tenha de ser local, enquanto ponto de partida, deve ser universal, enquanto ponto de chegada.

Sem dúvida, a proposta do livro é ambiciosa, não podendo se esgotar apenas nele. Ela impôs escolhas e limitações. Assim, o texto ganha a perspectiva de um amplo roteiro, indicando caminhos, dando pistas, lançando provocações, solicitando aprofundamentos! Para cada período, foram destacados pensadores ou escolas de pensamento significativas que tiveram então suas concepções pedagógicas e filosófico-educacionais apresentadas de maneira sintética e analisadas no âmbito de seu contexto histórico-cultural e de seu alcance teórico.

A exposição, em cada um dos dezesseis capítulos, se faz acompanhar de passagens de textos representativos do pensamento dos autores, bem como de algumas questões que provocam a análise e a reflexão no leitor.

Cabe destacar que, neste trabalho, o pensamento filosófico-educacional da humanidade não mais se reduz às suas expressões euro-ocidentais: também as contribuições do pensamento que se vai elaborando no Terceiro Mundo são explicitadas por Gadotti, que destaca autores orientais, africanos, hispano-americanos e brasileiros, enfatizando a universalidade do pensar sobre a educação.

Aqui, o leitor/estudante encontrará valiosos subsídios e roteiros para seu estudo e aprendizado, naquele necessário momento de apreensão sistematizadora da totalidade do pensamento filosófico-educacional. Mas também o leitor que não está diretamente vinculado ao universo acadêmico-profissional da educação formal encontrará, neste texto, muita contribuição, na medida em que essa retomada histórica das ideias pedagógicas, feita a partir da perspectiva filosófica, ajuda todos a compreenderem como os homens construíram sua história no passado e a se esclarecerem como podem construir, mediante sua práxis atual, a história do futuro.

Antonio Joaquim Severino

Professor de Filosofia da Educação da Faculdade
de Educação da Universidade de São Paulo

Apresentação da oitava edição

O estudo das ideias pedagógicas não se limita a ser uma iniciação à filosofia antiga ou contemporânea. Também não se resume ao que os filósofos disseram a respeito da educação.

Mais do que possibilitar um conhecimento teórico sobre a educação, tal estudo forma em nós, educadores, uma *postura* que permeia toda a prática pedagógica. E essa postura nos induz a uma atitude de reflexão radical diante dos problemas educacionais, levando-nos a tratá-los de maneira séria e atenta.

Por ser *radical*, essa reflexão é também *rigorosa* e atinge principalmente as *finalidades da educação*. Não dá apenas uma resposta geral aos problemas educacionais. De certa forma, ela "morde" a realidade, isto é, pronuncia-se sobre as questões e os fatos imediatos que nos atingem como educadores.

A filosofia, a história e a sociologia da educação oferecem os elementos básicos para que *compreendamos* melhor nossa prática educativa e possamos transformá-la. Evidenciam o fato de não podermos nos omitir diante dos problemas atuais. E mais: oferecem recursos para que os enfrentemos com rigor, lucidez e firmeza.

Partindo de um ponto de vista crítico, praticamos uma teoria interrogativa, dialética. Buscando dialeticamente a unidade e a oposição de contrários, deparamos com a unidade entre ação e reflexão. As ideias pedagógicas representam, certamente, um grau elevado de abstração, mas, dentro de uma ótica dialética (não metafísica), o pensamento não é puramente especulativo. Ele se traduz numa abstração concreta.

Por que recorrer às fontes?

Quando recorremos às fontes básicas do pensamento pedagógico, não realizamos um ato puramente abstrato e abstraído da realidade. Iluminada pela história da educação e da pedagogia, a filosofia da educação mostra o presente e aponta um futuro possível. E esse é o programa, a proposta, tanto para um curso de filosofia da educação quanto para um de teoria educacional, de história da educação ou de história do pensamento pedagógico.

O estudo da teoria educacional nos convida à ação individual e coletiva. Percebemos, por isso, que nenhuma questão deve ser banalizada; ao contrário, todos os aspectos da realidade precisam ser trabalhados, elaborados.

Além das leituras — instrumentos fundamentais para a aquisição de um vocabulário básico —, a pergunta, a indagação, o diálogo, o debate e a discussão organizada constituem a base do hábito de pensar.

Os textos que escolhemos e apresentamos neste livro representam o resultado de uma longa experiência como professor de História e de Filosofia da educação. A pesquisa para este livro foi iniciada em 1971. As escolhas recaíram sobre os autores que marcaram a sua época, seja como filósofos, sociólogos ou educadores que influenciaram o pensamento atual. Demos especial destaque para a época contemporânea e para o pensamento pedagógico brasileiro mais recente.

Escrevemos este livro com o intuito de facilitar o acesso às *fontes básicas da teoria educacional* aos estudantes brasileiros. Por isso, entendemos que os livros dos autores citados precisam ser lidos e estudados, sob a orientação do professor, da professora, e, quando possível, resenhados e apresentados oralmente aos colegas, a fim de serem discutidos mais amplamente. Como professor de Filosofia e História da Educação, tivemos oportunidade de estudar numerosas obras didáticas da área, muitas das quais foram consultadas para a escrita desse livro. Entre elas estão: *História da educação na Antiguidade* (Henri-Irénée Marrou), *História da educação* (Paul Monroe), *História da educação moderna* (Frederick Eby), *Os grandes pedagogistas* (Jean Château) e *Tratado das ciências pedagógicas* (Maurice Debesse e Gaston Mialaret). Essas são obras consideradas clássicas e trazem, dentro de uma certa perspectiva da educação, uma grande contribuição. Entretanto, entendemos que elas representam mais a perspectiva eurocêntrica, e, nesse cenário, fica de fora a contribuição dos países do chamado Terceiro Mundo ao pensamento pedagógico universal.

Como apresentamos o pensamento pedagógico?

Preferimos apresentar as ideias dos pensadores em *ordem cronológica*, histórica. Assim, mostramos o quanto a evolução da educação está ligada à evolução da própria sociedade.

Haveria outras formas de apresentar essas ideias. Por exemplo, poderíamos indagar sobre um *problema* atual e buscar na teoria educacional as respostas possíveis. Isso até pode ocorrer, mesmo com essa disposição do livro. Este material não precisa necessariamente ser lido na ordem em que é apresentado.

Poderíamos também dividir os autores segundo sua filiação filosófica. Por exemplo, entre os que se filiam à chamada *pedagogia da essência* e outros que se filiam à *pedagogia da existência*. Isso também seria possível, mas correríamos o risco de dar a impressão de que as ideias têm uma história própria, independente da produção humana da vida.

A *história das ideias* é descontínua. Não existe propriamente um aperfeiçoamento crescente que faz com que as ideias filosófico-educacionais antigas deixem de ser válidas e sejam superadas pelas modernas. As ideias dos clássicos da filosofia continuam atuais. É por isso que a história da filosofia se distingue da história das ciências. As novas descobertas das ciências vão tornando as antigas obsoletas. Isso não acontece com a filosofia e a teoria educacional.

As perguntas da filosofia — o que é o homem, por exemplo — são colocadas sempre com a mesma atualidade. O que varia são as respostas, sempre inacabadas, motivo por que são novamente recolocadas. O movimento do pensamento pedagógico não é linear, nem circular ou pendular. Ele se processa, com as ideias e os fenômenos, de forma dialética, com crises, contradições e fases que não se anulam, nem se repetem.

Este livro poderia também ser organizado através de *temas*. Não optamos por essa forma de apresentação para não fragmentar os textos dos autores. Esse estudo comparativo, contudo, pode ser feito em classe ou em grupo, para se verificar afinidades, convergências e divergências entre os pensadores.

As tarefas da teoria da educação

A reflexão filosófica auxilia na descoberta de antropologias, de ideologias subjacentes aos sistemas educacionais, às reformas, às inovações, às concepções e às doutrinas pedagógicas e à prática da educação[1].

---

[1] CHARLOT, Bernard. *A mistificação pedagógica*: realidades sociais e processo ideológico na teoria da educação. São Paulo: Zahar, 1980.

Semelhante trabalho de reflexão seria incompleto se também não mostrasse as *possibilidades da educação*. A filosofia da educação está carregada de um certo *otimismo crítico*. Quer dizer: fazendo uma análise crítica, acredita que a educação tem um papel importante no próprio processo de humanização do homem e de transformação social, embora não preconize que, sozinha, a educação possa transformar a sociedade. Apontando as possibilidades da educação, a teoria educacional visa à formação do homem *integral*, ao desenvolvimento de suas potencialidades, para torná-lo sujeito de sua própria história e não objeto dela. Além disso, mostra os instrumentos que podem *criar uma outra sociedade*.

Como se pode observar, as tarefas da teoria da educação são consideráveis. E, assim mesmo, são insuficientes. Se pensar significa sobretudo estar presente no mundo, na história, junto ao outro e perante si mesmo, é necessário, antes de mais nada, que os obreiros do pensamento filosófico sejam partidários da lucidez, da atenção paciente e vigilante, do engajamento, da responsabilidade, do companheirismo. Enfim, tudo o que possa encorajar, nutrir, fecundar, suscitar essa atitude nos meios educativos deve ser o alvo central e decisivo da educação.

A partir dessas diretrizes, a teoria da educação tem por missão essencial subsidiar a prática.

A ligação entre a *teoria* e a *prática* é fundamental na educação. Por isso, pensamos que filosofia, história e sociologia da educação sejam inseparáveis. Realizando essa ligação da teoria com a prática, tornamos vivo o pensamento. Assim não nos apropriamos dele por deleite, por gosto pela teoria pura; mas porque ele, em confronto com a prática educacional, é reapropriado e transformado de forma coletiva. Em suma, nós o recriamos. Todo leitor da teoria da educação acaba praticando-a. Todo educador, ao interrogar-se sobre as finalidades de seu trabalho, está, de certa forma, filosofando, mesmo que não o pretenda.

A filosofia da educação representa, assim, um instrumento eficaz de formação do educador, capaz de levá-lo a superar o senso comum, o ativismo inconsequente e o verbalismo estéril.

O que este livro pretende?

Ao escolhermos uma ótica de análise histórica e dialética, pretendemos evitar a armadilha na qual muitos autores caem: o *maniqueísmo*, que toma um ponto de vista como absoluto para renegar os demais.

A finalidade deste livro é ordenar e sistematizar a *história das ideias pedagógicas*, da Antiguidade aos nossos dias, e mostrar as perspectivas para o futuro. Tarefa gigantesca, mas minimizada pela longa trajetória de estudo e debate com numerosos alunos e alunas, a quem aqui queremos prestar uma especial homenagem. Sem a contribuição deles e delas, seria impossível escrever este livro.

Nesta obra, não nos limitamos a apenas elencar as teorias, expô-las e apresentar suas principais fontes. Procuramos também nos pronunciar sobre elas, indicando um caminho possível, preocupados mais com as ideias do que com as técnicas.

Não pretendemos com este breve *História das ideias pedagógicas* esgotar todos os temas e todos os autores. Tampouco poderíamos apresentar todos os pensadores sem cair no enciclopedismo. Consideramos mais importante e útil do que o conhecimento de uma infinidade de autores a compreensão das contribuições básicas de alguns entre os mais representativos. Dessa forma, conseguimos incorporá-las e criar as nossas próprias compreensões, depois de confrontá-las com a prática.

Na verdade, alguns autores poderiam ser incluídos nesta ou naquela tendência. Seu pensamento poderia ser apresentado de forma mais completa. Reconhecemos as lacunas e as omissões. Tivemos que fazer escolhas. Mas, ao mesmo tempo, demonstramos com isso a preocupação pedagógica de evitar a ambiguidade, a obscuridade e a polêmica. No todo, optamos pela clareza, entendendo que o conhecimento profundo não é obscuro, mas simples e concreto.

Enfim, a finalidade deste livro é ordenar e sistematizar as principais teses, as principais teorias e os principais pontos de vista sobre o fenômeno educativo e sobre a escola. Valorizando-os, pretendemos compreender a educação atual e possibilitar uma visão onde o passado serve para vislumbrar o futuro.

Nossa intenção não é eclética. Esta síntese do pensamento pedagógico universal, dentro dos limites impostos pela utilização escolar a que se destina, é guiada por uma perspectiva dialética integradora. Procuramos, ao contrário, buscar uma integração desse enorme esforço feito através de séculos de prática e teoria educacional para encontrar os melhores meios de tornar a educação um *instrumento de libertação* humana, e não de domesticação. A diversidade de perspectivas, de alternativas, de soluções para os problemas não deve nos assustar. Tem-se falado sempre que a educação está em crise. Evidenciar o caminho que ela vem percorrendo através dos séculos é, sem dúvida, a melhor forma de compreender suas causas e buscar superar essa crise.

Capítulo 1

O pensamento pedagógico oriental

A prática da educação é muito anterior ao pensamento pedagógico. O pensamento pedagógico surge com a reflexão sobre a prática da educação, como necessidade de sistematizá-la e organizá-la em função de determinados fins e objetivos.

O Oriente afirmou principalmente os valores da tradição, da não violência, da meditação. Ligou-se sobretudo à *religião*, entre as quais se destacam: o taoísmo, o budismo, o hinduísmo e o judaísmo. Esse pensamento não desapareceu inteiramente. Evoluiu, transformou-se, mas guarda ainda grande atualidade e mantém muitos seguidores.

A educação primitiva era essencialmente prática, marcada pelos rituais de iniciação. Além disso, fundamentava-se pela visão *animista*: acreditava-se que todas as coisas — pedras, árvores, animais — possuíam uma alma semelhante à do homem. Espontânea, natural, não intencional, a educação baseava-se na imitação e na oralidade, limitada ao presente imediato. Outra característica dessa visão é o *totemismo* religioso, concepção de mundo que toma qualquer ser — ser humano, animal, planta ou fenômeno natural — como sobrenatural e criador do grupo. O agrupamento social que adora o mesmo totem recebe o nome de *clã*.

A doutrina pedagógica mais antiga é o *taoismo* (*tao* = razão universal), que é uma espécie de *panteísmo*, cujos princípios recomendam uma vida tranquila, pacífica, sossegada, quieta. Baseando-se no taoismo, Confúcio (551–479 a.C.) criou um sistema moral que exaltava a tradição e o culto aos mortos.

O *confucionismo* transformou-se em religião do Estado até a Revolução Cultural, promovida na China por Mao Tsé-Tung, no século XX. Confúcio considerava o poder dos pais sobre os filhos ilimitado: o pai representava o próprio imperador dentro de casa. Criou um sistema de exames baseado no ensino dogmático e memorizado. Esse memorismo fossilizava a inteligência, a imaginação e a criatividade, hoje exaltadas pela pedagogia. A educação chinesa tradicional visava a reproduzir o sistema de hierarquia, obediência e subserviência ao poder dos mandarins.

Apesar disso, existe hoje uma tendência a se resgatar o essencial do taoismo, como a busca da harmonia e do equilíbrio num tempo de muitos conflitos e de crescente desumanização.

A *educação hinduísta* também tendia para a contemplação e para a reprodução das castas — classes hereditárias —, exaltando o espírito e repudiando o corpo. Os párias e as mulheres não tinham acesso à educação.

Os *egípcios* foram os primeiros a tomar consciência da importância da arte de ensinar. Devemos a eles o uso prático das bibliotecas. Criaram casas de instrução onde ensinavam a leitura, a escrita, a história dos cultos, a astronomia, a música e a medicina. No entanto, poucas informações desse período foram preservadas.

Foram os *hebreus* que mais conservaram as informações sobre sua história. Por isso, legaram ao mundo um conjunto de doutrinas, tradições, cerimônias religiosas e preceitos que ainda hoje são seguidos. A educação hebraica era rígida, minuciosa, desde a infância; pregava o temor a Deus e a obediência aos pais. O método que utilizava era a repetição e a revisão: o catecismo. Foi principalmente através do *cristianismo* que os métodos educacionais dos hebreus influenciaram a cultura ocidental.

Entre muitos povos, a *educação primitiva* ocorreu com características semelhantes, marcada pela tradição e pelo culto aos velhos. Esse *tradicionalismo pedagógico*, porém, é orientado por tendências religiosas diferentes: o *panteísmo* do extremo oriente, o *teocratismo* hebreu, o *misticismo* hindu, o *magicismo* babilônico.

Essas doutrinas pedagógicas se estruturaram e se desenvolveram em função da emergência da sociedade de classes. A escola, como instituição formal, surgiu como resposta à divisão social do trabalho e ao nascimento do Estado, da família e da propriedade privada.

Na *comunidade primitiva* a educação era confiada a toda a comunidade, em função da vida e para a vida: para aprender a usar o arco, a criança caçava; para aprender a nadar, nadava. A escola era a aldeia.

Com a divisão social do trabalho, onde muitos trabalham e poucos se beneficiam do trabalho de muitos, aparecem as especialidades: funcionários, sacerdotes, médicos, magos etc.; a escola não é mais a aldeia e a vida funciona num lugar especializado, onde uns aprendem e outros ensinam.

A escola que temos hoje nasceu com a hierarquização e a desigualdade econômica gerada por aqueles que se apoderaram do excedente produzido pela comunidade primitiva. A história da educação, desde então, constitui-se num prolongamento da história das desigualdades econômicas. A educação primitiva era *única, igual* para todos; com a divisão social do trabalho aparece também a desigualdade das *educações*: uma para os exploradores e outra para os explorados; uma para os ricos e outra para os pobres.

As doutrinas, que veremos expostas a seguir através de textos, constituem-se em resposta dos exploradores, que procuravam através da educação reproduzir a dominação e a submissão. A educação sistemática surgiu no momento em que a educação primitiva foi perdendo pouco a pouco seu caráter unitário e integral entre a formação e a vida, o ensino e a comunidade. O saber da comunidade é expropriado e apresentado novamente aos excluídos do poder, sob a forma de dogmas, interdições e ordens que era preciso decorar. Cada indivíduo deveria seguir à risca os ditames supostamente vindos de um ser superior, extraterreno, imortal, onipresente e onipotente. A educação primitiva, solidária e espontânea, vai sendo substituída pelo temor e pelo terror.

Apesar dessa distorção criada pela dominação, por trás dos dogmas, da vontade de poder e do paternalismo, aparecem nos textos alguns ensinamentos. Além da crítica, é possível extrair também alguns pontos de reflexão úteis à educação do homem atual.

Lao-Tsé: a primeira filosofia da vida

Lao significa "criança", "jovem", "adolescente". *Tsé* é sufixo de muitos nomes chineses e indica "idoso", "maduro", "sábio", "espiritualmente adulto". Pode-se transliterar Lao-Tsé por "jovem sábio", "adolescente maduro".

Lao-Tsé viveu por volta do século VI a.C. Passou a primeira metade de sua vida — cerca de 40 anos — na corte imperial da China, trabalhando como historiador e bibliotecário. Tinha grande familiaridade com a situação política do Império. Por isso, às vezes, faz lembrar

Shakespeare, cujos dramas revelam as intrigas e a corrupção das cortes europeias de seu tempo. Como o grande escritor britânico, Lao-Tsé verbera o descalabro dos governos e aponta o caminho para sua regeneração.

Na meia-idade, Lao-Tsé abandonou a corte imperial. Como eremita, viveu na floresta a segunda metade de sua longa vida, estudando, meditando, auscultando a voz silenciosa da intuição cósmica. Registrou essas experiências no livro *Tao Te King*. Finalmente, com cerca de 80 anos, cruzou a fronteira ocidental da China e desapareceu, sem deixar vestígio de sua vida ulterior. Conta a lenda que, ao cruzar a fronteira, encontrou-se com o guarda da divisa que lhe pediu um resumo de sua filosofia. Então, Lao-Tsé lhe entregou um pequeno manuscrito que continha a essência do que conhecemos hoje sobre ele: o *Tao Te King*.

O poder da não violência

"Revela a experiência que o mundo
Não pode ser plasmado à força.
O mundo é uma entidade espiritual,
Que se plasma por suas próprias leis.
Decretar ordem por violência
É criar desordem.
Querer consolidar o mundo à força
É destruí-lo,
Porquanto, cada membro
Tem sua função peculiar:
Uns devem avançar,
Outros devem parar.
Uns devem clamar,
Outros devem calar.
Uns são fortes em si mesmos,
Outros devem ser escorados.
Uns vencem na luta da vida,
Outros sucumbem.
Por isto, ao sábio não interessa a força,
Não se arvora em dominador,
Não usa de violência."

Dominar sem violência

❝Para diminuir alguém,
Deve-se primeiro engrandecê-lo.
Para enfraquecer alguém,
Deve-se primeiro fortalecê-lo.
Para fazer cair alguém,
Deve-se primeiro exaltá-lo.
Para receber algo,
Deve-se primeiro dá-lo.
Esse deixar amadurecer
É um profundo mistério.
O fraco e flexível
É mais forte que o forte e rígido.
Assim como o peixe
Só pode viver em suas águas,
Assim só pode o chefe de Estado
Dominar sem violência.❞

LAO-TSÉ. *Tao Te King*: o livro que revela Deus. Tradução e notas: Huberto Rohden. 7. ed. São Paulo: Alvorada, 1988.

Análise e reflexão

1. Explique em que Lao-Tsé e Shakespeare podem ser comparados.
2. Reúna-se com seus companheiros e discuta as seguintes palavras de Lao-Tsé:

   a) "Decretar ordem por violência
   É criar desordem."

   b) "Assim como o peixe
   Só pode viver em suas águas,
   Assim só pode o chefe de Estado
   Dominar sem violência."

Talmude: a educação hebraica

O traço predominante da educação hebraica era o idealismo religioso. Em todas as escolas, os estudos baseavam-se na Bíblia. As matérias estudadas — história, geografia, aritmética, ciências naturais — se relacionavam com os textos bíblicos e se impregnavam de preceitos morais.

O principal manual do povo hebreu era a Torá, também chamada Pentateuco porque reunia os cinco livros de Moisés, homem essencialmente religioso e líder do êxodo do Egito, que exerceu muita influência na mentalidade judaica.

O ensino era sobretudo oral. A repetição e a revisão constituíam os processos pedagógicos básicos.

Mais do que a Bíblia, outro livro sagrado dos judeus — o Talmude — contém os preceitos básicos da educação judaica: as tradições, doutrinas, cerimônias etc. O Talmude foi redigido no século II, existindo dele duas versões. Ele representava o código religioso e civil dos judeus, que não aceitavam Cristo.

O Talmude aconselha os mestres a *repetirem* até quatrocentas vezes as noções mal compreendidas pelos alunos. A disciplina escolar recomendada era mais amena do que a da Bíblia. Para o Talmude, a criança deve ser punida com uma mão e acariciada com a outra. Já a Bíblia dizia que a vara, a repreensão e o castigo dão sabedoria à criança. A Bíblia não menciona a escola elementar, mas o Talmude, sim: "depois dos seis anos, leva-o à escola e carrega-o como um boi". Essa passagem indica claramente que o ensino hebraico era conteudista, enchendo a criança de trabalhos.

Eis alguns ensinamentos do Talmude:

A essência do Talmude

66 Da orientação sagrada

O estudo da Torá é maior que o sacerdócio e a púrpura real.

Um bastardo instruído vale mais que um sumo sacerdote ignorante.

Se tiver assistido a uma ação pecaminosa praticada por um homem instruído, não o censures no dia seguinte, pois é possível que ele se tenha arrependido do seu pecado nesse entretempo. Mais ainda: é certo que ele se arrependeu, sendo um homem sábio.

Que a tua casa seja um lugar de reunião de homens cultos; bebe as palavras que saírem de seus lábios como um homem sedento bebe água.

Não convém a um homem instruído andar de sapato remendado. Um 'mestre' que aparece de roupa rasgada ou suja desonra os estudiosos.

Já observastes um encontro entre um homem educado e um ignorante? Antes do encontro, este último considerava-se um taça de ouro de imenso valor. Depois de se entreter um pouco com o homem educado, a sua opinião a respeito de si próprio baixa, e a taça de ouro reduz-se a pequeno copo de prata. E depois de comer e beber com o homem educado, ele não mais passa de um vaso de barro que se quebra facilmente e não pode ser consertado uma vez que se quebrou.

Não recuse a reverência a quem já foi instruído, mas esqueceu muita coisa por causa da idade avançada. Pois mesmo na sagrada arca da aliança jazem pedaços quebrados das tábuas de pedra, assim como as tábuas inteiras em que a Lei foi escrita.

A coisa principal na vida não é o conhecimento, mas o uso que dele se faz.

Ai dos sábios e dos instruídos que não são virtuosos. Ai daquele que não tem casa e tenta construir um portão para ela.

Realmente sábio é aquele que sabe que não sabe nada.

Quanto mais velho um sábio, tanto mais sábio ele se torna; quanto mais velho um tolo, tanto mais ele ensandece.

Quem faz estudos na mocidade se assemelha a uma folha de papel branco na qual foram escritas as palavras da sabedoria. Mas quem começa a estudar quando está velho, se parece com um pedaço de velho pergaminho no qual mal se leem as palavras.

Quem quer aprender sabedoria dos moços é como um homem que come uvas antes que estejam maduras e bebe vinho ainda não fermentado. Mas quem faz o seu aprendizado junto aos velhos é como quem come uvas maduras e bebe velho vinho sazonado.

Oh, sábios, tende cuidado em vossas preleções, porque vossas palavras podem ser interpretadas erroneamente quando não mais estais presentes.

Um mestre deveria sempre tentar ensinar concisamente e sem divagações.

Quando virdes um aluno que carrega as suas lições como se fossem barras pesadas de ferro, sabei que isso se dá porque o seu mestre não o assiste com bondade e paciência.

Aprendi muito com meus mestres, mais com meus companheiros, mais ainda com meus alunos.

Um sábio que não ensina aos outros é como um pé de mirra no deserto.

HISTÓRIA DAS IDEIAS PEDAGÓGICAS

O estudo e o ensino da Torá só podem prosperar e desenvolver-se por meio de uma troca incessante de ideias e pensamentos entre mestres e pessoas cultas. 'Aqueles que levam vida de eremita', diz Rabi José, 'tornam-se aos poucos simplórios e tolos'.

Como o aço afia o aço, um espírito treinado afia outro.

Os mestres da Judeia que exigiam de seus alunos uma linguagem cuidadosa e correta prosperaram e sua influência cresceu. Os de Galileia, que descuidaram do estudo e do emprego apropriado da língua, falharam e caíram em esquecimento.

O ensino sem sistema torna o estudo difícil.

Pais e filhos

Aquele que bate em seu filho adulto, incita-o ao pecado e ao crime.

Os pais nunca deveriam mostrar a sua preferência por um de seus filhos em prejuízo dos demais. Poucas jardas de tecido de várias cores reduziram os filhos de Israel a escravos do Egito.

Todo pai deveria ensinar um ofício ao próprio filho. E há quem diga que ele deveria ensinar o nado a todos os seus filhos.

Se alguém deseja deserdar seus filhos, pode fazê-lo de acordo com a Lei. Samuel disse: 'Não seja um daqueles que deserdam uma criança, ainda que travessa, em favor de outra.'

Há muitos filhos que servem faisão no jantar a seu pai, mas fazem-no com olhar carrancudo e maneiras desagradáveis; esses não escaparão ao castigo. Outros filhos podem até deixar o pai fazer girar a roda de uma moenda num trabalho penoso, mas tratam-no com respeito e consideração; esses decerto serão recompensados. **"**

> KELER, Theodore M. R. von. *A essência do Talmud.*
> Tradução: Paulo Rónai. Rio de Janeiro: Ediouro, 1969.

Análise e reflexão

1. Discuta com seus companheiros as seguintes afirmações:
   a) "Aquele que bate em seu filho adulto, incita-o ao pecado e ao crime."
   b) "Aprendi muito com meus mestres, mais com meus companheiros, mais ainda com meus alunos."
2. Faça uma pesquisa sobre a influência da cultura judaica no pensamento pedagógico ocidental.

Capítulo 2

O pensamento pedagógico grego

Uma sociedade estratificada como a grega, sustentada por colônias, desenvolvida numa situação geográfica que facilitava o comércio entre o Oriente e o Ocidente, serviu de berço da cultura, da civilização e da educação ocidental.

Os gregos tinham uma visão universal. Começaram por perguntar-se o que é o homem. Duas cidades rivalizaram em suas respostas: Esparta e Atenas. Para a primeira, o homem devia ser, antes de mais nada, o resultado de seu culto ao corpo — devia ser forte, desenvolvido em todos os seus sentidos, *eficaz* em todas as suas ações. Para os atenienses, a virtude principal de um homem devia ser a luta por sua *liberdade*. Além disso, precisava ser racional, falar bem, defender seus direitos, argumentar. Em Atenas, o ideal do homem educado era o *orador*.

Esses ideais, bem entendido, eram reservados apenas aos *homens livres*. Na Grécia, havia dezessete escravos para cada homem livre. E ser livre significava não ter preocupações materiais ou com o comércio e a guerra — atividades reservadas às classes inferiores. O caráter de classe da educação grega aparecia na exigência de que o ensino estimulasse a competição, as virtudes guerreiras, para assegurar a superioridade militar sobre as classes submetidas e as regiões conquistadas. O homem bem-educado tinha de ser capaz de mandar e de fazer-se obedecer.

A educação ensinava uns poucos a governar. Se ensinasse todos a governar, talvez apontasse um caminho para a democracia, como entendemos hoje. Entre iguais pode existir o diálogo e a liberdade de ensino; e isso acontecia apenas entre os gregos livres.

40 HISTÓRIA DAS IDEIAS PEDAGÓGICAS

Assim, a Grécia atingiu o ideal mais avançado da educação na Antiguidade: a *paideia*, uma educação integral que consistia na integração entre a cultura da sociedade e a criação individual de outra cultura numa influência recíproca. Os gregos criaram uma pedagogia da eficiência individual e, concomitantemente, da liberdade e da convivência social e política.

Os gregos realizaram a síntese entre a educação e a cultura: deram enorme valor à arte, à literatura, às ciências e à filosofia. A *educação do homem integral* consistia na formação do corpo pela ginástica, na da mente pela filosofia e pelas ciências, e na da moral e dos sentimentos pela música e pelas artes. Nos poemas de Homero, a "bíblia do mundo heleno", tudo se estudava: literatura, história, geografia, ciências etc.

Uma educação tão rica não podia escapar às *divergências*. Entre os *espartanos* predominava a ginástica e a educação moral, esta submetida ao poder do Estado; já os *atenienses*, embora dessem enorme valor ao esporte, insistiam mais na preparação teórica para o exercício da política. Platão chegou mesmo a desenvolver um currículo para preparar seus alunos a serem reis. E, de fato, vinte e três dentre eles chegaram ao poder. Ele mesmo, Platão, queria ser rei.

O mundo grego foi muito rico em tendências pedagógicas:

1ª) A de Pitágoras pretendia realizar na vida humana a ordem que se via no Universo, a harmonia que a matemática demonstrava;

2ª) A de Sócrates centrava o ato educativo não tanto na reflexão, como queria Platão, mas na linguagem e na retórica;

3ª) A de Xenofonte foi a primeira a pensar na educação da mulher, embora restrita aos conhecimentos caseiros e de interesse do esposo. Partia da ideia da dignidade humana, conforme ensinara Sócrates.

Mas, de longe, Sócrates, Platão e Aristóteles exerceram a maior influência no mundo grego.

Os gregos eram educados através dos textos de Homero, que ensinavam as virtudes guerreiras, o cavalheirismo, o amor à glória, à honra, à força, à destreza e à valentia. O ideal homérico era ser *sempre o melhor* e conservar-se superior aos outros. Para isso, era preciso imitar os heróis, rivalizar. Ainda hoje, nossos veículos de comunicação, manifestando essa herança, procuram glorificar sobretudo os heróis combatentes, dando sinal de que a educação militar e cívica repressiva ainda está presente. Essa ética patriótica foi exaltada sobretudo pelo nazismo e pelo fascismo.

Essa educação totalitária sacrificava, principalmente em *Esparta*, todos os interesses ao interesse do Estado, que exigia devotamento até o sacrifício supremo. Uma sociedade guerreira como a espartana só podia exigir das mulheres que perdessem seus traços femininos: tinham de ser mães fecundas de filhos vigorosos. As mães possuíam corpos enrijecidos pelos exercícios físicos. Por outro lado, desenvolvia-se a atração afetiva entre os homens: a *pederastia* era uma prática amplamente difundida.

O *humanismo ateniense* pautava-se pela supremacia de outros valores, já que em suas escolas, mesmo aristocráticas, as maiores disputas não eram físicas, mas intelectuais — buscava-se o conhecimento da verdade, do belo e do bem. Platão sonhava com uma república amplamente democrática, dentro dos limites da concepção de democracia de sua época, em que a educação tinha um papel fundamental. É curioso saber que Platão pretendia uma educação *municipal*, para evitar as pretensões totalitárias. Assim, o ensino se submeteria ao controle o mais próximo possível da comunidade. *Todo ensino deveria ser público.*

A *escola primária* destinava-se a ensinar os rudimentos: leitura do alfabeto, escrita e cômputo. Os *estudos secundários* compreendiam a educação física, a artística, os estudos literários e científicos. A *educação física* compreendia principalmente a corrida a pé, o salto em distância, o lançamento do disco e do dardo, a luta, o boxe, o pancrácio e a ginástica.

A *educação artística* incluía o desenho, o domínio instrumental da lira, o canto e o coral, a música e a dança. Os *estudos literários* compreendiam o estudo das obras clássicas, principalmente de Homero, a filologia (leitura, recitação e interpretação do texto), a gramática e os exercícios práticos de redação. Os *estudos científicos* apresentavam a matemática, a geometria, a aritmética e a astronomia.

No *ensino superior* prevalecia o estudo da retórica e da filosofia. A retórica estudava as leis do bem falar, baseadas numa tríplice operação:

a) procurar o que se vai dizer ou escrever;

b) pôr em certa ordem as ideias assim encontradas;

c) procurar os termos mais apropriados para exprimir essas ideias.

Daí o fato de a retórica dividir-se tradicionalmente em três partes: a invenção, a disposição e a alocução.

Os *estudos da filosofia* compreendiam, em geral, seis tratados: a lógica, a cosmologia, a metafísica, a ética, a política, a teodiceia.

HISTÓRIA DAS IDEIAS PEDAGÓGICAS

O ideal da cultura aristocrática grega não incluía a formação para o trabalho: o espírito devia permanecer livre para criar.

> **Sócrates:** a virtude pode ser ensinada, se as ideias são inatas?
>
> Sócrates (469–399 a.C.), filósofo grego nascido em Atenas, foi considerado o mais espantoso fenômeno pedagógico da história do Ocidente. Sua preocupação como educador, ao contrário dos sofistas, não era a adaptação, a dialética retórica[2], mas despertar e estimular o impulso para a busca pessoal e a verdade, o pensamento próprio e a escuta da voz interior.
>
> Não o interessavam os honorários das aulas, mas o diálogo vivo e amistoso com seus discípulos. Sócrates acreditava que o autoconhecimento é o início do caminho para o verdadeiro saber. Não se aprende a andar nesse caminho com o recebimento passivo de conteúdos oferecidos de fora, mas com a busca trabalhosa que cada qual realiza dentro de si.
>
> Sócrates foi acusado de blasfemar contra os deuses e de corromper a juventude.
>
> Foi condenado à morte e, apesar da possibilidade de fugir da prisão, permaneceu fiel a si e à sua missão.
>
> Não deixou nada escrito. O que herdamos foi o testemunho de seus contemporâneos, especialmente o de seu discípulo mais importante, Platão.

A impotência da educação

❝ Donde vem que tantos homens de méritos tenham filhos medíocres? Eu vou te explicar. A coisa nada tem de extraordinário, se considerares o que já disse antes com razão, que, nesta matéria, a virtude, para que uma cidade possa subsistir, consistiria em não ter ignorantes. Se esta afirmação é verdadeira (e ela o é) no mais alto grau, considera, segundo teu parecer, qualquer outra matéria de exercício ou de saber. Suponhamos que a cidade não pudesse subsistir a não ser que fôssemos todos flautistas, cada um na medida em que fosse capaz; que esta arte fosse também ensinada por todos

---

2   **Dialética retórica:** técnica do poder e da imposição de opiniões.

e para todos publicamente e, em particular, que se castigasse quem tocasse mal, e que não se recusasse este ensinamento a ninguém, da mesma forma que hoje a justiça e as leis são ensinadas a todos sem reserva e sem mistério, diferentemente dos outros misteres — porque nós nos prestamos serviços reciprocamente, imagino, por nosso respeito da justiça e da virtude, e é por isto que todos estamos sempre prontos a revelar e a ensinar a justiça e as leis — bem, nestas condições, a supor que tivéssemos o empenho mais vivo de aprender e de ensinar uns aos outros a arte de tocar flauta, crês, por acaso, Sócrates, disse-me ele, que se veria frequentemente os filhos de bons flautistas levarem vantagem sobre os dos maus? Quanto a mim não estou convencido, mas penso que aquele que tivesse filho melhor dotado para a flauta vê-lo-ia distinguir-se, enquanto que o filho mal dotado permaneceria obscuro; poderia acontecer, frequentemente, que o filho do bom flautista se revelasse medíocre e que o do medíocre viesse a ser bom flautista; mas, enfim, todos, indistintamente, teriam qualquer valor em comparação aos profanos e aos que são absolutamente ignorantes na arte de tocar flauta.

Pensa desta forma, que hoje o homem que te parece o mais injusto numa sociedade submetida às leis seria um justo e um artista nesta matéria, se o fôssemos comparar aos homens que não tiveram nem educação, nem tribunais, nem leis, nem constrangimento de qualquer espécie para forçá-los alguma vez a tomar cuidado da virtude, homens que fossem verdadeiros selvagens [...] Todo o mundo ensina a virtude na proporção do melhor que possa; e te parece que não há ninguém que a possa ensinar; é como se procurasses o mestre que nos ensinou a falar grego: tu não encontrarias; e não te sairias melhor, imagino, se procurasses qual mestre poderia ensinar aos filhos de nossos artesãos o trabalho de seu pai, quando se sabe que eles aprenderam este mister do próprio pai, na medida em que este lhe podia ter ensinado, e seus amigos ocupados no mesmo trabalho, de maneira que eles não têm necessidade de um outro mestre. Segundo meu ponto de vista, não é fácil, Sócrates, indicar um mestre para eles, enquanto seria facílimo para pessoas alheias a toda experiência; assim, também, da moralidade e de qualquer outra qualidade análoga. É o que acontece com a virtude e tudo o mais: por pouco que um homem supere os outros na arte de nos conduzir para ela, devemos nos declarar satisfeitos.

Creio ser um destes, e poder melhor que qualquer outro prestar o serviço de tornar os homens perfeitamente educados, e merecer, por isto, o salário que peço, ou mais ainda, segundo a vontade de meus discípulos. Assim eu

HISTÓRIA DAS IDEIAS PEDAGÓGICAS

estabeleci da seguinte maneira a regulamentação do meu salário: quando um discípulo acabou de receber minhas lições, ele me paga o preço pedido por mim, caso ele o deseje fazer; do contrário, ele declara num templo, sob a fé dum juramento, o preço que acha justo ao meu ensinamento, e não me dará mais nada além.

Eis aí, Sócrates, o mito e o discurso, segundo os quais eu desejei demonstrar que a virtude podia ser ensinada e que tal era a opinião dos atenienses, e que, por outro lado, não era de nenhuma maneira estranho que um homem virtuoso tivesse filhos medíocres ou que um pai medíocre tivesse filhos virtuosos: não vemos que os filhos de Policleto, que têm a mesma idade que Xantipo e Paralos aqui presentes, não estão à altura de seu pai, e que a mesma coisa acontece para muitos filhos de artistas? Quanto a estes jovens, não devemos apressar-nos em condená-los; ainda não deram tudo quanto prometem, porque são jovens. **"**

> PLATÃO. *"Protágoras"* (Diálogos sobre os "sofistas" gênero demonstrativo). Tradução, notas e comentários: Mário Ferreira dos Santos. São Paulo: Maltese, 1965.

Análise e reflexão

1. Para Sócrates, qual era o início do verdadeiro saber?
2. Faça uma pesquisa sobre o que significavam "ironia e maiêutica" no método socrático.

Platão: a educação contra a alienação na alegoria da caverna

Platão (427–347 a.C.), principal discípulo de Sócrates e mestre de Aristóteles, foi um importante filósofo. Nascido em Atenas, de uma família nobre, esteve em contato com as personalidades mais importantes de sua época.

Entre as várias obras que deixou destacam-se *República, Alegoria da caverna, Banquete, Sofista, Leis.* Através delas, formula a tarefa central de toda educação: retirar o "olho do espírito" enterrado no grosseiro pantanal do mundo aparente, em constante mutação, e fazê-lo olhar para a luz do verdadeiro ser, do divino; passar gradativamente da percepção ilusória dos sentidos para a contemplação da realidade pura e sem falsidade. Para ele, só com o cumprimento dessa tarefa existe educação, a única coisa que o homem pode levar para a eternidade. Para que se alcance esse objetivo é necessário "converter" a alma, encarar a educação como "arte de conversão".

Em sua utópica república todas as mulheres deveriam ser comuns a todos os homens. Para ele as autoridades do Estado deveriam decidir quem geraria filhos, quando, onde e quantas vezes.

Estas e outras teses controversas da obra de Platão não conseguem obscurecer sua contribuição perene para a concepção do homem ocidental e da educação.

Alegoria da caverna

❝ — Vamos imaginar — disse Sócrates — que existem pessoas morando numa caverna subterrânea. A abertura dessa caverna se abre em toda a sua largura e por ela entra a luz. Os moradores estão aí desde sua infância, presos por correntes nas pernas e no pescoço. Assim, eles não conseguem mover-se nem virar a cabeça para trás. Só podem ver o que se passa à sua frente. A luz que chega ao fundo da caverna vem de uma fogueira que fica sobre um monte atrás dos prisioneiros, lá fora. Pois bem, entre esse fogo e os moradores da caverna, imagine que existe um caminho situado num nível mais elevado. Ao lado dessa passagem se ergue um pequeno muro, semelhante ao tabique atrás do qual os apresentadores de fantoches costumam se colocar para exibir seus bonecos ao público.

— Estou vendo — disse Glauco.

— Agora imagine que por esse caminho, ao longo do muro, as pessoas transportam sobre a cabeça objetos de todos os tipos. Levam estatuetas de figuras humanas e de animais, feitas de pedra, de madeira ou qualquer outro material. Naturalmente, os homens que as carregam vão conversando.

— Acho tudo isso muito esquisito. Esses prisioneiros que você inventou são muito estranhos — disse Glauco.

— Pois eles se parecem conosco — comentou Sócrates. — Agora me diga: numa situação como esta, é possível que as pessoas tenham observado, a seu próprio respeito e dos companheiros, outra coisa diferente das sombras que o fogo projeta na parede à sua frente?

— De fato — disse Glauco —, com a cabeça imobilizada por toda a vida só podem mesmo ver as sombras!

— O que você acha — perguntou Sócrates — que aconteceria a respeito dos objetos que passam acima da altura do muro, do lado de fora?

— A mesma coisa, ora! Os prisioneiros só conseguem conhecer suas sombras!

— Se eles pudessem conversar entre si, iriam concordar que eram objetos reais as sombras que estavam vendo, não é? Além do mais, quando alguém falasse lá em cima, os prisioneiros iriam pensar que os sons, fazendo eco dentro da caverna, eram emitidos pelas sombras projetadas. Portanto — prosseguiu Sócrates — os moradores daquele lugar só podem achar que são verdadeiras as sombras dos objetos fabricados.

— É claro.

— Pense agora no que aconteceria se os homens fossem libertados das cadeias e da ilusão em que vivem envolvidos. Se libertassem um dos presos e o forçassem imediatamente a se levantar e a olhar para trás, a caminhar dentro da caverna e a olhar para a luz. Ofuscado, ele sofreria, não conseguindo perceber os objetos dos quais só conhecera as sombras. Que comentário você acha que ele faria, se lhe fosse dito que tudo o que observara até aquele momento não passava de falsa aparência e que, a partir de agora, mais perto da realidade e dos objetos reais, poderia ver com maior perfeição? Não lhe parece que ficaria confuso se, depois de lhe apontarem cada uma das coisas que passam ao longo do muro, insistissem em que respondesse o que vem a ser cada um daqueles objetos? Você não acha que ele diria que são mais verdadeiras as visões de antes do que as de agora?

— Sim — disse Glauco —, o que ele vira antes lhe pareceria muito mais verdadeiro.

— E se forçassem nosso libertado a encarar a própria luz? Você não acha que seus olhos doeriam e que, voltando as costas, ele fugiria para junto daquelas coisas que era capaz de olhar, pensando que elas são mais reais do que os objetos que lhe estavam mostrando?

— Exatamente — concordou Glauco.

— Suponha então — continuou Sócrates — que o homem fosse empurrado para fora da caverna, forçado a escalar a subida escarpada e que só fosse solto quando chegasse ao ar livre. Ele ficaria aflito e irritado porque o arrastaram daquela maneira, não é mesmo? Ali em cima, ofuscado pela luz do Sol, você acha que ele conseguiria distinguir uma só das coisas que agora nós chamamos verdadeiras?

— Não conseguiria, pelo menos de imediato.

— Penso que ele precisaria habituar-se para começar a olhar as coisas que existem na região superior. A princípio, veria melhor as sombras. Em seguida, refletida nas águas, perceberia a imagem dos homens e dos outros seres. Só mais tarde é que conseguiria distinguir os próprios seres. Depois de passar por esta experiência, durante a noite ele teria condições de contemplar o céu, a luz dos corpos celestes e a lua, com muito mais facilidade do que o sol e a luz do dia.

— Não poderia ser de outro jeito.

— Acredito que, finalmente, ele seria capaz de olhar para o sol diretamente, e não mais refletido na superfície da água ou seus raios iluminando coisas distantes do próprio astro. Ele passaria a ver o sol, lá no céu, tal como ele é.

— Também acho — disse Glauco.

— A partir daí, raciocinando, o homem libertado tiraria a conclusão de que é o sol que produz as estações e os anos, que governa todas as coisas visíveis. Ele perceberia que, num certo sentido, o sol é a causa de tudo o que ele e seus companheiros viam na caverna. Você também não acha que, lembrando-se da morada antiga, dos conhecimentos que lá se produzem e dos seus antigos companheiros de prisão, ele lamentaria a situação destes e se alegraria com a mudança?

— Decerto que sim.

— Suponhamos que os prisioneiros concedessem honras e elogios entre si. Eles atribuiriam recompensas para o mais esperto, aquele que fosse capaz de prever a passagem das sombras, lembrando-se da sequência em que elas costumam aparecer. Você acha, Glauco, que o homem libertado sentiria ciúme dessas distinções e teria inveja dos prisioneiros que fossem mais honrados e poderosos? Pelo contrário, como o personagem de Homero, ele não preferiria 'ser apenas um peão de arado a serviço de um pobre lavrador', ou sofrer tudo no mundo, a pensar como pensava antes e voltar a viver como vivera antes?

— Da mesma forma que você, ele preferiria sofrer tudo a viver desta maneira.

— Imagine então que o homem liberto voltasse à caverna e se sentasse em seu antigo lugar. Ao retornar do sol, ele não ficaria temporariamente cego em meio às trevas?

— Sem dúvida.

48 HISTÓRIA DAS IDEIAS PEDAGÓGICAS

— Enquanto ainda estivesse com a vista confusa, ele não provocaria risos dos companheiros que permaneceram presos na caverna se tivesse que entrar em competição com eles acerca da avaliação das sombras? Os prisioneiros não diriam que a subida para o mundo exterior lhe prejudicara a vista e que, portanto, não valia a pena chegar até lá? Você não acha que, se pudessem, eles matariam quem tentasse libertá-los e conduzi-los até o alto?

— Com certeza.

— Toda esta história, caro Glauco, é uma comparação entre o que a vista nos revela normalmente e o que se vê na caverna; entre a luz do fogo que ilumina o interior da prisão e a ação do sol; entre a subida para o lado de fora da caverna, junto com a contemplação do que lá existe, e entre o caminho da alma em sua ascensão ao inteligível. Eis a explicação da alegoria: no Mundo das Ideias, a ideia do Bem é aquela que se vê por último e a muito custo. Mas, uma vez contemplada, esta ideia se apresenta ao raciocínio como sendo, em definitivo, a causa de toda a retidão e de toda a beleza. No mundo visível, ela é a geradora da luz e do soberano da luz. No Mundo das Ideias, a própria ideia do Bem é que dá origem à verdade e à inteligência. Considero que é necessário contemplá-la, caso se queira agir com sabedoria, tanto na vida particular como na política. **99**

RIBEIRO, Jorge Claudio. *Platão*: ousar a utopia. São Paulo: FTD, 1988.

Análise e reflexão

1. De acordo com Platão, qual é a tarefa central de toda educação?

2. Explique o que Platão pensava sobre a democracia.

3. Anote as principais conclusões a que você chegou lendo "Alegoria da caverna" e discuta-as com seus companheiros.

Aristóteles: a virtude está no meio-termo

Aristóteles (384–322 a.C.) é, com Platão, um dos mais geniais filósofos gregos, chamado por Marx, em *O capital*, de "maior pensador da Antiguidade".

Nascido na Macedônia, ingressa com 17 anos na Academia de Atenas, onde permanece estudando e ensinando durante 20 anos, até a morte de seu mestre, Platão.

Contrário ao idealismo de seu mestre, Aristóteles prega de maneira realista que as ideias estão nas coisas, como sua própria essência. É também realista em sua concepção educacional; expõe três fatores principais que determinam o desenvolvimento espiritual do homem: "disposição inata, hábito e ensino". Com isso, mostra-se favorável a medidas educacionais "condicionantes" e acredita que o homem pode tornar-se a criatura mais nobre, como pode tornar-se a pior de todas, e que aprendemos fazendo, que nos tornamos justos agindo justamente.

Os caracteres

❝ Caráter dos jovens

Os jovens, mercê do caráter, são propensos aos desejos e capazes de fazer o que desejam. Entre os desejos do corpo, a principal inclinação é para os desejos amorosos, e não conseguem dominá-los. São inconstantes e depressa se enfastiam do que desejaram; se desejam intensamente, depressa cessam de desejar. Suas vontades são violentas, mas sem duração, exatamente como os acessos de fome e de sede dos doentes.

São coléricos, irritadiços e geralmente deixam-se arrastar por impulsos. Domina-os a fogosidade; porque são ambiciosos, não toleram ser desprezados, e indignam-se quando se julgam vítimas de injustiça. Gostam das honras, mais ainda da vitória, pois a juventude é ávida de superioridade, e a vitória constitui uma espécie de superioridade. [...]

A índole deles é antes boa do que má, por não terem ainda presenciado muitas ações más. São também crédulos, porque não foram todavia vítimas de muitos logros. Estão cheios de sorridentes esperanças; assemelham-se aos que beberam muito vinho, sentem calor como estes, mas por efeito de seu natural e porque não suportaram ainda muitos contratempos. Vivem, a maior parte do tempo, de esperança, porque esta se refere ao porvir, e a recordação, ao passado; e para a juventude o porvir é longo e o passado, curto. Nos primeiros momentos da vida, não nos recordamos de coisa alguma, mas podemos tudo esperar. É fácil enganar os jovens, pela razão que dissemos, pois esperam facilmente.

São mais corajosos que nas outras idades, por serem mais prontos em se encolerizarem e propensos a aguardar um êxito feliz de suas aventuras; a cólera faz que ignorem o temor, e a esperança incute-lhes confiança; com efeito, quando se está encolerizado, não se teme coisa alguma e o fato de esperar uma vantagem inspira confiança.

São igualmente levados a se envergonhar, pois não suspeitam que haja algo de belo fora das prescrições da lei que foi a única educadora deles. São magnânimos, porque a vida ainda não os envileceu nem tiveram a experiência das necessidades da existência. Aliás, julgar-se digno de altos feitos, esta é a magnanimidade, este o caráter de quem concebe amplas esperanças. Na ação preferem o belo ao útil, porque na vida deixam-se guiar mais por seu caráter do que pelo cálculo; ora, o cálculo relaciona-se com o útil, a virtude, com o belo. Mais do que acontece em outras idades, gostam dos amigos e companheiros; porque sentem prazer em viver em sociedade e não estão ainda habituados a julgar as coisas pelo critério do interesse, nem por conseguinte a avaliar os amigos pelo mesmo critério.

Cometem faltas? Estas são mais graves e mais violentas, [...] pois em tudo põem a nota do excesso; amam em excesso, odeiam em excesso, e do mesmo modo se comportam em todas as outras ocasiões. Pensam que sabem tudo e defendem com valentia suas opiniões, o que é ainda uma das coisas de seus excessos em todas as coisas. As injustiças que cometem são inspiradas pelo descomedimento, não pela maldade. São compassivos, porque supõem que todos os homens são virtuosos e melhores do que realmente são. Sua inocência serve-lhes de bitola para aferirem a inocência dos outros, imaginando sempre que estes recebem tratamento imerecido. Enfim, gostam de rir, e daí o serem levados a gracejar, porque o gracejo é uma espécie de insolência polida. Este é o caráter da juventude.

Caráter dos velhos

Os velhos e aqueles que ultrapassaram a flor da idade ostentam geralmente caracteres quase opostos aos dos jovens; como viveram muitos anos, e sofreram muitos desenganos, e cometeram muitas faltas, e porque, via de regra, os negócios humanos são malsucedidos, em tudo avançam com cautela e revelam menos força do que deveriam. Têm opiniões, mas nunca certezas. Irresolutos como são, nunca deixam de acrescentar ao que dizem: 'talvez', 'provavelmente'. Assim se exprimem sempre, nada afirmam de modo categórico. Têm também mau caráter, pois são desconfiados e foi a experiência que lhes inspirou essa desconfiança. Mostram-se remissos em suas afeições e ódios, e isso pelo mesmo motivo; [...] amam como se um dia devessem odiar e odeiam como se um dia devessem amar. São pusilânimes, porque a vida os abateu; não desejam coisa alguma de grande ou de extraordinário, mas unicamente o bastante para viver. São mesquinhos, porque os bens são indispensáveis para viver, mas também porque a experiência lhes ensinou todas as dificuldades em os adquirir e a facilidade com que se perdem. São tímidos e tudo lhes é motivo de temor, porque suas disposições são contrárias às dos jovens; estão como que gelados pelos anos, ao passo que os jovens são ardentes. Por isso a velhice abre o caminho à timidez, já que o temor é uma espécie de resfriamento. Estão apegados à vida, sobretudo quando a morte se aproxima, porque o desejo incide naquilo que nos falta e o que nos falta é justamente o que mais desejamos. São excessivamente egoístas, o que é ainda sinal de pusilanimidade. Vivem procurando apenas o útil, não o bem, e nisso mesmo dão provas de excesso, devido ao seu egoísmo, uma vez que o útil é o bem relativamente a nós mesmos; e o honesto, o bem em si.

Os velhos são mais inclinados ao cinismo do que à vergonha; como cuidam mais do honesto do que do útil, desprezam o que dirão os outros. São pouco propensos a esperar, em razão de sua experiência — pois a maior parte dos negócios humanos só acarretam desgostos e muitos efetivamente são malsucedidos — mas a timidez concorre igualmente para isso. Vivem de recordações mais que de esperanças, porque o que lhes resta de vida é pouca coisa em comparação do muito que viveram; ora, a esperança tem por objetivo o futuro; a recordação, o passado. É essa uma das razões de serem tão faladores; passam o tempo repisando com palavras as lembranças do passado; é esse o maior prazer que experimentam. Irritam-se com facilidade, mas sem violência; quanto a seus desejos, uns já os abandonaram, outros são desprovidos de vigor. Pelo que já não estão expostos aos desejos que cessaram de os estimular e substituem-nos pelo amor do ganho. Daí a impressão que se tem de os velhos serem dotados de certa temperança; na realidade, seus desejos afrouxaram, mas estão escravizados pela cobiça.

Em sua maneira de proceder, obedecem mais ao cálculo do que à índole natural — dado que o cálculo visa o útil, e a índole, a virtude. Quando cometem injustiças, fazem-no com o fim de prejudicar, e não de mostrar insolência. Se os velhos são igualmente acessíveis à compaixão, os motivos são diferentes dos da juventude; os jovens são compassivos por humildade; os velhos, por fraqueza, pois pensam que todos os males estão prestes a vir sobre eles e, como vimos, esta é uma das causas da compaixão. Daí vem o andarem sempre lamuriando-se, e não gostarem nem de gracejar, nem de rir; pois a disposição para a lamúria é o contrário da jovialidade. Tais são os caracteres dos jovens e dos velhos. Como todos os ouvintes escutam de bom grado os discursos conformes com seu caráter, não resta dúvida sobre a maneira como devemos falar, para, tanto nós, como nossas palavras, assumirem a aparência desejada.

Caráter da idade adulta

Os homens, na idade adulta, terão evidentemente um caráter intermédio entre os que acabamos de estudar, com a condição de suprimir o excesso que há nuns e noutros. Não mostrarão nem confiança excessiva oriunda da temeridade, nem temores exagerados, mas manter-se-ão num justo meio relativamente a estes dois extremos. A confiança deles não é geral, nem a desconfiança, e em seus juízos inspiram-se de preferência na verdade. Não vivem exclusivamente para o belo, nem para o útil, mas para um e outro igualmente. Não se mostram sovinas nem esbanjadores, mas neste particular observam a justa medida.

O mesmo se diga relativamente ao arrebatamento e ao desejo. Neles, a temperança vai acompanhada de coragem e a coragem de temperança, ao passo que nos jovens e nos velhos estas qualidades são separadas; pois a juventude é a um tempo corajosa e intemperante, e a velhice temperante e tímida. Numa palavra, todas as vantagens que a juventude e a velhice possuem separadamente se encontram reunidas na idade adulta; onde os jovens e os velhos pecam por excesso ou por falta, a idade madura dá mostras de medida justa e conveniente. A idade madura para o corpo vai de trinta a trinta e cinco anos; para a alma, situa-se à volta dos quarenta e nove anos. Tais são os caracteres respectivos da juventude, da velhice e da idade adulta. **99**

> ARISTÓTELES. *Arte retórica e arte poética*. São Paulo: Difusão Europeia do Livro, 1959. v. 8.

Análise e reflexão

1. De que maneira Aristóteles contraria o idealismo de seu mestre?
2. Explique por que Aristóteles é considerado realista em sua concepção educacional.
3. Faça um resumo das características dos jovens, dos velhos e da idade adulta, segundo Aristóteles.

Capítulo 3

O pensamento pedagógico romano

Os romanos, assim como os gregos, não valorizavam o trabalho manual: separavam a *direção* do trabalho do *exercício* deste. Seus estudos são essencialmente humanistas, entendendo-se a *humanitas* (tradução de *paideia*) como aquela cultura geral que transcende os interesses locais e nacionais. Os romanos queriam universalizar a sua *humanitas*, o que acabaram por conseguir através do cristianismo. A *humanitas* era dada na escola do "gramático", que seguia as seguintes fases:

- ditado de um fragmento do texto, a título de exercício ortográfico;
- memorização do fragmento;
- tradução do verso em prosa e vice-versa;
- expressão de uma mesma ideia em diversas construções;
- análise das palavras e frases;
- composição literária.

Assim se instruíam as elites romanas.

Os escravos, sem nenhuma instrução e ainda mais numerosos do que na Grécia, eram tratados como objetos. Sobre eles recaía toda a *produção material da existência das elites*. A sociedade era composta de grandes proprietários — os patrícios, que monopolizavam o poder — e de plebeus — pequenos proprietários que, apesar de serem livres (ao contrário dos escravos), eram excluídos do poder.

Através das conquistas, os romanos impuseram o *latim* a numerosas províncias. Na época áurea do Império, existia um sistema de educação com três graus clássicos de ensino:

a) as escolas do *ludi-magister*, que ministravam a educação elementar;

b) as escolas do *gramático*, que correspondiam ao que hoje se chama ensino secundário;

c) os estabelecimentos de *educação superior*, que iniciavam com a retórica e, seguidos do ensino do Direito e da Filosofia, se constituíam numa espécie de universidade[3].

O Império Romano também conquistou a Grécia, que transmitiu sua filosofia da educação aos romanos.

Roma teve muitos teóricos da educação. Catão (234–149 a.C.), chamado "O Antigo", distinguiu-se sobretudo pela importância que atribuía à formação do caráter; Marco Terêncio Varrão (116–27 a.C.) foi partidário de uma cultura romano-helênica, com base na "*virtus*" romana: *pietas, honestitas, austeritas*; Marco Túlio Cícero (106–43 a.C.), senador proclamado pelo Senado Romano como "Pai da Pátria", considerava o ideal da educação formar um orador que reunisse as qualidades do dialético, do filósofo, do poeta, do jurista e do ator. O orador encontrava sua base de sustentação na *humanitas*. Essa, por sua vez, vinculava-se ao projeto político de Roma: reunir os diversos povos num grande Império. Cícero foi o idealizador do Direito.

Também destacou-se o educador Marco Fábio Quintiliano (por volta de 35 d.C.–depois de 96 d.C.), que põe o peso principal do ensino no conteúdo do discurso. O estudo devia dar-se num espaço de *alegria* (*schola*). O ensino da leitura e da escrita era oferecido pelo *ludi-magister* (mestre do brinquedo).

Sêneca (por volta de 4 a.C.–até 65 d.C.) insiste na educação para a vida e a individualidade: "*non scholae, sed vitae est docendum*" (não se deve ensinar para a escola, mas para a vida).

Plutarco (por volta de 46–depois de 119 d.C.) insistia em que a educação procurasse mostrar a *biografia dos grandes homens*, para funcionar como exemplos vivos de virtude e de caráter.

A agricultura, a guerra, a política constituíam o programa que um romano nobre devia realizar. O homem realizado era *locuples*, locupletado, isto é, aquele que atingira o ideal do romano opulento.

Os *escravos* aprendiam as artes e os ofícios nas casas onde serviam.

---

[3] As universidades só surgiram na Idade Média.

Aos poucos a *classe aristocrática* cede lugar para comerciantes e pequenos artesãos e também para uma pequena classe de burocratas. Os enormes tentáculos do Império necessitavam de escolas que preparassem administradores, já que os soldados se preparavam (ou morriam) nas batalhas e nos quartéis (numerosos).

Pela primeira vez na história, o Estado se ocupa diretamente da educação, formando seus próprios quadros. Para vigiar as escolas, foram treinados os supervisores-professores, cujo regimento se parecia muito com o dos militares.

Direitos e deveres, eis o que ensinavam os romanos:

- direito do pai sobre os filhos (*pater potestas*);
- direito do marido sobre a esposa (*manus*);
- direito do senhor sobre os escravos (*potestas dominica*);
- direito de um homem livre sobre um outro que a lei lhe dava por contrato ou por condenação judiciária (*manus capere*);
- direito sobre a propriedade (*dominium*).

Os deveres decorriam desses direitos.

A educação romana era *utilitária* e *militarista*, organizada pela disciplina e justiça. Começava pela fidelidade administrativa: educação para a pátria, paz só com vitórias e escravidão aos vencidos. Aos rebeldes, a pena capital.

No lar, o pai, pela *pater potestas*, infligia aos filhos as obrigações do clã. Na escola, os castigos eram severos e os culpados eram açoitados com vara. Todas as cidades e regiões conquistadas eram submetidas aos mesmos hábitos e costumes, à mesma administração, apesar de serem consideradas "aliadas de Roma".

Dessa forma, os romanos conseguiram conquistar um Império e conservá-lo por muitos anos. É o fenômeno chamado "romanização", obra terminada pelo cristianismo.

Cícero: a virtude está na ação

Marco Túlio Cícero (106–43 a.C.), orador e político romano, nasceu em Arpino, cidade do Lácio, onde sua família tinha uma propriedade rural. Aos 10 anos foi enviado a Roma para completar sua educação. Aprendeu então literatura grega e latina, além de retórica, com os melhores mestres da época. Teve como mestres Múcio Cévola, em Direito; Fedro, Diota e Filo, em Filosofia. Aprofundou-se no conhecimento das leis e doutrinas filosóficas. Em 84 a.C., escreveu sua primeira obra, *De inventione*, na qual apresentou sua teoria sobre a retórica.

Aos 25 anos de idade ingressou na vida forense. Em 75 a.C., Cícero foi nomeado questor da Sicília. Contra Verres, Cícero compôs seus famosos discursos, jamais pronunciados, reunidos sob o nome de *Verrinas* (70 a.C.). Aproximou-se então do auge a vida política do orador, vendo crescer seu prestígio. Sua ambição era chegar ao consulado. Fez todo o possível para galgar os cargos políticos, conseguindo obtê-los um a um. Atinge o consulado em 63 a.C.

Num momento de crise da República, Cícero entrou em desacordo com Júlio César e Públio Clódio, que mandava matar quem discordasse de seu poder. Cícero se afastou da vida pública.

Mais tarde, ao formar o segundo Triunvirato com Otávio e Lépido, Cícero foi assassinado em Fórmia. Sua cabeça e suas mãos ficaram expostas no Fórum.

A obra de Cícero compreende discursos, tratados filosóficos e retóricos, cartas e poemas. Não só pela extensão mas pela originalidade e variedade de sua obra literária, Cícero é considerado o maior dos prosadores romanos e o que mais influenciou os oradores modernos.

Natureza e essência da honestidade

66 'Nada em nossa vida escapa ao dever'

Resolvi escrever agora para você, começando pelo que melhor convenha para sua idade e à minha paterna autoridade. Entre as coisas sérias e úteis tratadas pelos filósofos, não conheço nada mais extenso e cuidadoso do que regras e preceitos que nos transmitiram a propósito de deveres.

Negócios públicos ou privados, civis ou domésticos, ações particulares ou transações, nada em nossa vida escapa ao dever: observá-lo é honesto, negligenciá-lo, desonra. A pesquisa do dever é assunto comum dos filósofos. Como chamar-se filósofo quem não sabe expor doutrina sobre os deveres do homem? Há sistemas que, definindo o bem e o mal, desnaturam completamente a ideia de dever. Quem considera o soberano bem, independente da virtude, e que o baseia no interesse e não na honestidade, quem fica de acordo consigo mesmo, se a bondade de sua natureza não triunfa sobre seus princípios, não saberá praticar quer a amizade, quer a justiça, quer a caridade.

Que se separa de quem considera a dor o maior mal? Qual a temperança de quem considera a volúpia o bem supremo? Essas coisas são de tal clareza e não necessitam discussão, por isso não as tenho debatido.

Para não se desmentirem, muitas doutrinas nada dizem sobre deveres e delas não se deve esperar preceitos sólidos, invariáveis, conforme a natureza; só valem as que veem na honestidade o único bem, ou como um bem preferível aos outros e procurado por si mesmo. [...]

Neste estudo seguiremos, de preferência, os estoicos, mas sem servilismo, como é nosso costume; nós nos saciaremos em suas fontes, quando julgarmos apropriado, mas não abdicaremos de nosso ponto de vista, nosso juízo e nosso arbítrio.

Desde que vamos tratar dos deveres do homem, definamos logo o que chamamos dever e admiro-me de Panetius não o ter feito. Quando se quer pôr ordem e método numa discussão, é preciso começar definindo a coisa de que se trata, para se ter dela uma ideia nítida e precisa.

'Próprio do homem é a procura da verdade'

A natureza pôs em todo o ser animado o instinto de conservação, para defender seu corpo e sua vida, para evitar o que prejudica, para procurar todo o necessário com que viver: o alimento, o abrigo e outras coisas desse gênero. Deu, a cada espécie, nos dois sexos, uma atração mútua que os leva à multiplicação, e certo cuidado de sua prole. Mas há diferença entre o homem e o animal; pois este obedece unicamente aos sentidos, só vive o presente, o que está diante dele e não tem qualquer sensação de passado e futuro. O homem, ao contrário, com a ajuda da razão, que é seu galardão, percebe as consequências, a origem, a marcha das coisas, compara-as umas com outras, liga e reata o futuro ao passado; envolve, de um golpe de vista, todo o curso de sua vida, e faz provisão do necessário para iniciar uma profissão.

É ainda recorrendo à razão que a natureza aproxima os homens, fazendo-os conversar e viver em comum. Inspirando-lhes particular ternura pelos filhos, fazendo-os desejar reuniões e manter sociedade entre si: por esses motivos ela os anima a procurar todo o necessário para conservação e as comodidades da vida, não somente para si mesmos, como para sua mulher, seus filhos e todos aqueles que eles amam e devem proteger. Esses cuidados trazem o espírito desperto, tornando-os mais capazes de agir.

Mas, o que é, sobretudo, próprio do homem, é a procura da verdade. Assim, logo que nos livramos de cuidados e negócios, desejamos ver, entender, aprender qualquer coisa; pensamos que o conhecimento dos segredos ou das maravilhas da natureza é indispensável à felicidade; procuramos ver o que é verdadeiro, simples e puro, e conveniente à natureza do homem. Nesse amor à verdade encontramos certa aspiração de independência, fazendo o homem bem-nascido não desejar obedecer a ninguém, senão àquele que o instrui, e o dirige, no interesse comum, de acordo com a justiça e as leis; daí nasce a grandeza da alma e o desprezo das coisas humanas.

'O mérito da virtude está na ação'

[...] Sustenta-nos ardente desejo de saber e de conhecer; encanta-nos ser eminente na ciência; ignorar, errar, enganar-se, iludir-se, nos parece desgraça e vergonha.

Mas, nessa inclinação natural e honesta, é preciso evitar dois defeitos: um, dar por conhecidas as coisas desconhecidas, fazendo afirmação temerária; quem quiser evitar tal defeito — e nós todos devemos querer — dará ao exame de cada coisa o tempo e cuidados necessários. Outro defeito consiste em pôr muito ardor e muito estudo nas coisas obscuras, difíceis e desnecessárias. Esses dois defeitos, se evitados, só merecem louvores pela aplicação e pelo trabalho que consagramos às coisas honestas e, ao mesmo tempo, úteis. [...]

O mérito da virtude está na ação; mas há frequentes intervalos que permitem voltar aos estudos ou, ainda, à atividade do espírito, que sempre nos impele, mesmo no trabalho, a mantê-los continuamente. Ora, toda a atividade do espírito tem por objeto resoluções honestas a tomar sobre coisas que contribuem para a felicidade, ou às pesquisas científicas. Eis o que se deve observar na primeira fonte dos nossos deveres. **"**

CÍCERO, Marco Túlio. *Dos deveres*. São Paulo: Saraiva, 1965.

Análise e reflexão

1. Comente o trecho:

   "Entre as coisas sérias e úteis tratadas pelos filósofos, não conheço nada mais extenso e cuidadoso do que regras e preceitos que nos transmitiram a propósito de deveres."

2. De acordo com Cícero, qual a diferença entre o homem e o animal?

3. Pode-se dizer que a frase: "O mérito da virtude está na ação" reflete o pensamento romano? Explique.

Quintiliano: ensinar de acordo com a natureza humana

Marco Fábio Quintiliano (por volta de 35–depois de 96 d.C.) nasceu em Calagurris, atual Calahorra, na Espanha. Estudou Retórica e lecionou em Roma durante 20 anos. Nos últimos anos de sua vida, dedicou-se a colocar por escrito sua rica experiência, na famosa obra *Instituto oratória*, em doze livros, sobre a educação do orador. Nela Quintiliano não se limita à didática e à metodologia da retórica. Trata do problema do talento, das tarefas do educador e do professor, do estilo correto de ensino e de educação e de inúmeras questões pedagógicas.

Defendia o ideal educacional da eloquência perfeita. Tinha em mente um homem ao mesmo tempo eloquente e sábio. Não se contentava com um homem apenas eloquente, que poderia defender e responsabilizar-se pessoalmente por aquilo que dizia. Também não lhe bastava o indivíduo apenas sábio: era necessário que fosse eloquente.

De que modo se reconhecem os talentos nas crianças e quais os que devem ser tratados

❝ 1. Trazido o menino para o perito na arte de ensinar, este logo perceberá sua inteligência e seu caráter. Nas crianças, a memória é o principal índice de inteligência, que se revela por duas qualidades: aprender facilmente e guardar com fidelidade. A outra qualidade é a imitação que prognostica também a aptidão para aprender, desde que a criança reproduza o que se lhe ensina, e não apenas adquira certo aspecto, certa maneira de ser ou certos ditos ridículos.

62 HISTÓRIA DAS IDEIAS PEDAGÓGICAS

2. Não me dará esperança de boa índole uma criança que, em seu gosto pela imitação, não procurar senão fazer rir. Porque, primeiramente, será bom aquele que, na verdade, for talentoso; senão eu o julgarei antes retardado do que mau. O bom mesmo se afastará muito daquele lerdo e inerte.

3. Este meu (menino bom) compreenderá sem dificuldades aquelas coisas que lhe forem ensinadas e também perguntará algumas vezes; entretanto, mais acompanhará do que correrá à frente. Estes espíritos que, de bom grado, eu chamaria de precoces, não chegarão jamais à maturidade.

4. Estes são os que facilmente fazem pequenas coisas e, levados pela audácia, imediatamente ostentam tudo o que podem; mas, o que podem, em definitivo, é o que se encontra a seu alcance imediato; desfilam palavras, umas após outras, com ar destemido; proferem-nas, sem nenhuma vergonha; não vão muito longe, mas vão depressa.

5. Não existe neles nenhuma força verdadeira, nem se apoiam totalmente em raízes profundas; como sementes esparsas à flor do solo, rapidamente se dissipam e, como pequenas ervas, amarelecem os frutos em suas hastes fracas, antes da colheita. Estas coisas agradam na infância, por causa do contraste com a idade; a seguir, o progresso para e a admiração *diminui*.

6. Logo que tiver feito essas considerações, o mestre deverá perceber de que modo deverá ser tratado o espírito do aluno. Existem alguns que relaxam, se não se insistir com eles incessantemente. Outros se indignam com ordens; o medo detém alguns e enerva outros; alguns não conseguem êxito senão através de um trabalho contínuo; em outros, a violência traz mais resultados. Deem-me um menino a quem o elogio excite, que ame a glória e chore, se vencido.

7. Este deverá ser alimentado pela ambição; a este a repreensão ofenderá, a honra excitará; neste jamais recearei a preguiça.

8. A todos, entretanto, deve-se dar primeiro um descanso, porque não há ninguém que possa suportar um trabalho contínuo; mesmo aquelas coisas privadas de sentimento e de alma, para conservar suas forças, são afrouxadas por uma espécie de repouso alternado; além do mais, o trabalho tem por princípio a vontade de aprender, a qual não pode ser imposta.

9. É por isso que aqueles cujas forças são renovadas e estão bem dispostas têm mais vigor e um espírito mais ardente para aprender, enquanto, quase sempre, se rebelam contra a coação.

10. O gosto pelo jogo entre as crianças não me chocaria; é este um sinal de vivacidade e nem poderia esperar que uma criança triste e sempre aba- tida mostre espírito ativo para o estudo, pois que, mesmo ao tempo deste ímpeto tão natural a esta idade, ela permanece lânguida.

11. Haja, todavia, uma medida para os descansos; senão, negados, criarão o ódio aos estudos e, em demasia, o hábito da ociosidade. Há, pois, para aguçar a inteligência das crianças, alguns jogos que não são inúteis desde que se rivalizem a propor, alternadamente, pequenos problemas de toda espécie.

12. Os costumes também se revelam mais simplesmente entre os jogos, de modo que não parece existir uma idade tão tenra que não aprenda desde logo o que seja mau ou bom; mesmo porque a idade mais fácil para formar a criança é esta que não sabe simular e cede facilmente aos precei- tos: quebram-se com efeito, não se endireitam aquelas coisas que tomaram definitivamente um aspecto mau.

13. Então, nada fazer com paixão, nada com arrebatamento, nada impo- tentemente; eis, de imediato, o aviso que é preciso dar à criança. Sempre se deve ter em mente o conselho virgiliano: 'Nos primeiros anos o hábito tem muita força'.

14. Na verdade, gostaria pouco que as crianças fossem castigadas, ainda que houvesse permissão, e Crisipo não desaprovasse. Primeiramente, porque é baixo e servil e certamente uma injúria, o que seria lícito se se mudasse a idade. Além do mais, porque se alguém tem um sentimento tão pouco liberal que não se corrija com uma repressão, também resistirá às pancadas como o mais vil dos escravos. Finalmente, não haverá mesmo necessidade desse castigo, se houver ao lado das crianças um assistente assíduo de estudos.

15. Mas, hoje é geralmente a negligência dos pedagogos que parece continuar entre as crianças; porque não as forçam a bem fazer, punem-nas porque não fizeram. Enfim, se coagirdes uma criança com pancadas, que fareis para o jovem que, por outro lado, não terá nada a temer e que deve aprender coisas mais importantes?

16. Acrescente-se que muitas coisas vergonhosas e quase humilhantes de serem ditas aconteceram às crianças a serem castigadas, muitas vezes por dor e por medo; a vergonha confrange a alma, abate-a, leva-a a fugir e a detestar a própria luz.

17. Se já foi menor o cuidado em escolher os costumes vigilantes e mestres, é vergonhoso dizer em que ações infames homens nefandos cairão com o abuso deste direito de castigar; e este medo das pobres crianças dá também ocasião para o medo de outras. Não me demorarei nesta parte: o que se entende já é suficiente. Basta dizer isto: ninguém deve ter muitos direitos sobre uma idade demasiado fraca e exposta a ultrajes. **"**

ROSA, Maria da Glória de. *A história da educação através dos textos*. São Paulo: Cultrix, 1971.

Análise e reflexão

1. Escreva sobre o tipo de homem que Quintiliano tinha em mente.
2. De as principais características do "perito na arte de ensinar" e do "menino trazido" para ele.
3. Discuta com seus companheiros estas afirmações:
   a) "[...] o trabalho tem por princípio a vontade de aprender, a qual não pode ser imposta."
   b) "Basta dizer isto: ninguém deve ter muitos direitos sobre uma idade demasiado fraca e exposta a ultrajes."

Capítulo 4

O pensamento pedagógico medieval

A decadência do Império Romano e as invasões dos chamados "bárbaros" determinaram o limite da influência da cultura greco-romana. Uma nova força espiritual se sucedeu à cultura antiga, preservando-a mas submetendo-a a seu crivo ideológico: a Igreja Cristã.

Do ponto de vista pedagógico, Cristo havia sido um grande educador, popular e bem-sucedido. Seus ensinamentos ligavam-se essencialmente à vida. A pedagogia que propunha era concreta: parábolas inventadas no calor dos fatos, motivadas por suas numerosas andanças pela Palestina. Ao mesmo tempo, dominava a linguagem erudita e sabia comunicar-se com o povo mais humilde. Essa tradição contribuiu muito para o sucesso da Igreja e dos futuros padres. Saídos sobretudo dos meios camponeses e trabalhadores, os sacerdotes católicos dominam até hoje uma dupla linguagem — popular e erudita — com maior influência popular do que os intelectuais, que dominam apenas o discurso erudito.

A educação do homem medieval ocorreu de acordo com os grandes acontecimentos da época, entre eles a *pregação apostólica*, no século I depois de Cristo.

A patrística, que ocorreu do século I ao VII depois de Cristo, conciliou a fé cristã com as doutrinas greco-romanas e difundiu *escolas catequéticas* por todo o Império. Ao mesmo tempo, a *educação monacal* conservou a tradição e a cultura antiga. Os copistas reproduziam as obras clássicas nos conventos. Nos séculos seguintes, surgiu a *centralização do ensino* por parte do Estado cristão. A partir de Constantino (século IV), o Império adotou o cristianismo como religião oficial e fez, pela primeira vez, a escola tornar-se o *aparelho ideológico do Estado*.

Surge um novo tipo histórico de educação, uma nova visão do mundo e da vida. As culturas precedentes, fundadas no heroísmo, no aristocratismo, na existência terrena, foram substituídas pelo poder de Cristo, critério de vida e verdade: "Eu sou o caminho, a verdade, a vida... Todo o poder me foi dado".

São Paulo (a.C.–entre 62 e 68 d.C.) procurou universalizar o cristianismo, unindo gregos e romanos. Os "Pais da Igreja" — entre eles Clemente de Alexandria (por volta de 150–entre 211 e 215 d.C.), Orígenes (por volta de 185–254 d.C.), São Gregório (por volta de 330–por volta de 389 d.C.), São Basílio (329–379), São João Crisóstomo (347–407), São Jerônimo (por volta de 347–419 ou 420 d.C.) e Santo Agostinho (354–430) — impuseram a necessidade de se fixar um corpo de doutrinas, dogmas, culto e disciplina da nova religião. Obtiveram pleno êxito. Criaram ao mesmo tempo uma *educação para o povo*, que consistia numa educação catequética, dogmática, e uma *educação para o clérigo*, humanista e filosófico-teológica. Obtiveram deste a subserviência, mediante juramentos de fidelidade à fé cristã e "votos" de obediência, castidade e pobreza. A essa disciplina se sujeitavam mais os clérigos provenientes das classes populares e menos os que detinham realmente o poder (o alto clero), provenientes das camadas mais ricas. Mas tudo era feito em nome da transcendência. Deus justificava tudo. Até hoje a Igreja Católica mostra-se monárquica: o Sumo Pontífice não tem de prestar contas a ninguém, a não ser a Ele (Deus).

Os estudos medievais compreendiam:

- o *trivium*: gramática, dialética e retórica;
- o *quadrivium*: aritmética, geometria, astronomia e música.

No século IX, sob a inspiração de Carlos Magno, o sistema de ensino compreendia:

a) educação elementar, ministrada em *escolas paroquiais* por sacerdotes. A finalidade dessas escolas não era instruir, mas doutrinar as massas camponesas, mantendo-as ao mesmo tempo dóceis e conformadas;

b) educação secundária, ministrada em *escolas monásticas*, ou seja, nos conventos;

c) educação superior, ministrada nas *escolas imperiais*, onde eram preparados os funcionários do Império.

Nos séculos VI e VII, forma-se o império árabe. Maomé (por volta de 570–632 d.C.) funda uma nova religião, o Islamismo (*islam* = salvação). É chamado "profeta do Islã". Seus seguidores recebem a denominação de muçulmanos ou maometanos. O nome Maomé significa *o glorificado*.

Os muçulmanos acreditam que Maomé foi o último mensageiro de Deus. Acham que ele completou os ensinamentos sagrados dos profetas anteriores, como Abraão, Moisés e Jesus. Maomé foi um dos homens mais influentes de todos os tempos. Esse fato deu-lhe força para introduzir mudanças na Arábia.

Maomé nasceu em Meca, no sudeste da Arábia. O pai dele morreu antes de seu nascimento, e a mãe, durante a infância de Maomé. Viveu com uma tribo no deserto. Aos 25 anos, começou a trabalhar para uma viúva abastada, Cadija, que se tornou sua esposa.

O povo de Meca odiava Maomé devido aos ataques que ele fazia ao modo de vida na cidade. Esse fato e a morte da esposa provocaram, em 622, a fuga de Maomé para o norte, Medina (que, antes da fuga de Maomé, chamava-se Yatrib). Sua emigração, chamada *Hégira*, é considerada tão importante que o calendário muçulmano começa nesse ano. Maomé passou a ser o chefe de uma região e de uma comunidade, capaz de tornar sua mensagem religiosa uma lei. Os judeus de Medina romperam sua aliança com Maomé e conspiraram contra ele com seus inimigos de Meca. Irado, Maomé expulsou-os da cidade e organizou uma sociedade totalmente muçulmana. Depois de muita guerra, em 630, Maomé entrou triunfante em Meca. Ofereceu seu perdão àquele povo que, na maioria, aceitou-o como profeta de Deus. Dois anos depois, morreu em Medina, onde fica seu túmulo.

O islamismo está presente hoje em todos os continentes. Estima-se que um bilhão e meio de pessoas professam essa religião.

A doutrina de Maomé está contida no Alcorão.

O Alcorão (em árabe, *al'Qur'an* significa "a leitura por excelência") é o livro sagrado dos muçulmanos. Encerra todas as revelações divinas dadas a Maomé, nos últimos 20 anos de sua vida, por intermédio do Arcanjo Gabriel.

O texto do Alcorão compreende 114 capítulos, chamados *suras*, divididos em versículos. A introdução, *al-Fatiha*, representa uma suma do livro sagrado. É a única parte cuja recitação repete-se em todas as preces.

As revelações aconteceram em duas cidades. As de Meca, chamadas *suras de Meca*, destinam-se a uma comunidade hostil e pagã, representando uma espécie de código moral. As de Medina contêm certas disposições jurídicas necessárias à vida comunitária da sociedade islâmica.

O Alcorão é a obra-prima da literatura árabe e uma das obras-primas da literatura universal.

Grandes sábios muçulmanos destacaram-se na Idade Média. Entre eles:

- Ibn Sina (980–1037 d.C.), mais conhecido no Ocidente como Avicena, uma das principais figuras da ciência e da filosofia muçulmana. Está entre as personagens mais extraordinárias da história da civilização. Filósofo de saber enciclopédico, cientista e pesquisador, teórico eminente da medicina, poeta, músico etc., é autor de uma obra monumental que abrange quase todas as esferas do conhecimento de sua época.

- Al-Biruni (973–1048 d.C.), um dos grandes sábios do mundo islâmico. Astrônomo, matemático, físico, geógrafo, historiador, linguista, farmacólogo, além de filósofo e poeta, prestou uma contribuição excepcional ao progresso intelectual da humanidade. Soube analisar, transmitir, ampliar e integrar todo o conhecimento elaborado por seus predecessores e contemporâneos.

- Averróis (1126–1198 d.C.), muçulmano nascido em Córdoba, Espanha, um dos grandes pensadores do século XII. Recolheu grande tradição da antiguidade clássica e transmitiu-a, enriquecida e modificada, à Idade Média Cristã. Pregou o universalismo cultural, que defendia a coexistência das tradições de três grandes religiões monoteístas: o islamismo, o judaísmo e o cristianismo.

Os dois últimos séculos do primeiro milênio cristão foram conturbados por invasões, como a dos normandos, e por cruzadas à Terra Santa contra os islâmicos. Os grandes proprietários de terras (entre eles a Igreja) tornaram-se verdadeiros soberanos dos feudos (feudalismo), dando origem a um novo modo de produção, não mais escravista, mas com feições escravistas.

O *modo de produção feudal* estabeleceu duas classes distintas: de um lado, o *suserano*, dono de uma vasta região, e os *vassalos*, pequenos proprietários provenientes da nobreza e do clero, subordinados ao suserano, e, de outro lado, os *servos*, que cultivavam a terra — embora não fossem escravos, podiam ser vendidos pelos senhores junto com o feudo.

Ao contrário dos cristãos, os árabes não queriam mutilar a cultura grega em função de seus interesses. Foram eles que a levaram ao Ocidente, com a invasão cultural que realizaram. Desse choque, desse conflito, inicia-se um novo tipo de vida intelectual, chamada *escolástica*, que procura conciliar a razão histórica com a fé cristã. Seus fundadores foram Santo Anselmo (1033 ou 1034–1109) e Pedro Abelardo (1079–1142), mas o maior expoente foi São Tomás de Aquino (1224 ou 1225–1274), para o qual a revelação divina era suprarracional, mas não antirracional.

Partindo das premissas de Aristóteles, afirma São Tomás de Aquino que a educação habitua o educando a desabrochar todas as suas potencialidades (educação integral), operando assim a síntese entre a educação cristã e a educação greco-romana.

A acusação frequentemente dirigida a São Tomás de Aquino é a de que ele abusa do princípio da autoridade. Com toda a sua reconhecida sabedoria, não foi capaz de admitir, por exemplo, que a existência de homens escravos degradava a existência humana. Ao contrário, admitia-os sem problemas.

Ao lado do clero, a *nobreza* também realizava sua própria educação: seu ideal era o perfeito *cavaleiro*, com formação musical e guerreira e experiente nas sete artes liberais: cavalgar, atirar com o arco, lutar, caçar, nadar, jogar xadrez e versificar. A profissão da nobreza consistia apenas em cuidar de seus interesses, que se reduziam à guerra.

As *classes trabalhadoras* nascentes não tinham senão a educação oral, transmitida de pai para filho: só herdavam a cultura da luta pela sobrevivência. As mulheres, consideradas pecadoras pela Igreja, só podiam ter alguma educação se fossem "vocacionadas" (*vocare* = chamar) para ingressar nos conventos femininos. Mas só eram "chamadas" aquelas que tinham a vocação principal: ser proprietária de terras ou herdeira. Assim, a Igreja, impedindo ainda o casamento de padres e freiras, constituiu-se no maior latifundiário do globo. Os conventos tornaram-se também poderosas instituições bancárias. No interior dos conventos, a divisão de classes continuava existindo: de um lado os *senhores* (priores, reitores etc.) e de outro os *servos* (freiras, frades, "menores", coadjutores etc.).

A Igreja não se preocupava com a educação física. Considerava o corpo pecaminoso: ele tinha de ser sujeitado e dominado. Os jogos ficavam por conta da educação do cavaleiro.

Fato importante da Idade Média foi a criação das universidades de Paris, Bolonha, Salerno, Oxford, Heidelberg, Viena, centros que buscavam a universalidade do saber. Elas se constituíram na primeira organização liberal da Idade Média. Iniciaram no século XIII, com o desenvolvimento das escolas monásticas, a organização gremial da sociedade e o vigor da ciência trazida pelos árabes. Permitiram à burguesia emergente no final da Idade Média participar de muitas vantagens que até então só pertenciam ao clero e à nobreza. Todos os seus membros eram ricos. As universidades desenvolveram sobretudo três métodos intimamente relacionados: as *lições*, as *repetições* e as *disputas*. Elas representaram (e representam ainda hoje) uma grande força nas mãos das classes dirigentes.

Para muitos historiadores atuais, a Idade Média não foi a Idade das Trevas, da ignorância e do obscurantismo, como os ideólogos do Renascimento pregaram. Ao contrário, foi fecunda em lutas pela autonomia, com greves e grandes debates livres.

Discutia-se a gratuidade do ensino e o pagamento dos professores. Alguns sustentam que as universidades medievais eram mais populares e menos elitistas do que as universidades humanistas e aristocráticas do Renascimento. O que se constatou é que o saber universitário aos poucos foi se elitizando, guardado em Academias, submetido à censura da Igreja e burocratizado pelas Cortes.

Santo Agostinho: a teoria da iluminação divina

Santo Agostinho (354–430 d.C.) nasceu em Tagaste, parte oriental da atual Argélia. Depois de concluir os estudos, lecionou Retórica em Tagaste, Cartago, na atual Tunísia, Roma e Milão. No campo filosófico seguiu outras linhas, como o ceticismo, até ser conquistado pelo cristianismo e batizado junto com seu filho, que nasceu quando Agostinho tinha 18 anos. Seu filho, Adeodato, morreu com 17 anos. Agostinho foi ordenado sacerdote e, mais tarde, sagrado bispo em Hipona. Morreu nessa cidade, quando os vândalos a assediaram.

Agostinho foi grande pensador e sutil psicólogo. Mas destacou-se sobretudo como o mais importante filósofo e teólogo, no limiar entre a Antiguidade e a Idade Média.

> Entre suas obras pedagógicas encontra-se uma que foi chamada "O livro da revolta", cujo título é *O mestre*. Dentro da tradição platônica, Agostinho redigiu-a em forma de diálogo entre ele e seu filho. Nela desenvolveu e defendeu a ideia de que, como toda necessidade humana, também a aprendizagem, em última instância, só pode ser realizada por Deus. Em sua pedagogia, recomendou aos educadores jovialidade, alegria, paz no coração e às vezes também alguma brincadeira.

Cristo ensina interiormente, o homem avisa exteriormente pelas palavras

❝ 46 Agostinho — Mas sobre a utilidade das palavras, que bem considerada no seu conjunto não é pequena, falaremos, se Deus permitir, em outra parte. Agora, avisei-te, simplesmente, que não lhes atribuas importância maior do necessário, para que, não apenas se creia, mas também se comece a compreender com quanta verdade está escrito nos livros sagrados que não se chame a ninguém de mestre na terra, pois o verdadeiro e único Mestre de todos está no céu. Mas o que depois haja nos céus, nô-lo ensinará Aquele que, também por meio dos homens, nos admoesta com sinais e, exteriormente, a fim de que, voltados para Ele interiormente, sejamos instruídos. Amar e conhecer a Ele, esta é a vida bem-aventurada, que, se todos proclamam procurar, poucos são verdadeiramente os que se alegram por tê-la encontrado. Mas agora gostaria que me desses as tuas impressões sobre todo este meu exposto. Porque, se conhecesses que eram verdadeiras todas as coisas expostas, dirias igualmente que as sabias quando interrogado sobre cada uma separadamente; observa, portanto, de quem as aprendeste; não certamente de mim, a quem terias respondido, se interrogado sobre elas. Se, ao contrário, conheces que não são verdadeiras, nem eu nem Aquele as ensinou a ti: eu, porque não tenho nunca a possibilidade de ensinar; Aquele, porque tu não tens ainda a possibilidade de aprender.

Adeodato — Eu, na verdade, pela admoestação das tuas palavras aprendi que estas não servem senão para estimular o homem a aprender, e que é já grande coisa se, através da palavra, transparece um pouquinho do pensamento de quem fala. Se, depois, foi dita a verdade, isto nô-lo pode ensinar somente Aquele que, falando por fora, avisa que habita dentro de nós; Aquele que, pela sua graça, hei de amar tanto mais ardorosamente quanto mais eu progredir no conhecimento. Mas nos confrontos dessa tua oração, que usaste sem interrupção, sou-te grato particularmente por isto, que ela previu e resolveu todas as objeções que estava preparado para fazer e nada foi por ti descurado daquilo que me tornava duvidoso e sobre o que não me responderia assim aquele secreto oráculo, como foi afirmado pelas tuas palavras. **99**

> SANTO AGOSTINHO. *De magistro.* Tradução e nota introdutória: Ângelo Ricci. 2. ed. Porto Alegre: Universidade do Rio Grande do Sul, 1956.

Análise e reflexão

1. Seguindo a tradição platônica, Agostinho acreditava que "aprender é recordar". Assim, desenvolveu a teoria da "iluminação divina". Acreditava que Cristo, funcionando como mestre interior, era o responsável pela aprendizagem.

   Cite trechos do texto que comprovem essas teses.

2. Ao desenvolver sua concepção educacional, Agostinho afirmou que, sendo representante de Cristo, o professor apenas ilumina as ideias inatas no aluno.

   Na sua opinião, existem ainda segmentos da sociedade brasileira que concordariam com esse conceito? Por quê?

São Tomás de Aquino: o método escolástico

São Tomás de Aquino (1225–1274) nasceu num castelo na região de Nápoles. Filho mais novo do Conde de Aquino, foi obrigado a fugir de casa para ingressar na ordem de São Domingos, pois seu pai era contrário à escolha pelo movimento das ordens mendicantes. Terminou os estudos em Paris, onde conheceu seu mestre Alberto Magno. Aos 27 anos, tornou-se professor universitário.

Tomás foi canonizado, elevado a doutor da Igreja e declarado patrono de todas as escolas católicas. Com vida de bastante peregrinação, geralmente viajando a pé, visitou várias cidades, nas quais não permaneceu mais de três anos. Morreu a caminho do Concílio de Lion, na França.

> Deixou uma obra imensa. Foi filósofo, teólogo, um dos mais ativos organizadores dos estudos, reformador de programas de ensino, fundador de escolas superiores, mas, acima de tudo, professor.
>
> Seguia e pregava os seguintes princípios: evitar a aversão pelo tédio e despertar a capacidade de admirar e perguntar, como início do autêntico ensino.

É ensinar ato de vida ativa ou contemplativa?

"Argumentos em favor da segunda

1. Quarto problema: É ensinar ato de vida contemplativa ou ativa? Parece da contemplativa. Pois, como diz Gregório (na homilia III sobre Ezequiel): 'a vida ativa termina com o corpo'. Mas, tal não se dá com o ensino, pois os anjos, que não têm corpo, ensinam. Logo, parece o ensino pertencer à vida contemplativa.

2. Como diz Gregório sobre Ezequiel (hom. XIV): 'primeiro pratica-se a vida ativa para depois chegar à contemplativa'. Mas o ensino pratica-se depois da contemplação. Logo, ensinar não pertence à vida ativa.

3. Mas, no mesmo lugar diz Gregório, que a vida ativa, ocupada nas obras, menos visão tem. Ora, quem ensina deve enxergar mais do que o simples contemplativo. Donde ensinar pertence mais à vida contemplativa que à ativa.

4. Pela mesma qualidade é que uma coisa é perfeita em si e comunica aos outros perfeição semelhante. Assim, é pelo mesmo calor que o fogo é quente e esquenta. Ora, a perfeição própria de uma pessoa na consideração das coisas divinas pertence à vida contemplativa. Logo, também o ensino, que é transfusão da mesma perfeição em outrem, pertence à contemplativa.

5. A vida ativa ocupa-se com as coisas temporais. Mas o ensino principalmente versa sobre as coisas eternas, cuja doutrina, aliás, é superior e mais perfeita. Logo, não pertence o ensino à vida ativa, mas à contemplativa.

Argumentos em favor da primeira

Mas em contrário é o dito de Gregório, na mesma homilia: 'a vida ativa é dar o pão a quem tem fome, ensinar ao ignorante o verbo da sabedoria'.

HISTÓRIA DAS IDEIAS PEDAGÓGICAS

Demais, as obras de misericórdia pertencem à vida ativa. Ora, ensinar é contado entre as esmolas espirituais. Logo, pertence à vida ativa.

Solução do problema

A vida contemplativa e a ativa são distintas pela matéria e pelo fim. Matéria da vida ativa são as coisas temporais, objetos do ato humano; matéria da contemplativa são as razões cognoscíveis dos seres, em que se concentra o contemplativo. Essa diversidade material provém da diversidade do fim, pois, como também nas outras coisas, a matéria é determinada segundo as exigências do fim.

Fim da vida contemplativa, no sentido em que agora a tomamos, é a penetração da verdade. Por esta, entendo a verdade incriada enquanto ao alcance do contemplativo, i. e., imperfeitamente nesta vida, mas perfeitamente na vida futura. Donde também Gregório diz (hom. XIV) que a vida contemplativa começa aqui para ser completada na outra vida.

Fim da vida ativa é a operação dirigida para a utilidade do próximo.

Ora, no ato de ensinar achamos dupla matéria, cujo sinal é o duplo ato cumulado pelo ensino. Pois uma das suas matérias é aquilo mesmo que se ensina; outra, a pessoa a quem se comunica a ciência. Em razão da primeira matéria, pertence o ato de ensinar à vida contemplativa, em razão da segunda à ativa; mas em razão do fim parece só pertencer à vida ativa, porque a última das suas matérias, em que se atinge o fim colimado, é matéria de vida ativa.

Donde, embora de certo modo pertença à vida contemplativa, no entanto, mais participa (o ensino) da ativa que da contemplativa, como do sobredito aparece.

Resposta aos argumentos contrários à solução

Ao primeiro: A vida ativa termina com o corpo, enquanto se pratica labutando e ampara as fraquezas do próximo, conforme diz Gregório no mesmo lugar: 'a vida ativa é laboriosa porque faz suar no trabalho, duas coisas inexistentes na vida futura'. No entanto, não deixa de haver ação hierárquica nos espíritos celestes, como refere Dionísio (cap. 4 sobre a hierarquia celeste); mas é outra ação, de feição diferente da vida ativa que levamos agora nesta vida. Logo, também o ensino que lá existirá é muito diferente da instrução neste mundo.

Ao segundo: Gregório diz no trecho citado: 'Como a boa ordem de vida consiste em tender da ação para a contemplação, assim, muitas vezes, o espírito, não sem proveito, da contemplação torna a voltar à ação, para que esta seja mais perfeitamente cumprida, graças ao ardor que a contemplação acendeu na mente'.

Cumpre, porém, notar que a ativa precede a contemplativa quanto aos atos de nenhum modo convenientes com esta última; mas para os atos que da contemplativa tiram a sua matéria é necessário ser a ativa posterior à contemplativa.

Ao terceiro: A visão do docente é o princípio da doutrina; mas esta antes consiste em comunicar a ciência das coisas do que em contemplar as mesmas. Donde a visão do docente mais pertence à ação do que à contemplação.

Ao quarto: Este argumento prova que a vida contemplativa é princípio do ensino, como o calor não é o próprio esquentar; senão o seu princípio diretivo. Inversamente, também, a vida ativa dispõe à contemplativa.

Ao quinto: A solução aparece do sobredito, pois o ensino pertence à contemplativa em razão da primeira matéria, como foi dito no corpo do artigo. **"**

> SÃO TOMÁS DE AQUINO. *De magistro*. Tradução:
> Leonardo Von Ackel. São Paulo: Odeon, 1935.

Análise e reflexão

1. Em linhas gerais, que princípios São Tomás de Aquino seguia e pregava?

2. De que maneira São Tomás de Aquino dividiu o conteúdo do tema tratado (método) para torná-lo mais claro?

3. Diz-se que São Tomás de Aquino herdou de Aristóteles o gosto pelo método científico. Além disso, como o mestre grego, Aquino acreditava que a educação não é inata, mas adquirida.

   Cite o trecho do texto que afirma que a educação pertence mais à vida ativa que à contemplativa.

Capítulo 5

O pensamento pedagógico renascentista

O pensamento pedagógico renascentista se caracteriza por uma revalorização da cultura greco-romana. Essa nova mentalidade influenciou a educação: tornou-a mais prática, incluindo a cultura do corpo e procurando substituir processos mecânicos por métodos mais agradáveis.

O renascimento pedagógico ligou-se a alguns fatores mais gerais da própria evolução histórica. As Grandes Navegações do século XIV, que deram origem ao capitalismo comercial; a invenção da imprensa realizada pelo alemão Gutenberg (entre 1391 e 1400–1468), que difundiu o saber e a revolta; e a emigração dos sábios bizantinos que saíram de Constantinopla para a Itália são fatos que exerceram influência no pensamento pedagógico.

A invenção da bússola possibilitou as Grandes Navegações: Bartolomeu Dias dobrou o Cabo da Boa Esperança, no sul da África (1488), Cristóvão Colombo chegou à América (1492), Vasco da Gama desembarcou na Índia (1492), Pedro Álvares Cabral chegou ao Brasil (1500), Fernão de Magalhães fez a primeira viagem ao redor do mundo (1520) e, por ele, conhecemos a Oceania (1521). O impacto desses feitos favoreceu a crença nas possibilidades de o homem se superar, favoreceu o individualismo, o pioneirismo e a aventura. Desenvolveu-se também a arte da guerra, possibilitada pelo uso da pólvora.

Grande impacto na mentalidade da época exerceu a *teoria heliocêntrica*, defendida pelo polonês Nicolau Copérnico (1473–1543).

A educação renascentista preparou a formação do homem burguês. Daí essa educação não chegar às massas populares. Caracterizava-se pelo elitismo, pelo aristocratismo e pelo individualismo liberal. Atingia principalmente o clero, a nobreza e a burguesia nascente.

Os principais pensadores e educadores renascentistas foram:

- Vittorino da Feltre (1378–1446), italiano, humanista cristão, preceptor do príncipe de Mântua. Em sua *Casa Giocosa* (Casa-Escola-Alegre) propunha uma educação individualizada, o autogoverno dos alunos, a emulação. Teria sido a primeira "Escola Nova", que se desenvolverá mais tarde nos séculos XIX e XX.

- Erasmo Desidério (1467–1536), mais conhecido como Erasmo de Roterdã, abandonou a ordem religiosa a que pertencia para levar uma vida errante, pregando ideias humanistas. Tornou-se mundialmente famoso com seu *Elogio da loucura* (1509), obra de fundo satírico que investiu contra o obscurantismo conservador da pseudorreligião e da cultura medieval.

  Exerceu grande influência na literatura europeia do século XVI. Escreveu ainda o *Manual do cristão militante* (1501), a *Questão da paz* (1517), *A amável concórdia da Igreja* — uma nova tradução do Eclesiastes —, *Colóquios* (1522), entre outros.

  Humanista no mais completo sentido, Erasmo acreditava nas possibilidades de a razão humana distinguir claramente entre o bem e o mal; colocava no livre-arbítrio a fonte de todo autêntico pensamento religioso e de toda opção moral. Representava o exemplo vivo de uma nova ordem de coisas: a mentalidade renascentista, da qual veio a se tornar um dos maiores representantes.

  Erasmo presenciou a briga entre a Igreja Católica e Lutero, ambos solicitando seu apoio. Porém, ele discordava dos dois. Fez questão de conservar absoluta independência pessoal. O que poderia parecer covardia era, na verdade, o resultado da arraigada convicção de que os dois lados erraram. O verdadeiro caminho deveria ser criado pelo homem, enquanto ser inteligente e livre.

- Juan Luis Vives (1492–1540) nasceu na cidade de Valência, na Espanha. Morreu com apenas 48 anos em Bruges, na Bélgica. Viveu numa época de grandes convulsões e exasperadas lutas políticas, religiosas e científicas. Foi um homem de espírito, preceptor da princesa Maria Tudor, filha de Henrique VIII da Inglaterra.

  Antes de qualquer outro, reconheceu as vantagens do *método indutivo*, o valor da observação rigorosa e da coleta de experiências, acentuou a importância do concreto e da individualização. Pronunciou-se a favor dos exercícios corporais, destacou a necessidade da pesquisa e da promoção das aptidões pessoais e advertiu contra a seleção precipitada de talentos.

Vives descobriu a infância, por quem se empenhou. Propondo um estilo de educação adequado, teve consciência da importância do brinquedo infantil. Foi um dos primeiros a solicitar uma remuneração governamental para os professores. Chamou a atenção dos cientistas para a responsabilidade "social" da ciência, estimulando-os a não cultivarem-na como fim em si mesma, mas "ir às oficinas e locais de trabalho e deixar-se instruir pelos trabalhadores" e dessa forma pesquisar "o que é necessário saber para a vida em comum"[4].

- François Rabelais (por volta de 1483–1553), médico e frade franciscano, criticou o formalismo da educação escolástica, excessivamente livresca. Numa grotesca alegoria, fez os franceses rirem da educação medieval do jovem gigante chamado Gargantua, personagem que dá título ao livro (de, provavelmente, 1534).

Para ele, o importante não eram os livros, mas a *natureza*. A educação precisava primeiro cuidar do corpo, da higiene, da limpeza, da vida ao ar livre, dos exercícios físicos etc. Ela devia ser alegre e integral.

Numa carta que Gargantua escreve ao filho Pantagruel, o pai apresenta um verdadeiro plano de estudos:

> **"**Quanto ao conhecimento dos fatos da natureza, quero que se adorne cuidadosamente deles; que não haja mar, rio ou fonte dos quais não conheça os peixes; todos os pássaros do ar, todas as árvores, os arbustos e os frutos das florestas; todas as ervas da terra, todos os metais escondidos no ventre dos abismos, as pedreiras do Oriente e do Sul, nada lhe seja desconhecido.**"**[5]

Rabelais frequentava as feiras, as praças públicas, as festas, as batalhas. Foi a principal testemunha da decadência da cultura medieval e do surgimento da modernidade. Seus difíceis escritos valorizavam a cultura popular, que significava uma resistência à cultura oficial das classes dominantes.

---

[4] MÄRZ, Fritz. *Grandes educadores*. São Paulo: EPU, 1987. p. 49.

[5] ROSA, Maria da Glória de. *A história da educação através dos textos*. São Paulo: Cultrix, 1985. p. 125.

80 HISTÓRIA DAS IDEIAS PEDAGÓGICAS

Contrário aos estudos teológicos medievais, Rabelais valorizou as ciências da natureza e as ciências humanas, os estudos clássicos, mas exagerou na quantidade, caindo no enciclopedismo.

* Michel de Montaigne (1533–1592), que também repudiou a erudição indigesta e a disciplina escolástica, criticou Rabelais pelo seu enciclopedismo. Os professores deveriam ter "a cabeça antes melhor que provida de ciência"[6].

As crianças devem aprender o que terão de fazer quando adultos.

Ao contrário do pensamento teocrático da Idade Média, o Renascimento valorizava as humanidades, entendendo-se por isso os conhecimentos ligados diretamente às necessidades humanas, que formam e desenvolvem o homem, que respeitam sua personalidade. Era clara a reação ao Estado-Igreja medieval. Vislumbrava-se a educação como sinal de protesto, o que contém em germe a educação moderna e leiga.

O movimento renascentista não podia deixar de repercutir no seio da Igreja, que se deparou com a Reforma Protestante, considerada por Engels como a primeira grande revolução burguesa. Foi iniciada pelo monge agostiniano Martinho Lutero (1483–1546), filho de um mineiro. A exaltação renascentista do indivíduo, de seu livre-arbítrio, tornara inevitável a ruptura no seio da Igreja: "para cada cabeça uma sentença", dizia Lutero.

A principal consequência da Reforma foi a transferência da escola para o controle do Estado, nos países protestantes. Mas não consistia ainda em uma escola pública, leiga, obrigatória, universal e gratuita, como a entendemos hoje. Era uma *escola pública religiosa*. A religião, o canto e a língua pátria eram sua base. Numa carta que Lutero escreveu em 1527 aos "regedores de todas as cidades da nação alemã", para que estabelecessem e mantivessem escolas cristãs, afirmava que

" a educação pública destinava-se em primeiro lugar às classes superiores burguesas e secundariamente às classes populares, às quais deveriam ser ensinados apenas os elementos imprescindíveis, entre os quais a doutrina cristã reformada **"** [7].

---

[6] LUZURIAGA, Lorenzo. *História da educação e da pedagogia*. Tradução e notas: Luiz Damasco Penna; J. B. Damasco Penna. São Paulo: Cia. Editora Nacional, 1987. p. 106. (Série Atualidades Pedagógicas, v. 59).

[7] LUZURIAGA, Lorenzo. *História da educação pública*. Tradução e notas: Luiz Damasco Penna; J. B. Damasco Penna. São Paulo: Cia. Editora Nacional, 1958. p. 7–8. (Série Atualidades Pedagógicas, v. 71).

À Reforma Protestante, a Igreja Católica reagiu através do Concílio de Trento (1545–1563), que criou o Index Librorum Prohibitorum (Índice dos Livros Proibidos), e da Companhia de Jesus (1534). Organizou a Inquisição (1542) para combater o protestantismo e toda forma herética da doutrina cristã.

Os reformadores cristãos se multiplicaram, destacando-se João Calvino (1509–1564), natural da França, que deu ao protestantismo suíço e ao francês sua doutrina e organização. Suas ideias se espalharam pelos Países Baixos, Bélgica, Inglaterra, Escócia e atingiram as colônias inglesas da América do Norte.

Os jesuítas tinham por missão converter os hereges e alimentar os cristãos vacilantes. Para orientar sua prática, foi escrito o *Ratio atque Institutio Studiorum Societatis Iesu* aprovado em 1599, que continha os planos, programas e métodos da educação católica. Seu conteúdo compreendia a formação em latim e grego, em filosofia e teologia. Seu método, predominantemente verbal, compreendia cinco momentos: a preleção, a contenda ou emulação, a memorização, a expressão e a imitação.

A educação jesuítica encaminhou-se principalmente para a formação do homem burguês, descurando a formação das classes populares. Seu fundador, Inácio de Loyola (1491–1556), também era de família burguesa. Os jesuítas exerceram grande influência na vida social e política. Contrários ao espírito crítico, eles privilegiaram o dogma, a conservação da tradição, a educação mais científica e moral do que humanista. Quando liam os clássicos, procuravam expurgá-los previamente das partes nocivas à fé e aos bons costumes.

Na educação jesuítica tudo estava previsto, incluindo a posição das mãos e o modo de levantar os olhos, para evitar qualquer forma de independência pessoal. Seu lema: "obediência ao papa até a morte". Para isso, diziam, era preciso "enfaixar-se a vontade", como são enfaixados os membros dos bebês.

Os jesuítas desprezaram a educação popular. Por força das circunstâncias tinham de atuar no mundo colonial em duas frentes: a *formação burguesa* dos dirigentes e a *formação catequética* das populações indígenas. Isso significava: a ciência do governo para uns e a catequese e a servidão para outros. Para o povo sobrou apenas o ensino dos princípios da religião cristã.

Montaigne: a educação humanista

Michel de Montaigne (1533–1592) nasceu no castelo Montaigne, perto de Bordeaux. Sua educação foi confiada a um humanista alemão. Estudou Direito e durante alguns anos exerceu a função de conselheiro parlamentar em Bordeaux. Mais tarde tornou-se prefeito desse lugar por quatro anos. Dedicou o resto de sua vida a atividades literárias.

Por suas contribuições à educação, Montaigne pode ser considerado um dos fundadores da pedagogia da Idade Moderna. Queixou-se de só se trabalhar com a memória, deixando vazias a razão e a consciência. Propunha uma formação flexível, aberta. Criticou duramente o brutal estilo de educação de sua época.

Da educação das crianças

❝ Quanto aos que, segundo aos costumes, encarregados de instruir vários espíritos naturalmente diferentes uns dos outros pela inteligência e pelo temperamento, a todos ministram igual lição e disciplina, não é de estranhar que dificilmente encontrem em uma multidão de crianças somente duas ou três que tirem do ensino o devido fruto. Que não lhe peça conta apenas das palavras da lição, mas também do seu sentido e substância, julgando de proveito, não pelo testemunho da memória e sim pelo da vida. É preciso que o obrigue a expor de mil maneiras e acomodar a outros tantos assuntos o que aprender, a fim de verificar se o aprendeu e assimilou bem, aferindo assim o progresso feito segundo os preceitos pedagógicos de Platão. É indício de azia e indigestão vomitar a carne tal qual foi engolida. O estômago não faz seu trabalho enquanto não mudam o aspecto e a forma daquilo que se lhe deu a digerir.

Tudo se submeterá ao exame da criança e nada se lhe enfiará na cabeça por simples autoridade e crédito. Que nenhum princípio, de Aristóteles, dos estoicos ou dos epicuristas, seja seu princípio. Apresentem-se-lhe todos em sua diversidade e que ela escolha se puder. E se não o puder, fique na dúvida, pois só os loucos têm certeza absoluta em sua opinião.

O proveito de nosso estudo está em nos tornarmos melhores e mais avisados. É a inteligência, dizia Epicarmo, que vê e ouve; é a inteligência que tudo aproveita, tudo dispõe, age, domina e reina. Tudo o mais é cego, surdo e sem alma. Certamente tornaremos a criança servil e tímida se não lhe dermos a oportunidade de fazer algo por si. Quem jamais perguntou a seu discípulo que opinião tem da retórica, da gramática ou de tal ou qual sentença de Cícero? Metem-nas em sua memória bem arranjadinhas, como oráculos que devem ser repetidos ao pé da letra. Saber de cor não é saber: é conservar o que se entregou à memória para guardar. Do que sabemos efetivamente, dispomos sem olhar para o modelo, sem voltar os olhos para o livro. Triste ciência a ciência puramente livresca! Que sirva de ornamento mas não de fundamento, como pensa Platão, o qual afirma que a firmeza, a boa-fé, a sinceridade, são a verdadeira filosofia, e que as outras ciências, com outros fins, não são mais do que brilho enganoso.

Admite-se também geralmente que a criança não deve ser educada junto aos pais. A sua afeição natural enternece-os e relaxa-os demasiado, mesmo aos mais precavidos. Não são capazes de lhe castigar as maldades nem de a verem educada algo severamente como convém, preparando-a para as aventuras da vida. Não suportariam vê-la chegar do exercício, em suor e coberta de pó, ou vê-la montada em cavalo bravo ou de florete em punho, contra um hábil esgrimista, ou dar pela primeira vez um tiro de arcabuz. E no entanto não há outro caminho: quem quiser fazer do menino um homem não o deve poupar na juventude nem deixar de infligir amiúde os preceitos dos médicos: 'que viva ao ar livre e no meio dos perigos'. Não basta fortalecer-lhe a alma, é preciso também desenvolver-lhe os múscu-los. Terá de se esforçar demasiado se, sozinha, lhe couber dupla tarefa. Sei quanto custa a mim a companhia do corpo tão frágil, tão sensível e que nela confia excessivamente. E vejo muitas vezes, nas minhas leituras, que meus mestres em seus escritos põem em evidência feitos de valentia e firmeza de ânimo que decorrem muito mais da espessura da pele e da dureza dos ossos. Vi homens, mulheres e crianças de tal modo conformados que uma bastonada lhes dói menos do que a mim um piparote; e não tugem nem mugem quando apanham. Quando os atletas imitam os filósofos em paciên-cia, é de atribuir a coisa mais ao vigor dos nervos que ao da alma. O hábito do trabalho leva ao hábito da dor: 'O trabalho caleja para a dor'. É preciso acostumar o jovem à fadiga e à aspereza dos exercícios a fim de que se prepare para o que comportam de penoso as dores físicas, a luxação, as cólicas, os cautérios, e até a prisão e a tortura, que nestas ele também pode vir a cair nos tempos que correm, em que tanto atingem os bons como os maus. Estamos arriscados a elas. Todos os que combatem as leis ameaçam os homens de bem com o chicote e a corda. Por outro lado, a presença dos pais é nociva à autoridade do preceptor, a qual deve ser soberana; e o respeito que lhe têm os familiares, o conhecimento da situação e da influência de sua família, são a meu ver de muita inconveniência na infância.

Nessa escola do comércio dos homens, notei amiúde um defeito: em vez de procurarmos tomar conhecimento dos outros, esforçamo-nos por nos tomarmos conhecidos e mais nos cansamos em colocar a nossa mercadoria do que em adquirir outras novas. O silêncio e a modéstia são qualidades muito apreciáveis na conversação. Educar-se-á o menino a mostrar-se parcimonioso de seu saber, quando o tiver adquirido; a não se formalizar com tolices e mentiras que se digam em sua presença, pois é incrível e impertinente aborrecer-se com o que não agrada. Que se contente com corrigir-se a si próprio e não pareça censurar aos outros o que deixa de fazer; e que não contrarie os usos e costumes: 'pode-se ser avisado sem arrogância'.

É estranho que em nosso tempo a filosofia não seja, até para gente inteligente, mais do que um nome vão e fantástico, sem utilidade nem valor, na teoria como na prática. Creio que isso se deve aos raciocínios capciosos e embrulhados com que lhe atopetaram o caminho. Faz-se muito mal em a pintar como inacessível aos jovens, e em lhe emprestar uma fisionomia severa, carrancuda e temível. Quem lhe pôs tal máscara falsa, lívida, hedionda? Pois não há nada mais alegre, mais vivo e diria quase mais divertido. Tem ar de festa e folguedo. Não habita onde haja caras tristes e enrugadas.

É provável que nessas condições nosso jovem ficará menos inútil do que os outros. Mas como os passos que damos quando passeamos numa galeria não nos cansam tanto quanto em um caminho determinado, ainda que sejam três vezes mais, assim também nossas lições, dadas ao acaso do momento e do lugar, e de entremeio com nossas ações, decorrerão sem que se sintam. Os exercícios e até os jogos, as corridas, a luta, a música, a dança, a caça, a equitação, a esgrima constituirão boa parte do estudo.

Quero que a delicadeza, a civilidade, as boas maneiras se modelem ao mesmo tempo que o espírito, pois não é uma alma somente que se educa, nem um corpo, é um homem: cabe não separar as duas parcelas do todo. Como diz Platão, é preciso não educar uma sem a outra e sim conduzi-las de par, como uma parelha de cavalos atrelados ao mesmo carro. E parece até dar mais tempo e cuidado aos exercícios do corpo, achando que o espírito se exercita ao mesmo tempo, e não ao contrário.

Seja como for, a essa educação deve proceder-se com firmeza e brandura e não como é de praxe. Pois como o fazem atualmente, em lugar de interessarem os jovens nas letras, desgostam-nos pela tolice e a crueldade. Deixem-se de lado a violência e a força: nada a meu ver abastarda mais e mais embrutece uma natureza generosa. Se quereis que o jovem tema a vergonha e o castigo não o calejais nele. Habituai-o ao suor e ao frio, ao vento, ao sol, aos acasos que precisa desprezar; tirai-lhe a moleza e o requinte no vestir, no dormir, no comer e no beber: acostumai-o a tudo. Que não seja rapaz bonito e efeminado, mas sadio e vigoroso. Menino, homem velho, sempre tive a mesma maneira de pensar a esse respeito. A disciplina rigorosa da maior parte de nossos colégios sempre me desagradou. Menos prejudiciais seriam talvez se a inclinassem para a indulgência. São verdadeiras prisões para cativeiro da juventude, e a tornam cínica e debochada antes de o ser. Ide ver esses colégios nas horas de estudo: só ouvireis gritos de crianças martirizadas e de mestres furibundos. Linda maneira de acordar o interesse pelas lições nessas almas tenras e tímidas, essa de ministrá-las carrancudo e de chicote nas mãos! Que método iníquo e pernicioso! E observa muito bem Quintiliano que uma autoridade que se exerce de modo tão tirânico comporta as mais nefastas consequências, em particular pelos castigos. Como seriam melhores as classes se juncadas de flores e folhas e não de varas sanguinolentas! Gostaria que fossem atapetadas de imagens da alegria, do júbilo, de Filora e das Graças, como mandou fazer em sua escola o filósofo Espeusipo. Onde esteja o proveito esteja também a diversão. Há que pôr açúcar nos alimentos úteis à criança e fel nos nocivos. É admirável como Platão se mostra atento em suas 'Leis' à alegria e aos divertimentos da juventude da cidade e como se atarda na recomendação das corridas, dos jogos, das canções, dos saltos e das danças cujo patrocínio e orientação se confiaram aos próprios deuses: Apolo, as Musas, Minerva. Alonga-se em mil preceitos sobre os ginásios, enquanto pouco discorre acerca das letras e parece não recomendar particularmente a poesia, a não ser musicada.

Ao fim de quinze e dezesseis anos compare-se o nosso jovem a um desses latinistas de colégio que terá levado o mesmo tempo a aprender a falar! O mundo é apenas tagarelice e nunca vi homem que não dissesse

86 HISTÓRIA DAS IDEIAS PEDAGÓGICAS

antes mais do que menos do que devia. E nisto gastamos metade da vida. Obrigam-nos durante quatro ou cinco anos a aprender palavras e a juntá-las em frases, e outros tantos a compor um longo discurso em quatro ou cinco partes; e mais cinco pelo menos a aprender a misturá-las e a combiná-las de maneira rápida e mais ou menos sutil. Deixe-se isso a quem o faz por profissão.

Se nosso jovem estiver bem provido de conhecimentos reais, não lhe faltarão palavras; e virão por mal se não quiserem vir por bem. Há quem se desculpe por não poder exprimir as coisas belas que pretende ter na cabeça e lastime sua falta de eloquência para as revelar: é mistificação. Quereis saber o que isso significa, a meu ver? É que entrevê algumas vagas concepções que não tomaram corpo, que não pode destrinçar, e esclarecer, e por conseguinte expressar. Não se compreende a si próprio. Contemplai-o a gaguejar, incapaz de parir, vereis logo que sua dificuldade não está no parto mas na concepção, e anda ainda a lamber um embrião. Acredito, e Sócrates o diz formalmente, que quem tem no espírito uma ideia clara e precisa sempre a pode exprimir, quer de um modo quer de outro, por mímica até, se for mudo: 'Não falham as palavras para o que se concebe bem'. Ora, como diz um outro, de modo igualmente poético embora em prosa: 'Quando as coisas se assenhoram do espírito as palavras ocorrem'; ou ainda: 'As coisas atraem as palavras'. Pode ignorar ablativos, conjuntivos, substantivos e gramáticas, quem é dono de sua ideia; é o que se verifica com um lacaio qualquer ou rapariga do 'Petit Pont', que são capazes de nos entreter do que quisermos sem se desviarem muito mais das regras da língua que um bacharel de França. Não sabem retórica nem começam por captar a benevolência do leitor ingênuo e nem se preocupam com isso. Em verdade, todos esses belos adornos se apagam ante o brilho de uma verdade simples e natural. Esses requebros servem apenas para divertir o vulgo incapaz de escolher alimento mais substancial e fino, como Afer o demonstra claramente em Tácito. **"**

> MONTAIGNE, Michel de. *Ensaios*. Tradução: Sérgio Milliet. São Paulo: Abril, 1972. v. 1, cap. XXVI. (Os pensadores).

Análise e reflexão

1. Faça uma dissertação sobre as ideias de Montaigne, enfocando principalmente:

- A importância da educação individual;
- A autoridade do preceptor;
- O objetivo do estudo;
- A utilidade da presença dos pais na educação dos filhos;
- A importância do estudo da filosofia para o jovem.

2. Comente a passagem do texto em que Montaigne afirma: "Que não seja rapaz bonito e efeminado, mas sadio e vigoroso."

Lutero: a educação protestante

Martinho Lutero (1483–1546) foi o líder do movimento religioso que levou ao nascimento do protestantismo, a Reforma. Lutero nasceu e morreu na Saxônia. Recebeu o grau de mestre em Filosofia na Universidade de Erfurt (1505). Iniciou, então, estudos de Direito, interrompidos quando ingressou no convento dos agostinianos dessa mesma cidade. Em 1507 foi ordenado sacerdote. Doutorou-se em Teologia e foi designado professor de Teologia em Wittenberg, cargo que manteve pelo resto da vida.

Em 1517, com a intenção de arrecadar fundos para a conclusão da suntuosa Basílica de São Pedro, o papa Leão X encarregou o monge dominicano Tetzel de oferecer indulgências (perdão dos pecados) a todos os que oferecessem polpudos donativos à Igreja. Contra isso se insurgiu Lutero. A venda das indulgências forneceu a ocasião para a ruptura.

Lutero atacou o inquisidor Tetzel e refugiou-se em Wittenberg. Negou sucessivamente a autoridade do papa, a hierarquia, o celibato dos padres, os votos monásticos, o culto dos santos, o purgatório e a missa. Excomungado em 1520, queimou a bula do papa em praça pública.

Traduziu a Bíblia para o alemão, colocando-a à altura dos menos letrados. Passando do terreno puramente religioso ao social, através de panfletos, incutiu nos camponeses a rebeldia contra o pagamento de impostos que a Igreja cobrava e contra as opressões dos senhores feudais. Essa campanha resultou numa guerra civil que custou a vida de 100 mil pessoas. As cidades do Império reclamavam o direito das minorias que adotaram a Reforma. Queriam a liberdade de consciência contra a imposição do credo da maioria católica.

Não há animal irracional que não cuide e instrua seu filhote

❝ É realmente um pecado e uma vergonha que tenhamos de ser estimulados e incitados ao dever de educar nossas crianças e de considerar seus interesses mais sublimes, ao passo que a própria natureza dever-nos-ia impelir a isso e o exemplo dos brutos nos fornece variada instrução. Não há animal irracional que não cuide e instrua seu filhote no que este deve saber, exceção feita ao avestruz, de quem diz Deus: 'Ela (a fêmea do avestruz) põe seus ovos na terra e os aquece na areia; e é dura para com seus filhotes, como se não fossem dela'. E de que adiantaria se possuíssemos e realizássemos tudo o mais, e nos tornássemos santos perfeitos, se negligenciássemos aquilo por que, essencialmente, vivemos, a saber, cuidar dos jovens? Em minha opinião não há nenhuma outra ofensa visível que, aos olhos de Deus, seja um fardo tão pesado para o mundo e mereça castigo tão duro quanto a negligência na educação das crianças.

Os pais negligenciam esse dever por vários motivos. Em primeiro lugar, há alguns com tamanha falta de piedade e honestidade que não cumpririam esse dever mesmo que pudessem, mas, como a fêmea do avestruz, têm coração duro em relação a sua própria prole e nada fazem por ela. Em segundo lugar, a grande maioria de pais não possui qualificação para isso e não compreende como as crianças devam ser criadas e ensinadas. Em terceiro lugar, mesmo que os pais fossem qualificados e estivessem dispostos a educar eles mesmos, em virtude de outras ocupações e deveres do lar não têm tempo para fazê-lo, de modo que a necessidade exige que tenhamos professores para as escolas públicas, a menos que cada genitor empregue um instrutor particular.

Portanto, será dever dos prefeitos e conselhos ter o maior cuidado com os jovens. Pois dado que a felicidade, honra e vida da cidade estão entregues em suas mãos, eles seriam considerados covardes diante de Deus e do mundo caso não buscassem, dia e noite, com todo o seu poder, o bem-estar e progresso da cidade.

'O demônio sentiu o perigo que ameaçaria seu reino caso as línguas fossem estudadas por todos'

Mas perguntais novamente, se vamos ter escolas, e temos de tê-las, que utilidade tem ensinar Latim, Grego, Hebraico e outras Artes Liberais? Não basta ensinar as Escrituras, que são necessárias à salvação, na língua materna?

Ao que respondo: Infelizmente, sei que, ai de nós, alemães, permaneceremos para sempre brutos irracionais, como, merecidamente, somos chamados por nações vizinhas. Mas me pergunto por que não dizemos também: que utilidade têm para nós a seda, o vinho, as especiarias e outros artigos estrangeiros, dado que nós mesmos possuímos uma abundância de vinho, trigo, lã, linho, madeira e pedra nos Estados alemães, não apenas para nossas necessidades, mas também para embelezamento e adorno? Às línguas e outras Artes Liberais, que não só são inócuas como também um adorno, benefício e honra maiores que essas coisas, tanto para a compreensão das Sagradas Escrituras quanto para o desempenho do governo civil, estamos dispostos a desprezar; e não estamos dispostos a abrir mão dos artigos estrangeiros que não são nem necessários nem úteis e que, além disso, grandemente nos empobrecem. Não é com justiça que somos chamados de bestas e brutos alemães?

Na verdade, ainda que as línguas não trouxessem qualquer benefício prático, deveríamos sentir algum interesse por elas como sendo um dom maravilhoso de Deus, com o qual Ele, agora, abençoou a Alemanha quase que mais que a qualquer outra terra. Não encontramos muitos exemplos de casos em que Satã as tenha protegido nas universidades e claustros; pelo contrário, essas instituições investiram bravamente contra elas, e continuam a fazê-lo. Pois o demônio sentiu o perigo que ameaçaria seu reino caso as línguas fossem estudadas por todos. Dado, porém, que ele não podia impedir totalmente o cultivo das línguas, visa a, pelo menos, confiná-las a limites tão estreitos que, por si mesmas, irão declinar e cair em desuso. **"**

> LUTERO, Martinho. Carta aos prefeitos e conselheiros de todas as cidades da Alemanha em prol de escolas cristãs. *In*: MAYER, Frederick. *História do pensamento educacional*. Rio de Janeiro: Zahar, 1976.

Análise e reflexão

1. Faça um resumo das principais teses defendidas por Lutero.

2. Explique esta afirmação de Lutero:

   "Em minha opinião não há nenhuma outra ofensa visível que, aos olhos de Deus, seja um fardo tão pesado para o mundo e mereça castigo tão duro quanto a negligência na educação das crianças".

90 HISTÓRIA DAS IDEIAS PEDAGÓGICAS

Os jesuítas: a *ratio studiorum*

A pedagogia dos jesuítas exerceu grande influência em quase todo o mundo, incluindo o Brasil. Chegaram aqui em 1549, foram expulsos em 1759 e retornaram em 1847.

A ordem dos jesuítas foi fundada em 1534 pelo militar espanhol Inácio de Loyola (1491–1556), com o objetivo de consagrar-se à educação da juventude católica. Seguia os princípios cristãos e insurgia-se contra a pregação religiosa protestante. O criador da Companhia de Jesus imprimiu uma rígida disciplina e o culto da obediência a todos os componentes da ordem.

A *Ratio Studiorum* é o plano de estudos, de métodos e a base filosófica dos jesuítas. Representa o primeiro sistema organizado de educação católica. Ela foi promulgada em 1599, depois de um período de elaboração e experimentação.

A educação dos jesuítas destinava-se à formação das elites burguesas, para prepará-las a exercer a hegemonia cultural e política. Eficientes na formação das classes dirigentes, os jesuítas descuidaram completamente da educação popular. A pedagogia da Companhia de Jesus foi e ainda é criticada, apesar de ter sofrido retoques e adaptações com o passar dos tempos, por suprimir a originalidade de pensamento e comandar a invasão cultural colonialista europeia no mundo.

Regras do professor de Filosofia

❝ 1. Fim. — Como as artes e as ciências da natureza preparam a inteligência para a teologia e contribuem para a sua perfeita compreensão e aplicação prática e por si mesmas concorrem para o mesmo fim, o professor, procurando sinceramente em todas as cousas a honra e a glória de Deus, trate-as com a diligência devida, de modo que prepare os seus alunos, sobretudo os nossos, para a teologia e acima de tudo os estimule ao conhecimento do Criador.

2. Como seguir Aristóteles. — Em questões de alguma importância não se afaste de Aristóteles, a menos que se trate de doutrina oposta à unanimemente recebida pelas escolas, ou, mais ainda, em contradição com a verdadeira fé. Semelhantes argumentos de Aristóteles ou de outro filósofo,

contra a fé, procure, de acordo com as prescrições do Concílio de Latrão, refutar com todo vigor.

3. Autores infensos ao Cristianismo. — Sem muito critério não leia nem cite na aula os intérpretes de Aristóteles infensos ao Cristianismo; e procure que os alunos não lhes cobrem afeição.

4. Averróis. — Por essa mesma razão não reúna em tratado separado as digressões de Averróis (e o mesmo se diga de outros autores semelhantes) e, se alguma cousa boa dele houver de citar, cite-a sem encômios e, quando possível, mostre que hauriu em outra fonte.

5. Não se filiar em seita filosófica. — Não se filie nem a si nem a seus alunos em seita alguma filosófica como a dos averroístas, dos alexandristas e semelhantes; nem dissimule os erros de Averróis, de Alexandre e outros, antes tome daí ensejo para com mais vigor diminuir-lhes a autoridade.

6. Santo Tomás. — De Santo Tomás, pelo contrário, fale sempre com respeito; seguindo-o de boa vontade todas as vezes que possível, dele divergindo, com pesar e reverência, quando não for plausível a sua opinião.

7. Curso de filosofia de três anos. — Ensine todo o curso de filosofia em não menos de três anos, com duas horas diárias, uma pela manhã, outra pela tarde, a não ser que em alguma universidade se oponham os seus estatutos.

8. Quando se deve concluir. — Por esta razão não se conclua o curso antes que as férias do fim do ano tenham chegado ou estejam muito próximas.

[...]

12. Estima do texto de Aristóteles. — Ponha toda a diligência em interpretar bem o texto de Aristóteles; e não dedique menos esforço à interpretação do que às próprias questões. Aos seus alunos persuada que será incompleta e mutilada a filosofia dos que ao estudo do texto não ligarem grande importância.

13. Que textos se devem explicar e como. — Todas as vezes que deparar com textos célebres e muitas vezes citados nas disputas, examine-os cuidadosamente, conferindo entre si as interpretações mais notáveis a fim de que, do exame do contexto, da força dos termos gregos, da comparação com outros textos, da autoridade dos intérpretes mais insignes e do peso das razões, se veja qual deve ser preferida. Examinem-se por fim as objeções que, se por um lado não devem esmiuçar demasiadamente, por outro, não se deverão omitir, se têm certa importância.

14. Escolha a ordem das questões. — Escolha com muito cuidado as questões; as que não se prendem imediatamente ao pensamento principal

de Aristóteles, mas derivam ocasionalmente de algum axioma por ele referido de passo, se em outros livros se tratam expressamente, para eles as remeta; do contrário explique-as logo em seguida ao texto que as sugerir.

15. As questões a serem introduzidas entre os textos. — As questões que por si pertencem à matéria da qual disputa Aristóteles não se tratem senão depois de explicados todos os textos que ao assunto se referem, no caso em que se possam expor em uma ou duas lições. Quando, porém, se estendam mais como são os relativos aos princípios, às causas, ao movimento, então nem se espraie em longas dissertações nem antes das questões se explique todo o texto de Aristóteles, mas de tal modo com elas se combine que depois de uma série de textos se introduzam as questões com eles relacionadas.

16. Repetição na aula. — No fim da aula, alguns alunos, cerca de dez, repitam entre si por meia hora o que ouviram e um dos condiscípulos, da Companhia, se possível, presida à decúria.

17. Disputas mensais. — Cada mês haja uma disputa na qual arguam não menos de três, de manhã, e outros tantos, de tarde; o primeiro, durante uma hora, os outros, durante três quartos de hora. Pela manhã, em primeiro lugar dispute um teólogo (se houver teólogos em número suficiente) contra um metafísico, um metafísico contra um físico, um físico contra um lógico; de tarde, porém, metafísico contra metafísico, físico contra físico, lógico contra lógico. Assim também pela manhã um metafísico e pela tarde um físico poderão demonstrar uma ou outra tese breve e filosoficamente.

18. Disputas durante o estudo da lógica. — Enquanto o professor explica o resumo da lógica, nem ele nem os alunos assistam a estas disputas. Mais: na primeira e na segunda semana aproximadamente não deverão os lógicos disputar, contentando-se com a simples exposição da matéria; em seguida, poderão na aula defender algumas teses aos sábados.

19. Disputas solenes. — Onde só houver um professor de filosofia, organize algumas disputas mais solenes três ou quatro vezes no ano, em dia festivo ou feriado, e dê-lhes certo brilho e aparato convidando outros religiosos e professores para arguir, a fim de despertar um entusiasmo proveitoso aos nossos estudos.

20. Rigor na forma da disputa. — Desde o início da lógica se exercitem os alunos de modo que de nada se envergonhem tanto na disputa como de se apartar do rigor da forma; e cousa alguma deles exija o professor com mais severidade do que a observância das leis e ordem da argumentação.

Por isto o que responde repita as proposições acrescentando 'nego' ou 'concedo' 'a maior, a menor, a consequência'. Algumas vezes poderá também distinguir; raras, porém, acrescente explicações ou razões, sobretudo quando lhe não são pedidas. **"**

FRANCA, Leonel. *O método pedagógico dos jesuítas.*
Rio de Janeiro: Agir, 1952. p. 158–163.

Análise e reflexão

Escreva sobre a Companhia de Jesus enfocando principalmente:

- O objetivo de sua fundação;
- A pedagogia que propunha através da *Ratio Studiorum*;
- A classe social a que pretendia educar;
- Os motivos de sua influência no mundo.

Capítulo 6

O nascimento do pensamento pedagógico moderno

Os séculos XVI e XVII assistiram à ascensão de uma nova e poderosa classe que se opunha ao modo de produção feudal. Esse estrato da sociedade impulsionou, modificou e concentrou novos meios de produção. Iniciou um sistema de cooperação, precursor do trabalho em série do século XX. Dessa forma, a produção como esforço individual cada vez mais assumiu a forma de trabalho coletivo.

O homem lançou-se ao domínio da natureza, desenvolvendo técnicas, artes, estudos — matemática, astronomia, ciências físicas, geografia, medicina, biologia. Tudo o que fora ensinado até então era considerado suspeito.

Giordano Bruno (1548–1600) desenvolveu a astronomia; Galileu Galilei (1564–1642) construiu um telescópio e descobriu os satélites de Júpiter e a lei da queda dos corpos; William Harvey (1578–1657) constatou a circulação do sangue; Francis Bacon (1561–1626), conselheiro da rainha Elizabeth I da Inglaterra (1533–1603), deu um novo ordenamento às ciências: propôs a distinção entre a fé e a razão para não se cair nos preconceitos religiosos que distorcem a compreensão da realidade; criou o *método indutivo* de investigação, opondo-o ao método aristotélico de *dedução*. Bacon pode ser considerado o fundador do método científico moderno. René Descartes (1596–1650) escreveu o famoso *Discurso do método* (1637), mostrando os passos para o estudo e a pesquisa; criticou o ensino humanista e propôs a matemática como modelo de ciência perfeita.

Descartes assentou em posição dualista a questão ontológica da filosofia: a relação entre o pensamento e o ser. Convencido do potencial da razão

96   HISTÓRIA DAS IDEIAS PEDAGÓGICAS

humana, propôs-se a criar um método novo, científico, de conhecimento do mundo e a substituir a fé pela razão e pela ciência. Tornou-se assim o pai do racionalismo. Sua filosofia esforçou-se por conciliar a religião e a ciência. Sofreu a influência da ideologia burguesa do século XVII, que refletia, ao lado das tendências progressistas da classe em ascensão na França, o temor das classes populares.

No *Discurso do método*, Descartes apresenta assim os quatro grandes princípios do seu método científico:

> **"** 1º) O primeiro era o de jamais acolher alguma coisa como verdadeira que eu não conhecesse evidentemente como tal; isto é, de evitar, cuidadosamente, a precipitação e a prevenção, e de nada incluir em meus juízos que não se apresentasse tão clara e tão distintamente a meu espírito, que eu não tivesse nenhuma ocasião de pô-lo em dúvida.
>
> 2º) O segundo, o de dividir cada uma das dificuldades que eu examinasse em tantas parcelas quantas possíveis e quantas necessárias fossem para melhor resolvê-las.
>
> 3º) O terceiro, o de conduzir por ordem meus pensamentos, começando pelos objetos mais simples e mais fáceis de conhecer, para subir, pouco a pouco, como por degraus, até o conhecimento dos mais compostos, e supondo mesmo uma ordem entre os que não se precedem naturalmente uns aos outros.
>
> 4º) E o último, o de fazer em toda parte enumerações tão completas e revisões tão gerais, que eu tivesse a certeza de nada omitir. **"** [8]

Descartes, o pai da filosofia moderna, escreveu sua obra principal em francês, a língua popular, possibilitando o acesso de maior número de pessoas. Até então, o latim medieval representava a língua da religião, da filosofia, da diplomacia, da literatura. O comércio já se utilizava das novas línguas vernáculas (italiano, espanhol, holandês, francês, inglês e alemão).

O século XVI assistiu a uma grande revolução linguística: exigia-se dos educadores o bilinguismo: o latim como *língua culta* e o vernáculo como *língua popular*. A Igreja percebeu logo a importância desse conflito, exigindo, através do Concílio de Trento (1562), que as pregações ocorressem em vernáculo.

---

[8]   DESCARTES, René. *Os pensadores*. São Paulo: Abril, 1983.

Vinte anos depois da publicação do *Discurso do método*, João Amos Comênio (1592–1670) escreveu a *Didática magna* (1657), considerada como método pedagógico para ensinar com rapidez, economia de tempo e sem fadiga. Ao invés de ensinar palavras, "sombras das coisas", dizia Comênio, a escola deve ensinar o conhecimento das coisas.

O pensamento pedagógico moderno caracteriza-se pelo *realismo*.

John Locke (1632–1704) perguntava-se de que serviria o latim para os homens que vão trabalhar nas fábricas. Talvez fosse melhor ensinar mecânica e cálculo. Mas as classes dirigentes continuavam aprendendo latim e grego: um "bom cidadão" deveria recitar algum verso de Horácio ou Ovídio aos ouvidos apaixonados de sua namorada. As humanidades continuavam fazendo parte da educação da nobreza e do clero.

Locke, em seu *Ensaio sobre o entendimento humano*, combateu o *inatismo* antepondo a ideia da *experiência sensorial*: nada existe em nossa mente que não tenha sua origem nos sentidos.

A pedagogia realista insurgiu-se contra o *formalismo humanista* pregando a superioridade do domínio do mundo exterior sobre o domínio do mundo interior, a supremacia das coisas sobre as palavras. Desenvolveu a paixão pela razão (Descartes) e o estudo da natureza (Bacon). De humanista, a educação torna-se científica. O conhecimento só possuía valor quando preparava para a vida e para a ação.

O surto das ciências naturais, da física, da química, da biologia, suscitou interesse pelos estudos científicos e o abandono progressivo dos estudos de autores clássicos e das línguas da cultura greco-latina. Até a moral e a política deveriam ser modeladas pelas ciências da natureza. A educação não era mais considerada um meio para aperfeiçoar o ser humano. A educação e a ciência eram consideradas um fim em si mesmo. O cristianismo afirmava que era preciso *saber para amar* (Pascal). Ao contrário, dizia Bacon, *saber é poder*, sobretudo poder sobre a natureza.

Bacon divide as ciências em: *ciência da memória* ou ciência histórica; *ciência da imaginação* ou poética; e *ciência da razão* ou filosófica.

Locke empresta à educação uma importância extraordinária. A criança, ao nascer, era, segundo ele, uma *tabula rasa*, um papel em branco sobre o qual o professor podia tudo escrever.

João Amos Comênio é considerado o grande educador e pedagogo moderno e um dos maiores reformadores sociais de sua época. Foi o primeiro a propor um sistema articulado de ensino, reconhecendo o igual direito de todos os homens ao saber. Para ele, a educação deveria ser permanente, isto é, acontecer durante toda a vida humana. Afirmava que a educação do homem nunca termina porque nós sempre estamos sendo homens e, portanto, estamos sempre nos formando.

Segundo Comênio, a organização do sistema educacional deveria compreender 24 anos, correspondendo a quatro tipos de escolas: a *escola materna*, dos 0 aos 6 anos; a *escola elementar* ou vernácula, dos 6 aos 12 anos; a *escola latina* ou o ginásio, dos 12 aos 18, e a *academia* ou universidade, dos 18 aos 24 anos. Em cada *família* devia existir uma escola materna; em cada *município* ou aldeia, uma escola primária; em cada *cidade*, um ginásio; e em cada *capital*, uma universidade.

O ensino deveria ser unificado, isto é, todas as escolas deveriam ser articuladas. Segundo ele, seriam assim distribuídas: a *escola materna* cultivaria os sentidos e ensinaria a criança a falar; a *escola elementar* desenvolveria a língua materna, a leitura e a escrita, incentivando a imaginação e a memória, além do canto, das ciências sociais e da aritmética. A *escola latina* se destinaria sobretudo ao estudo das ciências. Para os *estudos universitários* recomendava trabalhos práticos e viagens. Aí se formariam os guias espirituais e os funcionários. À academia só deveriam ter acesso os mais capazes.

Como se vê, apesar dos avanços, a educação das classes populares e a democratização do ensino ainda não se colocavam como questão central. Aceitava-se facilmente a divisão entre o *trabalho intelectual* e o *trabalho manual*, resultado da própria divisão social. Para as classes dominantes o ideal era a formação do *galant homme*, que almejava a conquista de uma posição relevante nas cortes. Daí terem na época enorme desenvolvimento as academias cavalheirescas.

Os grandes educadores da ocasião eram na verdade clérigos ou preceptores de príncipes e nobres. Essa *educação nobiliária* procurava desenvolver a curiosidade, a instrução atraente e diversificada através de historietas e fábulas com finalidade moral e religiosa. "Ser honesto, sábio, ter bom gosto e espírito nobre e galanteador", eis em síntese a educação da classe dominante, composta pelo clero e pela nobreza.

Já no século XVII surge a luta das camadas populares pelo acesso à escola. Instigada pelos novos intelectuais iluministas e por novas ordens religiosas, a classe trabalhadora, em formação, podia e devia ter um papel na mudança social. O acesso à formação tornou-se essencial para articular seus interesses e elaborar sua própria cultura de resistência.

Entre os protestantes, os metodistas, por exemplo, impulsionaram as *escolas dominicais*, que, embora pretendessem utilizar a escola como veículo de formação religiosa, possibilitavam o acesso de crianças pobres e necessitadas ao saber. Alguns principados alemães providenciaram legislação específica da escola (Weimar, 1619). Criaram-se bibliotecas públicas, também no século XVII. No século seguinte surgem as *bibliotecas circulantes*.

Em direção oposta à ordem dos jesuítas, que se dedicavam mais à formação das elites, surgiram várias ordens religiosas católicas que se dedicavam à educação popular: a congregação dos oratorianos fundada por Filipe Néri (1515–1595), a Sociedade dos Irmãos das Escolas Cristãs, fundada por Jean Baptiste de la Salle (1651–1719) etc. Muitas dessas escolas ofereciam ensino inteiramente gratuito e na forma de internato. Tratava-se, contudo, de uma educação puramente filantrópica e assistencialista.

Esses dois modelos de educação, o primeiro, preponderantemente real e público, e o segundo, religioso e privado, foram exportados para as colônias: para a América britânica, o modelo das escolas dominicais protestantes; para as Américas espanhola e portuguesa, as escolas católicas.

Comênio: nove princípios para uma educação realista

João Amos Comênio (1592–1670), educador tcheco, nasceu na Morávia. Criador de um sistema educacional que até hoje não foi superado, foi pioneiro do ecumenismo. Estudou Teologia e ocupou a reitoria de um colégio, antes de ser ordenado padre. Vítima da Guerra dos Trinta Anos, passou grande parte de sua vida no exílio, primeiro na Polônia, onde foi bispo, mais tarde na Suécia, na Prússia e nos Países Baixos, onde veio a falecer.

Superando definitivamente o pessimismo antropológico da Idade Média, com seu otimismo realista Comênio influenciou as pedagogias das épocas posteriores, fortalecendo a convicção de que o homem é capaz de aprender e pode ser educado. Seu trabalho está registrado em vários livros, entre os quais: *Pródromus da Pansofia*, de 1630, em que defende a generalização do ensino, subordinado a um órgão de controle universal, como meio de pôr fim às guerras; *Porta aberta das línguas*, de 1631, no qual apresentou um novo método de ensino do latim por meio de ilustrações e lições objetivas, que foi logo traduzido em dezesseis línguas; *A grande didática*, de 1633, em que faz uma tentativa de criar a ciência da educação utilizando os mesmos métodos das ciência físicas.

As teorias educacionais de Comênio surpreendem pela atualidade. Defendeu-se nelas uma educação que interpretasse e alargasse a experiência de cada dia e utilizasse os meios clássicos, como o ensino da religião e da ética. O currículo, além das matérias citadas, incluía música, economia, política, história e ciência. Na prática do ensino, Comênio foi o pioneiro na aplicação de métodos que despertassem o crescente interesse do aluno.

Os nove princípios de Comênio

❝1º) *A natureza observa um ritmo adequado*. Por exemplo: um pássaro que deseje multiplicar sua espécie não o faz no inverno, quando tudo está rígido de frio, nem no verão, quando tudo está queimado e murcho pelo calor; também não escolhe o outono, quando a força vital de todas as criaturas declina com os raios sempre mais fracos do Sol e um novo inverno de aparência hostil se aproxima, mas escolhe a primavera, quando o Sol devolve vida e força para todos. Aqui, também, o processo consiste em vários estágios. Enquanto ainda faz frio, o pássaro forma os ovos e os aquece em seu corpo, onde estão protegidos do frio; quando o ar fica mais quente, ele os põe no ninho, mas não os termina de chocar até chegar a estação quente, para que os pássaros novos possam acostumar-se à luz e ao calor gradualmente.

Em oposição frontal a este princípio, comete-se um erro duplo nas escolas.

1. O tempo correto para exercícios mentais não é escolhido.

2. Os exercícios não são divididos de forma apropriada, de modo que todo progresso possa ser feito através de vários estágios necessários, sem qualquer omissão. Enquanto o menino ainda é criança, não pode ser ensinado, porque as raízes de sua compreensão ainda se encontram muito abaixo da superfície. Assim que envelhece, é tarde demais para ensiná-lo, porque o intelecto e a memória já estão falhando...

Concluímos, por isso, que:

1. A educação dos homens deve começar na primavera da vida, isto é, na meninice (pois a meninice é o equivalente da primavera, a juventude do verão, a idade adulta do outono e a velhice do inverno).

2. As horas matinais são as mais adequadas ao estudo (pois também aqui a manhã é o equivalente da primavera, o meio-dia do verão, a tarde do outono e a noite do inverno).

3. Todos os assuntos a serem aprendidos devem ser organizados de modo a adequar-se à idade dos estudantes, para que não se lhes dê para aprender coisa alguma que esteja além de sua compreensão.

2º) *A natureza prepara o material antes de começar a dar-lhe forma.* Por exemplo: o pássaro que deseja produzir uma criatura semelhante a ele mesmo concebe, em primeiro lugar, o embrião, de uma gota de seu sangue; em seguida prepara o ninho onde porá os ovos.

Por isso, é necessário:

1. Que os livros e materiais necessários ao ensino sejam mantidos à mão.

2. Que a compreensão seja primeiro ensinada quanto a objetos, e depois ensinada a sua expressão em linguagem.

3. Que a língua seja aprendida de uma gramática, mas de autores apropriados.

4. Que o conhecimento das coisas preceda o conhecimento de suas combinações.

5. E que os exemplos venham antes das regras.

3º) *A natureza escolhe um objeto adequado sobre o qual irá agir, ou primeiro submete um deles a um tratamento apropriado para torná-lo adequado.* Por exemplo: um pássaro não coloca nenhum objeto no ninho onde está, a não ser um objeto de tal espécie que nele se possam chocar os filhotes; isto é, um ovo. Se cai uma pedrinha no ninho, ou qualquer outra coisa, o pássaro a joga fora, por ser inútil. Mas, quando ocorre o processo da choca, o pássaro aquece o material contido no ovo e cuida dele até que o filhote saia da casca.

As escolas violam esse princípio não porque incluam os que têm intelecto fraco (pois, em nossa opinião, todos os jovens devem ser admitidos nas escolas), mas porque:

1. Essas plantas novas não estão transplantadas para o jardim, isto é, não são inteiramente confiadas às escolas, de modo que ninguém que vá ser treinado para ser um homem tenha permissão de deixar o local de trabalho até que seu treinamento esteja completo.

2. Geralmente se faz a tentativa de enxertar o enxerto mais nobre do conhecimento, a virtude e a piedade, cedo demais, antes que o próprio caule tenha criado raízes, isto é, antes de se haver excitado o desejo de aprender naqueles que não têm qualquer tendência natural nesse sentido.

3. Os galhos ladrões, ou aqueles que sugam a raiz, não são removidos antes do enxerto; isto é, as mentes não estão libertas de todas as tendências ociosas por estarem habituadas à disciplina e à ordem.

Por isso, é desejável:

1. Que todos os que entram para a escola perseverem em seus estudos.

2. Que, antes de se introduzir qualquer estudo especial, a mente do estudante seja preparada para tanto, e tornada receptiva.

3. Que todos os obstáculos sejam removidos do caminho das escolas.

'Pois de nada adianta dar preceitos', diz Sêneca, 'a menos que os obstáculos que existem no caminho sejam removidos'.

4º) *A natureza não é confusa em suas operações, mas em seu progresso avança distintamente de um ponto a outro.* Devemos adiar o estudo do Grego até que o Latim esteja dominado, pois é impossível concentrar a mente em qualquer coisa, quando ela tem de ocupar-se de várias coisas ao mesmo tempo.

Aquele grande homem, José Escalígero, tinha muita consciência disso. Conta-se a seu respeito que (talvez por conselho de seu pai) ele nunca se ocupou de mais de um ramo do conhecimento ao mesmo tempo e concentrava todas as suas energias no do momento. Foi devido a isso que ele pôde dominar não apenas quatorze línguas, mas também todas as artes e ciências que estão ao alcance do homem. Dedicou-se a elas uma após outra com tamanho sucesso que em cada assunto sua cultura excedia a de homens que haviam dado suas vidas por elas. E aqueles que tentaram seguir seus passos e imitar seu método o fizeram com considerável sucesso.

Portanto, as escolas deviam ser organizadas de tal modo que o estudante se ocupasse com apenas uma matéria de estudo de cada vez.

5º) *Em todas as operações da natureza o desenvolvimento se faz de dentro para fora.* Por exemplo: no caso do pássaro, não são as garras, as penas ou a pele que se formam primeiro, mas as partes internas; as partes externas são formadas mais tarde, na época apropriada.

Da mesma forma, o jardineiro não insere o enxerto na casca externa nem na camada exterior de madeira, mas faz uma incisão na medula e empurra o enxerto o mais para dentro que puder.

[Isso significa que o estudante] 'devia, primeiro, compreender as coisas e em seguida recordá-las e que o professor devia ter consciência de todos os métodos de conhecimento'.

6º) *A natureza, em seu processo formativo, começa pelo universal e termina com o particular.* Por exemplo: um pássaro é produzido de um ovo. Não é a cabeça, o olho, uma pena ou uma garra que se forma em primeiro lugar, ocorrendo o processo descrito a seguir. Todo ovo é aquecido, o calor produz movimento, e esse movimento gera um sistema de veias, que esboçam a forma do pássaro inteiro (definindo as partes que irão transformar-se na cabeça, asas, pés etc.). Até que esse esboço esteja completo, as partes individuais não são levadas ao acabamento.

Um artista procede da mesma forma. Não começa desenhando uma orelha, um olho, um nariz ou uma boca, mas faz primeiro um esboço a carvão da face ou de todo o corpo. Se achar que esse esboço se assemelha ao original, pinta-o com leves pinceladas, ainda omitindo todos os detalhes. Então, finalmente, acrescenta a luz e a sombra e, usando uma variedade de cores, termina as várias partes em detalhe. [Isso significa:] a) Cada língua, ciência ou arte deve ser ensinada primeiro em seus elementos mais simples, para que o estudante possa obter uma ideia geral sobre ela. b) Seu conhecimento pode, em seguida, ser mais desenvolvido, apresentando-se-lhe regras e exemplos. c) Em seguida pode-se permitir ao estudante que aprenda a matéria de forma sistemática, com exceções e irregularidades e d) Em último lugar, pode-se fazer um comentário, embora apenas onde for absolutamente necessário. Pois aquele que dominou completamente um assunto desde o início terá pouca necessidade de comentário, estando em pouco tempo em posição de escrever um, ele próprio.

7º) *A natureza não dá saltos, mas prossegue passo a passo.* Segue-se, portanto: a) Que todos os estudos deviam ser cuidadosamente graduados nas várias classes, de tal forma que os que vêm primeiro possam preparar o caminho aos que vêm depois, e iluminá-los. b) Que o tempo deve ser dividido cuidadosamente, de modo que cada ano, cada mês, cada dia e cada hora possa ter sua tarefa determinada. c) Que a divisão do tempo e das matérias de estudo deve ser rigorosamente respeitada, para que nada seja omitido ou deturpado.

8º) *Se a natureza começa qualquer coisa, não a abandona até que a operação esteja completa.* Segue-se, portanto:

1. Que aquele que é mandado para a escola nela deve ser mantido até tornar-se bem informado, virtuoso e piedoso.

2. Que a escola deve estar situada num lugar tranquilo, longe do barulho e das distrações.

3. Que o que quer que tenha de ser feito, de acordo com o tema de estudo, o seja sem qualquer ato de esquivar-se.

4. Que nenhum rapaz, sob qualquer pretexto, tenha permissão de afastar-se ou faltar às aulas.

9º) *A natureza evita cuidadosamente os obstáculos e as coisas com probabilidade de causar dano.* Por exemplo, quando um pássaro está chocando ovos, não permite que um vento frio, nem muito menos que a chuva ou o granizo, os alcance. Também afugenta as cobras, os pássaros de rapina etc.

Da mesma forma o construtor, na medida do possível, mantém secos sua madeira, seus tijolos e cal, e não permite que o que construiu seja destruído ou que desmorone.

Também assim o pintor protege um quadro recém-pintado do vento, do calor violento e da poeira, e não permite que qualquer outra mão além da sua o toque.

O jardineiro também protege uma planta nova cercando-a com escoras ou outro obstáculo, para que as lebres e cabras não a comam ou arranquem.

Por isso é loucura apresentar a um estudante pontos controversos quando ele estiver apenas começando uma matéria; isto é, permitir a uma mente que está dominando algo de novo a assumir uma atitude de dúvida. Que é isso senão arrancar uma planta que está começando a lançar raízes? É com justiça que Hugo diz: 'Aquele que começa pela investigação de pontos duvidosos nunca entrará no templo da sabedoria'. Mas é exatamente isso que ocorre se os jovens não forem protegidos de livros incorretos, intricados e mal escritos, bem como de companhias más.

As escolas devem ter cuidado:

a) Para que os estudantes não recebam quaisquer livros, a não ser aqueles adequados a suas aulas.

b) Que esses livros sejam de tal espécie que possam ser chamados, com justiça, de fontes de sabedoria, virtude e piedade.

c) Que nem na escola nem em suas proximidades os estudantes tenham permissão de misturar-se a maus companheiros.

Se todas essas recomendações forem observadas, dificilmente será possível que as escolas fracassem em atingir seu objetivo. **"**

> MAYER, Frederick. *História do pensamento educacional.* Tradução: Helena Maria Camacho. Rio de Janeiro: Zahar, 1976.

Análise e reflexão

1. Destaque as passagens do texto "Os nove princípios de Comênio" que evidenciam o realismo pedagógico característico da época.
2. Escreva sobre a atualidade do pensamento pedagógico de Comênio.

Locke: tudo se aprende; não há ideias inatas

John Locke (1632–1704) fundou a moderna educação inglesa, cuja influência pedagógica ultrapassou as fronteiras de sua pátria. Locke estudou Filosofia, Línguas Antigas e Medicina. A situação política da Inglaterra obrigou-o a exilar-se nos Países Baixos. Ao regressar, publica sua principal obra filosófica, *Estudo sobre o entendimento humano*, e, logo depois, seu *Pensamento sobre a educação*.

Com seu estudo do entendimento humano, Locke marca o início do Iluminismo, que vê a razão como condutora do ser humano. Para ele, não há dúvida de que o fundamento de toda virtude está na capacidade de renunciar à satisfação dos nossos desejos, quando não justificados pela razão.

O autocontrole é um elemento vital na educação

❝ O grande erro que observei na educação dos filhos é que não se cuida o suficiente desse aspecto na época devida; que a mente não é tornada obediente à disciplina e dócil à razão quando, no início, era mais tenra, mais facilmente dobrada. Os pais, recebendo, sabiamente, a ordem da natureza no sentido de amarem seus filhos, têm grande tendência, se a razão não observar sua afeição natural muito atentamente — têm, como eu dizia, grande tendência a deixar a afeição tomar conta de tudo. Amam seus filhos, e este é seu dever; mas, com frequência, amam seus erros também. Naturalmente, os filhos não devem ser irritados; deve-se-lhes permitir que ajam segundo sua vontade em tudo; e como, na infância, as crianças não são capazes de grandes faltas, seus pais acham que podem, com bastante segurança, perdoar suas pequenas irregularidades e divertir-se com aquela perversidade engraçadinha que os pais acham muito adequada àquela idade inocente. Mas Sólon respondeu muito bem a um pai amoroso, que não desejava que

HISTÓRIA DAS IDEIAS PEDAGÓGICAS

seu filho fosse corrigido por uma brincadeira perversa, alegando que era assunto sem importância: 'Sim, mas o hábito tem grande importância'.

Um professor deve amar seu aluno

A grande habilidade de um professor é obter e manter a atenção de seu aluno: enquanto tiver isso, terá certeza de progredir tão rapidamente quanto a capacidade do aluno o permitir; e, sem isso, toda a sua pressa e alvoroço terão pouco ou nenhum propósito (por maior que possa ser) a utilidade do que ensina; e que o professor faça ver ao aluno que, com o que aprendeu, ele pode fazer algo de que não era capaz anteriormente; algo que lhe dê algum poder e vantagem real sobre os outros que desconhecem o mesmo assunto. A isso, o professor deve acrescentar gentileza em todas as suas aulas; e, por meio de uma certa ternura em sua atitude, deixar perceber à criança que ela é amada e o professor não tem outra intenção senão o seu bem; esse é o único modo de originar amor na criança, o que a fará dar atenção às aulas e ter prazer com o que o professor lhe ensina. **99**

MAYER, Frederick. *História do pensamento educacional*. Tradução: Helena Maria Camacho. Rio de Janeiro: Zahar, 1976.

Análise e reflexão

Dê sua opinião sobre as seguintes afirmações de Locke:

a) "Naturalmente, os filhos não devem ser irritados; deve-se-lhes permitir que ajam segundo sua vontade em tudo; e como, na infância, as crianças não são capazes de grandes faltas, seus pais acham que podem [...] perdoar suas pequenas irregularidades e divertir-se com aquela perversidade engraçadinha [...]."

b) "[...] o professor deve acrescentar gentileza em todas as suas aulas; e, por meio de uma certa ternura em sua atitude, deixar perceber à criança que ela é amada [...]."

Capítulo 7

O pensamento pedagógico iluminista

Costuma-se situar a Idade Moderna entre os anos de 1453 e 1789, período no qual predominou o regime absolutista, que concentrava o poder no clero e na nobreza, culminando com a Revolução Francesa. Essa revolução já estava presente no discurso dos grandes pensadores e intelectuais da época, chamados "iluministas" ou "ilustrados", por manifestarem apego à racionalidade e à luta em favor das liberdades individuais, e por serem contra o obscurantismo da Igreja e a prepotência dos governantes. Esses filósofos também eram chamados "enciclopedistas" por serem partidários das ideias liberais expostas na obra monumental publicada sob a direção de Diderot e D'Alembert, intitulada *A enciclopédia*.

Entre os iluministas, destaca-se Jean-Jacques Rousseau (1712–1778), que inaugurou uma nova era na história da educação. Ele se constituiu no marco que divide a velha e a nova escola. Suas obras, com grande atualidade, são lidas até hoje. Entre elas citamos: *Sobre a desigualdade entre os homens, O contrato social* e *Emílio*. Rousseau resgata primordialmente a relação entre a educação e a política. Centraliza, pela primeira vez, o tema da infância na educação. A partir dele, a criança não seria mais considerada um adulto em miniatura: ela vive em um mundo próprio que é preciso se compreender; o educador, para educar, deve fazer-se educando de seu educando; a criança nasce boa, o adulto, com sua falsa concepção da vida, é que perverte a criança.

O século XVIII é político-pedagógico por excelência. As camadas populares reivindicam ostensivamente mais saber e educação pública. Pela primeira vez um Estado instituiu a obrigatoriedade escolar (Prússia, 1717).

108 HISTÓRIA DAS IDEIAS PEDAGÓGICAS

Cresce, sobretudo na Alemanha, a intervenção do Estado na educação, criando Escolas Normais, princípios e planos que desembocam na grande *revolução pedagógica nacional* francesa do final do século. Nunca anteriormente se havia discutido tanto a formação do cidadão através das escolas como durante os seis anos da Revolução Francesa. A escola pública é filha dessa revolução burguesa. Os grandes teóricos iluministas pregavam uma educação cívica e patriótica inspirada nos princípios da democracia, uma *educação laica, gratuitamente oferecida pelo Estado para todos*. Tem início com ela a ideia da *unificação do ensino público* em todos os graus. Mas ainda era elitista: só os privilegiados podiam prosseguir até a universidade.

O Iluminismo procurou libertar o pensamento da repressão dos monarcas e do despotismo do clero. Acentuou o movimento pela liberdade individual iniciado no período anterior e buscou refúgio na natureza: o ideal de vida era o "bom selvagem", livre de todos os condicionamentos sociais. É evidente que essa liberdade só podia ser praticada por uns poucos, aqueles que, de fato, livres do trabalho material, tinham sua sobrevivência garantida por um regime econômico de exploração do trabalho.

A ideia da volta ao *estado natural do homem* é demonstrada pelo espaço que Rousseau dedica à descrição da sociedade existente entre os seres humanos primitivos. Dava como exemplo os indígenas que viviam nas Américas. O seu Emílio, também um personagem, educa-se sem nenhum contato com outros indivíduos, nem com religião alguma: apenas pelo convívio com a natureza. Privado do contato dos pais e da escola, Emílio permanece nas mãos de um preceptor ideal, o próprio Rousseau.

A educação não deveria apenas instruir, mas permitir que a natureza desabrochasse na criança; não deveria reprimir ou modelar. Baseado na teoria da bondade natural do homem, Rousseau sustentava que só os instintos e os interesses naturais deveriam direcionar. Acabava sendo uma educação racionalista e negativa, ou seja, de restrição da experiência.

Rousseau é o precursor da Escola Nova, que inicia no século XIX e teve grande êxito na primeira metade do século XX, sendo ainda hoje muito viva. Suas doutrinas tiveram muita influência sobre educadores da época, como Pestalozzi, Herbart e Froebel.

Rousseau divide a educação em três momentos: o da *infância*, o da *adolescência* e o da *maturidade*. Só na adolescência deveria haver desenvolvimento científico mais amplo e estabelecimento de vida social.

À primeira fase ele chama *idade da natureza* (até os 12 anos); à segunda, *idade da força*, da razão e das paixões (dos 12 aos 20 anos), e à terceira ele chama *idade da sabedoria* e do casamento (dos 20 aos 25 anos).

Através de Rousseau, podemos perceber que o século XVIII realiza a transição do controle da educação da Igreja para o Estado. Nessa época desenvolveu-se o esforço da burguesia para estabelecer o controle civil (não religioso) da educação através da instituição do *ensino público nacional*. Assim, o controle da Igreja sobre a educação e os governos civis foi aos poucos decaindo com o crescente poder da sociedade econômica.

A Revolução Francesa baseou-se também nas exigências populares de um sistema educacional. A Assembleia Constituinte de 1789 elaborou vários projetos de reforma escolar e de educação nacional. O mais importante é o projeto de Condorcet (1743–1794), que propôs o ensino universal como meio para eliminar a desigualdade.

Contudo, a educação proposta não era exatamente a mesma para todos, pois admitia-se a desigualdade natural entre os seres humanos. Condorcet reconheceu que as mudanças políticas precisam ser acompanhadas de reformas educacionais. Foi partidário da autonomia do ensino: cada indivíduo deveria conduzir-se por si mesmo. Demonstrou-se ardoroso defensor da educação feminina para que as futuras mães pudessem educar seus filhos. Ele considerava as mulheres mestras naturais.

As ideias revolucionárias tiveram grande influência no pensamento pedagógico de outros países, principalmente na Alemanha e na Inglaterra, que criaram seus *sistemas nacionais* de educação, e na América do Norte, que expandiu muito a participação do Estado na educação.

A Revolução Francesa tentou plasmar o educando a partir da consciência de classe, que era o centro do conteúdo programático. A burguesia tinha clareza do que queria da educação: trabalhadores com formação de cidadãos partícipes de uma nova sociedade liberal e democrática. Os pedagogos revolucionários foram os primeiros políticos da educação. Alguns, como Lepelletier (1760–1793), pretenderam que nenhuma criança recebesse outra formação que não a revolucionária, através de internatos obrigatórios, gratuitos e mantidos pelas classes dirigentes. Essa ideia, porém, não obteve êxito. Seu autor morreu na guilhotina. No final, a própria revolução recusou o programa educacional de universalização da educação criado por ela mesma.

110 HISTÓRIA DAS IDEIAS PEDAGÓGICAS

Froebel (1782–1852) foi o idealizador dos *jardins da infância*. Considerava que o desenvolvimento da criança dependia de uma *atividade espontânea* (o jogo), uma *atividade construtiva* (o trabalho manual) e um *estudo da natureza*. Valorizava a expressão corporal, o gesto, o desenho, o brinquedo, o canto e a linguagem. Para ele, a *autoatividade* representava a base e o método de toda a instrução. Como Herbart, valorizava os interesses naturais da criança. Via a linguagem como a primeira forma de expressão social e o brinquedo como uma forma de autoexpressão.

Depois de Froebel, os jardins da infância se multiplicaram também fora da Europa e atingiram principalmente os Estados Unidos. Suas ideias ultrapassaram a educação infantil. Os fabricantes de brinquedos, jogos, livros, material recreativo e jornais para crianças foram influenciados pelas ideias de Froebel. Inspirou-se nele John Dewey, um dos fundadores do pensamento escolanovista.

O iluminismo educacional representou o fundamento da pedagogia burguesa, que até hoje insiste predominantemente na transmissão de conteúdos e na formação social individualista. A burguesia percebeu a necessidade de oferecer instrução, mínima, para a massa trabalhadora. Por isso, a educação se dirigiu para a formação do cidadão disciplinado. O surgimento dos sistemas nacionais de educação, no século XIX, é o resultado e a expressão da importância que a burguesia, como classe ascendente, emprestou à educação.

Além de Rousseau, outro grande teórico destaca-se nesse período: é o alemão Immanuel Kant (1724–1804). Descartes sustentava que todo conhecimento era inato, e Locke, que todo saber era adquirido pela experiência. Kant supera essa contradição: mesmo negando a teoria platônico-cartesiana das ideias inatas, mostrou que algumas coisas eram inatas, como a noção de espaço e de tempo, que não existem como realidade fora da mente, mas apenas como forma para pensar as coisas apresentadas pelos sentidos. Por outro lado, sustentou que o conhecimento do mundo exterior provém da experiência sensível das coisas. Admirador de Rousseau, Kant acreditava que *o homem é o que a educação faz dele* através da disciplina, da didática, da formação moral e da cultura.

Espaço, tempo, causalidade e outras relações, para Kant, não eram realidades exteriores. Essa afirmação foi acentuada por outros filósofos alemães, entre eles Fichte (1762–1814) e Hegel (1770–1831), que acabaram negando a existência de qualquer objeto fora da mente: é o *idealismo subjetivo* e absoluto que mais tarde será rebatido por Karl Marx.

O que a moderna ciência da educação, na definição de seus conceitos básicos, chama "aculturação", "socialização" e "personalização" representa algumas das descobertas de Kant. Para ele, o educando necessita realizar esses atos: é o sujeito que tem de cultivar-se, civilizar-se, para assim corresponder à natureza. Assim, o verdadeiro objetivo do homem é que

> **"**desenvolva inteiramente, por si mesmo, tudo o que está acima da ordem mecânica de sua existência animal e não participe de nenhuma outra felicidade e perfeição que não tenha sido criada por ele mesmo, livre do instinto, por meio de sua própria razão **"**[9].

Para atingir a perfeição, o ser humano precisa da *disciplina*, que domina as tendências instintivas, da *formação cultural*, da *moralização*, que forma a consciência do dever, e da *civilização* como segurança social.

Menos otimista do que Rousseau, Kant sustentava que o homem não pode ser considerado inteiramente bom, mas é capaz de elevar-se mediante esforço intelectual contínuo e respeito às leis morais.

Pestalozzi, Herbart e Froebel, grandes pedagogos do século XVIII, seguidores de Rousseau, também seguiram as ideias de Kant.

Pestalozzi (1746–1827) propunha a reforma da sociedade através da educação das classes populares. Ele próprio colocou-se a serviço de suas ideias criando uma instituição para crianças órfãs das camadas populares, onde ministrava uma educação em contato com o meio ambiente, seguindo objetiva, progressiva e gradualmente um método natural e harmonioso. O objetivo se constituía menos na aquisição de conhecimentos e mais no desenvolvimento psíquico da criança. Sustentava que a educação geral devia preceder a profissional, que os poderes infantis brotavam de dentro e que o desenvolvimento precisava ser harmonioso. Suas ideias são debatidas até hoje e algumas foram incorporadas à pedagogia contemporânea.

Herbart (1776–1841) foi professor universitário. Mais teórico que prático, é considerado um dos pioneiros da psicologia científica. Para ele, o processo de ensino devia seguir *quatro passos formais*:

---

[9]   MÄRZ, Fritz. *Grandes educadores*. São Paulo: EPU, 1987. p. 82.

112 HISTÓRIA DAS IDEIAS PEDAGÓGICAS

1º) *Clareza* na apresentação do conteúdo (etapa da demonstração do objeto);

2º) *Associação* de um conteúdo com outro assimilado anteriormente pelo aluno (etapa da comparação);

3º) *Ordenação e sistematização* dos conteúdos (etapa da generalização);

4º) *Aplicação* a situações concretas dos conhecimentos adquiridos (etapa da aplicação).

Os objetos deviam ser apresentados mediante os interesses dos alunos e segundo suas *diferenças individuais*, por isso seriam múltiplos e variados.

A doutrina burguesa ascendeu sob os ideais da liberdade (*liberalismo*), no período de transição do feudalismo para o capitalismo. Impulsionada pela Reforma Protestante, que incentivava o livre pensamento no setor religioso, juntou-se ao movimento racionalista, que admitia que cada indivíduo fixasse suas normas de conduta em vez de seguir as da Igreja.

Mas para a burguesia nascente a liberdade servia para outro fim: a acumulação da riqueza. Para isso, o homem deveria agir sozinho. De um lado, os intelectuais iluministas fundamentavam a noção de liberdade na própria essência do homem. De outro, a burguesia a interpretava como liberdade em relação aos outros homens. E sabemos que a liberdade individual implica a possibilidade de exploração econômica, ou seja, a obtenção de uma posição social vantajosa em relação aos outros. Daí a chamada "livre iniciativa" sempre associar a ideia de *liberdade*, no sentido liberal, à ideia de *propriedade*. Para os liberais basta ter talento e aptidão, associados ao trabalho individual, para adquirir propriedade e riqueza. Por isso, de acordo com essa doutrina, como os homens não são individualmente iguais, não podem ser iguais em riquezas.

A *igualdade* social seria nociva pois provocaria a padronização. A uniformização entre os indivíduos era considerada um desrespeito à individualidade. Com esse discurso, que defendia uma educação não submetida a nenhuma classe, a nenhum privilégio de herança ou dinheiro, a nenhum credo religioso ou político, que defendia que a educação de cada um deveria estar sujeita apenas ao ideal da humanidade, do homem total, a burguesia, como classe dominante, apresentava seus interesses como os interesses gerais de toda a sociedade. Depois de tantos séculos de sujeição feudal à Igreja, a burguesia estava arrancando daquela o monopólio da educação.

Apresentava uma *teoria educacional nova*, revolucionária, que afirmava os direitos do indivíduo. Falava em "humanidade", "cultura", "razão", "luzes"... categorias da nova pedagogia. Naquele primeiro momento de triunfo, a burguesia assumiu de fato o papel de defensora dos direitos de todos os homens, afirmando o ideal de igualdade e fraternidade.

A nova classe mostrou, contudo, muito cedo — ao apagar das "luzes" da Revolução de 1789 —, que não estava de todo em seu projeto a igualdade dos homens na sociedade e na educação. Uns acabaram recebendo mais educação do que outros. Aos trabalhadores, diria Adam Smith (1723–1790), economista político burguês, será preciso ministrar educação apenas "em conta-gotas". A educação popular deveria fazer com que os pobres aceitassem de bom grado a pobreza, como afirmara o próprio Pestalozzi. Esse grande educador acabava de enunciar o princípio fundamental de educação burguesa que ministrou uma educação distinta para cada classe: à classe dirigente, a instrução para governar, e, à classe trabalhadora, a educação para o trabalho. Essa concepção dualista da educação deverá ser sistematizada no século XIX pelo *pensamento pedagógico positivista*.

Rousseau: o homem nasce bom, e a sociedade o perverte

Jean-Jacques Rousseau (1712–1778), filósofo e escritor, nasceu em Genebra, na Suíça, e morreu na França. Nasceu protestante, tornou-se católico e depois retornou ao protestantismo.

Segundo Suchodolski (1903–1992), a pedagogia de Rousseau representou a primeira tentativa radical e apaixonada de oposição fundamental à *pedagogia da essência* e de criação de perspectivas para uma *pedagogia de existência*. A obra *Emílio*, de Rousseau, tornou-se o manifesto do novo pensamento pedagógico e assim permaneceu até nossos dias. Nela, o autor pretendeu mostrar que "é bom tudo o que sai das mãos do criador da Natureza e tudo degenera nas mãos do homem"[10]. Portanto, pregou que seria conveniente dar à criança a possibilidade de um desenvolvimento livre e espontâneo. O primeiro livro de leitura

---

[10] ROUSSEAU, Jean-Jacques. *Émile ou de l'éducation*. Paris: Garnier-Flammarion, 1966. p. 35, tradução própria.

deveria ser o *Robinson Crusoé* (escrito por Daniel Defoe em 1719), que o filósofo considerava um tratado de educação natural.

A educação, segundo Rousseau, não devia ter por objetivo a preparação da criança com vista ao futuro nem a modelação dela para determinados fins: devia ser a própria vida da criança. Mostrava-se, portanto, contrário à educação precoce. Era preciso ter em conta a criança, não só porque ela é o objeto da educação — o que a pedagogia da essência também se dispunha a fazer —, mas porque a criança representa a própria fonte da educação.

Rousseau teve cinco filhos, cuja criação confiou a um internato, terminando por jamais se encontrar com eles. No final da vida, a dor do abandono o levou a um complexo de perseguição e à loucura.

Emílio ou da educação

66 Tudo é certo em saindo das mãos do Autor das coisas, tudo degenera nas mãos do homem. Ele obriga uma terra a nutrir as produções de outra, uma árvore a dar frutos de outra; mistura e confunde os climas, as estações; mutila seu cão, seu cavalo, seu escravo; transtorna tudo, desfigura tudo; ama a desformidade, os monstros; não quer nada como o fez a natureza, nem mesmo o homem; tem de ensiná-lo para si, como um cavalo de picadeiro; tem que moldá-lo a seu jeito como uma árvore de seu jardim.

Sem isso, tudo iria de mal a pior e nossa espécie não deve ser formada pela metade. No estado em que já se encontram as coisas, um homem abandonado a si mesmo, desde o nascimento, entre os demais, seria o mais desfigurado de todos. Os preconceitos, a autoridade, a necessidade, o exemplo, todas as instituições sociais em que nos achamos submersos abafariam nele a natureza e nada poriam no lugar dela. Ela seria como um arbusto que o acaso fez nascer no meio do caminho e que os passantes logo farão morrer, nele batendo de todos os lados e dobrando-o em todos os sentidos. [...]

Nascemos fracos, precisamos de força; nascemos desprovidos de tudo, temos necessidade de assistência; nascemos estúpidos, precisamos de juízo. Tudo o que não temos ao nascer, e de que precisamos adultos, é-nos dado pela educação.

Essa educação nos vem da natureza, ou dos homens ou das coisas. O desenvolvimento interno de nossas faculdades e de nossos órgãos é a educação da natureza; o uso que nos ensinam a fazer desse desenvolvimento é a educação dos homens; e o ganho de nossa própria experiência sobre os objetos que nos afetam é a educação das coisas.

Cada um de nós é portanto formado por três espécies de mestres. O aluno em quem as diversas lições desses mestres se contrariam é mal-educado e nunca estará de acordo consigo mesmo; aquele em quem todas visam os mesmos pontos e tendem para os mesmos fins, vai sozinho a seu objetivo e vive em consequência. Somente esse é bem-educado.

Ora, dessas três educações diferentes a da natureza não depende de nós; a das coisas só em certos pontos depende. A dos homens é a única de que somos realmente senhores e ainda assim só o somos por suposição, pois quem pode esperar dirigir inteiramente as palavras e as ações de todos os que cercam uma criança? [...]

Nascemos sensíveis e desde nosso nascimento somos molestados de diversas maneiras pelos objetos que nos cercam. Mal tomamos por assim dizer consciência de nossas sensações e já nos dispomos a procurar os objetos que as produzem ou a deles fugir, primeiramente segundo nos sejam elas agradáveis ou desagradáveis, depois segundo a conveniência ou a inconveniência que encontramos entre esses objetos e nós, e, finalmente, segundo os juízos que fazemos deles em relação à ideia de felicidade ou de perfeição que a razão nos fornece. Essas disposições se estendem e se afirmam na medida em que nos tornamos mais sensíveis e mais esclarecidos; mas, constrangidas por nossos hábitos, elas se alteram mais ou menos sob a influência de nossas opiniões. Antes dessa alteração, elas são aquilo a que chamo em nós a natureza.

É pois a essas disposições primitivas que tudo se deveria reportar; e isso seria possível se nossas três educações fossem tão somente diferentes: mas que fazer quando são opostas? Quando, ao invés de educar um homem para si mesmo, se quer educá-lo para os outros? Então o acerto se faz impossível. Forçado a combater a natureza ou as instituições, cumpre optar entre fazer um homem ou um cidadão, porquanto não se pode fazer um e outro ao mesmo tempo.

Toda sociedade parcial, quando restrita e bem unida, aliena-se da grande. Todo patriota é duro com os estrangeiros: são apenas homens, nada são a seus olhos. Tal inconveniente é inevitável, mas é fraco. O essencial é ser bom à gente com a qual se vive. Com os de fora o espartano era ambicioso, avarento, iníquo; mas o desinteresse, a equidade, a concórdia reinavam dentro dos muros de sua cidade. Desconfiai desses cosmopolitas que vão buscar em seus livros os deveres que desdenham cumprir em relação aos seus. Tal ou qual filósofo ama os tártaros, para ser dispensado de amar seus vizinhos.

O homem natural é tudo para ele; é a unidade numérica, é o absoluto total, que não tem relação senão consigo mesmo ou com seu semelhante. O homem civil não passa de uma unidade fracionária presa ao denominador e cujo valor está em relação com o todo, que é o corpo social. As boas instituições sociais são as que mais bem sabem desnaturar o homem, tirar-lhe sua existência absoluta para dar-lhe outra relativa e colocar o *eu* na unidade comum, de modo que cada particular não se acredite mais ser um, que se sinta uma parte da unidade, e não seja mais sensível senão no todo. Um cidadão de Roma não era nem Caio, nem Lúcio; era um romano; amava mesmo uma pátria exclusivamente sua. Régulo pretendia ser cartaginês, como se tendo tornado a propriedade de seus senhores. Na qualidade de estrangeiro, recusava-se a ter assento no senado de Roma; foi preciso que um cartaginês lhe ordenasse. Indignava-o que lhe quisessem salvar a vida. Venceu, e voltou triunfante para morrer supliciado. Isso não tem muita relação, parece-me, com os homens que conhecemos. [...]

Resta enfim a educação doméstica ou a da natureza, mas que será para os outros um homem unicamente educado para si mesmo? Se o duplo objetivo que se propõe pudesse porventura reunir-se num só, eliminando as contradições do homem, eliminar-se um grande obstáculo à sua felicidade. Para julgar, fora preciso vê-lo inteiramente formado; fora preciso ter observado suas tendências, visto seus progressos, acompanhado sua evolução; fora preciso, em poucas palavras, conhecer o homem natural. Creio que alguns passos terão sido dados nessas pesquisas em se lendo este livro.

Para formar esse homem raro que devemos fazer? Muito, sem dúvida: impedir que nada seja feito. Quando não se trata senão de ir contra o vento, bordeja-se; mas se o mar está agitado e se quer não sair do lugar, cumpre lançar a âncora. Toma cuidado, jovem piloto, para que o cabo não se perca ou que tua âncora não se arraste, a fim de que o barco não derive antes que o percebas.

Na ordem social, em que todos os lugares estão marcados, cada um deve ser educado para o seu. Se um indivíduo, formado para o seu, dele sai, para nada mais serve. A educação só é útil na medida em que sua carreira acorde com a vocação dos pais; em qualquer outro caso ela é nociva ao aluno, nem que seja apenas em virtude dos preconceitos que lhe dá. No Egito, onde o filho era obrigado a abraçar a profissão do pai, a educação tinha, pelo menos, um fim certo. Mas, entre nós, quando somente as situações existem e os homens mudam sem cessar de estado, ninguém sabe se, educando o filho para o seu, não trabalha contra ele.

Na ordem natural, sendo os homens todos iguais, sua vocação comum é o estado de homem; e quem quer seja bem-educado para esse, não pode desempenhar-se mal dos que com esse se relacionam. Que se destine meu aluno à carreira militar, à eclesiástica ou à advocacia pouco me importa. Antes da vocação dos pais, a natureza chama-o para a vida humana. Viver é o ofício que lhe quero ensinar. Saindo de minhas mãos, ele não será, concordo, nem magistrado, nem soldado, nem padre; será primeiramente um homem. Tudo o que um homem deve ser, ele o saberá, se necessário, tão bem quanto quem quer que seja; e por mais que o destino o faça mudar de situação, ele estará sempre em seu lugar. *Occupavi te, Fortuna, atque cepi; omnesque aditus tuos interclusi, ut ad me aspirare non posses.*

Nosso verdadeiro estudo é o da condição humana. Quem entre nós melhor sabe suportar os bens e os males desta vida é, a meu ver, o mais bem-educado; daí decorre que a verdadeira educação consiste menos em preceitos do que em exercícios. Começamos a instruir-nos em começando a viver; nossa educação começa conosco; nosso primeiro preceptor é nossa ama. Por isso, esta palavra *educação* tinha, entre os antigos, sentido diferente do que lhe damos hoje: significava alimento. *Educit obstetrix*, diz Varrão; *educat nutrix, instituit pedagogus, docet magister*. Assim, a educação, a instituição, a instrução são três coisas tão diferentes em seu objeto quanto a governante, o preceptor e o mestre. Mas tais distinções são mal compreendidas; e para ser bem orientada a criança deve seguir um só guia.

É preciso portanto generalizar nossos pontos de vista e considerar em nosso aluno o homem abstrato, o homem exposto a todos os acidentes da vida humana. Se os homens nascessem arraigados ao solo de um país, se a mesma estação durasse o ano todo, se cada qual se prendesse a seu destino de maneira a nunca poder mudar, a prática estabelecida seria boa até

HISTÓRIA DAS IDEIAS PEDAGÓGICAS

certo ponto; a criança educada para sua condição, dela não saindo nunca, não poderia ser exposta aos inconvenientes de outra. Mas, dada a mobilidade das coisas humanas, dado o espírito inquieto e agitado deste século que tudo transforma a cada geração, poder-se-á conceber um método mais insensato que o de educar uma criança como nunca devendo sair de seu quarto, como devendo sem cessar achar-se cercada dos seus? Se o infeliz dá um só passo na terra, se desce um só degrau, está perdido. Não é isso ensinar-lhe a suportar a dor; é exercitá-lo a senti-la.

Não se pensa senão em conservar a criança; não basta; deve-se-lhe ensinar a conservar-se em sendo homem, a suportar os golpes da sorte, a enfrentar a opulência e a miséria, a viver, se necessário, nos gelos da Islândia ou no rochedo escaldante de Malta. Por maiores precauções que tomeis para que não morra, terá contudo que morrer. E ainda que sua morte não fosse obra de vossos cuidados, ainda assim estes seriam mal-entendidos. Trata-se menos de impedi-la de morrer que de fazê-la viver. Viver não é respirar, é agir; é fazer uso de nossos órgãos, de nossos sentidos, de nossas faculdades, de todas as partes de nós mesmos que nos dão o sentimento de nossa existência. O homem que mais vive não é aquele que conta maior número de anos e sim o que mais sente a vida. **"**

ROUSSEAU, Jean-Jacques. *Emílio ou da educação*. Tradução: Sergio Milliet. São Paulo: Difusão Europeia do Livro, 1968. (Clássicos Garnier).

Análise e reflexão

1. Anote os principais conceitos observados por você no texto de Rousseau.
2. Você vê possibilidade de aplicação prática das teorias pedagógicas de Rousseau? Escreva sobre isso.

Pestalozzi: natureza e função da educação popular

Johann Heinrich Pestalozzi (1746–1827), educador suíço, nasceu em Zurique. Desde os tempos de estudante participou de movimentos de reforma política e social. Em 1774, fundou um orfanato onde tentou ensinar rudimentos de agricultura e de comércio, iniciativa que fracassou poucos anos depois.

Publicou um romance em quatro volumes, intitulado *Leonardo e Gertrudes*, no qual delineou suas ideias sobre reforma política, moral e social. Quando a cidade de Stans foi tomada durante a invasão napoleônica de 1798, Pestalozzi reuniu algumas crianças abandonadas e passou a cuidar delas nas mais difíceis condições.

Em 1805, fundou o famoso Internato de Yverdon, que durante seus vinte anos de funcionamento foi frequentado por estudantes de todos os países da Europa. O currículo adotado dava ênfase à atividade dos alunos: apresentava-se no início objetos simples para chegar aos mais complexos; partia-se do conhecido para o desconhecido, do concreto para o abstrato, do particular para o geral. Por isso, as atividades mais estimuladas em Yverdon eram desenho, escrita, canto, educação física, modelagem, cartografia e excursões ao ar livre.

Educadores de todo o mundo adotaram o método de Pestalozzi e difundiram suas ideias na Europa e na América. Froebel e Herbart estudaram-lhe a obra, cuja influência sobre a educação prussiana foi grande.

Significado e natureza da educação

“Uma educação perfeita é para mim simbolizada por uma árvore plantada perto de águas fertilizantes. Uma pequena semente que contém o germe da árvore, sua forma e suas propriedades é colocada no solo. A árvore inteira é uma cadeia ininterrupta de partes orgânicas, cujo plano existia na semente e na raiz. O homem é como a árvore. Na criança recém-nascida estão ocultas as faculdades que lhe hão de desdobrar-se durante a vida; os órgãos do seu ser gradualmente se formam, em uníssono, e constroem a humanidade à imagem de Deus. A educação do homem é um resultado puramente moral. Não é o educador que lhe dá novos poderes e faculdades, mas lhe fornece alento e vida. Ele cuidará apenas de que nenhuma influência desagradável traga distúrbios à marcha do desenvolvimento da natureza. Os poderes morais, intelectuais e práticos do homem devem ser alimentados e desenvolvidos em si mesmos e não por sucedâneos artificiais. Deste modo, a fé deve ser cultivada pelo nosso próprio ato de crença, e não com argumentos a respeito da fé; o amor pelo próprio ato de amar, não por meio de palavras a

HISTÓRIA DAS IDEIAS PEDAGÓGICAS

respeito do amor; o pensamento, pelo nosso próprio ato de pensar, não por mera apropriação dos pensamentos de outros homens, e o conhecimento, pela nossa própria investigação, não por falações intermináveis sobre os resultados da arte e da ciência. **"**

> PESTALOZZI, J. H. Como Gertrudes ensina a seus filhos. *In*: LARROYO, Francisco. *História geral da pedagogia*. São Paulo: Mestre Jou, 1974. t. II.

Análise e reflexão

1. Explique as seguintes afirmações de Pestalozzi:

   a) "[O educador] cuidará apenas de que nenhuma influência desagradável traga distúrbios à marcha do desenvolvimento da natureza [do homem]."

   b) "Os poderes morais, intelectuais e práticos do homem devem ser alimentados e desenvolvidos em si mesmos e não por sucedâneos artificiais."

2. Pesquise sobre a importância que o Internato de Yverdon teve para o século XIX.

Herbart: a prática da reflexão metódica

Johann Friedrich Herbart (1776–1841), filósofo, teórico da educação e psicólogo alemão, estudou na Universidade de Iena, onde foi discípulo de Fichte. Em 1797, esteve na Suíça e visitou a escola dirigida por Pestalozzi. A partir de 1809, ensinou Filosofia e Pedagogia na Universidade de Königsberg.

Para Herbart, a filosofia representou a elaboração e a análise da experiência. A lógica tinha por objeto a classificação dos conceitos, enquanto a metafísica e a estética referiam-se ao conteúdo do pensamento. A análise lógica revelava as contradições dos conceitos que a metodologia procura resolver.

Como teórico da educação, defendeu a ideia de que o objetivo da pedagogia é o desenvolvimento do caráter. O ensino deve fundamentar-se na aplicação dos conhecimentos da psicologia. Criou o sistema que denominou "instrução educativa". Esse sistema, segundo o educador brasileiro Lourenço Filho, propõe um ensino que, através de situações sucessivas e bem reguladas pelo mestre, fortalece a inteligência e, pelo cultivo dela, forma a vontade e o caráter. Herbart sugeriu que cada lição obedecesse a fases estabelecidas ou a passos formais. Seriam eles: o de *clareza* da apresentação dos elementos sensíveis de cada assunto; o de *associação*; o de *sistematização*; e, por fim, o de *aplicação*.

Sobre o método de ensino

❝ Há mestres que atribuem o maior valor à análise minuciosa do pequeno e do mínimo, que fazem os alunos repetirem de modo igual aquilo que disseram. Outros preferem ensinar em forma de conversação e concedem também a seus discípulos muita liberdade na expressão. Há outros todavia que exigem sobretudo os pensamentos capitais e com uma precisão completa e uma conexão prescrita.

Por último, alguns se exercitam autonomamente na reflexão ordenada.

Disto podem nascer formas de ensino diferentes; mas não é necessário que predominem, como é costume, umas e se excluam as outras; o que se deve perguntar é se cada uma presta algum serviço à educação múltipla. Pois quando se tem que aprender muito é necessário a análise para não cair na confusão. Esta pode começar pela conversação, prosseguir salientando os pensamentos principais e concluir por uma autorreflexão ordenada. *Clareza, associação, sistema, método.*

Em um estudo mais detido vê-se que estas formas de ensino não devem excluir-se mutuamente, e sim seguir-se umas às outras em cada círculo de objetos de ensino maior ou menor, na ordem indicada. Porque: em primeiro lugar o principiante só pode avançar lentamente; os passos menores são para ele os mais seguros; há de deter-se em cada ponto o necessário para compreender justamente o particular, e durante essa parada deve dirigir, inteiramente, a este destaque seus pensamentos. Por isso, no começo a arte de ensinar depende, sobretudo, de que o mestre saiba decompor o objeto em suas partes menores, para não dar saltos inconscientemente.

Em um segundo momento, no que se refere à associação, ela não pode realizar-se, principalmente no início, simplesmente de um modo sistemático.

No sistema cada ponto tem seu lugar determinado; neste lugar está imediatamente ligado aos outros pontos próximos e separados de outros pontos afastados aos quais se une por pontos intermediários; a forma de ligação também não é sempre a mesma. Além disso, um sistema não deve

HISTÓRIA DAS IDEIAS PEDAGÓGICAS

ser simplesmente aprendido, mas também empregado, aplicado e muitas vezes completado com novas adições que devem ser introduzidas nos lugares correspondentes. Isto exige habilidade para movimentar as ideias partindo de um ponto a outro. Por isso deve ser em parte preparado e, em parte, exercitado um sistema. A preparação reside na associação; a esta tem que se seguir o exercício de reflexão metódica.

A princípio — enquanto o problema principal seja a clareza do particular — convém as palavras breves e o mais inteligíveis possível, e com frequência será oportuno fazê-las repetir exatamente por alguns alunos (não por todos) depois de pronunciadas (é conhecida a pronunciação simultânea rítmica de todos os alunos, que não sem êxito foi tentada em algumas escolas e que pode convir de vez em quando nos primeiros graus da instrução das crianças menores).

Para a associação, o melhor meio é a conversação livre, porque com ela o aluno encontra ocasião de investigar, modificar e multiplicar os enlaces casuais das ideias, na forma mais cômoda e mais fácil para ele, e de apropriar-se a seu modo do aprendido.

Com isto se evita o cansaço que se origina do simples aprender sistemático.

Pelo contrário, o sistema exige exposição mais coerente, e nele se há de separar cuidadosamente o tempo da exposição do da repetição. Ressaltando os pensamentos capitais, o sistema revelará as vantagens do conhecimento ordenado e acrescentará amplamente a soma dos conhecimentos.

Os alunos não sabem apreciar nenhuma das duas coisas quando se inicia prematuramente a exposição sistemática.

Eles adquirirão a prática da reflexão metódica. **"**

LUZURIAGA, Lorenzo (org.). *Antología de Herbart*. Buenos Aires: Losada, 1946.

Análise e reflexão

1. O que Herbart pensava sobre a diversidade dos métodos de ensino?

2. Que passos devem ser dados na apresentação de um objeto de estudo?

3. O que diz Herbart sobre o vocabulário a ser utilizado pelo mestre?

A Revolução Francesa: o plano nacional de educação

Avanços tão consideráveis na teoria e na prática da educação, como os que ocorreram no século XVII, não poderiam deixar de ser transformados em norma jurídica. A educação proposta pela Revolução Francesa deveria ser transformada em direito de todos e dever do Estado.

A Convenção[11] elaborou vários decretos, expandindo pela França o ensino obrigatório sem muito êxito. Desde aquela época os planos educacionais pareciam mais avançados do que a prática. Foi o caso do "Plano Nacional de Educação", aprovado pela Assembleia Nacional Constituinte em 1793 e concebido por Lepelletier (1760–1793), do qual apresentaremos a seguir algumas partes.

Inspirado em Rousseau, o texto de Lepelletier sintetiza as aspirações frustradas de unidade entre a educação e a política e de defesa do ensino público, gratuito, obrigatório e igual para todos, até a criança atingir os 12 anos de idade.

A questão da *intervenção do Estado na educação* já vinha sendo debatida desde Lutero. Montesquieu (1689–1755) dedicou-lhe um capítulo de sua obra *O espírito das leis*, publicada em 1748, defendendo a necessidade de criar leis para a educação para que cada família pudesse educar seus filhos em conformidade com as leis da sociedade. Danton (1759–1794) chegou a afirmar que "os filhos pertencem à República antes de pertencerem aos pais"[12].

O texto de Lepelletier nutriu-se de todo esse debate: defendeu o princípio da igualdade efetiva e o direito ao saber de todo cidadão, seja qual for sua profissão. Inspirado em Platão, pretendia que, aos cinco anos de idade, as crianças fossem educadas em acampamentos do Estado ("casa de educação nacional"). Cada grupo de cinquenta crianças teria um professor que seria auxiliado pelos alunos mais experientes.

---

[11] Assembleia extraordinária reunida durante a Revolução Francesa, de 1792 a 1795, com a finalidade de modificar a Constituição e aprovar novas leis de reorganização do país.

[12] LUZURIAGA, Lorenzo. *História da educação pública*. São Paulo: Nacional, 1959. p. 49.

> Se o homem é naturalmente bom, como queria Rousseau, não há necessidade de religião; a ciência basta para formar o homem.
>
> O Estado só ofereceria uniformes e alimentação, esta condicionada à execução de tarefas diárias. Aos professores, um salário fixo. As despesas com a educação seriam cobradas de todos os cidadãos, incidindo maiores taxas para os mais ricos.
>
> O Plano Nacional de Educação não chegou a ser posto em prática. Seu autor foi assassinado em 1793. Entretanto, suas ideias inspiradas no liberalismo do século XVIII tiveram notável influência nos sistemas nacionais de educação criados no século XIX.

Projeto de lei de Lepelletier

"ARTIGOS GERAIS

I

Todas as crianças serão educadas às custas da República, desde a idade de cinco anos até doze anos para os meninos, e desde os cinco até onze anos para as meninas.

II

A educação será igual para todos; todos receberão a mesma alimentação, as mesmas vestimentas, a mesma instrução e os mesmos cuidados.

III

Sendo a educação nacional dívida da República para com todos, todas as crianças têm direito de recebê-la, e os pais não poderão se subtrair à obrigação de fazê-las gozar de suas vantagens.

IV

O objeto da educação nacional será de fortificar o corpo e desenvolvê-lo por exercícios de ginástica, de acostumar as crianças ao trabalho das mãos, de endurecê-las contra toda espécie de cansaço, de dobrá-las ao jugo de uma disciplina salutar, de formar-lhes o coração e o espírito por meio de instruções úteis e de dar os conhecimentos necessários a todo cidadão, seja qual for sua profissão.

V

Quando as crianças chegarem ao termo da educação nacional, serão recolocadas nas mãos de seus pais ou tutores, e entregues aos trabalhos de diversos ofícios e da agricultura; salvo as exceções que serão especificadas logo após, em favor daqueles que anunciariam talentos e disposições particulares.

VI

O acervo dos conhecimentos humanos e de todas as Belas Artes será conservado e enriquecido através dos cuidados da República; seu estudo será dado pública e gratuitamente por mestres assalariados pela nação.

Seus cursos serão divididos em três graus de instrução: escolas públicas, institutos e liceus.

VII

As crianças não serão admitidas a esses cursos senão depois de terem percorrido a educação nacional.

Não poderão ser recebidas antes dos doze anos nas escolas públicas.

O curso de estudo aí será de quatro anos; será de cinco nos institutos e de quatro anos nos liceus.

VIIII

Para o estudo das Belas Letras, das Ciências e das Belas Artes, será escolhida uma entre cinquenta crianças. As crianças que tiverem sido escolhidas serão mantidas às custas da República junto às escolas públicas, durante o curso de estudo de quatro anos.

IX

Entre estas, depois que tiverem terminado o primeiro curso, será escolhida metade delas, isto é, aquelas cujos talentos se desenvolveram mais; serão igualmente mantidas às custas da República junto aos institutos durante os cinco anos do segundo curso de estudo.

Enfim, metade dos pensionistas da República que tiverem percorrido com mais distinção o grau de instrução dos institutos serão escolhidos para serem mantidos junto ao Liceu e aí seguirem o curso de estudos durante quatro anos.

X

O modo dessas eleições será determinado abaixo.

XI

Não poderão ser admitidos a concorrer os que, por suas faculdades pessoais, ou pelas de seus pais, estariam em condições de seguir, sem os auxílios da República, esses três graus de instrução.

XII

O número e o local de escolas públicas, institutos e liceus, bem como o número de professores e o modo de instrução serão determinados abaixo.

DA EDUCAÇÃO NACIONAL

I

Será formado em cada cantão um ou vários estabelecimentos de educação pública nacional, onde serão educadas as crianças de ambos os sexos, cujos pais e mães (ou, se órfãs, cujos tutores) estiverem residindo no cantão.

II

Quando uma criança tiver atingido a idade de cinco anos completos, o pai e a mãe (ou se órfã, seu tutor) serão obrigados a conduzi-la à casa de educação nacional do cantão e entregá-la nas mãos das pessoas que estiverem indicadas para isso.

III

Os pais e mães ou tutores que negligenciarem o preenchimento desse dever perderão os direitos de cidadãos e serão submetidos a um duplo imposto direto durante todo o tempo que subtraírem a criança à educação comum.

IV

Quando uma mulher conduzir uma criança com a idade de cinco anos ao estabelecimento de educação nacional, ela receberá da República, para cada uma das quatro primeiras crianças que tiver educado até essa idade, a soma de cem libras; o dobro para cada criança que exceder o número de quatro até oito; e, finalmente, trezentas libras para cada criança que exceder esse último número. [...]

IX

Todas as crianças de um cantão ou de uma seção serão tanto quanto possível reunidas num só estabelecimento; haverá para cada 50 meninos um professor e para cada número igual de meninas uma professora.

Em cada uma dessas divisões, as crianças serão classificadas de maneira tal que os mais velhos serão encarregados de vigiar os mais jovens e de fazê-los repetir as lições, sob as ordens de um inspetor, professor ou professora, assim como será explicado pelo regulamento.

X

Durante o curso da educação nacional, o tempo das crianças será dividido entre o estudo, o trabalho das mãos e os exercícios de ginástica.

XI

Os meninos aprenderão a ler, escrever e contar e lhes serão dadas as primeiras noções de medida e superfície.

Sua memória será cultivada e desenvolvida; ensinar-se-lhes-á a decorar alguns cantos cívicos e o enredo dos traços mais emocionantes da história dos povos livres e da história da Revolução Francesa.

Receberão também noções da constituição de seu país, da moral universal e da economia rural e doméstica.

XII

As meninas aprenderão a ler, escrever e contar.

Sua memória será cultivada pelo estudo de cantos cívicos e de alguns episódios da História próprios a desenvolver as virtudes de seu sexo.

Receberão também noções de moral e de economia doméstica e rural.

XIII

A principal parte da jornada será empregada pelas crianças de um e outro sexo nos trabalhos manuais.

Os meninos dedicar-se-ão aos trabalhos possíveis de sua idade, seja apanhar e distribuir materiais sobre as estradas, seja nas oficinas de manufaturas que se encontrem aos cuidados da casa de instrução nacional, seja nas tarefas que poderão ser executadas no interior da casa; todos serão exercitados no trabalho da terra.

As meninas aprenderão a fiar, costurar e limpar; poderão ser empregadas nas oficinas de manufaturas vizinhas ou em trabalhos que poderão ser executados no interior da casa de educação. [...]

XV

O produto do trabalho será empregado assim como segue.

Os nove décimos do produto serão aplicados às despesas comuns da casa; um décimo será enviado no fim de cada semana à criança para dispor dele à sua vontade.

XVI

Toda criança de um e outro sexo, com idade acima de oito anos, que, na jornada precedente de um dia de trabalho, não tiver preenchido a tarefa equivalente à sua nutrição, não tomará sua refeição senão após os outros,

128 HISTÓRIA DAS IDEIAS PEDAGÓGICAS

e terá a humilhação de comer sozinha; ou então será punida com uma admoestação pública que será indicada pelo regulamento. [...]

XIX

As crianças receberão igual e uniformemente, cada uma, segundo sua idade, uma alimentação sã, mas frugal, uma veste cômoda, mas grosseira; deitarão sem conforto excessivo, de tal modo que, qualquer que seja a profissão que abracem e em qualquer circunstância que se possam encontrar durante o transcorrer de sua vida, conservarão o hábito de poder-se privar de comodidades e de coisas supérfluas, bem como desprezar as necessidades artificiais. [...]

XXIV

Para reger e velar pelos estabelecimentos de educação nacional, somente os pais de família domiciliados no cantão ou seção formarão um conselho de 52 pessoas escolhidas entre eles.

Cada membro do conselho será obrigado a sete dias de vigilância no decorrer do ano, de modo que cada dia um pai de família será aproveitado na casa de educação.

Sua função será a de velar pela preparação e distribuição dos alimentos das crianças; pelo emprego do tempo e sua divisão entre o estudo, o trabalho das mãos e os exercícios; pela exatidão dos professores e das professoras ao preencher as tarefas que lhes são confiadas; pela propriedade; pela boa conduta das crianças e da casa; pela manutenção e execução do regulamento; enfim, cada membro do conselho deverá providenciar o que as crianças receberão em caso de doença, providenciar a respeito dos socorros e cuidados convenientes.

Quanto ao mais e aos detalhes das funções do pai de família supervisor, serão explicados pelo regulamento. O conselho dos pais de família proporá, além disso, uma administração de quatro membros retirados de seu seio para determinar, segundo os tempos e as estações, os alimentos que serão dados às crianças; regular as vestimentas; fixar os gêneros de trabalhos manuais em que as crianças serão empregadas; e determinar seu preço.

A organização e os deveres, tanto do conselho geral dos pais de família como da organização particular, serão mais amplamente determinados por um regulamento.

XXV

No começo de cada ano, o conselho de pais de família fará passar ao departamento a folha de serviço das crianças que foram educadas na casa de educação nacional de seu cantão ou seção e das que morreram no correr do ano precedente.

Enviará, do mesmo modo, a folha de serviço concernente ao trabalho das crianças durante o ano.

As duas folhas de serviço acima mencionadas serão duplas, uma para os meninos, outra para as meninas.

Será designada pelo departamento uma gratificação de 300 libras a cada um dos professores da casa na qual morrer durante o ano um menor número de crianças, comparativamente às outras casas situadas no departamento, observadas as proporções do número de crianças que aí tiverem sido educadas.

Igual gratificação será designada a cada um dos professores da casa na qual o produto do trabalho das crianças terá sido considerável, comparativamente às outras casas do departamento, observadas também as proporções do número de crianças que aí tiverem sido educadas. As disposições precedentes terão lugar igualmente em favor das professoras das meninas.

O departamento fará imprimir cada ano o nome das casas, dos professores e das professoras que tiverem obtido essa honra. O quadro será enviado ao corpo legislativo e afixado em cada uma das municipalidades do departamento.

XXVI

Para a perfeita organização das escolas primárias, proceder-se-á à composição de livros elementares que serão indicados para a solução de questões. **"**

ROSA, Maria da Glória de. *A história da educação através de textos*. São Paulo: Cultrix, 1985.

Análise e reflexão

1. Explique as razões do fracasso do plano educacional elaborado por Lepelletier.

2. Destaque os artigos do Plano Nacional de Educação da Revolução Francesa que você considera válidos para os dias de hoje.

Capítulo 8

O pensamento pedagógico positivista

O pensamento pedagógico positivista consolidou a concepção burguesa da educação. No interior do iluminismo e da sociedade burguesa duas, forças antagônicas tomaram forma desde o final do século XVIII. De um lado, o movimento popular e socialista; de outro, o movimento elitista burguês. Essas duas correntes opostas chegam ao século XIX sob os nomes de *marxismo* e de *positivismo*, representadas por seus dois expoentes máximos: Auguste Comte (1798–1857) e Karl Marx (1818–1883).

Auguste Comte estudou na escola politécnica de Paris, onde recebeu influência de alguns intelectuais, entre os quais o matemático Joseph-Louis Lagrange (1736–1813) e o astrônomo Pierre Simon de Laplace (1749–1827). Foi secretário de Saint-Simon, de quem seguiu a orientação para o estudo das ciências sociais; também seguiu dele as ideias de que os fenômenos sociais, como os físicos, podem ser reduzidos a leis e de que todo conhecimento científico e filosófico deve ter por finalidade o aperfeiçoamento moral e político da humanidade.

A principal obra de Comte é o *Curso de Filosofia Positiva*, composto de seis volumes, publicados entre 1830 e 1842.

Separado de sua primeira esposa, conheceu Clotilde de Vaux em 1845, cuja morte ocorreria no ano seguinte. Com ela viveu "em perfeita comunhão espiritual". Depois da perda de Clotilde, Comte transformou-a na musa inspiradora de uma nova religião, cujas ideias se encontram na obra *Política positiva ou Tratado de Sociologia Instituindo a Religião da Humanidade* (1851–1854). A segunda parte de sua vida teve como objetivo transformar a filosofia em religião, assim como a primeira parte tentou transformar a ciência em filosofia.

Para Auguste Comte, a derrota do iluminismo e dos ideais revolucionários devia-se à ausência de concepções científicas. Para ele, a política tinha de ser uma ciência exata. Já Marx buscava as razões do fracasso na própria essência da revolução burguesa, que era contraditória: proclamava a liberdade e a igualdade, mas não as realizaria enquanto não mudasse o sistema econômico que instaurava a desigualdade na base da sociedade.

Uma verdadeira ciência, para Comte, deveria analisar todos os fenômenos, mesmo os humanos, como fatos. Necessitava ser uma ciência positiva. Tanto nas *ciências da natureza* quanto nas *ciências humanas*, dever-se-ia afastar qualquer preconceito ou pressuposto ideológico. A ciência precisava ser neutra. Leis naturais, em harmonia, regeriam a sociedade. O positivismo representava a doutrina que consolidaria a ordem pública, desenvolvendo nas pessoas uma "sábia resignação" ao *status quo*. Nada de doutrinas críticas, destrutivas, subversivas, revolucionárias como as do iluminismo da Revolução Francesa ou as do socialismo. Em poucas palavras: só uma *doutrina positiva* serviria de base da formação científica da sociedade.

Comte combateu o espírito religioso, mas acabou propondo a instituição do que chamou "religião da humanidade" para substituir a Igreja.

Segundo ele, a humanidade passou por três etapas sucessivas: o *estado teológico*, durante o qual o homem explicava a natureza por agentes sobrenaturais; o *estado metafísico*, no qual tudo se justificava através de noções abstratas como essência, substância, causalidade etc.; e o *estado positivo*, o atual, onde se buscam as leis científicas.

Da "lei dos três estados", Comte deduziu o sistema educacional. Ele afirmava que em cada homem as fases históricas se reproduziriam, ou seja, que cada indivíduo repetiria as fases da humanidade.

Na primeira fase, a da infância, a aprendizagem não teria um caráter formal. Transformaria gradativamente o fetichismo natural inicial numa concepção abstrata do mundo.

Na segunda fase, a da adolescência e da juventude, o homem adentraria no estudo sistemático das ciências.

Aos poucos, o homem na idade madura chegaria ao estado positivo. Não mais abraçaria a religião de um Deus abstrato. Enlaçaria a religião do Grande Ser, que é a Humanidade. A educação formaria, portanto, a solidariedade humana.

Na realidade, a lei dos três estados de Comte acabava esbarrando com a própria evolução dos educandos. Estes, de modo algum, seguiam uma previsão tão positiva. De fato, as crianças não imaginavam forças divinas para explicar o mundo e nem os jovens se mostravam muito afeitos a abstrações metafísicas. Ou seja, a lei dos três estados não explica a evolução da história.

Na esteira de Auguste Comte, Herbert Spencer (1829–1903) deixou de lado a concepção religiosa do mestre e valorizou o princípio da *formação científica na educação*. Buscou saber que conhecimentos realmente contavam para os indivíduos se desenvolverem. E concluiu que os conhecimentos adquiridos na escola necessitavam, antes de mais nada, possibilitar uma vida melhor, com relação à saúde, ao trabalho, à família, para a sociedade em geral.

Essa tendência cientificista na educação continuava o movimento sensorialista dos dois séculos anteriores. Mas, na prática, a introdução das ciências no currículo escolar ocorreu muito vagarosamente, resistindo à dominação da filosofia, da teologia e das línguas clássicas.

A tendência cientificista ganhou força na educação com o desenvolvimento da *sociologia* em geral e da *sociologia da educação*. Afinal, o positivismo negava a especificidade metodológica das ciências sociais em relação às ciências naturais, identificando-as. Essa identificação será depois criticada pelo marxismo.

Um dos principais expoentes na sociologia da educação positivista foi Émile Durkheim (1858–1917). Ele considerava a educação como imagem e reflexo da sociedade. A educação é um fato fundamentalmente social, dizia ele. Assim, a *pedagogia* seria uma *teoria da prática social*.

Durkheim é o verdadeiro mestre da sociologia positivista moderna. Em sua obra *Regras do método sociológico*, afirma que a primeira e mais fundamental regra é considerar os fatos sociais como coisas. Para ele, a sociedade se comparava a um animal: possui um sistema de órgãos diferentes em que cada um desempenha um papel específico. Alguns órgãos seriam naturalmente mais privilegiados do que outros. Esse privilégio, por ser natural, representaria um fenômeno normal, como em todo organismo

134   HISTÓRIA DAS IDEIAS PEDAGÓGICAS

vivo no qual predomina a lei da sobrevivência dos mais aptos (evolucionismo) e a luta pela vida, em nada modificável.

Esse conjunto de ideias pedagógicas e sociais revela o caráter conservador e reacionário da tendência positivista na educação.

O positivismo, cuja doutrina visava à substituição da manipulação mítica e mágica do real pela visão científica, acabou estabelecendo uma nova fé, a fé na ciência, que subordinou a imaginação científica à pura observação empírica. Seu lema sempre foi "ordem e progresso". Acreditou que para progredir é preciso ordem e que a pior ordem é sempre melhor do que qualquer desordem. Portanto, o positivismo tornou-se uma ideologia da ordem, da resignação e, contraditoriamente, da estagnação social.

Para os pensadores positivistas, a libertação social e política passava pelo desenvolvimento da ciência e da tecnologia, sob o controle das elites. O positivismo nasceu como *filosofia*, portanto interrogando-se sobre o real e a ordem existente; mas, ao dar uma resposta ao social, afirmou-se como *ideologia*.

A expressão do positivismo no Brasil inspirou a Velha República e o golpe militar de 1964. Segundo essa ideologia da ordem, o país não seria mais governado pelas "paixões políticas", mas pela racionalidade dos cientistas desinteressados e eficientes: os tecnocratas. A *tecnocracia* instaurada a partir de 1964 nos oferece um exemplo prático do ideal social positivista, preocupado apenas com a manutenção dos "fatos sociais", entre eles a existência concreta das classes. Essa doutrina serviu muito às elites brasileiras quando sentiram seus privilégios ameaçados pela organização crescente da classe trabalhadora. Daí terem recorrido aos dirigentes militares, que são as elites "ordeiras" vislumbradas por Comte.

A teoria educacional de Durkheim opõe-se diametralmente à de Rousseau. Enquanto este afirmava que o *homem nasce bom* e a sociedade o perverte, Durkheim declarava que o *homem nasce egoísta* e só a sociedade, através da educação, pode torná-lo solidário. Por isso, a educação, para o último, se definia como ação exercida pelas gerações adultas sobre as gerações que não se encontravam ainda preparadas para a vida social.

O pensamento positivista caminhou, na pedagogia, para o pragmatismo que só considerava válida a formação utilizada praticamente na vida presente, imediata. Entre os pensadores que desenvolveram essa tese encontram-se Alfred North Whitehead (1861–1947), para quem "a educação é a arte de utilizar os conhecimentos"[13], Bertrand Russel (1872–1970) e Ludwig Wittgenstein (1889–1951). Os dois últimos preocuparam-se sobretudo com a formação do espírito científico e com o desenvolvimento da lógica.

Apesar do pouco entusiasmo que os educadores progressistas brasileiros demonstram pelo pensamento pedagógico positivista, devido a suas implicações político-ideológicas, esse ideal trouxe muitas contribuições para o avanço da educação, principalmente pela crítica que exerceu sobre o pensamento humanista cristão. No Brasil, o positivismo influenciou o primeiro projeto de formação do educador, no final do século XIX. O valor dado à ciência no processo pedagógico justificaria maior atenção ao pensamento positivista. É inegável sua contribuição ao estudo científico da educação.

Spencer: quais os conhecimentos de maior valor?

Herbert Spencer (1820–1903) nasceu na Inglaterra. Estudou Matemática e Ciências, tornando-se engenheiro. Porém, sempre mostrou predileção pelas Ciências Sociais e a elas dedicou-se. Foi o maior representante do positivismo, corrente filosófica fundada por Auguste Comte, que teve suas repercussões na pedagogia.

Em sua principal obra, *Educação intelectual, moral e física*, Spencer acentuou o valor utilitário da educação e mostrou que os conhecimentos mais importantes são os que servem para a conservação e a melhora do indivíduo, da família e da sociedade em geral. A educação, para ele, consistia em obter preparação completa do ser humano para a vida inteira. Em geral, o objetivo da educação devia ser adquirir, do modo mais completo possível, os conhecimentos que melhor servissem para desenvolver a vida intelectual e social em todos os seus aspectos. Os que menos contribuíssem para esse desenvolvimento podiam ser tratados superficialmente.

Influenciado pelas ideias naturalistas de Rousseau, Spencer deu grande importância à educação física e ao estudo da natureza. Foi um dos maiores representantes da pedagogia individualista. Para ele, a filosofia representava o conhecimento totalmente unificado de toda a realidade.

---

[13] WHITEHEAD, Alfred North. *Os fins da educação*. São Paulo: Nacional, 1966. p. 16.

Quais são os conhecimentos de maior valor?

❝ Evidentemente o primeiro passo a dar está em classificarmos, por ordem de importância, os gêneros principais da atividade que constitui a vida do homem.

Podem enunciar-se naturalmente pela forma seguinte: 1º) atividades que diretamente contribuem para a conservação própria; 2º) atividades que, assegurando as coisas necessárias à vida, contribuem indiretamente para a conservação própria; 3º) atividades que têm por fim a educação e disciplina dos filhos; 4º) atividades relativas ao nosso procedimento social e às nossas relações políticas; 5º) atividades que preenchem o resto da vida, consagradas à satisfação dos gostos e dos sentimentos.

Não precisamos de longas considerações para demonstrarmos que é esta aproximadamente a ordem verdadeira por que devemos fazer aquela subordinação. As ações e precauções pelas quais, de momento para o momento, asseguramos a nossa conservação pessoal devem ocupar inegavelmente o primeiro lugar...

Assim para a questão que formulamos — quais são os conhecimentos de maior valor? — há uma resposta uniforme — a Ciência. É o *veredictum* para todas as interrogações. Para a direta conservação própria, para a conservação da vida e da saúde, o conhecimento mais importante é a Ciência. Para a indireta conservação própria, o que se chama ganhar a vida, o conhecimento de maior valor é a Ciência.

Para o justo desempenho das funções de família o guia mais próprio só se encontra na Ciência. Para a interpretação da vida nacional, no passado e no presente, sem a qual o cidadão não pode justamente regularizar o seu procedimento, a chave indispensável é a Ciência. Para a produção mais perfeita e para os gozos da arte em todas as suas formas, a preparação imprescindível é ainda a Ciência, e para os fins da disciplina intelectual, moral e religiosa, o estudo mais eficaz é, ainda uma vez, a Ciência.

A pergunta que a princípio nos pareceu tão embaraçosa tornou-se, depois da nossa investigação, relativamente simples. Se calculamos os graus de importância das diferentes ordens da atividade humana e o mérito dos diversos estudos que lhes dizem respeito, vemos que o estudo da Ciência, na sua significação mais lata, é a melhor preparação para todas essas ordens de atividade. Não temos a julgar entre as pretensões dos conhecimentos que têm maior valor, posto que convencional, e os conhecimentos de menor valor, mas intrínseco; os conhecimentos que provam ter mais valor em todos os outros pontos de vista são aqueles que têm maior valor intrínseco; o seu mérito não depende da opinião, mas está fixado, como as relações que o homem tem com o mundo que o cerca.

Necessárias e eternas como são as suas verdades, todas as Ciências interessam por certo tempo a toda a humanidade. No presente, como no futuro mais longínquo, deve ser da máxima importância para a regularização do seu proceder que os homens estudem a Ciência da vida física, intelectual e social, e que considerem todas as outras Ciências como a chave para a Ciência da vida. Todavia, este estudo, imensamente transcendente na sua importância, é aquele que num século em que tanto se exalta a educação, menos atenção nos merece. Quando aquilo que chamamos civilização não se pode de modo algum obter sem a Ciência, a Ciência constitui apenas um elemento apreciável no ensino das nossas sociedades civilizadas.

Embora seja no progresso da Ciência que nós devamos encontrar alimento para milhões de indivíduos onde outrora havia apenas para alguns mil, desses milhões poucos mil prestam homenagem àquilo que lhes tornou possível a existência.

Embora o conhecimento progressivo das propriedades e das relações das coisas não só facultasse às tribos errantes tornarem-se nações populosas, mas até desse a membros sem conta dessas populosas nações comodidades e prazeres, que os seus selvagens antepassados nem sonharam sequer, e em que nunca poderiam crer, este gênero de estudos só agora recebe um aplauso regateado nos nossos institutos da mais alta educação.

Ao vagaroso e progressivo conhecimento com as coexistências uniformes e com as sequências dos fenômenos, ao estabelecimento das leis invariáveis, devemos a nossa emancipação das mais grosseiras superstições. Se não fosse a Ciência, ainda hoje adorávamos fetiches e, com hecatombes de vítimas, tomaríamos propícias as divindades diabólicas.

E, todavia, essa Ciência que, em vez das mais degradantes concepções das coisas, nos deu largas vistas sobre as grandezas da criação, é considerada como inimiga pelas nossas teologias e fulminada do alto dos nossos púlpitos.

Parafraseando uma fábula oriental, podemos dizer que na família dos conhecimentos, a Ciência é a gata borralheira que na obscuridade oculta perfeições ignoradas. A ela cometem-se todos os trabalhos; pela sua perícia, pela sua inteligência, pela sua dedicação é que se obtiveram todas as comodidades e todos os prazeres, e enquanto trabalha incessantemente por todas as outras, conserva-se no último plano, para que as suas irmãs possam ostentar os seus ouropéis aos olhos do mundo. O paralelo pode ser levado ainda mais longe. Porque à medida que caminhamos para o desenlace, as posições vão mudando; e enquanto essas irmãs altivas caem no merecido desprezo, a Ciência, proclamada como a mais alta em valor e em beleza, reinará suprema. **99**

> SPENCER, Herbert. *Educação*: intelectual, moral e física. Rio de Janeiro: Laemmert & C., 1901.

Análise e reflexão

1. Que relação você vê entre as ideias de Rousseau e as de Spencer?
2. Enumere as contribuições da ciência, segundo Spencer.

Durkheim: a sociologia e os fins da educação

Émile Durkheim (1858–1917) nasceu na França, de uma família de rabinos. É mais conhecido como sociólogo, mas também foi pedagogo e filósofo.

Durkheim foi o sucessor de Comte na França. Pai do realismo sociológico, explica o social pelo social, como realidade autônoma. Tratou em especial dos problemas morais: o papel que desempenham, como se formam e se desenvolvem. Concluiu que a moral começa ao mesmo tempo que a vinculação com o grupo.

Ele via a educação como um esforço contínuo para preparar as crianças para a vida em comum. Por isso, era necessário impor a elas maneiras adequadas de ver, sentir e agir, às quais elas não chegariam espontaneamente.

Para Durkheim, a sociologia determinaria os fins da educação. A pedagogia e a educação não representavam mais do que um anexo ou um apêndice da sociedade e da sociologia; portanto, deveriam existir sem autonomia. O objetivo da educação seria apenas suscitar e desenvolver na criança certo número de estados físicos, intelectuais e morais, exigidos pela sociedade política no conjunto e pelo meio espacial a que ela particularmente se destina.

O que é a educação?

❝ Para definir educação, será preciso, pois, considerar os sistemas educativos que ora existem, ou tenham existido, compará-los, e aprender deles os caracteres comuns. O conjunto desses caracteres constituirá a definição que procuramos.

Nas considerações do item anterior, já assinalamos dois desses caracteres. Para que haja educação, faz-se mister que haja, em face de uma geração de adultos, uma geração de indivíduos jovens, crianças e adolescentes; e que uma ação seja exercida pela primeira, sobre a segunda. Seria necessário definir, agora, a natureza específica dessa influência de uma sobre outra geração.

Não existe sociedade na qual o sistema de educação não apresente o duplo aspecto: o de ser, ao mesmo tempo, uno e múltiplo.

Vejamos como ele é múltiplo. Em certo sentido, há tantas espécies de educação, em determinada sociedade, quantos meios diversos nela existirem. É ela formada de castas? A educação varia de uma casta a outra; a dos 'patrícios' não era a dos plebeus; a dos brâmanes não era a dos sudras. Da mesma forma, na Idade Média, que diferença de cultura entre o pajem, instruído em todos os segredos da cavalaria, e o vilão, que ia aprender na escola da paróquia, quando aprendia, parcas noções de cálculo, canto e gramática! Ainda hoje não vemos que a educação varia com as classes sociais e com as regiões? A da cidade não é a do campo, a do burguês não é a do operário. Dir-se-á que esta organização não é moralmente justificável, e que não se pode enxergar nela senão um defeito, remanescente de outras épocas, e destinado a desaparecer. A resposta a essa objeção é simples. Claro está que a educação das crianças não deveria depender do acaso, que as fez nascer aqui ou acolá, destes pais e não daqueles. Mas, ainda que a consciência moral de nosso tempo tivesse recebido, acerca desse ponto, a satisfação que ela espera, ainda assim a educação não se tornaria mais uniforme e igualitária. E, dado mesmo que a vida de cada criança não fosse, em grande parte, predeterminada pela hereditariedade, a diversidade moral das profissões não deixaria de acarretar, como consequência, grande diversidade pedagógica. Cada profissão constitui um meio *sui generis*, que reclama aptidões particulares e conhecimentos especiais, meio que é regido por certas ideias, certos usos, certas maneiras de ver as coisas; e, como a criança deve ser preparada em vista de certa função, a que será chamada a preencher, a educação não pode ser a mesma, desde certa cidade, para todos os indivíduos. Eis por que vemos, em todos os países civilizados, a tendência que ela manifesta para ser, cada vez mais, diversificada e especializada; e essa especialização, dia a dia, se torna mais precoce. A heterogeneidade, que assim se produz, não repousa, como aquela de que há pouco tratamos, sobre injustas desigualdades; todavia, não é menor. Para encontrar um tipo de educação absolutamente homogêneo e igualitário, seria preciso remontar até às sociedades pré-históricas, no seio das quais não existisse nenhuma diferenciação. Devemos compreender, porém, que tal espécie de sociedade não representa senão um momento imaginário na história da humanidade. [...]

A sociedade não poderia existir sem que houvesse em seus membros certa homogeneidade: a educação perpetua e reforça essa homogeneidade, fixando de antemão na alma da criança certas similitudes essenciais, reclamadas pela vida coletiva. Por outro lado, sem uma tal ou qual diversificação, toda cooperação seria impossível: a educação assegura a persistência desta diversidade necessária, diversificando-se ela mesma e permitindo as especializações. Se a sociedade tiver chegado a um grau de desenvolvimento em que as antigas divisões, em castas e em classes, não possam mais manter-se, ela prescreverá uma educação mais igualitária, como básica. Se, ao mesmo tempo, o trabalho se especializar, ela provocará nas crianças, sobre um primeiro fundo de ideias e de sentimentos comuns, mais rica diversidade de aptidões profissionais. Se um grupo social viver em estado permanente de guerra com sociedades vizinhas, ele se esforçará por formar espíritos fortemente nacionalistas; se a concorrência internacional tomar forma mais pacífica, o tipo que procurará realizar será mais geral e mais humano.

A educação não é, pois, para a sociedade, senão o meio pelo qual ela prepara, no íntimo das crianças, as condições essenciais da própria existência. Mais adiante, veremos como ao indivíduo, de modo direto, interessará submeter-se a essas exigências. Por ora, chegamos à fórmula seguinte:

A educação é a ação exercida pelas gerações adultas sobre as gerações que não se encontram ainda preparadas para a vida social; tem por objeto suscitar e desenvolver, na criança, certo número de estados físicos, intelectuais e morais, reclamados pela sociedade política no seu conjunto e pelo meio especial a que a criança, particularmente, se destine. **"**

DURKHEIM, Émile. *Educação e sociologia*. São Paulo: Melhoramentos, 1955.

Análise e reflexão

1. Faça um resumo das ideias de Durkheim contidas no texto.
2. Explique:

   "A educação não é, pois, para a sociedade, senão o meio pelo qual ela prepara, no íntimo das crianças, as condições essenciais da própria existência."

Whitehead: a educação deve ser útil

Alfred North Whitehead (1861–1947), filósofo, matemático e educador inglês, foi professor em Cambridge e Harvard. Colaborou com Bertrand Russell no monumental livro chamado *Principia mathematica*.

Whitehead afirmava frequentemente ser mais importante mostrar-se interessante do que estar efetivamente correto. A educação só nos tornava maçantes e desinteressantes quando não atingíamos os objetivos dela. Insistia muito na imaginação como motor da educação e no novo espírito científico.

Em seu livro *A ciência e o mundo moderno*, mostrou profundo interesse pelo progresso da ciência, concluindo que a ciência podia auxiliar o progresso da educação. Segundo ele, nenhum aluno deveria terminar o ensino médio ou a universidade sem dominar o método científico e sem conhecer a história da ciência.

Suas ideias pedagógicas, embora tenham alcançado uma influência limitada na teoria educacional, colocam-no entre os maiores pensadores neopositivistas contemporâneos.

A educação deve ser útil

❝ Cultura é atividade do pensamento e receptividade à beleza e ao humano sentimento. Fragmentos de informações nada têm a ver com ela. Um homem meramente bem-informado é o maçante mais inútil na face da terra. O que deveríamos procurar produzir são homens que possuam cultura e conhecimentos especializados em algum ramo particular. Seus conhecimentos especializados lhes darão um ponto de partida, e sua cultura os levará até as profundidades da filosofia e às alturas da arte. Precisamos lembrar-nos de que o desenvolvimento intelectual de valor é o desenvolvimento próprio, e que na grande maioria ele se dá entre as idades de dezesseis e trinta anos. [...]

Ao prepararmos uma criança para a atividade do pensamento, devemos, antes de tudo, precaver-nos contra o que chamarei de 'ideias inertes', isto é, ideias que são simplesmente recebidas pela mente sem que sejam utilizadas ou testadas ou mergulhadas em novas combinações. [...]

Vamos agora perguntar como em nosso sistema de educação deveríamos prevenir-nos contra essa aridez mental. Enunciemos dois mandamentos educacionais: 'Não ensine matérias demais' e 'O que ensinar, ensine bem'.

O resultado de ensinar pequenas partes de grande número de matérias é a recepção passiva de ideias desconexas, não iluminadas por qualquer fagulha de vitalidade. Que as ideias principais introduzidas na educação de uma criança sejam poucas, porém importantes, e que se permita sejam misturadas em todas as combinações possíveis. A criança deveria torná-las suas e saber como aplicá-las sempre em todas as circunstâncias de sua vida real. Desde o início de sua educação, a criança deveria experimentar a alegria da descoberta. A descoberta que tem que fazer é a de que as ideias gerais dão uma compreensão do curso de acontecimentos, o qual flui por toda a sua vida, o qual é sua vida. Por compreensão quero dizer mais do que mera análise lógica, embora isso esteja incluído. Refiro-me à 'compreensão' no sentido em que é usada no provérbio francês 'Quando se compreende tudo, perdoa-se tudo'. Os pedantes ridicularizam a educação útil; mas se a educação não é útil, o que será? Será um bem destinado a ficar oculto algures? Naturalmente a educação deve ser útil, qualquer que seja seu objetivo na vida. Foi útil a Santo Agostinho e a Napoleão. É útil porque a compreensão é útil.

Serei breve quanto à compreensão que nos deve ser dada pelo lado literário da educação. Também não desejo que suponham que eu faça pronunciamentos sobre os méritos relativos de um currículo clássico ou moderno. Quero unicamente observar que a compreensão que desejamos é a compreensão de um insistente presente. A única utilidade de conhecer o passado está em aparelhar-nos para o presente. Não existe perigo mais mortal para as mentalidades jovens do que depreciar o presente. O presente contém tudo o que existe. [...]

A educação é a aquisição da arte de utilizar os conhecimentos. É uma arte muito difícil de se transmitir. Sempre que se escreve um manual de verdadeiro valor educacional, pode-se estar quase certo de que algum crítico dirá que será muito difícil ensinar por meio dele. Naturalmente que será difícil. Se fosse fácil, o livro deveria ser queimado, pois não poderia ser educacional. Na educação, como em outras coisas, os lindos caminhos floridos levam a lugares desagradáveis. Esse mau caminho é representado por um livro ou série de palestras que praticamente permitirão ao estudante decorar todas as perguntas que provavelmente apareçam no próximo exame. Posso dizer, de passagem, que nenhum sistema educacional é possível a menos que cada pergunta feita diretamente a um aluno em qualquer exame seja formulada ou revista pelo professor desse aluno naquela matéria. O assessor externo poderá fazer referência ao currículo ou ao desempenho dos alunos, mas nunca lhe deveria ser permitido fazer-lhes uma pergunta que não fosse estritamente supervisionada pelo seu professor ou, pelo menos, inspirada por uma longa conferência com o mesmo. Existem algumas poucas exceções a essa regra, mas são exceções e, como tais, podem facilmente ser permitidas sob a regra geral.

Voltemos agora a meu ponto de vista inicial, que as ideias teóricas deveriam sempre encontrar aplicações importantes dentro do currículo do aluno. Esta não é uma teoria fácil de se aplicar, ao contrário muito difícil. Contém em seu âmago o problema de conservar vivo o conhecimento, de evitar que ele se torne inerte, o que constitui o problema central de toda a educação. **"**

> WHITEHEAD, Alfred North. *Os fins da educação e outros ensaios*. São Paulo: Nacional, 1969.

Análise e reflexão

1. Comente: "Um homem meramente bem informado é o maçante mais inútil na face da terra."

2. Você concorda com a ideia de que a "educação é a aquisição da arte de utilizar os conhecimentos"? Por quê?

Capítulo 9

O pensamento pedagógico socialista

O pensamento pedagógico socialista formou-se no seio do *movimento popular* pela democratização do ensino. A esse movimento se associaram alguns intelectuais comprometidos com essa causa popular e com a transformação social. A concepção socialista da educação se opõe à concepção burguesa. Ela propõe uma educação igual para todos.

As ideias socialistas na educação não são recentes[14]. Todavia, por não atenderem aos interesses dominantes, têm sido muitas vezes relegadas a um plano inferior.

Há quem diga que a república sonhada por Platão já seria a manifestação do comunismo utópico. Platão ligava a educação à política. Mas foi só o inglês Thomas Morus (1478–1535) quem fez decididamente a crítica da sociedade egoísta e propôs em seu livro *Utopia* a abolição da propriedade, a redução da jornada de trabalho para seis horas diárias, a educação laica e a coeducação.

Inspirado em Rousseau, o francês Graco Babeuf (1760–1796) educou seus próprios filhos e formulou alguns princípios da pedagogia socialista; entre eles, reclamava uma escola pública de tipo único para todos, acusando, no seu *Manifesto dos plebeus*, a educação dominante de se opor aos interesses do povo e de incutir-lhe a sujeição a seu estado de miséria.

Etienne Cabet (1788–1856) defendeu a ideia de que a escola deveria dar *alimentação igual para todos*, tornando-se um local de desenvolvimento de toda a comunidade. Educar o povo, para ele, significava *politizá-lo*.

---

[14] DOMMANGET, Maurice. *Os grandes socialistas e a educação*: de Platão a Lênine. Braga: Publicações Europa-América, 1964.

146 HISTÓRIA DAS IDEIAS PEDAGÓGICAS

Na mesma época, Charles Fourier (1772–1837), que entendia a civilização como uma guerra entre ricos e pobres, atribuía um papel político importante à educação.

Henri de Saint-Simon (1760–1825) definiu a educação como a *prática das relações sociais*. Por isso, criticava a educação de sua época que distanciava a escola do mundo real. Reivindicava uma educação pública supranacional.

Robert Owen (1771–1858) foi um dos primeiros pensadores a atribuir fundamental importância pedagógica ao trabalho manual. Para ele, a educação deveria ter como princípio básico o *trabalho produtivo*. A escola deveria apresentar de maneira concreta e direta os problemas da produção e os problemas sociais.

Victor Considerant (1808–1893) defendeu uma educação pública com a participação do estudante na organização e na *gestão do sistema educacional*.

Pierre Joseph Proudhon (1809–1865) concebeu o *trabalho manual* como gerador de conhecimento. Afirmava que sob o capitalismo não poderia existir uma educação verdadeiramente popular e democrática e que a pobreza era o principal obstáculo à educação popular.

Proudhon anteviu a expansão quantitativa da educação sob o regime capitalista, para a formação de um grande número de empregados que puxariam os salários para baixo e os lucros capitalistas para cima. Denunciou a farsa da gratuidade da escola pública capitalista: as classes exploradas que necessitam trabalhar não têm acesso à escola burguesa.

Para Proudhon, é uma "utopia ridícula" esperar que a burguesia possa realizar a sua promessa de uma educação pública universal e gratuita. Os que se beneficiam da educação pública são os ricos, pois os pobres, sob o regime capitalista, estão condenados ao trabalho desde a infância.

Os princípios de uma educação pública socialista foram enunciados por Marx (1818–1883) e Engels (1820–1895) e desenvolvidos, entre outros, por Vladimir Ilich Lênin (1870–1924) e Moisey Mikhaylovich Pistrak (1888–1937). Marx e Engels não realizaram uma análise sistemática da escola e da educação, mas suas ideias tiveram, mesmo assim, enorme impacto na educação. Suas ideias a esse respeito encontram-se disseminadas ao longo de vários de seus trabalhos. A problemática educativa foi colocada de modo ocasional, fragmentário, mas sempre no contexto da crítica das relações sociais e de sua transformação.

Marx e Engels, em seu *Manifesto do partido comunista*, escrito entre 1847 e 1848, defendem a *educação pública e gratuita para todas as crianças*, baseada nos seguintes princípios:

1º) Da eliminação do trabalho delas na fábrica;

2º) Da associação entre educação e produção material;

3º) Da educação politécnica que leva à formação do homem unilateral, abrangendo três aspectos: mental, físico e técnico, adequados à idade das crianças, jovens e adultos;

4º) Da inseparabilidade da educação e da política, portanto, da totalidade do social e da articulação entre o tempo livre e o tempo de trabalho, isto é, o trabalho, o estudo e o lazer.

Marx fala da necessidade de uma educação omnilateral, uma educação integral, politécnica, opondo-se ao dualismo educacional capitalista que reserva para a classe trabalhadora apenas uma educação instrumental a serviço do capital. Por isso, segundo Marx, ela só será possível como conquista dos próprios trabalhadores organizados, lutando pela sua humanização e eliminação da ordem classista capitalista. Ele parte do pressuposto de que o ser humano se humaniza na medida em que humaniza a natureza, criando as condições concretas para uma existência digna e igual para todos. Para ele, o desenvolvimento do homem na sua totalidade só se dará com a superação da alienação provocada pelo antagonismo das classes.

Para Marx, a omnilateralidade não é o desenvolvimento de potencialidades humanas inatas. É a criação dessas potencialidades pelo próprio homem, no trabalho. Ele concebe a educação como um fenômeno vinculado à produção social total. Para ele, o trabalho tem um caráter formativo; associa o ato produtivo ao ato educativo, explicando que a unidade entre a educação e a produção material deveria ser admitida como um meio decisivo para a emancipação do homem. Por isso propõe a criação de escolas politécnicas, agronômicas e profissionais. Mas ele se opõe à especialização precoce como ocorre com a chamada profissionalização, reservada unicamente à classe trabalhadora.

O ensino burguês é necessariamente elitista, discriminador. Como os trabalhadores não dispõem de tempo livre para o estudo e a pesquisa, não conseguem superar as etapas do ensino que os filhos das classes abastadas conseguem superar com facilidade. As faculdades humanas devem ser desenvolvidas em todos os domínios da vida social, isto é, no trabalho, na

148   HISTÓRIA DAS IDEIAS PEDAGÓGICAS

política, na economia, na cultura etc. Apesar dos escritos de Marx sobre a educação não terem sido numerosos, eles têm uma grande importância na educação, são coerentes com a sua crítica à educação burguesa unilateral e propositivos em relação à necessidade de uma outra educação possível a partir da formação intelectual da classe trabalhadora.

Mikhail Bakunin (1814–1876) propõe a luta contra o elitismo educacional da sociedade burguesa, que é imoral. Francisco Ferrer Guardia (1859–1909), seguidor de Bakunin, defendia uma educação "racional" (oposta à concepção mística, sobrenatural), laica, integral e científica, baseada em quatro princípios:

1º) Da ciência e da razão;

2º) Do desenvolvimento harmônico da inteligência e da vontade, do moral e do físico;

3º) Do exemplo e da solidariedade;

4º) Da adaptação dos métodos à idade dos educandos.

Ferrer é considerado um dos educadores mais importantes do pensamento pedagógico antiautoritário.

Vladimir Ilich Lênin atribuiu grande importância à *educação no processo de transformação social*. Como primeiro revolucionário a assumir o controle de um governo, pôde experimentar na prática a implantação das ideias socialistas na educação. Acreditando que a educação deveria desempenhar um importante papel na construção de uma nova sociedade, afirmava que mesmo a educação burguesa que tanto criticava era melhor que a ignorância. A *educação pública* deveria ser eminentemente política: "nosso trabalho no terreno do ensino é a mesma luta para derrotar a burguesia; declaramos publicamente que a escola à margem da vida, à margem da política, é falsidade e hipocrisia"[15].

Segundo as próprias palavras de Lênin, "à exceção da Rússia, na Europa não existe nenhum país tão bárbaro, no qual as massas populares tenham sido espoliadas do ensino, da cultura, e do saber"[16]. Por isso, no seu decreto de 26 de dezembro de 1919, obrigava "a todos os analfabetos de 8 a 50 anos

---

[15]   LÊNIN, Vladimir Ilich. *La instrucción pública*. Moscou: Editorial Progreso, 1981. p. 70.

[16]   *Ibid.*, p. 70.

de idade a aprender a ler e a escrever em sua língua vernácula ou em russo, segundo o seu desejo"[17].

Nas notas escritas entre abril e maio de 1917, para a *revisão do programa do partido*, Lênin defendeu:

1º) A anulação da obrigatoriedade de um idioma do Estado;

2º) O ensino geral e politécnico, gratuito e obrigatório até os 16 anos;

3º) A distribuição gratuita de alimentos, roupas e material escolar;

4º) A transmissão da instrução pública aos organismos democráticos da administração autônoma local;

5º) A abstenção do poder central de toda a intervenção no estabelecimento de programas escolares e na seleção do pessoal docente;

6º) A eleição direta dos professores pela própria população e o direito desta de destituir os indesejáveis;

7º) A proibição dos patrões de utilizar o trabalho das crianças até os 16 anos;

8º) A limitação da jornada de trabalho dos jovens de 16 a 20 anos a quatro horas;

9º) A proibição de que os jovens trabalhassem à noite em empresas insalubres ou nas minas.

Moisey Mikhaylovich Pistrak, um dos primeiros educadores da Revolução Russa, parafraseando Lênin (que dizia não existir prática revolucionária sem teoria revolucionária), afirmava que "sem teoria pedagógica revolucionária não poderá haver prática pedagógica revolucionária"[18]. Atribuía ao professor um papel de militante ativo; dos alunos esperava que trabalhassem coletivamente e se organizassem autonomamente. *Auto-organização* e *trabalho coletivo* para superar o autoritarismo professoral da escola burguesa.

Para que houvesse essa auto-organização, Pistrak procurava mostrar a importância da aprendizagem para a vida do educando e a necessidade dela para a prática de uma determinada ação. O professor seria um conselheiro.

---

[17] LÊNIN, Vladimir Ilich, ref. 15, p. 70.

[18] PISTRAK, Moisey Mikhaylovich. *Fundamentos da escola do trabalho*. São Paulo: Brasiliense, 1981.

150 HISTÓRIA DAS IDEIAS PEDAGÓGICAS

Só a assembleia dos alunos podia estabelecer punições. Os mandatos de representação dos alunos seriam curtos para possibilitar alternância.

Os *métodos escolares* seriam ativos e vinculados ao trabalho manual (trabalhos domésticos, trabalhos em oficinas com metais e madeiras, trabalhos agrícolas, desenvolvendo a aliança cidade-campo). Seja no trabalho agrícola, seja no trabalho industrial, o aluno tinha de se sentir participativo do progresso da produção, segundo sua capacidade física e mental. O aluno não iria à fábrica para "trabalhar", mas para compreender a totalidade do trabalho. Na fábrica, dizia Pistrak, eclode toda a problemática do nosso tempo.

A visão educacional de Pistrak coincidiu com o período de ascensão das massas na Revolução Russa, a qual exigia a formação de homens vinculados ao presente, mais preocupados em criar o futuro do que em cultuar o passado, e cuja busca do bem comum superasse o individualismo e o egoísmo. Através de Pistrak, tem-se o projeto da revolução soviética no plano da educação, especialmente no nível do ensino fundamental e médio. Ele enfatizava a necessidade de criar uma nova instituição escolar na sua estrutura e no seu espírito, suprimindo a contradição entre a necessidade de criar um novo tipo de homens e as formas da educação tradicional. Isso implicava uma profunda mudança na instituição escolar. Pistrak preferiu então optar pela criação da nova instituição no lugar da transformação da velha estrutura.

A *organização do programa de ensino* para ele devia orientar-se através dos "complexos", cujo tema seria escolhido segundo os objetivos da escola, inspirado no plano social e não no meramente pedagógico, de modo que o aluno pudesse compreender o real. Tratava-se de selecionar um tema fundamental que possuísse um valor real, que depois pudesse ser associado sucessivamente aos temas de outros complexos. Este trabalho mudaria conforme a idade dos alunos. O papel do complexo seria formar a criança no método dialético e isso só poderia ser conseguido na medida em que ela assimilasse o método na prática, compreendendo o sentido de seu trabalho. O estudo pelo sistema de complexos só seria produtivo se estivesse vinculado ao trabalho real dos alunos e à sua auto-organização na atividade social prática, interna e externa à escola.

Desde os primeiros dias da Revolução Russa, concebeu-se a *escola socialista* como *única* ou *unitária*. Nessa *escola do trabalho*, todas as crianças deviam passar pelo mesmo tipo de educação, com direitos iguais de alcançarem os graus mais elevados, dando-se preferência aos filhos dos trabalhadores mais pobres.

Anatoli Vasilievith Lunatcharski (1875–1933), político e escritor russo, iniciou muito jovem sua atividade propagandística do socialismo. Por várias vezes esteve preso e exilado.

Em 1903 aderiu ao bolchevismo, mas sua tendência era conciliar o marxismo com a religião. Depois de um longo exílio no exterior, retornou à Rússia. Em março de 1917, trabalhou com Lênin e Trotski, no início da Revolução Bolchevista, como Comissário do Povo para a Instrução. Foi, assim, o organizador da escola soviética.

Escreveu numerosos textos sobre escritores russos e estrangeiros, dentre os quais destacamos *A história da literatura europeia ocidental nos seus momentos mais fecundos*. Neles, Lunatcharski se mostra um grande conhecedor do materialismo histórico. Produziu também um tratado sobre "estética positiva".

Foi um homem de conhecimentos enciclopédicos, destacado crítico, historiador da arte e da literatura universal, cronista e prolífico orador. Foi o verdadeiro responsável por toda a *transformação legislativa* da escola russa e o criador dos sistemas de ensino fundamental, superior e profissional socialistas. Seu conhecimento das teorias marxistas, dos métodos ocidentais de instrução e da realidade nacional permitiu resolver as principais questões de *organização da educação* na construção da nova sociedade socialista russa.

Lunatcharski instituiu o trabalho como princípio educativo e criou os Conselhos de Escola. Para ele, o fundamento da vida escolar deve ser o *trabalho produtivo*, não concebido tanto como o serviço de conservação material da escola ou apenas como método de ensino, e, sim, como atividade produtiva socialmente necessária. O princípio do trabalho converte--se em um meio pedagógico eficiente quando o trabalho dentro da escola, planificado e organizado socialmente, é levado adiante de uma maneira criativa, e executado com interesse, sem exercer uma ação violenta sobre a personalidade da criança.

Segundo Lunatcharski, o conselho de escola seria o organismo responsável pela autogestão escolar. Esse conselho se comporia de todos os trabalhadores da escola, de representantes da população ativa do distrito escolar, de alunos mais velhos e de um representante da seção para a formação do povo.

152   HISTÓRIA DAS IDEIAS PEDAGÓGICAS

Antonio Gramsci (1891–1937), histórico defensor da escola socialista, chamava a *escola única* de *escola unitária, evocando a ideia de unidade e centralização democrática*. Seguindo a concepção leninista, ele também instituiu o trabalho como um princípio antropológico e educativo básico da formação. Criticou a Escola Tradicional que dividia o ensino em "clássico" e "profissional", o último destinando-se às "classes instrumentais", e o primeiro, às "classes dominantes e aos intelectuais".

Gramsci propõe a superação desta divisão; uma escola crítica e criativa deve ser ao mesmo tempo "clássica", intelectual e profissional. Para ele,

> ❝o advento da escola unitária significa o início de novas relações entre trabalho intelectual e trabalho industrial não apenas na escola, mas em toda a vida social. O princípio unitário, por isso, refletir-se-á em todos os organismos de cultura, transformando-se e emprestando-lhes um novo conteúdo❞ [19].

Opondo-se ao liberalismo de Rousseau, Gramsci afirmou que a disciplina é necessária na preparação de uma vida de trabalho, para uma liberdade responsável. Opôs-se também ao autoritarismo, afirmando que numa relação entre governantes e governados que realiza uma vontade coletiva, a disciplina é assimilação consciente e lúcida da diretriz a ser realizada.

Postulou também a criação de uma nova camada intelectual. Para ele,

> ❝o modo de ser do *novo intelectual* não pode mais consistir na eloquência (motor exterior e momentâneo dos afetos e das paixões) mas num imiscuir-se ativamente na vida prática, como construtor, organizador, 'persuasor permanente' [...]. No mundo moderno a educação técnica, estreitamente ligada ao trabalho industrial, mesmo ao mais primitivo e desqualificado, deve constituir a base do novo tipo intelectual [...]. Da técnica-trabalho, eleva-se à técnica-ciência e à concepção humanista histórica, sem a qual se permanece 'especialista' e não se chega a 'dirigente' (especialista mais político)❞ [20].

Seguindo os passos de Gramsci, outro italiano se destaca: Mario Alighiero Manacorda (1914–2013)[21]. Dirigente de sindicatos e associações docentes,

---

[19]   GRAMSCI, Antonio. *Os intelectuais e a organização da cultura*. Rio de Janeiro: Civilização Brasileira, 1968. p. 118.

[20]   *Ibid.*, p. 8.

[21]   Autor de *História da educação: da Antiguidade aos nossos dias* (São Paulo: Cortez e Autores Associados, 1989).

membro do comitê administrativo da Fise (Federação Internacional Sindical dos Docentes) e da comissão nacional italiana da Unesco, é considerado na Itália e no exterior um dos maiores representantes italianos no campo da Pedagogia. Trata-se de um intelectual que une uma vasta cultura clássica à militância política.

Para ele, os homens travam uma luta secular para superar a divisão entre os que falam, são cultos, possuem bens materiais e detêm o poder, e aqueles outros que apenas fazem, produzem e nada possuem. É a luta entre os homens das "palavras" e os homens das "ações" que ele recupera em suas obras. Organizou traduções, antologias e seleções de ensaios sobre autores italianos e estrangeiros, entre outros, Marx e Gramsci.

A doutrina socialista, fundada nas pesquisas de Marx, significa antes de mais nada uma construção *ética* e *antropológica*, cuja direção é a liberdade, a ruptura com a alienação. Mas essa passagem não se fará abstratamente, como queria Hegel (1770–1831), nem de forma mecânica, como queria Feuerbach (1804–1872). A classe trabalhadora, portadora dessa nova esperança, a única capaz de suprimir-se suprimindo todas as classes, necessita de uma *consciência*, uma teoria avançada para realizar essa sua missão histórica. A escola, ao lado do partido e do sindicato, pode ser o espaço indicado para essa elaboração.

Assim, a consciência de classe passa a ser o núcleo programático central do currículo da escola socialista, mesmo no interior da sociedade capitalista, cujo núcleo central é outro: a *disciplinação*. Por isso, a educação socialista no interior da burguesa só pode ser uma *pedagogia da práxis*.

Como a libertação não é um ato arbitrário, requer um lento preparo, uma superação gradual das contradições e dicotomias, uma educação de classe contrária à burguesa, manipuladora e alienadora. Ao mesmo tempo, não podem ser ignoradas as conquistas técnicas e científicas da escola burguesa. A compreensão e a assimilação crítica desses avanços possibilitarão o domínio dos instrumentos técnico-científicos, apropriados exclusivamente pelas classes dominantes. Numa concepção dialética e popular da educação, contudo, essa apropriação do conhecimento universal, da riqueza e do saber não se faz de forma individualista, como no capitalismo. A *nova qualidade* da apropriação do saber, na ótica socialista, se orienta pela *solidariedade de classe* e pela *amorosidade*, e não pelo desejo puro de competir e superar o outro, o colega, o semelhante.

A educação capitalista mede a qualidade do seu ensino pelos "palmos" de saber, já sistematizado por ela segundo os seus interesses, assimilado e reproduzido pelos alunos. A educação socialista mede essa qualidade pela solidariedade de classe que tiver sido construída entre os educandos e destes, com todos e todas.

Esses princípios orientaram outros grandes educadores socialistas, como a educadora e escritora Nadejda Konstantinovna Krupskaya (1869–1939), esposa de Lênin, que elaborou o primeiro plano de educação da União Soviética depois da Revolução de 1917. A escola neutra, dizia ela, transformou-se numa escola onde não se questiona nada, onde o educador e o aluno estão longe um do outro, onde não existe nenhuma solidariedade ou camaradagem entre ambos. A relação entre a escola e a classe social, o *trabalho*, dominou a preocupação de todos os educadores socialistas, que não desprezaram conquistas anteriores como as da Escola Nova. Pavel Petrovitch Blonsky (1884–1941), por exemplo, admirador de John Dewey, associou essas conquistas com o ideal socialista.

Blonsky estava convencido de que a confluência do processo histórico e a união da educação e da produção material conduziriam ao "novo homem", plenamente desenvolvido. Ele procurou estabelecer uma relação entre a concepção de sociedade de Marx e os princípios pedagógicos de Rousseau e todos os seus seguidores.

Os esforços de Blonsky centraram-se na tentativa de superar o liberalismo burguês da Escola Nova e dar um conteúdo marxista a seus princípios. Para ele, as crianças são naturalmente boas, isto é, "comunistas" por natureza, e a principal preocupação da pedagogia deve ser desenvolver esta qualidade através de uma educação que permita a elas construir seu próprio mundo comunista, sem imposições dos adultos.

Segundo Blonsky, se se pretende formar crianças e jovens no espírito da educação do trabalho, devem desaparecer:

- O tempo de aula, com uma duração determinada;
- As matérias escolares, que devem ser substituídas pela realidade concreta;
- O conceito de classe enquanto entidade que agrupa as crianças segundo a idade, e não segundo os níveis de desenvolvimento, e que obriga as crianças a se ocuparem de um único objetivo;
- A desconfiança nas crianças, que mutila as possibilidades de experimentação infantil;

- A identificação do mestre como um funcionário que educa autoritariamente;
- A importância dada ao trabalho intelectual e o menosprezo às atividades manuais;
- O ter que estar sentado na classe.

Anton Semionovich Makarenko (1888–1939), que também sofreu influência do movimento da Escola Nova, propôs a escola única até os 10 anos, alicerçada na "autoridade da ajuda", que era a autoridade do coletivo resultante da participação comum nas decisões. Seu programa incluía *princípios democráticos*, como a decisão coletiva em oposição ao governo individual, a autonomia dos departamentos em lugar da centralização estreita, a eleição do líder de cada departamento pela assembleia geral, não pela administração. O coletivo deveria receber prioridade sobre o individual. Não poderia haver educação senão na coletividade, através da vida e do trabalho coletivo. Acreditava ainda que o incentivo econômico era importante na motivação dos estudantes para o trabalho e, por isso, defendeu o pagamento de salários pelo trabalho produzido na escola. Para ele, o educador educa:

- Pelo exemplo no trabalho, fazendo as mesmas coisas que os educandos;
- Pela capacidade profissional, por exemplo: como agrônomo, enfermeiro, cozinheiro etc.;
- Pela simplicidade e verdade nas relações humanas (não aceita fanfarronismo);
- Pela capacidade de evitar emocionalidades nas horas de conflito, levando estes conflitos a serem vividos intensamente, mas com reflexão e não com paixão;
- Pela empatia e aceitação dos limites do educando.

O verdadeiro processo educativo, para Makarenko, se faz pelo próprio coletivo e não pelo indivíduo que se chama educador. Onde existe o coletivo, o educador pode desaparecer, pois o coletivo molda a convivência humana, fazendo-a desabrochar em plenitude.

Lev Semanovich Vygotsky (1896–1934), neuropsicólogo e linguista, trabalhou com crianças com anomalias congênitas, lecionando numa escola de formação de professores. Vygotsky atribui importância fundamental ao *domínio da linguagem* na educação: a linguagem é o meio pelo qual a criança e os adultos sistematizam suas percepções. Através da linguagem, os seres humanos formulam generalizações, abstrações e outras formas de pensar. Para ele, de todas as formas de expressão, a *expressão oral* é a mais importante. É pela fala que o homem defende os seus direitos, manifesta seus pontos de vista, participa coletivamente da construção de outra sociedade.

A teoria da escrita de Vygotsky contém uma descrição dos processos internos que caracterizam a produção das palavras escritas. Diz ele que a fonte mental de recursos da escrita é o "discurso interno" que evolui a partir do discurso egocentrado da criança. Vygotsky reconhece que em todos os discursos o indivíduo muda e desenvolve o discurso interno com a idade e a experiência. A linguagem é tão extraordinariamente importante na sofisticação cognitiva crescente das crianças quanto no aumento de sua afetividade social, pois a linguagem é o meio pelo qual a criança e os adultos sistematizam suas percepções.

Mao Tsé-Tung (1893–1976), estadista, poeta e líder revolucionário chinês, fundou, com outros onze companheiros, o Partido Comunista Chinês (1921), que depois de longa luta consegue, em 1949, criar a República Popular da China.

Muitos autores polemizam em relação à definição do *maoismo*. Cientistas políticos afirmam que o maoismo surgiu como uma concepção marxista a partir de uma reflexão sobre o fracasso da luta pela instauração do socialismo no Leste Europeu e sobre as experiências camponesas na China. Outros defendem a ideia de que o maoismo foi a aplicação do marxismo às condições particulares da China.

A China realizou nos anos 1960 uma notável *Revolução Cultural*, para preservar valores socialistas, como o trabalho manual para todos, a eliminação da oposição cidade-campo e dos privilégios de classe. Mais tarde, essa revolução cultural foi criticada por alguns excessos, mas conseguiu eliminar uma tradição autoritária milenar de submissão aos "mandarins" incutida sobretudo pela educação. A Revolução Cultural, em complexo movimento de busca de *identidade*, acentuava demasiadamente a *unanimidade*. Em 1978, quando ela acabou, os chineses descobriram a *beleza da diferença*: voltaram-se para conhecer não só a si mesmos, mas a todo o mundo.

Com a morte de Mao, em 1976, Deng Xiaoping (1904–1997) reverteu o processo: introduziu a *gestão dos especialistas*, não mais dos trabalhadores livremente associados, como pretendia Mao, liquidou com a experiência das comunas, impôs novamente o vestibular nas escolas. Criou uma sociedade do tipo soviético, revisando a economia para adequá-la ao grau real de desenvolvimento científico e técnico do país.

Marx: a crítica da educação burguesa

Karl Heinrich Marx (1818–1883) foi um filósofo e economista alemão, ideólogo do comunismo científico e organizador do movimento proletário internacional. Nasceu em Tréveris, Alemanha, em 5 de maio de 1818. Era filho de um advogado judeu convertido ao protestantismo. Cursou as Universidades de Bonn e Berlim, onde estudou Direito, dedicando-se, porém, especialmente à história e à filosofia. Em Berlim, ingressou no grupo chamado "hegelianos de esquerda", que interpretava as ideias de Hegel do ponto de vista revolucionário.

Não se limitando aos estudos teóricos, Marx desenvolveu, durante toda a sua vida, intensa atividade política, elaborando a doutrina do socialismo.

A contribuição do marxismo para a educação tem de ser considerada em dois níveis: o do esclarecimento e da *compreensão da totalidade social*, de que a educação é parte, incluindo as relações de determinação e influência que ela recebe da estrutura econômica, e o específico das discussões de temas e problemas educacionais. Nenhum pensador influenciou tão profundamente as ciências sociais contemporâneas como Marx.

As ideias de Robert Owen (1771–1858), Charles Fourier (1772–1837), Claude-Henri de Saint-Simon (1760–1825), entre outros socialistas utópicos, contribuíram para a elaboração da proposta de educação defendida por Marx. Para ele, a educação do futuro deveria nascer do sistema fabril, associando-se o *trabalho produtivo* com a escolaridade e a ginástica. Essa educação se constituiria no método para produzir seres humanos integralmente desenvolvidos.

Devemos mudar a educação para alterar a sociedade, ou a transformação social é a primeira condição para a transformação educativa? Marx afirmou que uma dificuldade peculiar liga-se a esta questão. De um lado, seria necessário mudar as condições sociais para se criar um novo sistema de ensino; de outro, um novo sistema de ensino transformaria as condições sociais.

Para Marx, a *transformação educativa* deveria ocorrer paralelamente à revolução social. Para o desenvolvimento total do homem e a mudança das relações sociais, a educação deveria acompanhar e acelerar esse movimento, mas não encarregar-se exclusivamente de desencadeá-lo, nem de fazê-lo triunfar.

Escola e trabalho

❝ Consideramos a tendência da indústria moderna para fazer cooperar as crianças e os adolescentes de ambos os sexos na grande obra da produção social como um progresso legítimo e salutar, apesar de a maneira como esta tendência se realiza sob o reinado do capital ser perfeitamente abominável.

Numa sociedade racional, seja que criança for, a partir da idade de nove anos, deve ser um trabalhador produtivo, tal como um adulto em posse de todos os seus meios não pode desobrigar-se da lei geral da natureza, segundo a qual *aquele que quer comer deve igualmente trabalhar, não só com o seu cérebro, mas também com as suas mãos.* Mas, de momento, não temos de nos ocupar senão das classes operárias. Consideramos útil dividi-las em *três* categorias que devem ser abordadas diferentemente.

A primeira compreende as crianças de 9 a 12 anos; a segunda, as de 13 a 15 anos; a terceira, as de 16 e 17 anos. Propomos que o emprego da primeira categoria, em qualquer trabalho, na fábrica ou ao domicílio, seja legalmente restringido a duas horas; o da segunda, a quatro horas, e o da terceira a seis. Para a terceira categoria, deve haver uma interrupção de uma hora, pelo menos, para a refeição e o recreio.

Seria desejável que as escolas elementares começassem a instrução das crianças antes da idade de nove anos; mas, de momento, só nos preocupamos com os contravenenos absolutamente indispensáveis para contrabalançar os efeitos de um sistema social que degrada o operário ao ponto de o transformar num simples instrumento de acumulação de capital, e que fatalmente muda os pais em comerciantes de escravos dos seus próprios filhos. O direito das crianças e dos adultos deve ser defendido, dado que não o podem fazer eles mesmos. É por isso que é dever da sociedade agir em seu nome.

Se a burguesia e a aristocracia desprezam os seus deveres para com os seus descendentes, é lá com eles. A criança que goza dos privilégios destas classes está condenada a sofrer com os seus próprios preconceitos.

O caso da classe operária é completamente diferente. O trabalhador individual não atua livremente. Em numerosíssimos casos, é demasiado ignorante para compreender o interesse verdadeiro do seu filho ou as condições normais do desenvolvimento humano. Contudo, a parte mais esclarecida da classe operária compreende plenamente que o futuro da sua classe, e por conseguinte da espécie humana, depende da formação da geração operária que cresce. Compreende, antes de tudo, que as crianças e os adolescentes devem ser preservados dos efeitos destruidores do sistema atual. Isso só pode realizar-se pela transformação da razão social em força social e, nas circunstâncias presentes, só podemos fazê-lo por meio das leis gerais impostas pelo poder de Estado. Ao impor tais leis, as classes operárias não fortificarão o poder governamental. Pelo contrário, transformariam o poder dirigido contra elas em seu agente. O proletariado fará então, por uma medida geral, o que tentaria em vão realizar por uma multitude de esforços individuais.

Partindo daqui, dizemos que a sociedade não pode permitir nem aos pais nem aos patrões empregar no trabalho as suas crianças e os seus adolescentes, a menos que combinassem este trabalho produtivo com a educação.

Por educação, entendemos três coisas:

1. Educação intelectual;

2. Educação corporal, tal como é produzida pelos exercícios de ginástica e militares;

3. Educação tecnológica, abrangendo os princípios gerais e científicos de todos os processos de produção, e ao mesmo tempo iniciando as crianças e os adolescentes na manipulação dos instrumentos elementares de todos os ramos de indústria.

À divisão das crianças e dos adolescentes em três categorias, de 9 a 18 anos, deve corresponder um curso graduado e progressivo para a sua educação intelectual, corporal e politécnica. Os custos destas escolas politécnicas devem ser em parte cobertos pela venda das suas próprias produções.

Esta combinação do trabalho produtivo, pago com a educação intelectual, os exercícios corporais e a formação politécnica, elevará a classe operária muito acima do nível das classes burguesa e aristocrática.

É óbvio que o emprego de qualquer criança ou adolescente dos 9 aos 18 anos, em qualquer trabalho noturno ou em qualquer indústria cujos efeitos são prejudiciais à saúde, deve ser severamente proibido pela lei. **"**

MARX, Karl; ENGELS, Friedrich. *Crítica da educação e do ensino*. Lisboa: Moraes, 1978.

Análise e reflexão

1. Faça um resumo das propostas contidas no texto de Marx e Engels.
2. A que você atribui a influência marxista até os dias de hoje?

Lênin: a defesa de uma nova escola pública

Vladimir Ilich Lênin (1870–1924), estadista russo, foi fundador do comunismo bolchevista, do partido comunista da URSS e do primeiro Estado socialista do mundo. Líder da Revolução de 1917, grande estudioso do marxismo, escreveu vários livros sobre o assunto. Após a guerra civil na Rússia, dirigiu a restauração da economia e orientou a transição da política de guerra para a nova política. A permanência de Lênin à testa do governo soviético foi extremamente curta. Em 1923, uma doença forçou-o ao mais absoluto repouso e provocou sua morte no ano seguinte.

Atuou não apenas como importante teórico político que completou as contribuições originais de Marx e Engels. Foi também um organizador ativo, tendo participado intensamente da *organização revolucionária* que finalmente levou à Revolução de Outubro de 1917, da qual foi o maior líder.

Lênin atribuiu grande importância à educação no processo de transformação social. Como primeiro revolucionário a assumir o controle de um governo, pôde experimentar na prática a implantação das ideias socialistas na educação. Acreditando que esta deveria desempenhar um importante papel na construção de uma nova sociedade, afirmava que mesmo a educação burguesa, que tanto criticava, era melhor que a ignorância. A *educação pública deveria ser eminentemente política*.

As tarefas das uniões da juventude (discurso no III Congresso de Toda a Rússia da União Comunista da Juventude da Rússia — 2 de outubro de 1920)

❝ A velha escola era a escola do estudo livresco, obrigava as pessoas a assimilar uma quantidade de conhecimentos inúteis, supérfluos, mortos, que atulhavam a cabeça e transformavam a jovem geração num exército de funcionários talhados todos pela mesma medida. Mas se tentásseis tirar a conclusão de que se pode ser comunista sem ter assimilado os conhecimentos acumulados pela humanidade cometeríeis um enorme erro. Seria errado pensar que basta assimilar as palavras de ordem comunistas, as conclusões da ciência comunista, sem assimilar a soma de conhecimentos de que o comunismo é consequência. O marxismo é um exemplo que mostra como o comunismo surgiu da soma dos conhecimentos humanos. [...]

É preciso ter isto em conta quando falamos, por exemplo, da cultura proletária. Sem a compreensão clara de que só com um conhecimento preciso da cultura criada por todo o desenvolvimento da humanidade, só com a sua reelaboração, se pode construir a cultura proletária, sem esta compreensão não realizaremos esta tarefa. A cultura proletária não surge do nada, não é uma invenção das pessoas que se chamam especialistas em cultura proletária. Isso é pura idiotice. A cultura proletária deve ser o desenvolvimento lógico da soma de conhecimentos que a humanidade elaborou sob o jugo da sociedade capitalista, da sociedade latifundiária, da sociedade burocrática. Todos esses caminhos e atalhos conduziram e conduzem e continuarão a conduzir à cultura proletária, do mesmo modo que a economia política, reelaborada por Marx, nos mostrou onde deve chegar a sociedade humana, nos indicou a passagem à luta de classes, ao começo da revolução proletária.

Quando ouvimos com frequência, tanto entre representantes da juventude como entre alguns defensores da nova educação, ataques à velha escola dizendo que a velha escola era a escola da aprendizagem de cor, dizemos-lhes que devemos tomar dessa velha escola tudo quanto ela tinha de bom. Não devemos tomar da velha escola o método que consistia em sobrecarregar a memória dos jovens com uma quantidade desmesurada de conhecimentos, inúteis em nove décimos e adulterados em um décimo, mas isso não significa que possamos limitar-nos às conclusões comunistas e aprender as palavras de ordem comunistas. Desse modo não se criará o comunismo.

Só se pode chegar a ser comunista depois de ter enriquecido a memória com o conhecimento de todas as riquezas que a humanidade elaborou.

Não precisamos da aprendizagem de cor, mas precisamos desenvolver e aperfeiçoar a memória de cada estudante com o conhecimento de fatos fundamentais, porque o comunista transformar-se-ia numa palavra vazia, transformar-se-ia num rótulo fútil, e o comunismo não seria mais do que um simples fanfarrão se não reelaborasse na sua consciência todos os conhecimentos adquiridos. Não só deveis assimilá-los, mas assimilá-los com espírito crítico para não atulhar a vossa inteligência com trastes inúteis, e enriquecê-la com o conhecimento de todos os fatos sem os quais não é possível ser um homem moderno culto. Se um comunista tivesse a ideia de se vangloriar do seu comunismo na base de conclusões já prontas por ele recebidas, sem ter realizado um trabalho muito sério, muito difícil e muito grande, sem compreender os fatos em relação aos quais tem a obrigação de adotar uma atitude crítica, seria um comunista muito triste. Se eu sei que sei pouco, esforçar-me-ei por saber mais, mas se um homem diz que é comunista e que não tem necessidade de conhecimentos sólidos nunca sairá dele nada que se pareça com um comunista. [...]

Não acreditaríamos no ensino, na educação e formação se estes estivessem encerrados apenas na escola e separados da vida tempestuosa. Enquanto os operários e os camponeses continuarem oprimidos pelos latifundiários e capitalistas, enquanto as escolas continuarem nas mãos dos latifundiários e capitalistas, a geração da juventude permanecerá cega e ignorante. Mas a nossa escola deve dar à juventude as bases do conhecimento, a capacidade de forjar por si mesmos concepções comunistas, deve fazer deles homens cultos. A escola deve, durante o tempo que os homens estudam nela, fazer deles participantes na luta pela libertação em relação aos exploradores. A União Comunista da Juventude só justificará o seu nome, só justificará que é a União da jovem geração comunista, se ligar cada passo da sua instrução, educação e formação à participação na luta comum de todos os trabalhadores contra os exploradores. Porque vós sabeis perfeitamente que enquanto a Rússia for a única república operária, e no resto do mundo existir a velha ordem burguesa, seremos mais fracos do que eles, que nos ameaçam constantemente com um novo ataque, e que só aprendendo a manter a coesão e a unidade venceremos na luta futura e, uma vez fortalecidos, tornar-nos-emos verdadeiramente invencíveis. Deste modo, ser comunista significa organizar e unir toda a jovem geração, dar o exemplo de educação e de disciplina nesta luta. Então podereis começar e levar até ao fim a construção do edifício da sociedade comunista. **"**

LÊNIN, Vladimir Ilich. *La instrucción pública*. Moscou: Progresso, 1981.

Análise e reflexão

1. Quais são as ideias de Lênin a respeito da educação na sociedade capitalista, latifundiária e burocrática?

2. Comente: "Se eu sei que sei pouco, esforçar-me-ei por saber mais, mas se um homem diz que é comunista e que não tem necessidade de conhecimentos sólidos nunca sairá dele nada que se pareça com um comunista."

Makarenko: a pedagogia da vida do trabalho

Anton Semionovitch Makarenko (1888–1939), considerado um dos maiores pedagogos soviéticos e um dos expoentes da história da educação socialista, criou a talvez mais elaborada e completa proposta educacional comprometida com a construção da *sociedade socialista*, dentre todas as produzidas pela tradição revolucionária.

De origem ucraniana e operária, filho de ferroviário, em 1905 Makarenko concluiu o curso de Pedagogia, na escola pública de Krementchug, passando a dar aulas em escolas populares até 1914.

Em 1917, quando aconteceu a Revolução Bolchevique, Makarenko terminava um curso no Instituto Pedagógico de Poltava e dirigia uma escola de ferroviários, desenvolvendo trabalhos políticos e pedagógicos junto à comunidade.

Chamado pelo Comissariado do Povo para fundar, em 1920, uma colônia correcional para inúmeros apenados e crianças abandonadas, legados pela Primeira Guerra Mundial e pela Guerra Civil (1918–1921), Makarenko viu-se frente a frente com o desafio da reeducação socialista. A partir dessa prática o educador formulou sua teoria pedagógica, abrangente e engajada. Ele próprio descreveu detalhadamente no *Poema pedagógico*, sua principal obra, as experiências nessa instituição que se transformou numa nova escola concreta onde a prática diária, analisada a partir de suas concepções socialistas, lhe ensinaria mais que todas as teorias pedagógicas.

Algumas das qualidades do cidadão soviético que Makarenko queria formar foram:

- Um profundo sentimento do dever e da responsabilidade para com os objetivos da sociedade;
- Um espírito de colaboração, solidariedade e camaradagem;
- Uma personalidade disciplinada, com grande domínio da vontade e com vistas aos interesses coletivos;
- Algumas condições de atuação que impedissem a submissão e a exploração do homem pelo homem;
- Uma sólida formação política;
- Uma grande capacidade de conhecer os inimigos do povo.

Makarenko procurou moldar o "novo homem", que achava possível e necessário, para a Rússia pós-Revolução. De *humanista* a *militarista*, ele recebeu todos os títulos, mas sua obra polêmica tornou-se ponto de referência dos educadores até hoje.

O trabalho coletivo como princípio pedagógico

" Nas minhas pesquisas cheguei a mais uma conclusão: não imaginei nem imagino como se poderia educar um coletivo, pelo menos um coletivo infantil, se não houver um coletivo de pedagogos. Não restam dúvidas de que não se poderá fazê-lo se cada um dos pedagogos de uma escola realiza, separadamente, o seu trabalho educativo segundo o seu próprio entendimento e desejo.

Vou mais adiante: estou disposto a analisar questões como a duração do coletivo de pedagogos e o tempo de serviço de cada um dos seus membros porque um grupo constituído de educadores com apenas um ano de experiência será indubitavelmente um coletivo fraco. Também a questão da correlação entre os velhos pedagogos e os mais jovens é igualmente uma questão científico-pedagógica.

No meu trabalho experimentei dúvidas bastante sérias quando se abriam vagas para educadores novos. Por exemplo, tenho uma vaga... a quem devo convidar para preenchê-la? O princípio casual da formação do coletivo pedagógico às vezes dá certo, às vezes não. Lembro-me de casos em que eu considerava necessário convidar um educador jovem, pois já tinha muitos velhos; às vezes pecava secretamente, achando que o meu coletivo necessitava de uma moça simpática. Por que razão? Esta moça simpática introduziria nele a juventude, o frescor e um certo entusiasmo. Que corram até boatos de que este ou aquele professor ficou gostando dela; isso só animará a atmosfera do coletivo. E quem estudou a importância dessa atmosfera? É necessário que no coletivo haja também um velho ranzinza, que não perdoe nada a ninguém nem faça concessões a quem quer que seja. É preciso que haja também uma 'alma boa', um homem de certo modo maleável, que goste de todos e perdoe a todos e que dê notas máximas a todos; este homem reduzirá os atritos que surgirem no coletivo.

O coletivo dos professores e o coletivo das crianças não são dois coletivos diferentes, mas sim o mesmo coletivo pedagógico. É de se notar que não considero necessário educar uma pessoa isolada, mas educar todo um coletivo. É o único caminho para a educação correta. Eu próprio fui professor desde os 17 anos de idade e, durante muito tempo, pensei que fosse melhor educar um aluno, depois outro, e assim por diante, para se formar um bom coletivo. Depois, cheguei à conclusão de que, às vezes, é preciso falar não com um aluno só, mas com todos. Para isso é necessário criar formas que obriguem cada aluno a fazer parte da movimentação comum. É assim que educamos o coletivo, formando-o. E, dessa maneira, após o que ele próprio cria, tornando-se uma grande força educadora, o consolidamos. Estou profundamente convencido disso. E a confirmação veio não no reformatório que denominei Colônia Górki, mas na Comuna Dzerjinski. Nesta última, consegui que o próprio coletivo se tornasse uma magnífica força criadora, severa, pontual e competente. Tal coletivo não pode ser formado por um decreto, nem criado num lapso de dois ou três anos: a sua criação exige mais tempo. É uma coisa excepcionalmente cara, mas, quando tal coletivo existe e funciona, é necessário guardá-lo, cuidá-lo e, então, todo o processo educativo decorre com muita facilidade.

Junto ao coletivo é necessário pôr a mestria... mas só é preciso ter em vista uma autêntica mestria, ou seja, o conhecimento real do processo educativo, a competência educativa. Mediante a experiência, cheguei à convicção de que a questão pode ser resolvida pela mestria baseada na competência e na qualificação.

Na minha prática tornaram-se decisivas o que normalmente se consideravam 'coisas insignificantes', como a maneira de se manter em pé, sentar-se, levantar-se da cadeira, a maneira de erguer a voz, sorrir, olhar etc.; tudo isso deve ser marcado também por uma grande mestria. Aqui nós entramos num terreno conhecido por todos e denominado 'arte dramática' ou... até do balé: é a arte da impostação da voz, a arte do tom, do olhar, de fazer silêncio e de movimentar o corpo. Tudo isso é necessário, sem isso não se pode ser um bom educador. Existem muitos indícios desta mestria, hábitos e meios que todos os pedagogos e educadores devem conhecer.

Nas nossas escolas, os alunos comportam-se bem nas aulas de um professor e mal nas aulas de outro. E isso não é de modo algum porque um deles seja talentoso e o outro não, mas simplesmente porque um é mestre e o outro não.

É necessário não só dar instrução aos pedagogos, mas também educá-los. Independentemente da instrução que dermos a um pedagogo, se nós não o educamos, não poderemos contar só com seu talento.

Consideramos que a criança deve brincar, temos muitos brinquedos, mas estamos — sei lá por quê! — convencidos de que para o divertimento deve haver um lugar separado e é a isso que se limita toda a participação do jogo na educação. Eu afirmo, no entanto, que a organização infantil deve contar com muitos jogos. Ora, trata-se da idade infantil, que necessita do jogo, e esta necessidade deve ser satisfeita: não porque o trabalho deva ser intercalado pelo divertimento, mas porque o trabalho da criança depende da maneira como ela brinca. E eu fui partidário do princípio de que toda organização do coletivo deve incluir o jogo, e nós, pedagogos, devemos participar dele.

E os camaradas que não me conhecem pensam que nós, adultos, não brincamos? Claro que brincamos! Tomemos, por exemplo, todas estas gravatas, abotoaduras, colarinhos, clubes exclusivos, convenções de toda espécie... também são um jogo. Tudo isso parece muito natural, mas, na realidade, também nós brincamos; às vezes brincamos de homens importantes nos nossos gabinetes, brincamos de bibliófilos quando nos rodeamos de livros e pensamos que temos uma biblioteca. Por que razão, então, tão logo vemos uma criança a tratamos com a maior seriedade, pregamos conceitos moralistas e a obrigamos a ir estudar? E quando elas devem brincar então?... 'Elas brincam nos intervalos entre as aulas', dizem os professores. 'Vai brincar um pouco, mas não quebres nada, nem sujes o chão ou machuques teu nariz', dizem os pais.

Em todo caso, na roupa de uma criança devem existir elemento de jogo, isto é próprio não só dos pequenos, mas também dos adultos: muitos deles usam uniforme, outros, macacões profissionais e não poucos sonham usar um deles um dia. Nisso, acredito, existe alguma coisa que faz bem, é agradável: por exemplo, assim se sente um homem vestindo um macacão novo que é o uniforme operário, de um ferroviário talvez. Mas, para o aluno, isso é ainda mais importante. **99**

CAPRILES, René. *Makarenko*: o nascimento da pedagogia socialista. São Paulo: Scipione, 1989.

Análise e reflexão

1. Que conceito de "coletivo" você estabeleceu depois da leitura do texto de Makarenko?
2. Que críticas você faria às propostas pedagógicas contidas no texto?

Gramsci: a organização da escola e da cultura

Antonio Gramsci (1891–1937), militante e comunista italiano, era filho de camponeses. Aos 20 anos foi para Turim e envolveu-se na luta dos trabalhadores. Em 1921, ajudou a fundar o Partido Comunista Italiano e se destacou na oposição a Mussolini. Preso em 8 de novembro de 1926, produziu na cadeia mais de três mil páginas, nas quais, obrigado pela censura carcerária, teve de inventar termos novos para camuflar conceitos que podiam parecer revolucionários demais aos olhos dos censores.

Gramsci morreu jovem, aos 46 anos, passando os últimos 10 na cadeia e em regime de detenção em hospitais. Ligeiramente corcunda, desde criança sofreu terríveis males físicos e nervosos. As condições carcerárias, as doenças e a solidão o levaram à morte precoce. A repressão fascista o impediu de prosseguir a ação política.

Separado da mulher e dos filhos, que viviam na URSS, sofreu inúmeras crises de melancolia. O Partido Comunista virou-lhe as costas. Mas, apesar das condições tão adversas, Gramsci penetrou a realidade com sua inteligência e construiu um conjunto de princípios originais, ultrapassando na linha do pensamento marxista as fronteiras até então fixadas por Marx, Engels e Lênin.

O *princípio educacional* que mais prezou foi a capacidade de as pessoas trabalharem intelectual e manualmente numa organização educacional única, ligada diretamente às instituições produtivas e culturais.

Segundo ele, a escola deveria ser *única*, estabelecendo-se uma primeira fase com o objetivo de formar uma cultura geral que harmonizasse o *trabalho intelectual* e o *manual*. Na fase seguinte, prevaleceria a participação do adolescente, fomentando-se a criatividade, a autodisciplina e a autonomia. Depois viria a fase de especialização. Nesse processo tornava-se fundamental o *papel do professor* que devia preparar-se para ser *dirigente* e *intelectual*.

Para Gramsci, o desenvolvimento do Estado comunista se ligava intimamente ao da *escola comunista*: a jovem geração se educaria na prática da disciplina social, para que a realidade comunista se tornasse um fato.

A organização da escola e da cultura

❝ Pode-se observar que, em geral, na civilização moderna, todas as atividades práticas se tornaram tão complexas, e as ciências se mesclaram de tal modo à vida, que toda atividade prática tende a criar uma escola para os próprios dirigentes e especialistas e, consequentemente, tende a criar um grupo de intelectuais especialistas de nível mais elevado, que ensinam nestas escolas. Assim, ao lado do tipo de escola que poderíamos chamar de 'humanista' (e que é o tradicional mais antigo), destinado a desenvolver em cada indivíduo humano a cultura geral ainda indiferenciada, o poder fundamental de pensar e de saber se orientar na vida, foi-se criando paulatinamente todo um sistema de escolas particulares de diferente nível, para inteiros ramos profissionais ou para profissões já especializadas e indicadas mediante uma precisa individualização. Pode-se dizer, aliás, que a crise escolar que hoje se agudiza liga-se precisamente ao fato de que este processo de diferenciação e particularização ocorre de um modo caótico, sem princípios claros e precisos, sem um plano bem estudado e conscientemente fixado: a crise do programa e da organização escolar, isto é, da orientação geral de uma política de formação dos modernos quadros intelectuais, é em grande parte um aspecto e uma complexificação da crise orgânica mais ampla e geral.

A divisão fundamental da escola em clássica e profissional era um esquema racional: a escola profissional destinava-se às classes instrumentais, ao passo que a clássica destinava-se às classes dominantes e aos intelectuais. O desenvolvimento da base industrial, tanto na cidade como no campo, provocava uma crescente necessidade do novo tipo de intelectual urbano: desenvolveu-se, ao lado da escola clássica, a escola técnica (profissional mas não manual), o que colocou em discussão o próprio princípio da orientação concreta de cultura geral, da orientação humanista da cultura geral fundada sobre a tradição greco-romana. Esta orientação, uma vez posta em discussão, foi destruída, pode-se dizer, já que sua capacidade formativa era em grande parte baseada sobre o prestígio geral e tradicionalmente indiscutido de uma determinada forma de civilização.

A tendência, hoje, é a de abolir qualquer tipo de escola 'desinteressada' (não imediatamente interessada) e 'formativa', ou conservar delas tão somente um reduzido exemplar destinado a uma pequena elite de senhores e de mulheres que não devem pensar em se preparar para um futuro profissional, bem como a de difundir cada vez mais as escolas profissionais especializadas, nas quais o destino do aluno e sua futura atividade são predeterminados. A crise terá uma solução que, racionalmente, deveria seguir esta linha: escola única inicial de cultura geral, humanista, formativa, que equilibre equanimemente o desenvolvimento da capacidade de trabalhar manualmente (tecnicamente, industrialmente) e o desenvolvimento das capacidades de trabalho intelectual. Deste tipo de escola única, através de repetidas experiências de orientação profissional, passar-se-á a uma das escolas especializadas ou ao trabalho produtivo. [...]

A Escola Tradicional era oligárquica, pois era destinada à nova geração dos grupos dirigentes, destinada por sua vez a tornar-se dirigente: mas não era oligárquica pelo seu modo de ensino. Não é a aquisição de capacidades diretivas, não é a tendência a formar homens superiores que dá a marca social de um tipo de escola. A marca social é dada pelo fato de que cada grupo social tem um tipo de escola próprio, destinado a perpetuar nestes grupos uma determinada função tradicional, diretiva ou instrumental. Se se quer destruir esta trama, portanto, deve-se evitar a multiplicação e graduação dos tipos de escola profissional, criando-se, ao contrário, um tipo único de escola preparatória (elementar-média) que conduza o jovem até os umbrais da escolha profissional, formando-o entrementes como pessoa capaz de pensar, de estudar, de dirigir ou de controlar quem dirige.

A multiplicação de tipos de escola profissional, portanto, tende a eternizar as diferenças tradicionais; mas, dado que ela tende, nestas diferenças, a criar estratificações internas, faz nascer a impressão de possuir uma tendência democrática. Por exemplo: operário manual e qualificado, camponês e agrimensor ou pequeno agrônomo etc. Mas a tendência democrática, intrinsecamente, não pode consistir apenas em que um operário manual se torne qualificado, mas em que cada 'cidadão' possa se tornar 'governante' e que a sociedade o coloque, ainda que 'abstratamente', nas condições gerais de poder fazê-lo: a democracia política tende a fazer coincidir governantes e governados (no sentido de governo com o consentimento dos governados), assegurando a cada governado a aprendizagem gratuita das capacidades e da preparação técnica geral necessárias ao fim de governar. Mas o tipo de escola que se desenvolve como escola para o povo não tende mais nem sequer a conservar a ilusão, já que ela cada vez mais se organiza de modo a restringir a base da camada governante tecnicamente preparada, num ambiente social político que restringe ainda mais a 'iniciativa privada' no sentido de fornecer esta capacidade e preparação técnico-política, de modo que, na realidade, retorna-se às divisões em ordens 'juridicamente' fixadas e cristalizadas ao invés de superar as divisões em grupos: a multiplicação das escolas profissionais, cada vez mais especializadas desde o início da carreira escolar, é uma das mais evidentes manifestações desta tendência. **"**

GRAMSCI, Antonio. *Os intelectuais e a organização da cultura*. Rio de Janeiro: Civilização Brasileira, 1968.

Análise e reflexão

1. De acordo com Gramsci, por que se dividia a escola em clássica e profissional?

2. Escreva sobre os resultados da democracia política propostos por Gramsci.

Capítulo 10

O pensamento pedagógico da Escola Nova

A Escola Nova representa o mais vigoroso movimento de renovação da educação depois da criação da escola pública burguesa. A ideia de fundamentar o ato pedagógico na ação, na atividade da criança, já vinha se formando desde a "Escola Alegre" de Vittorino da Feltre (1378–1446), seguindo pela pedagogia romântica e naturalista de Rousseau. Mas foi só no início do século XX que tomou forma concreta e teve consequências importantes sobre os sistemas educacionais e a mentalidade dos professores.

A teoria e a prática escolanovistas se disseminaram em muitas partes do mundo, fruto certamente de uma renovação geral que valorizava a autoformação e a atividade espontânea da criança. A teoria da Escola Nova propunha que a educação fosse instigadora da mudança social e, ao mesmo tempo, se transformasse porque a sociedade estava em mudança.

O desenvolvimento da *sociologia da educação* e da *psicologia educacional* também contribuiu para essa renovação da escola.

Um dos pioneiros da Escola Nova é certamente Adolphe Ferrière (1879–1960). Educador, escritor e conferencista suíço, Ferrière lecionou no Instituto Jean-Jacques Rousseau, de Genebra. Foi talvez o mais ardente divulgador da *escola ativa* e da *educação nova* na Europa. Suas ideias se basearam inicialmente em concepções biológicas, transformando-se depois numa filosofia espiritualista.

Ferrière considerava que o *impulso vital espiritual* é a raiz da vida, fonte de toda atividade, e que o dever da educação seria conservar e aumentar esse impulso de vida. Para ele, o ideal da escola ativa é a atividade espontânea, pessoal e produtiva.

Em 1899 ele fundou o Birô Internacional das Escolas Novas, sediado em Genebra. Devido à criação de inúmeras *Escolas Novas* com tendências diferentes, em 1919, o Birô aprovou trinta itens considerados básicos para a nova pedagogia; para que uma escola se enquadrasse no movimento, deveria cumprir pelo menos dois terços das exigências. Em resumo, a Educação Nova seria: integral (intelectual, moral e física); ativa; prática (com trabalhos manuais obrigatórios, individualizada); e autônoma (campestre em regime de internato e coeducação).

Ferrière coordenou a *articulação internacional* da Escola Nova e, em suas obras (entre elas, *Prática da escola ativa, Transformemos a escola, A escola ativa*), conseguiu sintetizar correntes pedagógicas distintas em suas manifestações, porém unidas na preocupação de colocar a criança no centro das perspectivas educativas.

Ele criticava a *Escola Tradicional* afirmando que ela havia substituído a alegria de viver pela inquietude, o regozijo pela tristeza, o movimento espontâneo pela imobilidade, as risadas pelo silêncio.

O educador estadunidense John Dewey (1859–1952) foi o primeiro a formular o novo ideal pedagógico da Escola Nova, afirmando que o ensino deveria dar-se pela ação ("*learning by doing*") e não pela instrução, como queria Herbart. Para ele, a educação continuamente reconstruía a experiência concreta, ativa, produtiva, de cada um.

A educação preconizada por Dewey era essencialmente pragmática, instrumentalista. Buscava a convivência democrática sem, porém, pôr em questão a sociedade de classes.

Para John Dewey, a *experiência concreta da vida* se apresentava sempre diante de problemas que a educação poderia ajudar a resolver. Segundo ele, há uma escala de *cinco estágios* do ato de pensar, que ocorrem diante de algum problema. Portanto, o *problema* nos faria pensar. São eles:

1º) Uma *necessidade* sentida;

2º) A *análise* da dificuldade;

3º) As *alternativas* de solução do problema;

4º) A *experimentação* de várias soluções, até que o teste mental aprove uma delas;

5º) A *ação* como a prova final para a solução proposta, que deve ser verificada de maneira científica.

De acordo com tal visão, a educação é essencialmente processo e não produto; um processo de reconstrução e reconstituição da experiência; um processo de melhoria permanente da eficiência individual. O objetivo da educação se encontraria no próprio processo. O fim dela estaria nela mesma. Não teria um fim ulterior a ser atingido. A educação se confundiria com o próprio processo de viver.

Tratava-se de aumentar o rendimento da criança, seguindo os próprios interesses vitais dela. Essa rentabilidade servia, acima de tudo, aos interesses da nova sociedade burguesa: a escola deveria preparar os jovens para o trabalho, para a atividade prática, para o exercício da competição. Nesse sentido, a Escola Nova, sob muitos aspectos, acompanhou o desenvolvimento e o progresso capitalistas. Representou uma exigência desse desenvolvimento. Propunha a construção de um homem novo dentro do projeto burguês de sociedade. Poucos foram os pedagogos escolanovistas que ultrapassaram o pensamento burguês para evidenciar a exploração do trabalho e a dominação política, próprias da sociedade de classes.

Só o aluno poderia ser autor de sua própria experiência. Daí o *paidocentrismo* (o aluno como centro) da Escola Nova. Essa atitude necessitava de métodos ativos e criativos também centrados no aluno. Assim, os *métodos de ensino* significaram o maior avanço da Escola Nova. Muitas foram as contribuições neste sentido. Citamos, por exemplo, o *método dos projetos*, de William Heard Kilpatrick (1871–1965), centrado numa atividade prática dos alunos, de preferência manual. Os projetos poderiam ser *manuais*, como uma construção; de *descoberta*, como uma excursão; de *competição*, como um jogo; de *comunicação*, como a narração de um conto etc. A execução de um projeto passaria por algumas etapas: designar o fim, preparar o projeto, executá-lo e apreciar o seu resultado.

Um dos mais importantes discípulos de John Dewey, Kilpatrick preocupava-se sobretudo com a formação para a democracia e para uma sociedade em constante mudança.

Para ele, a educação baseia-se na vida para torná-la melhor. Ou seja, a educação é a *reconstrução da vida* em níveis cada vez mais elaborados. E a base da educação está na atividade, ou melhor, na *autoatividade*.

A pedagogia estadunidense recorreu ao método de projetos — sistematizado por Kilpatrick, J. Stevenson e Ellworth Collings — para globalizar o ensino a partir de atividades manuais.

174 HISTÓRIA DAS IDEIAS PEDAGÓGICAS

Kilpatrick classificava os projetos em quatro grupos: de *produção*; de *consumo* (no qual se aprende a utilizar algo já produzido); de *resolução de algum problema*; ou de *aperfeiçoamento de alguma técnica*.

Para ele, as características de um bom *projeto didático* são:

- Um plano de trabalho, de preferência manual;
- Uma atividade motivada por meio de uma intenção consequente;
- Um trabalho manual, tendo em vista a diversidade globalizada de ensino;
- Um ambiente natural.

As principais obras de Kilpatrick são: *Filosofia da educação* e *Educação para uma civilização em mudança*.

Outra contribuição da Escola Nova é o *método dos centros de interesse*, do belga Ovide Decroly (1871–1932). Esses centros seriam, para ele, a família, o Universo, o mundo vegetal, o mundo animal etc. Educar era partir das necessidades infantis. Os centros de interesse desenvolviam a observação, a associação e a expressão.

Os *centros de interesse* distinguem-se do *método dos projetos* porque os primeiros não possuem um fim nem implicam a realização de alguma coisa. Para Decroly, as necessidades fundamentais da criança são:

a) Alimentar-se;

b) Proteger-se contra a intempérie e os perigos;

c) Agir através de uma atividade social, recreativa e cultural.

A médica italiana Maria Montessori (1870–1952) notabilizou-se pelo seu trabalho de recuperação de crianças com necessidades especiais, desenvolvendo um método que leva o seu nome. Na *Casa dei bambini* ("casa de crianças"), ela criou uma grande quantidade de jogos e materiais pedagógicos que, com algumas variações, são ainda hoje utilizados em muitas escolas de Educação Infantil.

Pela primeira vez na história da educação, construiu-se um ambiente escolar com objetos pequenos para que a criança tivesse pleno domínio deles: mesas, cadeiras, estantes etc. Com materiais concretos, Montessori conseguia fazer com que as crianças, pelo tato e pela pressão, pudessem distinguir as cores, as formas dos objetos, os espaços, os ruídos, a solidez etc. Montessori explorou técnicas completamente novas, como a *lição do silêncio*, que ensinava a dominar a fala, e a *lição da obscuridade*, para educar as percepções auditivas.

O suíço Édouard Claparède (1873–1940) preferiu dar à escola ativa outro nome: *educação funcional*. Ele explicava que a mera atividade não era suficiente para explicar a ação humana. Atividade educativa era só aquela que correspondia a uma *função vital* do homem. Nem toda atividade se adequaria a todos. A atividade deveria ser individualizada — sem ser individualista — e, ao mesmo tempo, social e socializadora.

Jean Piaget (1896–1980), discípulo e colaborador de Claparède, levou a pesquisa do mestre adiante: investigou sobretudo a natureza do desenvolvimento da inteligência na criança.

Piaget propôs o método da observação para a educação da criança. Daí a necessidade de uma *pedagogia experimental* que colocasse claramente como a criança organiza o real. Criticou a Escola Tradicional que ensina a copiar e não a pensar. Para obter bons resultados, o professor deveria respeitar as leis e as etapas do desenvolvimento da criança. O objetivo da educação não deveria ser repetir ou conservar verdades acabadas, mas aprender por si próprio a conquista do verdadeiro. Sua teoria epistemológica influenciou outros pesquisadores, como a psicóloga argentina Emilia Ferreiro, cujo pensamento é muito difundido, particularmente no Ensino Fundamental.

O pedagogo francês Roger Cousinet (1881–1973) desenvolveu o método de trabalho por *equipes*, adotado até hoje, opondo-se ao caráter rígido das escolas memoristas e intelectuais francesas. Defensor da liberdade no ensino e do trabalho coletivo, substituindo o aprendizado individual, propôs que o mobiliário escolar fosse despregado do chão para que os alunos pudessem rapidamente formar grupos em classe e ficar um de frente para o outro.

Para Cousinet, o desenvolvimento de *atividades de grupo* deveria obedecer a algumas etapas:

a) Acumulação de informações através da pesquisa sobre o objeto de trabalho escolhido;

b) Exposição e elaboração das informações no quadro-negro;

c) Correção dos erros;

d) Cópia individual, no caderno, do resultado obtido;

e) Desenho individual relacionado com o assunto;

f) Escolha do desenho mais significativo para o arquivo da classe;

g) Leitura do trabalho do grupo;

h) Elaboração de uma ficha-resumo.

Embora não haja uma relação direta entre a Escola Nova e o tecnicismo pedagógico, o *desenvolvimento das tecnologias do ensino* deve muito à preocupação escolanovista com os meios e as técnicas educacionais. A contribuição, nesse sentido, de Burrhus Frederic Skinner (1904–1990) foi considerável pelas suas técnicas psicológicas do condicionamento humano, aplicáveis ao ensino-aprendizagem.

A influência do *pensamento pedagógico escolanovista* tem sido enorme. Muitas são as escolas que, sob diferentes nomes, adotam, de alguma forma, a mesma filosofia educacional, tais como: as *"classes nouvelles"* francesas, que deram origem, na década de 1960, no Brasil, aos "ginásios vocacionais"; as escolas ativas; as escolas experimentais; os colégios de aplicação das universidades; as escolas-piloto; as Escolas Livres; as escolas comunitárias; os lares-escolas; as escolas do trabalho; as escolas não diretivas; e outras.

Os métodos, centro de interesse da Escola Nova, se aperfeiçoaram e levaram para a sala de aula o rádio, o cinema, a televisão, o vídeo, o computador etc. — inovações que atingem, de múltiplas maneiras, nossos educadores, muitos deles perdendo-se diante de tantos meios e técnicas de ensino. Por isso, hoje, cada vez mais, os educadores insistem na necessidade de buscar a *análise de sua prática*, a discussão do *cotidiano da escola*, sem o que de nada adiantam tantas inovações, planos e técnicas, por mais modernos e atraentes que sejam. Houve um tempo em que toda educação estava centrada no professor — o famoso *magister dixit*, "o mestre falou" —, que caracteriza a chamada "Educação Tradicional"; depois, surgiu o movimento da "Educação Nova", deslocando o foco para o aluno. As concepções contemporâneas da educação, como a de Paulo Freire, se centram muito mais na relação professor-aluno, sem diminuir o papel do aluno e do professor.

A teoria e a prática da Escola Nova se disseminaram em muitas partes do mundo, fruto certamente de uma renovação geral que valorizava a autodeterminação e a atividade espontânea da criança. A teoria da Escola Nova propunha que a educação fosse instigadora da mudança social e, ao mesmo tempo, se transformasse porque a sociedade estava em mudança. Posteriormente, o desenvolvimento da sociologia da educação e da psicologia educacional também contribuiu para essa renovação da escola.

O movimento da Escola Nova foi se construindo junto com a própria Escola Moderna, científica e pública. Os escolanovistas não puderam negar as contribuições do *positivismo* e do *marxismo*. Daí constituir-se num *movimento complexo e contraditório*.

Dewey: aprender fazendo — da Educação Tradicional à Educação Nova

John Dewey (1859–1952), filósofo, psicólogo e pedagogo liberal norte-americano, exerceu grande influência sobre a pedagogia contemporânea. Ele foi o defensor da *Escola Ativa*, que propunha a aprendizagem através da atividade pessoal do aluno. Sua filosofia da educação foi determinante para que a *Escola Nova* se propagasse pelo mundo.

Dewey fez uma crítica contundente à obediência e submissão até então cultivadas nas escolas. Ele as considerava verdadeiros obstáculos à educação. Através dos princípios da *iniciativa, originalidade* e *cooperação*, pretendia liberar as potencialidades do indivíduo rumo a uma ordem social que, em vez de ser mudada, deveria ser progressivamente aperfeiçoada. Assim, traduzia para o campo da educação o liberalismo político-econômico dos Estados Unidos.

Embora vários aspectos da teoria de Dewey sejam similares à *pedagogia do trabalho*, seu discurso apresentava-se bastante genérico, não questionando as raízes das desigualdades sociais. Dewey priorizava o aspecto psicológico da educação, em prejuízo da análise da organização capitalista da sociedade, como fator essencial para a determinação da estrutura educacional.

Apesar de suas posições político-ideológicas, Dewey construiu ideias de caráter progressista, como o autogoverno dos estudantes, além da defesa da escola pública e ativa.

Principais obras: *Vida e educação, Democracia e educação, Escola e sociedade* e *Experiência e educação*.

Educação tradicional *versus* educação "nova" ou "progressiva"

❝ O homem gosta de pensar em termos de oposições extremadas, de polos opostos. Costuma formular suas crenças em termos de 'um ou outro', 'isto ou aquilo', entre os quais não reconhece possibilidades intermediárias.

Quando forçado a reconhecer que não se pode agir com base nessas posições extremas, inclina-se a sustentar que está certo em teoria mas na prática as circunstâncias compelem ao acordo. A filosofia de educação não faz exceção a essa regra. A história da teoria de educação está marcada pela oposição entre a ideia de que educação é desenvolvimento de dentro para fora e a de que é formação de fora para dentro; a de que se baseia nos dotes naturais e a de que é um processo de vencer as inclinações naturais e substituí-las por hábitos adquiridos sob pressão externa.

No presente, a oposição, no que diz respeito aos aspectos práticos da escola, tende a tomar a forma do contraste entre a educação tradicional e a educação progressiva. Se buscarmos formular, de modo geral, sem as qualificações necessárias para perfeita exatidão, as ideias fundamentais da primeira, poderemos assim resumi-las:

A matéria ou o conteúdo da educação consiste de corpos de informação e de habilidades que se elaboraram no passado; a principal tarefa da escola é, portanto, transmiti-los à nova geração. No passado, também padrões e regras de conduta se estabeleceram; logo, educação moral consiste em adquirir hábitos de ação em conformidade com tais regras e padrões. Finalmente, o plano geral de organização da escola (as relações dos alunos uns com os outros e com os professores) faz da escola uma instituição radicalmente diferente das outras instituições sociais. Imaginemos a sala de aula comum, seus horários, esquemas de classificação, de exames e promoção, de regras de ordem e disciplina e, creio, logo veremos o que desejo exprimir com o 'plano de organização'. Se contrastarmos a cena da escola com o que se passa na família, por exemplo, perceberemos o que procurei significar ao dizer que a escola fez-se uma espécie de instituição radicalmente diferente de qualquer outra forma de organização social.

As características que acabamos de mencionar fixam os fins, os métodos da instrução e a disciplina escolar. O principal propósito ou objetivo é preparar o jovem para as suas futuras responsabilidades e para o sucesso na vida, por meio da aquisição de corpos organizados de informação e de formas existentes de habilitação, que constituem o material de instrução. Desde que as matérias de estudo, tanto quanto os padrões de conduta apropriada, nos vêm do passado, a atitude dos alunos, de modo geral, deve ser de docilidade, receptividade e obediência. Livros, especialmente manuais escolares, são os principais representantes do conhecimento e da sabedoria do passado e os professores são os órgãos, por meio dos quais os alunos entram em relação com esse material. Os mestres são os agentes de comunicação do conhecimento e das habilitações e de imposição das normas de conduta. [...]

Se buscarmos formular a filosofia de educação implícita nas práticas da educação mais nova, podemos, creio, descobrir certos princípios comuns por entre a variedade de escolas progressivas ora existentes. À imposição de cima para baixo, opõe-se a expressão e cultivo da individualidade; à disciplina externa, opõe-se a atividade livre; a aprender por livros e professores, aprender por experiência; à aquisição por exercício e treino de habilidades e técnicas isoladas, a sua aquisição como meios para atingir fins que respondem a apelos diretos e vitais do aluno; à preparação para um futuro mais ou menos remoto opõe-se aproveitar-se ao máximo das oportunidades do presente; a fins e conhecimentos estáticos opõe-se a tomada de contato com um mundo em mudança. [...]

Considero que a ideia fundamental da filosofia de educação mais nova e que lhe dá unidade é a de haver relação íntima e necessária entre os processos de nossa experiência real e a educação. Se isto é verdade, então o desenvolvimento positivo e construtivo de sua própria ideia básica depende de se ter uma ideia correta de experiência. Quando se rejeita o controle externo, o problema é como achar os fatores de controle inerentes ao processo de experiência. Quando se refuga a autoridade externa, não se segue que toda autoridade deva ser rejeitada, mas antes que se deve buscar fonte mais efetiva de autoridade. Porque a educação velha impunha ao jovem o saber, os métodos e as regras de conduta da pessoa madura, não se segue, a não ser na base da filosofia dos extremos de 'isto ou aquilo', que o saber da pessoa madura não tenha valor de direção para a experiência do imaturo. Pelo contrário, baseando-se a educação na experiência pessoal, pode isto significar contatos mais numerosos e mais íntimos entre o imaturo e a pessoa amadurecida do que jamais houve na Escola Tradicional e, assim, consequentemente, mais e não menos direção e orientação por outrem. **"**

> DEWEY, John. *Experiência e educação*. Tradução: Anísio Teixeira. São Paulo: Nacional, 1971.

Análise e reflexão

1. Que críticas Dewey faz à Escola Tradicional?
2. Para Dewey, quais eram as características da educação nova ou progressiva?

3. Pode-se dizer que a obra de Dewey está impregnada do conceito de "moderação", próprio do liberalismo. Selecione trechos do texto citado que comprovem essa tese.

Montessori: métodos ativos e individualização do ensino

Maria Montessori (1870–1952), nascida na Itália, chegou à pedagogia por caminhos indiretos. Primeira mulher de seu país a doutorar-se em Medicina, seus múltiplos interesses levaram-na a estudos diversos. Dedicou-se inicialmente às crianças com deficiências. Em 1909, ela publicou os princípios básicos de seu *método*.

Em síntese: ela propunha despertar a atividade infantil através do estímulo e promover a *autoeducação* da criança, colocando meios adequados de trabalho à sua disposição. O educador, portanto, não atuaria diretamente sobre a criança, mas ofereceria meios para a sua autoformação.

Seu método empregava um abundante *material didático* (cubos, prismas, sólidos, bastidores para enlaçar caixas, cartões etc.), destinado a desenvolver a atividade dos sentidos.

Maria Montessori morreu nos Países-Baixos. Sua didática influenciou o ensino pré-escolar em vários países do mundo.

A teoria pedagógica montessoriana é divulgada pela *Association Montessori Internationale*, sediada em Amsterdam, nos Países-Baixos, que realiza anualmente congressos internacionais e organiza centros de treinamento Montessori em diversos países para a formação de professores especializados no método da pedagoga italiana.

Principais obras: *Pedagogia científica* e *A criança e etapas da educação*.

Sobre o meu método

66 A criança não pode levar uma vida normal no mundo complicado dos adultos. Todavia, é evidente que o adulto, com a vigilância contínua, com as admoestações ininterruptas, com suas ordens arbitrárias, perturba e impede o desenvolvimento da criança. Dessa forma, todas as forças positivas que estão prestes a germinar são sufocadas; e a criança só conta com

uma coisa: o desejo intenso de livrar-se, o mais rápido que lhe for possível, de tudo e de todos.

Portanto, esqueçamos o papel de carcereiros e tratemos, ao invés disto, de preparar-lhes um ambiente onde possamos, o máximo possível, não cansá-las com a nossa vigilância e nossos ensinamentos. É preciso que nos convençamos que quanto mais o ambiente corresponde às necessidades da criança, tanto mais poderá ser limitada a atividade do professor. Contudo, não podemos esquecer de um princípio importante. Dar liberdade à criança não quer dizer que se deva abandoná-la à própria sorte e, muito menos, negligenciá-la. A ajuda que damos à alma infantil não deve ser a indiferença passiva diante de todas as dificuldades de seu desenvolvimento; muito pelo contrário, devemos assistir esse desenvolvimento com prudência e com um cuidado repleto de afeto [...]

Certamente aqui está a chave de toda a pedagogia: saber reconhecer os instantes preciosos da concentração, a fim de poder utilizá-los no ensinamento da leitura, da escrita, das quatro operações e, mais tarde, da gramática, da aritmética, das línguas estrangeiras etc. Ademais, todos os psicólogos estão acordes ao asseverar que só existe uma maneira de ensinar: suscitando o mais profundo interesse no estudante e, ao mesmo tempo, uma atenção viva e constante. Portanto, trata-se apenas disto: saber utilizar a força interior da criança com relação à sua educação. Isto é possível? Não é apenas possível, é necessário. A atenção tem necessidade de estímulos gradativos para concentrar-se. No começo serão objetos facilmente reconhecíveis pelos sentidos, que interessarão aos pequeninos: cilindros de diversos tamanhos, cores que deverão ser dispostas segundo a sua coloração, diversos sons para distinguir, superfícies mais ou menos difíceis para serem reconhecidas pelo tato. Porém, mais tarde teremos o alfabeto, os números, a leitura, a gramática, o desenho, as operações aritméticas mais difíceis, a história, as ciências naturais, e assim se construirá o saber da criança.

Consequentemente, a tarefa da nova professora tornou-se muito mais delicada e mais séria. Depende dela se a criança encontrará seu caminho rumo à cultura e à perfeição ou se tudo será destruído. A coisa mais fácil é fazer a professora compreender que, para o progresso da criança, ela deve se eclipsar e renunciar aos direitos que, antes, eram dela; deve entender muito bem que não pode haver nenhuma influência nem sobre a formação nem sobre a disciplina do aluno, e que toda a sua confiança deve ser colocada nas energias latentes de seu discípulo. Sem dúvida sempre há alguma coisa que

182 HISTÓRIA DAS IDEIAS PEDAGÓGICAS

a compele, constantemente, a dar conselhos aos pequeninos, a corrigi-los ou a encorajá-los, mostrando-lhes que é superior por experiência e por cultura; mas não obterá nenhum resultado até que não se tenha conformado em manter dentro dela mesma toda e qualquer vaidade.

Em compensação, a sua atuação indireta deve ser assídua: deve preparar, com pleno conhecimento de causa, o ambiente, dispor o material didático com habilidade e introduzir, com o máximo cuidado, a criança nos trabalhos da vida prática. Cabe a ela saber distinguir a criança que procura o caminho certo daquela que se enganou de caminho; deve estar sempre tranquila, sempre pronta a ajudar, quando é chamada, a fim de demonstrar o seu amor e a sua confiança. Estar sempre a postos: só isto.

A professora deve dedicar-se à formação de uma humanidade melhor. Assim como a vestal devia conservar puro e isento de escórias o fogo sagrado, assim a professora é a guardiã da chama da vida interior em toda a sua pureza. Se esta chama não for cuidada, haverá de se apagar para nunca mais voltar a arder. **"**

MONTESSORI, Maria. *Em família*. Rio de Janeiro: Nórdica, ca. 1987. p. 43–48.

Análise e reflexão

1. Comente as seguintes afirmações de Montessori:
   a) "[...] é evidente que o adulto, com a vigilância contínua, com as admoestações ininterruptas, com suas ordens arbitrárias, perturba e impede o desenvolvimento da criança."
   b) "[...] a criança só conta com uma coisa: o desejo intenso de livrar-se, o mais rápido que lhe for possível, de tudo e de todos."
2. Que papel terá o professor no método Montessori?
3. Faça uma visita a uma escola montessoriana e registre as impressões que você obteve.

Claparède: educação funcional e diferenciada

Édouard Claparède (1873–1940), psicólogo e pedagogo suíço, influenciou decisivamente os modernos conceitos de educação, exercendo papel pioneiro no movimento renovador da escola contemporânea. Claparède retomou, na Europa, as ideias de John Dewey; ambos, no cenário educacional da primeira metade do século XX, foram os maiores expoentes da pedagogia da ação.

Iniciou em 1901 a publicação dos *Arquivos de psicologia*. Uma síntese de seu trabalho no laboratório de psicologia da Universidade de Genebra e no Seminário de Psicologia Pedagógica foi apresentada no livro *Psicologia da criança e pedagogia experimental*. Em 1912, Claparède fundou o Instituto de Ciências da Educação Jean-Jacques Rousseau, em Genebra, que se tornaria famoso mais tarde graças à obra do psicólogo Jean Piaget.

Para Claparède, a pedagogia devia basear-se no estudo da criança, assim como a horticultura se baseia no conhecimento das plantas. Fundamentando seu pensamento em Rousseau, ele dizia que a infância é um conjunto de possibilidades criativas que não devem ser abafadas. Todo ser humano tem *necessidade vital* de saber, de pesquisar, de trabalhar. Essas necessidades se manifestam nas brincadeiras, que não são apenas uma diversão, mas um verdadeiro trabalho. A criança as leva muito a sério porque elas representam um desafio. Claparède chegou a elaborar uma verdadeira *teoria do brinquedo*.

Segundo o pedagogo suíço, a educação deveria ter como eixo a ação, e não apenas a instrução pela qual a pessoa recebe passivamente os conhecimentos. Claparède criou o conceito de *educação funcional*, voltado para o desenvolvimento individual e social. Nenhuma sociedade, lembrava ele, progrediu devido à redução de pessoas a um tipo único, mas, sim, devido à *diferenciação*.

Édouard Claparède nasceu e morreu em Genebra. Ali formou-se em Medicina, ocupando depois a cátedra de psicologia na Universidade de Genebra. Também estudou em Paris e em Leipzig.

Principais obras: *Arquivos de psicologia* (1901), *A escola sob medida* (1921), *A educação funcional* (1931) e *Como diagnosticar as aptidões dos alunos* (1933).

A concepção funcional da educação

❝ 1. Nos países 'civilizados' a escola, pública ou particular (com algumas felizes exceções), consagra um mundo de heresias fisiológicas, psicológicas e biológicas, contra as quais as Ligas de Higiene Mental devem lutar sem

184 HISTÓRIA DAS IDEIAS PEDAGÓGICAS

tréguas. Heresias morais, também, porque quantas vezes a escola não terá matado na criança o gosto pelo trabalho e quantas não terá projetado sobre os anos da infância uma sombra que a memória não apaga?

2. Para desempenhar sua missão da maneira mais adequada, a escola deve inspirar-se em uma concepção funcional da educação e do ensino. Essa concepção consiste em tomar a criança como centro dos programas e dos métodos escolares e considerar a própria educação como adaptação progressiva dos processos mentais a certas ações determinadas por certos desejos.

3. A mola da educação deve ser não o temor do castigo, nem mesmo o desejo da recompensa, mas o *interesse*, o interesse profundo pela coisa que se trata de assimilar ou de executar. A criança não deve trabalhar e portar-se bem para obedecer, e sim porque sinta que essa maneira de agir é desejável. Numa palavra, a *disciplina interior* deve substituir a *disciplina exterior*.

4. A escola deve preservar o período da infância, que ela muita vez encurta, não observando fases que deveriam ser respeitadas.

5. A educação deve visar ao desenvolvimento das funções intelectuais e morais, e não encher a cabeça de um mundo de conhecimentos que, quando não logo esquecidos, são quase sempre conhecimentos mortos, parados na memória como corpos estranhos, sem relação com a vida.

6. A escola deve ser *ativa*, isto é, mobilizar a atividade da criança. Deve ser mais um laboratório que um auditório. Para isso, poderá tirar útil partido do *jogo*, que estimula ao máximo a atividade da criança.

7. A escola deve fazer amar o trabalho. Muita vez ensina a detestá-lo criando, em torno das obrigações que impõe, associações afetivas desagradáveis. É, pois, indispensável que a escola seja um ambiente de alegria, onde a criança trabalhe com entusiasmo.

8. Como a vida que espera a criança ao sair da escola é vivida num meio social, apresentar o trabalho e as matérias escolares sob aspecto vital é apresentá-los também sob seu *aspecto social*, como instrumentos de ação social (o que realmente são). A escola tem esquecido demasiado esse aspecto social e, arrancando o trabalho de seu contexto natural, tem feito dele algo de vazio e artificial.

9. Nessa nova concepção da educação, a função do mestre é inteiramente outra. O mestre já não deve ser um onisciente encarregado de formar a inteligência e encher o espírito de conhecimentos. Deve ser um *estimulador* de

interesses, despertando necessidades intelectuais e morais. Deve ser para os seus alunos muito mais um colaborador do que um professor *ex-cathedra*.

10. Essa nova concepção da escola e do educador implica uma transformação completa na *formação dos professores*, do ensino de todos os graus. Essa preparação deve ser, antes de tudo, psicológica.

11. A observação mostra que um indivíduo só rende na medida em que se apela para suas capacidades naturais, e que é perder tempo forçar o desenvolvimento de capacidades que ele não possua. É, pois, necessário que a escola leve mais em conta as *aptidões individuais* e se aproxime do ideal da 'escola sob medida'. Poder-se-ia alcançar esse ideal estabelecendo, nos programas, ao lado de um mínimo comum e obrigatório, relativo às disciplinas indispensáveis, certo número de matérias a escolher, que os interessados poderiam aprofundar a seu gosto, movidos do interesse e não da obrigação de fazer exame.

12. Uma democracia, mais do que qualquer outro regime, tem necessidade de uma escola intelectual e moral. É, pois, do interesse da sociedade, como dos indivíduos, *selecionar as crianças bem-dotadas* e colocá-las nas condições mais adequadas ao desenvolvimento de suas aptidões especiais.

13. As reformas preconizadas acima só se tornarão possíveis se for profundamente transformado o *sistema de exames*. A necessidade do exame leva os mestres, mesmo a contragosto, a tratar mais da sobrecarga da memória que do desenvolvimento da inteligência. Salvo, talvez, para o mínimo de conhecimentos indispensáveis, os exames deveriam ser suprimidos e substituídos por uma apreciação de trabalhos individuais realizados durante o ano, ou por testes adequados. **"**

CLAPARÈDE, Édouard. *A educação funcional*. São Paulo: Nacional, 1958.

Análise e reflexão

1. "[...] quantas vezes a escola não terá matado na criança o gosto pelo trabalho e quantas não terá projetado sobre os anos da infância uma sombra que a memória não apaga?"

    Analise esse questionamento de Claparède, citando exemplos de sua experiência vivida.

2. Compare a doutrina de Claparède com a de Dewey.

Piaget: psicopedagogia e educação para a ação

Jean Piaget (1896–1980), psicólogo suíço, ganhou renome mundial com seus estudos sobre os processos de construção do pensamento nas crianças. Ele e seus colaboradores publicaram mais de trinta volumes a esse respeito.

Piaget recebeu o grau de doutor em Ciências Naturais em 1918. A partir de 1921, passou a estudar psicologia da criança no Instituto Jean-Jacques Rousseau, em Genebra. Tornou-se professor de Psicologia na Universidade de Genebra e, em 1955, fundou o Centro de Estudos de Epistemologia Genética.

Segundo Piaget, a criança passa por três *períodos de desenvolvimento mental*. Durante o estágio preparatório, dos 2 aos 7 anos de idade, a criança desenvolve certas habilidades, como a linguagem e o desenho. No segundo estágio, dos 7 aos 11 anos, a criança começa a pensar logicamente. O período de operações formais estende-se dos 11 aos 15 anos, quando a criança começa a lidar com abstrações e raciocinar com realismo acerca do futuro.

De acordo com Piaget, o papel da ação é fundamental pois a característica essencial do pensamento lógico é ser operatório, ou seja, prolongar a ação interiorizando-a.

A crítica de Piaget à *Escola Tradicional* é ácida. Segundo ele, os sistemas educacionais objetivam mais acomodar a criança aos conhecimentos tradicionais que formar inteligências inventivas e críticas.

Compreender é inventar

" A visão otimista, bastante otimista mesmo, que nos forneceram nossas pesquisas sobre o desenvolvimento das noções qualitativas de base que constituem ou deveriam constituir a infraestrutura de todo o ensino científico elementar leva portanto a pensar que uma reforma de grande profundidade nesse ensino haveria de multiplicar as vocações de que está a carecer a sociedade atualmente. Isso, no entanto, quer nos parecer, dentro de determinadas condições, que são indiscutivelmente aquelas de toda pedagogia da inteligência, mas que parecem sobremodo imperativas nos diversos ramos da iniciação às ciências.

A primeira dessas condições é naturalmente o recurso aos métodos ativos, conferindo-se especial relevo à pesquisa espontânea da criança ou do adolescente e exigindo-se que toda verdade a ser adquirida seja reinventada pelo aluno, ou pelo menos reconstruída, e não simplesmente transmitida. Ora, frequentes mal-entendidos reduzem bastante o valor das experiências realizadas até agora nesse sentido. O primeiro é o receio (e, para alguns, a esperança) de que se anule o papel do mestre, em tais experiências, e que, visando ao pleno êxito das mesmas, seja necessário deixar os alunos totalmente livres para trabalhar ou brincar segundo melhor lhes aprouver. Mas é evidente que o educador continua indispensável, a título de animador, para criar situações e armar os dispositivos iniciais capazes de suscitar problemas úteis à criança, e para organizar, em seguida, contraexemplos que levem à reflexão e obriguem ao controle das soluções demasiado apressadas: o que se deseja é que o professor deixe de ser apenas um conferencista e que estimule a pesquisa e o esforço, ao invés de se contentar com a transmissão de soluções já prontas. Quando se pensa no número de séculos que foram necessários para que se chegasse à matemática denominada 'moderna' e à física contemporânea, mesmo a macroscópica, seria absurdo imaginar que, sem uma orientação voltada para a tomada de consciência das questões centrais, possa a criança chegar apenas por si a elaborá-las com clareza. No sentido inverso, entretanto, ainda é preciso que o mestre-animador não se limite ao conhecimento da sua ciência, mas esteja muito bem-informado a respeito das peculiaridades do desenvolvimento psicológico da inteligência da criança ou do adolescente.

Em resumo, o princípio fundamental dos métodos ativos só se pode beneficiar com a História das Ciências e assim pode ser expresso: compreender é inventar, ou reconstruir através da reinvenção, e será preciso curvar-se ante tais necessidades se o que se pretende, para o futuro, é moldar indivíduos capazes de produzir ou de criar, e não apenas de repetir. **"**

PIAGET, Jean. *Para onde vai a educação?* 10. ed. Rio de Janeiro: José Olympio, 1988. p. 14–17.

Análise e reflexão

1. Por quais períodos de desenvolvimento mental passa a criança? Explique-os.

2. "[...] toda verdade a ser adquirida [deve ser] reinventada pelo aluno, ou pelo menos reconstruída, e não simplesmente transmitida."

Analise esse trecho, tendo em vista a estrutura educacional brasileira.

3. Faça uma pesquisa sobre a influência que obtiveram as ideias de Piaget no pensamento pedagógico brasileiro.

Capítulo 11

O pensamento pedagógico fenomenológico-existencialista

Bogdan Suchodolski (1903–1992), em sua obra *A pedagogia e as grandes correntes filosóficas*, dividiu o pensamento pedagógico, da Antiguidade até os nossos dias, em duas grandes correntes: as *pedagogias da essência* e as *pedagogias da existência*. Na base dessa oposição estaria a controvérsia clássica entre filosofia da essência e filosofia da existência, pois, uma vez que partem de concepções antropológicas opostas, delas decorrem posicionamentos pedagógicos também distintos.

A pedagogia da essência teve início com Platão e foi desenvolvida pelo cristianismo. Platão distinguiu no homem o que pertence ao *mundo das sombras* (o corpo, o desejo, os sentidos etc.) e o que pertence ao *mundo das ideias* (o espírito na sua forma pensante). A *pedagogia da essência* concebe a educação como ação que desenvolve no indivíduo o que define a sua essência "verdadeira".

O cristianismo manteve, transformou e desenvolveu a concepção platônica. Realçou a oposição entre duas esferas da realidade: verdadeira e eterna por um lado, aparente e temporal por outro.

O movimento reformista protestante recolocou a ideia de que o homem pode ser tudo, e que a individualidade é uma forma preciosa de realização da essência humana. Surgiram, então, indícios de renovação do pensamento pedagógico, inspirando-se nos direitos e nas necessidades das crianças. Juan Luis Vives (1492–1540), em pleno século XVI, foi um pioneiro ao pensar numa teoria psicológica do ensino.

190 HISTÓRIA DAS IDEIAS PEDAGÓGICAS

Erguia-se, assim, uma verdadeira revolta contra a *pedagogia tradicional*. Em muitos escritos, já se defendia o direito de o homem viver de acordo com suas crenças. Estava iniciado o conflito entre a pedagogia da essência e a pedagogia fundada na existência. Essa controvérsia atravessou as ideias de Rousseau, Pestalozzi e Froebel. Em resposta à pedagogia da essência, Kierkegaard (1813–1855), Stirner (1806–1856) e Nietzsche (1844–1900), no século XIX, desenvolveram teorias ligadas à pedagogia da existência.

Para Kierkegaard, o indivíduo não se repete, sendo uma pessoa única, condenada a ser ela mesma, devendo recomeçar perpetuamente uma luta dramática, já que aspira algo de mais elevado do que ela própria. Stirner, por sua vez, atacava a pedagogia da essência, procurando mostrar que o seu erro está em impor aos indivíduos um ideal ultrapassado que lhes é estranho, uma religião a serviço da sociedade e do Estado.

Nietzsche criticava as tendências democráticas do ensino e as tentativas de ligar a escola às necessidades econômicas e sociais do país. Ao analisar a genealogia da moral, ele tentava provar que o ideal e as normas morais são obra dos homens fracos.

Émile Durkheim (1858–1917) desenvolveu a concepção positivista de educação, que buscava *existencializar a pedagogia da essência*. Ele criticava as concepções de educação baseadas no ideal de homem. A educação devia se moldar às necessidades da sociedade em que está inserida. A existencialização da pedagogia da essência se desdobrou em duas vertentes da *pedagogia da existência*: uma priorizando as necessidades da criança, e a outra, as do grupo social.

A *Educação Nova*, como expressão de pedagogia moderna, foi vista como uma esperança para as dúvidas levantadas pela pedagogia da existência, ao mesmo tempo em que introduzia novas inquietações em relação à formação social das novas gerações. É na pedagogia moderna que a contradição essência/existência se apresenta com mais nitidez. Com base nesse conflito consolidaram-se duas tendências: uma tentando ligar a pedagogia da existência ao ideal, e a outra unindo a pedagogia da essência à vida concreta.

Como veremos no último capítulo deste livro, Suchodolski sustentava que a pedagogia deve ser simultaneamente da existência e da essência, e que esta síntese exige condições que a sociedade burguesa não apresenta. Segundo ele, o mais importante é que cada homem tenha garantias e condições existenciais para construir sua própria essência.

A *filosofia existencialista* provocou um grande movimento de renovação da educação. A tarefa da educação, para a filosofia existencial, consiste em afirmar a existência concreta da criança, aqui e agora. A existência do ser humano não é igual à de outra coisa qualquer. Sua existência está sempre sendo, se formando; não é estática. O homem precisa decidir-se, comprometer-se, escolher; precisa encontrar-se com o outro, como sujeito da sua própria história.

Com isso, muitas necessidades novas foram incorporadas à pedagogia contemporânea: *desafio, decisão, compromisso, diálogo, dúvida*, próprias do chamado *humanismo moderno*.

Entre os educadores, filósofos existencialistas e fenomenólogos que tiveram forte influência na educação destacamos: Janusz Korczak (1878––1942), Martin Buber (1878–1966), Maurice Merleau-Ponty (1908–1961), Emmanuel Mounier (1905–1950), Jean-Paul Sartre (1905–1980), Georges Gusdorf (1912–2000), Paul Ricoeur (1913–2005) e Claude Pantillon (1938–1980).

Janusz Korczak foi um pensador solitário, à margem das ideologias e correntes científicas da sua época. Não polemizava, preferindo escrever o que sentia, e o que sentia era um profundo amor pelas crianças, assunto de toda a sua paixão. Não escrevia apenas para difundir o seu pensamento. Escrevia por uma necessidade interior. Ele não escreveu nenhum tratado pedagógico. Não seguia modelos. Seus livros são o retrato de um saber feito de experiência e observação. Nisso está sua enorme vantagem sobre os tratados teóricos. Não se apoiava em autores de sua época para criar teorias novas porque não era a isso que queria consagrar sua vida. Mas não se pode dizer, contudo, que ele era contra a teoria. A teoria nele estava presente como fundamento de sua ação prática, do seu ato pedagógico.

Korczak não precisou estruturar previamente nenhuma teoria abstrata para se dirigir à criança. Não se encontrava com as crianças com esquemas prontos para moldá-las. Ao contrário, ao resgatar-lhes primeiro a identidade, era ele quem aprendia com elas. Numa época de fascínio pelo positivismo científico e pela uniformização da educação, ele chamava a atenção para o respeito, o amor, a fala, o prazer, a autogestão pedagógica, a espontaneidade que fazem o cotidiano da educação.

A fenomenologia contribuiu muito para recolocar na educação a *preocupação antropológica*. "Fenômeno" é o que se mostra, o que se manifesta. A fenomenologia preocupa-se com o que aparece e o que está escondido nas aparências, uma vez que aquilo que aparece, nem sempre é. Contudo, a aparência também faz parte do ser. O método fenomenológico procura descrever e interpretar os fenômenos, os processos e as coisas pelo que eles são, sem preconceitos. Mais do que um método, é uma atitude. Como dizia Husserl, a atitude de "ir à coisa mesma" sem premeditações, sem ser conduzido por técnicas de manipulação das coisas. Mas isto não significa a recusa de toda pré-compreensão. Toda pré-compreensão de um fenômeno, toda interpretação é continuamente orientada pela maneira de se colocar a questão elaborada pelo sujeito a partir de uma práxis. O único pressuposto não estranho à atitude fenomenológica é aquele em que toda compreensão é uma relação vital do intérprete com a coisa mesma.

O pensamento pedagógico existencialista e fenomenológico foi muito influenciado pelos filósofos franceses Jean-Paul Sartre e Paul Ricoeur.

Filósofo, romancista, teatrólogo e político, Jean-Paul Sartre nasceu em Paris a 21 de junho de 1905. Seu pai morreu muito cedo e ele foi morar com o avô, que era protestante e anticatólico.

Sartre dirigiu os grupos existencialistas no bairro de St. Germain-des-Près e fundou a revista literária e política *Les Temps Modernes*. Viveu por décadas em companhia da escritora Simone de Beauvoir, fez extensas viagens e travou polêmicas em diversas áreas, dedicando-se também às atividades políticas de esquerda.

Sua filosofia é ateísta. Segundo Sartre, o homem é absoluto, não havendo nada de espiritual acima dele. Por determinadas condições biológicas, a sua *existência* precede a *essência*, isto é, chega ao mundo apenas biologicamente e só depois, através da convivência, adquire uma essência humana determinada.

O ser humano sofre a influência não só da ideia que tem de si, mas também de como pretende ser. Esses impulsos orientam-no para um determinado tipo de existência, pois um indivíduo não pode ser outra coisa senão aquilo em que se constitui. Como não há nada superior a ele, sua marcha se depara com o nada.

As principais obras de Sartre são: *O muro* (1939), *A náusea* (1938), *O ser e o nada* (1943), *As moscas* (1943), *Entre quatro paredes* (1944) e *As mãos sujas* (1948).

Paul Ricoeur nasceu em Valença, em 1913. Foi professor do Liceu de Nancy e do Liceu de Rennes, das Universidades de Estrasburgo e Sorbonne.

Não se pode situar Ricoeur apenas no movimento fenomenológico, apesar de que parte considerável de sua obra refere-se à compreensão do método e dos temas da fenomenologia de Husserl, Heidegger, Jaspers, Sartre e Merleau-Ponty. Em muitos casos, os pensamentos desenvolvidos por Ricoeur surgiram de um diálogo crítico com esses filósofos. É fundamental notar seu encontro com o pensamento de Gabriel Marcel e sua íntima relação com o grupo personalista da revista *Esprit* dirigida por Emmanuel Mounier.

O pensamento de Ricoeur tem características afirmativas frente ao negativismo de alguns existencialistas. Tal atitude se refere à afirmação e à reconciliação do homem por inteiro com seu mundo, sua unidade. A reconstituição dessa unidade se efetua à base do reconhecimento da transcendência, que é o reconhecimento do mistério. O que não significa entregar-se a uma filosofia irracionalista e obscura. O mistério não é incompatível com a clareza e, sim, torna possível a clareza profunda. O emprego do *método fenomenológico* é a tal ponto indispensável que só mediante o mesmo pode chegar-se à compreensão dos fenômenos estudados. Para Ricoeur, estes fenômenos são humanos, enquanto o humano esteja ligado ao mundo e suspenso no transcendente. Desses fenômenos, Ricoeur se ocupou, em especial, da *voluntariedade* e do *problema do mal*.

O pensamento pedagógico que chamamos de "fenomenológico-existencialista" também teve repercussões no Brasil, como veremos mais adiante. Aqui destacamos apenas quatro autores que contribuíram para a formação desse pensamento.

Buber: a pedagogia do diálogo

Martin Buber (1878–1966), nascido em Viena e falecido em Jerusalém, distingue-se como importante filósofo e teórico da pedagogia do diálogo. Mediador entre o judaísmo e o cristianismo, foi um dos mais notáveis representantes contemporâneos do existencialismo. Pensador liberal, produziu obras que representam uma extraordinária contribuição para a reconciliação entre religiões, povos e raças.

Sobre sua concepção pedagógica, destacamos três pontos principais. O ponto de partida implica o encontro direto entre os homens, o relacionamento entre eles, o diálogo entre "eu e tu". Segundo ele, a educação é exclusivamente coisa de Deus, apesar de seu discurso humanístico sobre o papel do educador como "formador" ou sobre as "forças criativas da criança". Para ele, pensar a liberdade, no sentido de independência, é, sem dúvida, um bem valioso. Mas não é o mais elevado. Quem a considera como valor supremo, sobretudo com objetivos educacionais, perverte-a e a transforma em droga que, com a ausência de compromisso, gera a solidão.

Principais obras: *A vida em diálogo* e *Eu e tu*.

Da função educadora

66 Quero referir-me à existência de um instinto autônomo, inderivável de outros instintos, e ao qual me parece caber o nome de 'instinto de autor', ou desejo de estar na origem de alguma coisa. O homem, o filho do homem, quer fazer coisas. Não é o simples prazer de ver uma forma nascer de uma matéria que, instantes antes, daria ainda a impressão de não ter forma. O que a criança deseja é a sua participação no devir das coisas: quer ser o sujeito do processo de produção. O instinto de que falo não deve confundir-se tampouco com o pretenso instinto de ocupação ou de atividades, que, por outro lado, penso não existir (a criança quer construir ou destruir, apalpar ou bater etc., mas nunca procura 'exercer uma atividade'); o essencial é que, pelo fato que realizou por si mesma e que sente com intensidade, nasça alguma coisa que não existia, que não 'era' segundo antes. Este instinto encontra alta expressão no modo como as crianças, movidas pela paixão do espírito, produzem a linguagem; não, na verdade, como uma coisa da qual se toma a seu tempo, mas com a impetuosidade de um começo. Um som articulado desencadeia outro e, levado pelas vibrações da faringe, sai de lábios trêmulos, abre caminho e, animado assim, todo o corpinho vibra e estremece, sacudido pelo arrepio de um 'si mesmo' que brota e explode. Olhai o menino que fabrica seu utensílio, instrumento desconhecido e primitivo. Seus próprios movimentos não o surpreendem, não o assustam como os formidáveis inventores dos primeiros tempos? Mas é necessário observar também como o instinto de autor se manifesta quando a criança é impelida pelo desejo aparentemente 'cego' de destruir e como se apossa dela: às vezes começa por alguma coisa que se rasga loucamente, uma folha de papel, por exemplo; mas logo a criança fica interessada pela forma dos pedaços que saem de suas mãos e, ainda que continue a rasgar, não tardará a formar figuras determinadas. [...].

Tempos houve nos quais a vocação específica de educador, de professor, não existia e não tinha necessidade de existir. Um mestre vivia — filósofo ou ferreiro, por exemplo; seus colegas e seus aprendizes viviam com ele; eles aprendiam o que lhes ensinava de seu trabalho manual ou intelectual, mas aprendiam também sem se aperceber, nem eles nem ele; aprendiam sem se aperceber o mistério da vida na pessoa; o Espírito os visitava. Coisas semelhantes veem-se ainda, em certa medida, ali onde há espírito e pessoa; mas elas são confinadas aos limites da espiritualidade e da personalidade, eles tornam-se exceção, 'altitude'. A educação que é intenção é, inevitavelmente, vocação. Já não mais podemos voltar atrás diante da realidade da escola, nem diante da realidade da técnica, mas podemos e devemos ajudar sua realidade, por uma íntima participação, a tornar-se completa; devemos empenhar-nos na humanização perfeita de sua realidade.

Nosso caminho se constrói a custo de perdas que, secretamente, transformam-se em lucros. A função educadora perdeu o paraíso da pura espontaneidade; agora cultiva, conscientemente, seu campo para ganhar o pão da vida. Transformou-se; e somente nesta transformação se tornou manifesta.

O mestre, no entanto, permanece o modelo do professor. Pois se este, se o educador desta época da humanidade, deve agir, deve agir cientemente, embora o faça 'como se não fizesse'. O dedo levantado, o olhar interrogador: eis o seu verdadeiro labor. [...] O mundo, já disse, age sobre a criança como natureza e como sociedade. Os elementos a educam — o ar, a luz, a vida na planta e no animal; e as circunstâncias sociais a educam também. O verdadeiro educador representa um e outro; mas sua presença, diante da criança, deve ser como a de um dos elementos. **"**

> BUBER, Martin. Da função educadora. *Reflexão*, Campinas, v. VII, n. 23, p. 5–7 e 11, maio/agosto 1982.

Análise e reflexão

1. Analise:

   "Nosso caminho se constrói a custo de perdas que, secretamente, transformam-se em lucros. A função educadora perdeu o paraíso da pura espontaneidade; agora cultiva, conscientemente, seu campo para ganhar o pão da vida."

2. "O que a criança deseja é a sua participação no devir das coisas: quer ser o sujeito do processo de produção." Você vê alguma contradição entre essa frase de Buber e sua concepção religiosa de mundo e de educação?

3. Por que, para um liberal como Buber, a liberdade como sinônimo de independência não é um valor supremo?

Korczak: como amar uma criança

Janusz Korczak (1878–1942), cujo nome real era Henryk Goldszmit, era um judeu polonês, nascido em Varsóvia, apaixonado pela língua e pela cultura polonesa. Ele foi pouco praticante da religião, mas não renegou o judaísmo. Consagrou sua vida à luta pela justiça e pelos direitos da criança. Dedicou-se de corpo e alma ao orfanato da Rua Krochmalna 92, em Varsóvia, do qual foi diretor, médico e professor, e onde contou com a colaboração da educadora Stefa Wilczynska.

O jornal popular *Nasz Przeglond* ("Nosso jornal"), em 1906, convidou-o para preparar uma edição infantil. Korczak criou então o jornal *Maly Przeglad* ("Pequena revista"), no qual só crianças escreviam para crianças.

Ainda estudante, iniciou sua obra literária e continuou a escrever até o trágico final de sua vida. Seus livros são para e sobre a criança. E sua práxis pedagógico-educacional deu início a uma revisão de métodos, da estrutura da escola, das relações professor-aluno e pais-filhos.

Janusz Korczak tornou-se conhecido por sua dedicação às crianças. Em 1942, os nazistas ocupantes da Polônia lhe ordenaram que conduzisse seus pequenos para a morte, prometendo-lhe um salvo-conduto após a "tarefa". Ele recusou e, amparado nos braços de dois meninos, acompanhou seus duzentos "filhos" até as câmaras de gás do campo de extermínio Treblinka, onde todos morreram.

Principais obras: *Quando eu voltar a ser criança, Como amar uma criança* e *O direito da criança ao respeito*.

O direito da criança ao respeito

❝ Nada mais falso que a opinião de que a gentileza torna as crianças insolentes e a doçura leva inevitalmente à desordem e insubordinação.

Mas, pelo amor de Deus, não chamemos de bondade a nossa negligência, nem nossa inabilidade nutrida de asneiras. Entre os educadores, além dos 'espertos', de maneiras rudes e misantropas, encontramos os mandriões que ninguém quer, em lugar algum, incapazes de ocupar qualquer posto de responsabilidade.

O educador, às vezes, apela à sedução para ganhar rapidamente e sem custo a confiança das crianças. Em vez de organizar a vida do grupo, o que representaria um trabalho lento e consciente, ele condescende em participar nos jogos delas, nos dias em que se sente disposto. Esta indulgência senhorial está sempre à mercê de qualquer momento de mau humor e só o torna mais ridículo aos olhos das crianças.

Por vezes, muito ambicioso, pensa mudar o homem com a ajuda da persuasão, com palavras moralizantes; acredita que é suficiente comover para obter uma promessa de emenda. Ele acaba irritando e aborrecendo.

E se pensa em se fazer passar, aparentemente benévolo, por aliado, usando palavras hipócritas, a sua perfídia, vinda à luz, só inspirará desgosto. [...]

O conhecimento das crianças seria bem pobre se não o procurasse junto a um camarada ou se não nos escutasse em segredo, atrás das portas, surpreendendo nossas conversações.

Respeito pela sua laboriosa busca do saber!

Respeito por seus reveses e por suas lágrimas!

Uma meia rasgada, um copo quebrado significam ao mesmo tempo um joelho esfolado, um dedo ferido. Cada hematoma, cada contusão são acompanhados de dor.

Uma mancha de tinta no caderno é apenas um pequeno acidente infeliz, mas também um novo revés, um novo sofrimento.

— Quando é o papai que derrama o café, mamãe diz: não é nada; quando sou eu, apanho.

Ainda mal familiarizadas com a dor e a injustiça, elas sofrem e choram mais que nós. Mas nós zombamos de suas lágrimas; elas nos parecem sem gravidade, por vezes nos irritam.

— Chorão, rabugento, berrador!

Eis alguns epítetos encantadores com que enriquecemos o nosso vocabulário para falar das crianças.

Quando ela fica obstinada, faz caprichos, suas lágrimas exprimem sua impotência, *sua revolta*, seu desespero; é o apelo por socorro de um ser desamparado ou privado de liberdade, suportando um constrangimento injusto e cruel. Estas lágrimas são por vezes sintomas de uma doença e, sempre, os de um sofrimento. [...]

Não há muito ainda, o médico, humilde e dócil, dava aos seus doentes xaropes enjoativos e misturas amargas, amarrava-os em caso de febre, multiplicava as sangrias e condenava a morrer de fome aqueles que caíam nestas sombrias antecâmaras do cemitério que eram os hospitais. Solícitos com os ricos, indiferentes com os pobres.

HISTÓRIA DAS IDEIAS PEDAGÓGICAS

Até o dia em que começou a exigir. Este dia ele obteve para as crianças espaço e sol e — vergonha nossa — ordenou, qual um general[22], que deixassem-nas correr e viver aventuras alegres no seio de uma comunidade fraternal onde se discute uma vida mais honesta ao redor de um fogo sob um céu estrelado.

E nós, educadores, qual será o nosso campo de ação, qual será o nosso papel?

Guardiões de paredes e móveis, do silêncio nas áreas, da limpeza das orelhas e do chão, distribuidores de roupas e calçados usados e de uma magra pitança, confiaram-nos a proteção dos privilégios dos adultos e da execução dos caprichos dos diletantes e eis-nos responsáveis por um bando, sendo que se trata somente de impedir que se cause estragos e que perturbe o trabalho e o repouso dos adultos.

Pobre comércio de temores e de desconfiança, lojinha de bugigangas morais, tenda miserável onde se vende uma ciência desnaturada que intimida, confunde e adormece em vez de despertar, animar, alegrar. Representantes da virtude com abatimento, o nosso dever é inculcar a humildade e o respeito nas crianças e enternecer os adultos, lisonjeando seus belos sentimentos. Por um salário de miséria, somos indicados para construir para o mundo um futuro sólido e trapacear dissimulando o fato de que as crianças representam na realidade o número, a força, a vontade e a lei.

O médico arrancou a criança à morte; o nosso dever de educadores é permitir-lhe viver e ganhar o direito de ser uma criança. **”**

> DALLARI, Dalmo de Abreu; KORCZAK, Janusz. *O direito da criança ao respeito*. Tradução: Yan Michalski. São Paulo: Summus, 1986.

Análise e reflexão

1. Analise:

   "Guardiões de paredes e móveis, do silêncio nas áreas, da limpeza das orelhas e do chão, distribuidores de roupas e calçados usados e de uma magra pitança, confiaram-nos a proteção dos privilégios dos adultos e da execução dos caprichos dos diletantes e eis-nos responsáveis por um

---

[22] É, de fato, um general inglês, Robert Stephenson Smyth Baden-Powell (1857–1941), que é o criador do escotismo (N. do T.).

bando, sendo que se trata somente de impedir que se cause estragos e que perturbe o trabalho e o repouso dos adultos."

2. Estabeleça semelhanças entre as ideias de Korczak e as de Maria Montessori.

3. Na sua opinião, quais são as maiores injustiças cometidas contra as crianças?

Gusdorf: a relação mestre-discípulo

Georges Gusdorf (1912–2000), filósofo francês, nasceu em Bordeaux. De 1952 até 1977, foi professor da Universidade de Estrasburgo. Combateu o regime nazista e foi prisioneiro de guerra entre 1940 e 1945. No campo de concentração organizou uma universidade com um pequeno grupo de intelectuais; nesse período também escreveu o livro *A descoberta de si mesmo*. Foi ainda na prisão que elaborou sua tese, defendida em 1948, sobre a "experiência humana do sacrifício".

A principal obra educativa de Gusdorf, *Professores para quê?*, foi escrita em 1963. Nesse livro, ele se pergunta se ainda há lugar para o professor em plena era da televisão e dos meios modernos de comunicação.

Diante de uma instrução de massa, ele termina por reafirmar a relação cotidiana e bipolar de pessoa a pessoa entre mestres e discípulos. Para ele, nenhum meio pedagógico produzirá a comunicação se entre professor e aluno não existir a igualdade de condições e reciprocidade que caracterizam o diálogo. Mestres e discípulos estão sempre em busca da verdade, e é desta relação com a verdade que nasce a autoridade do mestre: denuncia as universidades modernas porque se perdem na preocupação quantitativa da eficiência e da especialização.

De acordo com Georges Gusdorf, a pedagogia fundamenta-se na *antropologia*: o homem precisa da educação porque ele é essencialmente inacabado. Ele valoriza na antropologia o estudo do *mito* e da *linguagem*: o homem se diferencia do animal porque fala.

Principais obras: *A palavra, A Universidade em questão* e *Professores para quê?*

Professores para quê?

" A mestria começa para lá da pedagogia. A mestria supõe uma pedagogia da pedagogia.

Uma pedagogia bem ordenada começa por si mesma. Mas a culpa de um pedagogo de tipo usual reside em não duvidar de si mesmo. Detentor da verdade, propõe-se apenas impô-la aos outros pelas técnicas mais eficazes. Falta-lhe ter tomado consciência de si, ter feito a prova da sua própria relatividade perante a verdade e de se ter posto a si mesmo em causa.

O mestre é aquele que ultrapassou a concepção de uma verdade como fórmula universal, solução e resolução do ser humano, para se elevar à ideia de *uma verdade como procura*. O mestre não possui a verdade e não admite que alguém possa possuir. Faz-lhe horror o espírito de proprietário do pedagogo, e a sua segurança na vida. [...]

O obscurantismo pedagógico procura asilo e refúgio na tecnicidade. Ele aborda os problemas do ensino através da particularidade das faculdades humanas, propondo-se educar a atenção, a memória, a imaginação, ou pela descrição das especialidades didáticas, propondo-se então a tarefa de facilitar a aprendizagem do cálculo, do latim ou da ortografia. O pedagogo transforma a sua classe numa oficina que trabalha com vista a um rendimento; ele mantém a sua boa consciência à custa de gráficos e de estatísticas sabiamente dosadas e cheias de promessas. No seu universo milimetrado, faz figura aos seus próprios olhos de feiticeiro laico e obrigatório, manipulador de inteligência sem rosto.

O mestre autêntico é aquele que nunca esquece, qualquer que seja a especialidade ensinada, que é da verdade que se trata. Há programas, bem entendido, e atividades especializadas. É mister, tanto quanto é possível, respeitar os programas. Mas as verdades particulares repartidas através dos programas não são senão aplicações e figurações de uma verdade de conjunto, que é uma verdade humana, a verdade do homem para o homem.

A cultura não é outra coisa senão a tomada de consciência, por cada indivíduo, dessa verdade que fará dele um homem. O pedagogo assegura o melhor possível ensinamentos diversos; reparte conhecimentos. O mestre quer ser antes de tudo iniciador da cultura. A verdade é para cada um o sentido da sua situação. A partir da sua própria situação em relação à verdade o mestre tenta despertar os seus alunos para a consciência da verdade particular de cada um. [...]

A consciência filosófica é consciência da consciência. Ela libera-se perpetuamente mediante o distanciamento da reflexão. O filósofo estabelece uma perspectiva em relação ao pensamento dos outros, em relação ao seu próprio pensamento e à sua própria vida. Ele procura as vistas panorâmicas, porque a filosofia esboça uma teoria dos conjuntos humanos. E mesmo se a tentativa está condenada ao malogro, se há que retomá-la sempre segundo a renovação dos conhecimentos e das épocas, o filósofo, ao menos, continua a ser o mantenedor de uma exigência permanente e infatigável, na qual se afirma a honra do espírito humano.

Nos bancos da classe de filosofia, o adolescente, bem entendido, pode apenas pressentir essa revelação que se lhe oferece pela pessoa interposta do professor. Mas mesmo para aquele que em breve o há de esquecer, é salutar ter crido, por um momento que fosse, na eminente dignidade, na soberania do pensamento. Daí a importância decisiva desse espaço da filosofia escolar, a classe nua e feia do liceu napoleônico, com um quadro negro como único ornamento. [...]

Antes de correr para o dinheiro, para a técnica, para o poder, antes de se fechar para sempre no escritório, na fábrica ou no laboratório, o jovem espírito deteve-se um momento no bosque sagrado, caro às Musas. Lugar de utopia, lugar de encantos austeros; mas é nesse lugar que será proferida para ele, no ócio, a palavra decisiva: 'Lembra-te de seres homem'; isto é: 'cuida de seres tu próprio; está atento à verdade'.

Eis por que o professor de filosofia, entre todos os professores, é o que tem mais possibilidades de ser um mestre. A cada um dos seus alunos ensina ele a presença ao presente, a presença a si mesmo. Ele não aparece como um poço de ciência; a sua personagem não é a de um erudito. A classe vê nele um centro de referência e uma origem de valor; é em relação a ele que cada um é chamado a situar-se no seio de um diálogo a um tempo grave e cordial. O professor de filosofia não possui a eficácia ritual do padre; não se beneficia do poder sacramental nem da encenação litúrgica. Ele é, no entanto, o operador de uma experiência iniciática. Graças a ele o espírito dirige-se ao espírito sem qualquer poder senão o do espírito.

Não há mestre. E os mestres menos autênticos são decerto aqueles que, do alto de uma autoridade emprestada, se apresentam como mestres, tentando abusar da confiança de outrem e logrando-se sobretudo a si mesmos. E por certo que é duro renunciar à mestria, é mais duro ainda cessar de crer na mestria dos outros do que abandonar as suas próprias pretensões. A liberdade humana é uma liberdade que se procura e que só irremediavelmente se perde quando se julga tê-la encontrado. Mas aquele que renunciou a descobrir a mestria na terra dos homens, esse pode um dia encontrá-la viva e a acenar-lhe, na volta do caminho, sob o disfarce mais imprevisto. **"**

GUSDORF, Georges. *Professores para quê? Para uma pedagogia da pedagogia.* Tradução: João Bénard da Costa; António Ramos Rosa. Lisboa: Moraes, 1970.

Análise e reflexão

1. Por que Gusdorf diferencia o "professor" do "mestre"?

2. "Mas a culpa de um pedagogo de tipo usual reside em não duvidar de si mesmo. Detentor da verdade, propõe-se apenas impô-la aos outros pelas técnicas mais eficazes."

   Analise essas afirmações de Gusdorf.

3. Destaque um trecho do texto que melhor fale sobre a importância da relação professor-aluno e justifique a sua escolha.

Pantillon: as tarefas da filosofia da educação

Claude Pantillon (1938–1980) nasceu na Suíça, em 1938. Depois de ter obtido seu bacharelado na Sorbonne (1956), prosseguiu seus estudos em Paris, onde teve a chance de acompanhar os grandes mestres do momento: Piaget, Deleuze, Gaston e Suzanne Bachelard e Ricoeur.

Licenciou-se em Psicologia, Filosofia e Sociologia, sob a orientação de Paul Ricoeur. Desde 1961, instalou-se em Genebra, onde repartiu seu tempo entre o magistério na universidade e o Centro de Epistemologia Genética.

Em 1974, criou o Centro de Filosofia da Educação, com o seu assistente Moacir Gadotti, antes de tudo, lugar de encontros, de abertura, de reflexões fundamentais sobre educação e novos questionamentos. Pantillon dirigiu, com seu entusiasmo e sua energia, o Centro, até sua morte, em 7 de fevereiro de 1980.

Principais obras: *Une philosophie de l'éducation: pour quoi faire?* e *Changer l'éducation.*

As tarefas de uma filosofia de educação

" 1) A filosofia deve *estabelecer um diálogo* com a educação atual, seja para reencontrá-la, questioná-la, fecundá-la ou interpenetrar-se com ela. Para que este diálogo necessário seja realmente estabelecido, a filosofia deve formar-se e informar-se, estudando o mundo da educação e prestando toda a atenção que exigem suas múltiplas manifestações.

2) Mas seria ilusório, ingênuo e desastroso exigir do filósofo que abstraísse a si próprio neste diálogo, as suas preocupações e os seus interesses; que abstraísse as questões e os pressupostos com os quais trabalha e que orientam seus estudos. Evidentemente, todos estes pontos não podem — nem devem — ser eliminados do diálogo com a Educação.

Ao tratar desse diálogo, discutimos nós mesmos, nosso ser, nossa presença na vida e no mundo, nossa relação com o outro e o nosso futuro. E como e por que o filósofo poderia deixar a si próprio fora desse debate; colocar sua história e sua existência entre parênteses? A escuta atenta, paciente, respeitosa, que quer se deixar instruir pela coisa e que simpatiza com ela, não exclui a subjetividade do estudioso.

O que se exige do filósofo, portanto, é que ele explicite, elabore e aprofunde seus pressupostos e interrogações, interesses, aceitando retificá-los em contato com o real e à luz do diálogo. Cavaleiro da interrogação crítica, aventureiro da existência, o filósofo deve estar pronto a questionar a si próprio e trilhar o caminho do debate. A especificidade do diálogo da filosofia com a educação reside precisamente nesta participação consciente e nesta qualidade de engajamento existencial.

3) Dialogar com a educação também significa, portanto, *debater com ela*. Espera-se do questionamento filosófico que seja radical, vital e total. Sendo radical, ele visa a raiz, os fundamentos. Trata-se de resgatar a essência da educação, além de questionar seu sentido, seu valor, suas condições e possibilidades e seus limites. O que é a educação; quem é o homem que ela falha em educar? Mas também o que é para o homem viver, ser e 'fazer' bem? [...]

4) Concretamente, esse debate com a educação poderá assumir diversas formas particulares, que dependerão das circunstâncias e dos aspectos do ato pedagógico estudado. Seja o questionamento sobre as finalidades da educação (ensino público, educação permanente, formação de adultos, reformas e inovações escolares); seja a atualização e o exame crítico da compreensão do homem e da sociedade subjacente aos sistemas educacionais, às concepções, correntes e doutrinas pedagógicas; seja o estudo dos limites e possibilidades, do valor das contribuições aportadas pelas ciências da educação; seja por fim o exame específico de problemas atuais como o

da autoridade, da relação professor/aluno, da pedagogia institucional, da ideologia etc.

5) Mas será que isso quer dizer que o trabalho dos filósofos contemporâneos e os recursos oferecidos pela tradição filosófica devam ser postos à margem do diálogo? Claro que não, desde que sejam colocados a serviço da problemática educacional, articulem-se com ela, a esclareçam, enriqueçam e renovem. Lutemos para abolir as fronteiras, estabelecer pontos de contato, favorecendo a troca recíproca.

6) O ponto fundamental é, portanto, iniciar um debate crítico com a educação, mas também — e sobretudo — pesquisar a questão educacional. O que é a educação; o que significa educar? Mais e melhor que um balanço a ser efetuado, que uma discussão a ser suscitada, trata-se de uma aventura a ser vivida, inventada. Espero que a filosofia da educação se prenda a estas questões centrais, respeitando-as e mantendo assim nossos espíritos em alerta. Que ela nos relembre que, no final das contas, trata-se para cada um de nós de nosso próprio progresso, de nossa própria educação. Dessa forma, poderemos alcançar um entendimento cada vez mais profundo, mais completo e mais ativo do que somos; através de um conhecimento mais exato e de sua consciência mais aguda da vida, de suas leis, possibilidades e riquezas. **"**

> PANTILLON, Claude. *Une philosophie de l'éducation*: pour quoi faire? Lausanne: L'Âge d'Homme, 1981. p. 53–55.

Análise e reflexão

1. De acordo com Pantillon, é possível a um filósofo deixar de colocar suas expectativas subjetivas no debate sobre a educação? Por quê?

2. Relacione alguns dos pontos abordados pelo autor que poderão ser objeto de exame e debate a respeito da educação.

3. Pantillon afirma que através da educação poderemos alcançar um entendimento cada vez mais profundo, mais completo e mais ativo de nós mesmos. Você concorda com essa ideia? Por quê?

Capítulo 12

O pensamento pedagógico antiautoritário

A crítica à Escola Tradicional efetuada pelo movimento da Escola Nova e o pensamento pedagógico existencial culminaram com a pedagogia antiautoritária. Essa crítica partiu tanto dos liberais quanto dos marxistas, que afirmavam a liberdade como princípio e objetivo da educação.

O movimento antiautoritário teve em Sigmund Freud (1856–1939) um de seus inspiradores. Embora ele não possa ser considerado um pedagogo, teve grande influência na educação. O pai da *psicanálise*, ao descobrir o fenômeno da transferência, importante para a relação professor-aluno, e ao evidenciar a prática repressiva da sociedade e da escola em relação à sexualidade, influenciou progressivamente a mentalidade dos educadores.

Freud acreditava que muitos desajustes dos adultos tivessem suas origens nos conflitos e nas frustrações infantis. Essa ênfase sobre a sexualidade infantil foi uma das afirmações mais discutidas no início da psicanálise.

A educação, segundo Freud, representa um processo, cuja intenção coletiva é "modelar" as crianças de acordo com os valores dos que "vão morrer" (os mais velhos): é a "pulsão de morte", *thanatos*, frente ao *princípio do prazer*. Dessa forma, a educação obriga a criança a renunciar a impulsos e tendências naturais, acomodando o desenvolvimento do seu *ego*, interior, às exigências morais e culturais do *superego*, exterior e repressivo. A *psicanálise* sugere uma prática educativa não repressiva e respeitadora da criança.

Baseado em Freud, o educador francês Gérard Mendel desenvolveu numerosos estudos sobre a autoridade e seus mecanismos de imposição, principalmente a autoridade paterna. Ele propôs a abertura da escola para a política e, desde cedo, a tomada local de poder pelos jovens nas instituições, a fim de superar o autoritarismo institucional.

O educador espanhol Francisco Ferrer Guardia (1859–1909), fundador da Escola Moderna, racionalista e libertária, foi o mais destacado crítico da Escola Tradicional, apoiando-se no pensamento iluminista.

Ferrer foi criado em um ambiente católico e conservador; seus familiares eram estreitamente ligados à monarquia, mas ele rebelou-se contra tudo isso. Como exilado político, em Paris, aproximou-se das ideias de libertação e racionalismo pedagógico, que em toda a Europa se contrapunham à educação tradicional, reacionária e clerical.

Ferrer foi um revolucionário que acreditava no valor da educação como remédio para os males da sociedade. Considerava-se um professor que amava as crianças e queria prepará-las para, com liberdade de pensamento e ação, enfrentar uma nova era. Na Espanha conservadora, ele defendia a coeducação, não fazendo distinção entre sexos ou classes sociais. Argumentava que dessa forma ajudaria a nova geração a criar uma sociedade mais justa. Para materializar sua pedagogia racional e científica, ele necessitava de um corpo docente adequado. Daí a criação de uma "escola de professor", a Escola Normal Racionalista, definida a seguir pelo próprio Ferrer:

> **❝**o que tenciono fazer está tão longe do que se fez até aqui que, se não existem métodos aceitáveis, vamos criá-los. Nesta escola não será preciso glorificar nem Deus, nem Pátria, nem nada... O nome que darei ao estabelecimento será: 'A escola emancipadora do século XX'**❞**[23].

A principal obra do pedagogo espanhol é *La escuela moderna*. Para ele, a *ignorância* e o *erro* estão na base das diferenças e dos antagonismos de classe. Para emancipar um indivíduo, seria necessário inculcar-lhe, desde a infância, o afã de conhecer a origem da injustiça social para que, com seu conhecimento, possa combatê-la. A razão natural e a ciência dariam lugar à liberdade, à fraternidade e à solidariedade entre os homens.

Segundo ele, porém, a única via para resolver os problemas da sociedade seria a revolução. A educação, para contribuir para a revolução, deveria *formar homens livres* que saberiam como agir na sociedade. Para isso, a escola deveria abolir todo instrumento de coerção e repressão. A tarefa da

---

[23]   FERRER GUARDIA, F. *La escuela moderna*. Barcelona: Tusquets, 1976.

educação seria preparar os futuros revolucionários; a ação política e social seria mediada pela ação pedagógica.

De acordo com Ferrer, existiriam uma *disciplina artificial*, baseada num autoritarismo cego, e uma *disciplina natural*, que não se utiliza de sanções arbitrárias. A rebeldia seria a única reação possível à injustiça. A escola não poderia inculcar a rebeldia, mas, sim, preparar homens rebeldes que pudessem participar do patrimônio construído pela humanidade.

A Escola Normal Racionalista foi fechada pelo governo conservador da Espanha após um ex-bibliotecário da escola lançar uma bomba contra o carro do rei da Espanha. Por isso, Ferrer foi condenado à morte em 1909, após uma solicitação da Igreja Católica.

Outra experiência de Escola Livre foi a de Summerhill, na Inglaterra, levada à frente por Alexander S. Neill (1883–1973). Nascido na Escócia, Alexander Neill trabalhou inicialmente em escolas públicas como professor e diretor. Passou algum tempo na Alemanha, onde fundou a Escola Internacional Hellerau. De volta à Grã-Bretanha, fundou uma escola experimental, o internato Summerhill, em 1921, que dirigiu até sua morte.

Com base na doutrina de Rousseau, que fundiu com teses de Sigmund Freud e Wilhelm Reich, Neill se propôs a realizar o postulado de uma educação sem violência. Afinal, para Rousseau, e também na opinião do educador escocês, o ser humano recém-nascido é bom em essência. Se ele puder crescer em plena liberdade, sem uma direção autoritária, sem influência moral e religiosa, sem ameaças e sem coação, só conhecendo como limite o direito e a liberdade do outro, aí a criança se transformará em um adulto feliz e, consequentemente, bom. Segundo Neill, "a religião diz: sê bom e serás feliz. Mas o inverso é mais certo: sê feliz e serás bom"[24].

A obra de A. S. Neill começou a ser divulgada no Brasil a partir de 1963 pela Editora Ibrasa, que lançou os livros *Liberdade sem medo, Liberdade sem excesso, Liberdade no lar, Liberdade na escola, Liberdade de escola, Amor e juventude* e alguns outros títulos.

Neill confiava na natureza da criança, no autogoverno, na autorregulação do ensino-aprendizagem: segundo ele, a dinâmica interna da liberdade é capaz por si mesma de conduzir a vida e a experiência até das mais ricas e variadas formas de vivência. A missão do professor consistiria, então, em *estimular o pensamento*, e não injetar doutrinas.

---

[24] MÄRZ, Fritz. *Grandes educadores*. São Paulo, E.P.U., 1987.

O objetivo da educação seria que a criança viva a sua vida e não a do adulto; que trabalhe alegre e positivamente, anulando o subconsciente adquirido da família. A escola deveria *desafiar o poder*, o ódio e a moral. A criança deve fazer tudo o que quiser. Mas o querer tem que ser regulado pelas decisões tomadas coletivamente em assembleias, onde são estabelecidos horários, normas, conteúdos etc.

A. S. Neill nunca chegou a desenvolver um sistema formal a respeito dos objetivos e métodos da educação. O princípio básico de seu trabalho é a liberdade interior, individual. Sustentava que as crianças devem ser livres internamente, livres do medo, da hipocrisia, do ódio e da intolerância.

Já o educador Carl R. Rogers (1902–1987), pai da não diretividade, foi, antes de mais nada, um terapeuta. Segundo ele, o clima psicológico de liberdade favorecia o pleno desenvolvimento do indivíduo. Ele valorizava a *empatia*, a *autenticidade*. Todo o processo educativo deveria, então, *centrar-se na criança*, não no professor, nem no conteúdo pragmático.

Para Rogers, os princípios básicos do ensino e da aprendizagem são: confiança nas potencialidades humanas, pertinência do assunto a ser aprendido ou ensinado, aprendizagem participativa, autoavaliação e autocrítica, aprendizagem da própria aprendizagem.

A aprendizagem seria tanto mais profunda quanto mais importante para a totalidade da pessoa que se educa: não podemos ensinar a outra pessoa diretamente: só facilitar seu aprendizado. Daí a importância das relações pessoais, da afetividade e do amor. Rogers atribui grande importância ao educador como um *facilitador da aprendizagem*: ele deveria criar o clima inicial, comunicar confiança, esclarecer, motivar, com congruência e autenticidade. Ele chamava isso de "compreensão empática". Segundo Rogers, o objetivo da educação seria ajudar os alunos a converter-se em indivíduos capazes de ter iniciativa própria para a ação, responsáveis por suas ações, que trabalhassem não para obter a aprovação dos demais, mas para atingir seus próprios objetivos.

Rogers polemizou muito com outro psicólogo norte-americano, Burrhus Frederic Skinner. Sobre as teorias de B. F. Skinner — conhecidas como comportamentalistas — Rogers disse que eram excelentes para o conhecimento de ratos e de macacos, mas não de pessoas. Skinner, por sua vez, dizia que Rogers e sua psicologia humanista eram um "brilhante equívoco".

A valorização do trabalho manual entrou definitivamente na prática e na teoria da educação com o professor francês Célestin Freinet (1896–1966).

Ele centrava a educação no trabalho, na expressão livre, na pesquisa. O estudo do meio, o texto livre, a imprensa na escola, a correspondência interescolar, o fichário escolar cooperativo e a biblioteca de trabalho são algumas das técnicas que empregava. Freinet distingue-se de outros educadores da Escola Nova por dar ao trabalho um sentido histórico, inserindo-o na luta de classes: "Chamo exclusivamente de trabalho", afirmava ele, "a essa atividade que se sente tão intimamente ligada ao ser que se transforma em uma espécie de função, cujo exercício tem por si mesmo sua própria satisfação, inclusive se requer fadiga e sofrimento"[25]. A necessidade do trabalho seria a necessidade orgânica de utilizar o potencial de vida numa atividade ao mesmo tempo individual e social:

" Na medida em que organizarmos o trabalho, teremos resolvido os principais problemas de ordem e disciplina; não de uma ordem e uma disciplina formal e superficial, que não se mantém senão por um sistema de sanções, previsto como uma camisa de força que pesa tanto a quem recebe como ao mestre que a impõe... A preocupação com a disciplina está em razão inversa com a perfeição na organização do trabalho e no interesse dinâmico e ativo dos alunos. **"** [26]

Para ele,

" a escola popular do futuro seria a escola do trabalho. O feudalismo teve sua escola feudal; a Igreja manteve uma educação a seu serviço; o capitalismo engendrou uma escola bastarda com sua verborreia humanista, que disfarça sua timidez social e imobilidade técnica. Quando o povo chegar ao poder, terá sua escola e sua pedagogia. Seu acesso já começou. Não esperemos mais para adaptar nossa educação ao novo mundo que está nascendo **"** [27].

O novo papel do mestre exigiria que o mesmo fosse preparado para, individual e cooperativamente, em colaboração com os alunos, aperfeiçoar a organização material e a vida comunitária de sua escola; permitir que cada um se entregue ao trabalho-jogo que responda ao máximo às suas

---

[25] FREINET, C. *A educação pelo trabalho.* Lisboa: Editorial Presença, [197-]. v. II, p. 292.

[26] *Ibid.*, p. 292.

[27] *Ibid.*, p. 292

necessidades e tendências vitais. O professor teria que ser formado para dedicar-se menos ao ensino e mais a deixar viver, a organizar o trabalho, a não obstaculizar o impulso vital da criança. Trata-se de um papel essencialmente antiautoritário dar à criança consciência de sua força e convertê-la em autora de seu próprio futuro em meio à grande ação coletiva.

Ao lado de Freinet, outro pensador marca o pensamento antiautoritário: o francês Henri Wallon (1879–1962). Ele afirmava que o meio vital e primordial da criança é, mais que o meio físico, o meio social. Fora desse meio social, o desenvolvimento normal é impossível. Para ele, cada etapa do desenvolvimento é caracterizada por uma *atividade preponderante*, ou conflito específico que a criança deve resolver. Estas atividades preponderantes são alternantes. As alternâncias funcionais suscitam sempre um novo estado que se converte em ponto de partida de um novo ciclo. Isto implica que o desenvolvimento da criança é intercalado por crises e conflitos. As crises evolutivas são verdadeiras reestruturações da conduta infantil, posto que não são lineares nem uniformes; o desenvolvimento se dá de forma descontínua.

A integração funcional é a mais completa e frágil das funções psíquicas. Como síntese dos processos de diferenciação e agrupamento, o eu integra as atividades mais primitivas com as mais recentes, atuando como um circuito interno e dinâmico, evoluindo para a síntese.

Wallon outorga uma importância fundamental à formação do professor. Desde o momento em que deve adaptar-se à natureza e ao desenvolvimento da criança, o ensino se converte em psicologia, o que implica necessidade de dar ao professor uma ampla cultura psicológica e uma atitude experimental que lhe permitam tirar lições das experiências pedagógicas que ele mesmo realize.

Michel Lobrot (1924–2019), outro educador francês, fez uma crítica nitidamente política à burocracia e ao funcionamento burocrático da instituição educativa. Sua proposta de uma autogestão pedagógica seria uma preparação para a autogestão política. A autogestão deveria ocorrer em todas as brechas do sistema social, de forma a criar ilhas de ação antiburocrática que modificariam o equilíbrio social até a completa autogestão das instituições.

Ao colocar o problema da autoridade na educação — as relações entre a liberdade e a coerção —, Lobrot acredita que apenas a escola pode tornar as pessoas menos dependentes. Seu objetivo seria desencadear, a partir de um grupo professor-aluno e no perímetro da sala de aula, um processo de transformação da instituição escolar, e, daí, um processo de transformação da própria sociedade.

Freinet: educação pelo trabalho e pedagogia do bom senso

Célestin Freinet (1896–1966) nasceu na França e foi um dos educadores que mais marcaram a escola fundamental de seu país no século XX. Atualmente, suas ideias são estudadas em várias partes do mundo, da pré-escola à universidade.

Freinet lutou na Primeira Guerra Mundial e foi ferido na altura do pulmão, o que lhe trouxe sérias consequências. Falava baixo e cansava-se logo. Esse problema levou-o a buscar novos modos de se relacionar com os alunos e de conduzir o trabalho na escola. Ele afirmava a existência de uma dependência entre a escola e o meio social, de forma a concluir que não existe uma educação ideal, só uma educação de classes. Daí sua opção pela classe trabalhadora e a necessidade de tentar uma experiência renovadora do ensino.

Em seu livro *A educação pelo trabalho*, sua principal obra, Freinet apresentou um confronto entre a Escola Tradicional e a escola proposta por ele, onde o trabalho teria posição central, inclusive como método pedagógico.

As invariantes pedagógicas

❝ Invariantes pedagógicas são princípios pedagógicos que não variam seja qual for o povo que os aplica e consistem em testes para serem respondidos pelos professores de modo que estes possam ter um parâmetro para sua prática pedagógica, percebendo sua evolução ao longo do ano escolar. [...]

13ª invariante: As aquisições não são obtidas pelo estudo de regras e leis, como às vezes se crê, mas sim pela experiência. Estudar primeiro regras e leis é colocar o carro à frente dos bois.

14ª invariante: A inteligência não é uma faculdade específica, que funciona como um circuito fechado, independentemente dos demais elementos vitais do indivíduo, como ensina a escolástica.

15ª invariante: A escola cultiva apenas uma forma abstrata de inteligência, que atua fora da realidade viva, fixada na memória por meio de palavras e ideias.

16ª invariante: A criança não gosta de receber lições *ex-cathedra*.

17ª invariante: A criança não se cansa de um trabalho funcional, ou seja, que atende os rumos de sua vida.

18ª invariante: A criança e o adulto não gostam de ser controlados e receber sanções. Isso caracteriza uma ofensa à dignidade humana, sobretudo se exercida publicamente.

19ª invariante: As notas e classificações constituem sempre um erro.

20ª invariante: Fale o menos possível.

21ª invariante: A criança não gosta de sujeitar-se a um trabalho em rebanho. Ela prefere o trabalho individual ou de equipe numa comunidade cooperativa.

22ª invariante: A ordem e a disciplina são necessárias na aula.

23ª invariante: Os castigos são sempre um erro. São humilhantes, não conduzem ao fim desejado e não passam de um paliativo.

24ª invariante: A nova vida da escola supõe a cooperação escolar, isto é, a gestão da vida e do trabalho escolar pelos que a praticam, incluindo o educador.

25ª invariante: A sobrecarga das classes constitui sempre um erro pedagógico.

26ª invariante: A concepção atual dos grandes conjuntos escolares conduz professores e alunos ao anonimato, o que é sempre um erro e cria sérias barreiras.

27ª invariante: A democracia de amanhã prepara-se pela democracia na escola. Um regime autoritário na escola não seria capaz de formar cidadãos democratas.

28ª invariante: Uma das principais condições de renovação da escola é o respeito à criança e, por sua vez, a criança ter respeito aos seus professores; só assim é possível educar dentro da dignidade.

29ª invariante: A reação social e política, que manifesta uma reação pedagógica, é uma oposição com a qual temos que contar, sem que se possa evitá-la ou modificá-la.

30ª invariante: É preciso ter esperança otimista na vida. **"**

SAMPAIO, Rosa Maria Whitaker Ferreira. *Freinet*: evolução histórica e atualidades. São Paulo: Scipione, 1989.

Análise e reflexão

1. Faça um resumo das ideias que caracterizam o pensamento pedagógico antiautoritário.

2. De acordo com Freinet, o trabalho deve ter uma posição central na escola. Você concorda com ele? Explique.

3. Leia com atenção as seguintes invariantes pedagógicas:

   "22ª: A ordem e a disciplina são necessárias na aula.

   23ª: Os castigos são sempre um erro. São humilhantes, não conduzem ao fim desejado e não passam de um paliativo."

   Você considera essas duas invariantes contraditórias? Por quê?

Rogers: a educação centrada no estudante

Carl Ransom Rogers (1902–1987), psicólogo norte-americano, formou-se na Universidade de Columbia (Nova York), onde se especializou em problemas infantis. De 1935 a 1940, Rogers lecionou na Universidade de Rochester; baseado em sua experiência, escreveu *O tratamento clínico da criança-problema*. Já então considerava desejável que o próprio paciente dirigisse o processo terapêutico.

Essa abordagem revolucionária e polêmica foi desenvolvida no livro *Aconselhamento e psicoterapia* (1942). Como professor de psicologia na Universidade de Chicago, pôs em prática suas ideias, cujos resultados foram avaliados no livro *Psicoterapia e alteração na personalidade* (1945). Finalmente, em *Terapia centrada no cliente* (1951), Carl Rogers fez uma exposição geral do seu método não diretivo, bem como de suas aplicações à educação e a outros campos. De 1962 até a sua morte, atuou no Centro para Estudos da Pessoa, em La Jolla (EUA).

Para Rogers, o aconselhamento tem como finalidade a eliminação da inconsciência entre o autoconceito e a experiência pessoal — raiz das dificuldades psicológicas do ser humano. Isso facilita o amadurecimento emocional, a aquisição da autonomia e as possibilidades de autorrealização. O desempenho do conselheiro consistiria então na aceitação autêntica e na clarificação das vivências emocionais expressas pelo paciente. Logo, ele deve criar no curso da entrevista uma atmosfera propícia para que o próprio paciente escolha os seus objetivos. O uso dos testes psicológicos e a elaboração de diagnóstico se tornariam irrelevantes. Rogers também transporia para a educação a sua concepção terapêutica.

Principais obras: *Tornar-se pessoa* e *De pessoa a pessoa*.

Qualidades que facilitam a aprendizagem

66 Quais são essas qualidades, essas atitudes, que facilitam a aprendizagem? Vamos descrevê-las, muito brevemente, com ilustrações tiradas do campo de ensino.

1ª. Autenticidade do facilitador de aprendizagem

Talvez a mais básica dessas atitudes essenciais seja a condição de autenticidade. Quando o facilitador é uma pessoa real, se se apresenta tal como é, entra em relação com o aprendiz, sem ostentar certa aparência ou fachada, tem muito mais probabilidade de ser eficiente. Isto significa que os sentimentos que experimenta estão a seu alcance, estão disponíveis ao seu conhecimento, que ele é capaz de vivê-los, de fazer deles algo de si, e, eventualmente, de comunicá-los. Significa que se encaminha para um encontro pessoal direto com o aprendiz, encontrando-se com ele na base de pessoa a pessoa. Significa que está sendo ele próprio, que não se está negando.

Considerando esse ponto de vista, sugere-se que o professor pode ser uma pessoa real, nos contatos com seus alunos. Será entusiasta ou entediado, interessado nos alunos ou irritado, será receptivo e simpático. Se aceita tais sentimentos como seus, não precisa impô-los aos alunos. Pode gostar ou não do trabalho do estudante, sem que isso implique ser, objetivamente, bom ou mau professor, ou que o estudante seja bom ou mau. Simplesmente diz o que pensa do trabalho, sentimento que existe no seu interior. E, assim, para seus alunos, uma pessoa, não a corporificação, sem feições reconhecíveis, de uma exigência curricular, ou o canal estéril através do qual o conhecimento passa de uma geração à outra.

É óbvio que essa postura atitudinal, eficaz em psicoterapia, se contrasta, nitidamente, com a tendência da maioria dos professores de se mostrarem aos seus alunos simplesmente como quem exerce uma função. É usual, entre professores, mascararem-se, até conscientemente, adotarem o papel, a fachada de quem se faz de professor, e usarem o disfarce todo o dia, só o tirando à tardinha, quando saem da escola.

2ª. Apreço, aceitação, confiança

Há outra atitude a realçar nos que empreendem, com êxito, a facilitação da aprendizagem. Observei-a. Experimentei-a. Como, porém, é difícil saber que termo a designa, usarei diversos. Penso não como apreço ao aprendiz, a seus sentimentos, suas opiniões, sua pessoa. É um interessar-se pelo aprendiz, mas um interesse não possessivo. É a aceitação de um outro indivíduo, como pessoa separada, cujo valor próprio é um direito seu. É uma confiança básica — a convicção de que essa outra pessoa é fundamentalmente merecedora de crédito. Designada como apreço, aceitação, confiança, ou algum outro termo, essa atitude se manifesta de vários modos observáveis. O facilitador que a possui em grau elevado pode aceitar, inteiramente, o temor e a hesitação do aluno, quando este se acerca de um novo problema, tanto quanto a sua satisfação ao ter êxito. Tal professor pode aceitar a ocasional apatia do estudante, suas aspirações caprichosas de atingir, por atalhos, o conhecimento, tanto quanto os seus disciplinados esforços de realizar os mais altos objetivos. Pode aceitar sentimentos pessoais que, a um tempo, perturbam ou promovem a aprendizagem — rivalidade com um companheiro, aversão à autoridade, interesse por sua própria adaptação. O que estamos descrevendo é o apreço pelo aprendiz como ser humano imperfeito, dotado de muitos sentimentos, muitas potencialidades. O apreço ou aceitação do facilitador em relação ao aprendiz é uma expressão operacional da sua essencial confiança e crédito na capacidade do homem como ser vivo.

3ª. Alguns princípios de aprendizagem

1. Os seres humanos têm natural potencialidade de aprender.

2. A aprendizagem significativa verifica-se quando o estudante percebe que a matéria a estudar se relaciona com os seus próprios objetivos.

3. A aprendizagem que envolve mudança na organização de cada um — na percepção de si mesmo — é ameaçadora e tende a suscitar reações.

4. As aprendizagens que ameaçam o próprio ser são mais facilmente percebidas e assimiladas quando as ameaças externas se reduzem a um mínimo.

5. Quando é fraca a ameaça ao 'eu' pode-se perceber a experiência sob formas diversas, e a aprendizagem ser levada a efeito.

6. É por meio de atos que se adquire aprendizagem mais significativa.

7. A aprendizagem é facilitada quando o aluno participa responsavelmente do seu processo.

8. A aprendizagem autoiniciada que envolve toda a pessoa do aprendiz — seus sentimentos tanto quanto sua inteligência — é a mais durável e impregnante.

9. A independência, a criatividade e a autoconfiança são facilitadas quando a autocrítica e a autoapreciação são básicas e a avaliação feita por outros tem importância secundária.

10. A aprendizagem socialmente mais útil, no mundo moderno, é a do próprio processo de aprendizagem, uma contínua abertura à experiência e à incorporação, dentro de si mesmo, do processo de mudança. **"**

ROGERS, Carl. *Liberdade para aprender.* Belo Horizonte: Interlivros, 1978.

Análise e reflexão

1. Explique e exemplifique algumas qualidades que facilitam a aprendizagem, de acordo com Rogers.

2. Rogers utiliza ora o termo "facilitador", ora o termo "professor", para designar o mesmo profissional. Com base no texto, explique a semelhança de significado entre os dois termos.

3. "A aprendizagem que envolve mudança na organização de cada um — na percepção de si mesmo — é ameaçadora e tende a suscitar reações." Analise o impacto que esta afirmação teria sobre a linha de raciocínio de um professor "tradicional".

Lobrot: pedagogia institucional e autogestão pedagógica

Pedagogo francês, discípulo de Célestin Freinet, e influenciado pelas teorias psicanalíticas de Freud, lecionou em Vincennes e na Universidade de Genebra. Lobrot propunha a "autogestão política", terapêutica social e, como diz o título de um de seus livros, uma "pedagogia institucional" para modificar as instituições pedagógicas existentes. Essa atitude permitiria alterar as mentalidades, tornando-as abertas e autônomas, para, a seguir, modificar as instituições da sociedade. Assim, a pedagogia institucional proposta por Lobrot tem um objetivo político claro, na medida em que entende a autogestão pedagógica como preparação para a autogestão política.

Para Michel Lobrot, o professor é um consultor, a serviço do grupo, sobre questões de método, organização ou conteúdo: o professor renuncia ao exercício de sua autoridade, ao poder, à palavra, e se limita a oferecer seus serviços, sua capacidade e seus conhecimentos aos membros do grupo. Sua intervenção se situa em três níveis:

a) Como monitor do grupo de diagnóstico: ajuda o grupo a desenvolver-se como tal; auxilia o desenvolvimento de um clima grupal em que seja possível aprender, auxilia a superar os obstáculos para aprender que eles estão enraizados no indivíduo e na situação grupal; ajuda o coletivo a descobrir e utilizar os diferentes métodos de pesquisa, ação, observação e *feedback*;

b) Como técnico de organização;

c) Como pesquisador que possui conhecimento e tem a capacidade de comunicá-lo.

A tarefa do professor seria então liberar as forças instituintes do grupo; essas forças construiriam novas instituições ou contrainstituições, que funcionariam como analisadoras, revelando os elementos ocultos do sistema institucional.

Outros pedagogos desenvolveram a pedagogia institucional. Entre eles, Fernand Oury e Aida Vasquez, ambos de orientação freudiana. Eles se apoiavam mais nas técnicas de Freinet do que na não diretividade rogeriana, preferida por Lobrot.

Principais obras: *Pedagogía institucional* e *A favor ou contra a autoridade*.

A pedagogia institucional

66 Nada pode ser feito que permita uma mudança no mundo da educação, se se não atacar, prioritariamente, as instituições e as estruturas. Estas, como vimos, estão pressupostas em tudo e são a causa essencial do mal-estar. Reduzir o mal-estar a erros de método e à psicologia individual seria cometer um grave erro. Se, por exemplo, determinado professor não faz o que devia fazer, não é muitas vezes porque não saiba do seu ofício ou das técnicas de transmissão, ou porque não tenha boa vontade, mas porque se debate numa rede institucional em que os inspetores, os superiores hierárquicos,

os pais, a sociedade fazem pender sobre ele ameaças que, com efeito, o aterrorizam e o obrigam à passividade, ao mesmo tempo que lhe proíbem toda pesquisa e lhe cortam qualquer iniciativa.

Isso obriga-nos, todavia, a pôr um novo problema: como se pode modificar globalmente as instituições?

Eliminemos primeiramente as respostas que nos parecem falsas. Entre elas figura em primeiro lugar uma concepção de mudança social que desejaria que esta se realizasse pela violência e substituindo as instâncias e o sistema dirigente por outras instâncias e outro sistema dirigente. Esta concepção que chamaremos 'terrorista' da revolução reintroduz, pura e simplesmente, os princípios que se querem e que importa combater. Efetivamente, admitir que as modificações começam por cima é supor que os indivíduos estão inteiramente determinados pelas estruturas hierárquicas dominantes, o que constitui o próprio postulado de qualquer ideologia reacionária. Se é efetivamente verdade que uma mudança de 'regime' modifica um tanto o meio e portanto a psicologia dos indivíduos, não é menos verdade que uma tal mudança, se se contenta apenas atingir o 'regime', não atinge de nenhuma forma as relações concretas dos indivíduos e a sua maneira de conceber a vida social. Mesmo uma mudança de 'regime' que levasse a substituir, por exemplo, a propriedade individual pela propriedade coletiva dos meios de produção não tem outro efeito que não seja o de substituir um certo sistema de domínio por um outro sistema de domínio. O proprietário privado acha-se simplesmente substituído por indivíduos que exercem um poder político, sem que o controle popular seja mais forte sobre estes que sobre aquele. Para que um controle popular eficaz se possa exercer, é preciso, evidentemente, que a massa queira atuar e se una para o conseguir. Isto pressupõe, portanto, uma mudança radical de mentalidade, de atitude e da atividade da massa.

Para falar mais concretamente, um dado conjunto, por exemplo, uma escola — mas isto é também válido para a sociedade inteira — não pode funcionar de uma maneira nova se a grande maioria dos seus membros não estiver disposta a fazê-la funcionar dessa maneira. Mesmo um sistema democrático, que todavia tem por efeito criar um novo tipo de poder, é inconcebível se a maioria dos cidadãos não estiver de acordo pelo menos sobre a utilidade de ter um sistema democrático, quaisquer que sejam os fins que procurem por outro lado. Trata-se apenas, neste caso, de exercer um poder, quer dizer, um certo modo de controle político. Com maior razão se se tratar do funcionamento de um conjunto que se não reduz a um único controle. É também inconcebível impor a indivíduos determinadas maneiras de trabalhar, inter-relações, uma pedagogia, como convertê-los a uma religião pela única força das armas (indivíduos convertidos desta maneira contentavam-se em praticar o paganismo sob um estandarte cristão).

Se isto é verdade, a mudança institucional não pode de qualquer modo obter-se pela violência, a menos que esta procure somente obter algumas vantagens materiais imediatas (salário etc.) ou desempenhar o papel de uma 'mensagem' (ou 'manifesto' para fazer saber o que se deseja e o que se reivindica). Em que consiste afinal o sistema educativo? Na nossa opinião, podemos atualmente concebê-lo de duas maneiras.

A primeira consistiria, aproveitando a margem de liberdade autorizada pelo sistema social, em criar grupos de pessoas de acordo com certos princípios educativos e trabalhando em conjunto. Estes grupos poderiam, por exemplo, constituir 'associações' e criar mesmo escolas ou organismos de formação que funcionariam segundo um novo modelo. Evidentemente a eficácia desses grupos seria consideravelmente limitada pelo meio ambiente e pela sociedade global, mas introduziriam todavia novas inspirações educativas, e as limitações que lhes seriam impostas poderiam servir de provas 'a contrário', admitindo que fossem analisadas e claramente postas a claro.

O *segundo método*, que de resto não está em contradição com o primeiro, poderia consistir na introdução, no próprio sistema (e não no exterior), de um certo número de modificações institucionais. **"**

LOBROT, Michel et al. Modifiquemos a escola. Lisboa: Pórtico, [19--].

Análise e reflexão

1. Para Lobrot, qual deve ser o papel do professor frente a seu grupo?
2. Que consequência teria a autogestão pedagógica, de acordo com Lobrot?
3. Lobrot acreditava nas mudanças realizadas pela violência? Explique.

Capítulo 13

O pensamento pedagógico crítico

O movimento pela Escola Nova fez a crítica dos métodos tradicionais da educação. O marxismo e o positivismo, a seu modo, também fizeram a crítica da educação enquanto pensamento antiautoritário. Os existencialistas e fenomenologistas, sob o impacto de duas guerras mundiais, perguntavam-se o que estava errado na educação para formar indivíduos que chegavam a se odiar tanto. O *otimismo pedagógico* do começo do século XX não resistiu a tanta violência.

A partir da segunda metade do século XX, a crítica à educação e à escola se acentuou. O otimismo foi substituído por uma *crítica radical*. Entre os maiores críticos encontramos o filósofo francês Louis Althusser (*Os aparelhos ideológicos do Estado*, de 1969), e os sociólogos franceses Pierre Bourdieu, Jean-Claude Passeron (estes dois, autores de *La reproduction* — no Brasil, *A reprodução* — de 1970), Christian Baudelot e Roger Establet (estes dois, autores de *L'école capitaliste en France*, de 1971). As obras desses autores tiveram grande influência no pensamento pedagógico brasileiro das décadas de 1970 e 1980. Elas demonstraram sobretudo o quanto a educação reproduz a sociedade, daí seus autores serem frequentemente chamados crítico-produtivistas. Podemos dizer que esses autores formularam as seguintes teorias (críticas) da educação: Althusser, a *teoria da escola enquanto aparelho ideológico do Estado*; Bourdieu e Passeron, a *teoria da escola enquanto violência simbólica*; e Baudelot e Establet, a *teoria da escola dualista*.

Althusser sustentou que a função própria da escola capitalista consistiria na reprodução da sociedade e que toda ação pedagógica seria uma imposição arbitrária da cultura das classes dominantes; Bourdieu

222   HISTÓRIA DAS IDEIAS PEDAGÓGICAS

e Passeron sustentaram que a escola constituía-se no instrumento mais acabado do capitalismo para reproduzir as relações de produção e a ideologia do sistema; Baudelot e Establet, analisando a escola capitalista na França, demonstraram a existência de duas grandes redes escolares, que corresponderiam às suas classes fundamentais da sociedade: a burguesia e o proletariado.

Assim, embora o sistema educativo liberal-burguês afirme que é democrático, reproduziu através da escola a divisão social do trabalho, perpetuou a injustiça e difundiu os ideais burgueses de vida, como a competição (o contrário da solidariedade) e o individualismo.

Louis Althusser (1918–1990), filósofo francês, nasceu na Argélia. Depois de haver passado a guerra num campo de concentração alemão, entrou para o Partido Comunista Francês em 1948. Neste mesmo ano, tornou-se professor da Escola Normal Superior, onde formaria a equipe com a qual constituiu sua obra.

O primeiro livro de que participou, *Pour Marx*, é obra coletiva. Nele, como em *Lire le Capital*, Althusser propôs uma nova interpretação da obra de Marx, destacando que só a partir de 1848 o autor adotou uma concepção materialista e dialética. Voltou-se em seguida para o pensamento leninista, mostrando como o líder da revolução soviética conduziu sua concepção de luta de classes no plano filosófico. Seu último livro, *Resposta a John Lewis*, é o de um pensador para quem a filosofia não existe desligada da prática política. Para Althusser, a filosofia é a "luta de classes na teoria".

Uma análise do marxismo exigiria, segundo Althusser, um rigoroso exame dos conceitos nas obras de Marx, distinguindo a filosofia (o materialismo dialético) e a ciência (o materialismo histórico). A teoria materialista do conhecimento, ao contrário da teoria positivista, não esconderia a relação entre teoria e método. Os positivistas reduziriam a ciência ao rigor metodológico. Ao contrário, os marxistas condicionaram o rigor metodológico das ciências à teoria e à visão de mundo.

Segundo Althusser, a dupla escola-família substituiu o binômio igreja-família como aparelho ideológico dominante. Afinal, é a escola que tem, durante muitos anos, uma audiência obrigatória.

Bourdieu e Passeron desenvolveram a teoria da reprodução baseada no conceito de *violência simbólica*. Para eles, toda ação pedagógica é objetivamente uma violência simbólica enquanto imposição, por um poder arbitrário. A arbitrariedade é a cultura dominante. O "poder arbitrário" é baseado na divisão da sociedade em classes. A ação pedagógica tende à reprodução cultural e social simultaneamente.

Este poder necessita camuflar sua arbitrariedade de duas formas: a *autoridade pedagógica* e a *autonomia relativa da escola*. A autoridade pedagógica dissimula o poder arbitrário, apresentando-o como relação puramente psicológica. Ela implica o trabalho pedagógico como processo de inculcação, criando nas crianças da classe dominada um *habitus* (sistema de princípios da arbitrariedade cultural, interiorizados e duráveis).

A ação pedagógica da escola seria precedida pela "ação pedagógica primária" no aparelho ideológico que é a família. Dadas as diferenças em formação e informação que a criança recebe, conforme sua posição na hierarquia social, ela traz um determinado "capital cultural" para a escola. Já que na escola a cultura burguesa constitui-se como a única norma, para as crianças das classes dominantes a escola pode significar continuidade, enquanto para os filhos da classe dominada a aprendizagem se torna uma verdadeira conquista. O sistema de ensino institucionaliza a autoridade pedagógica, ocultando desta forma seu caráter arbitrário.

Baudelot e Establet empreenderam um estudo profundo do sistema escolar francês, desmascarando a ideia da "escola única". Segundo eles, na França, dados estatísticos mostram que 25% dos alunos deixam a escola ao atingir a idade do ensino obrigatório, e mais 50% abandonam o curso nos quatro anos seguintes. Os restantes 25% percorrem o sistema de ensino "nobre" e frequentam as universidades e "grandes escolas". São, na sua grande maioria, os filhos de pais de profissões liberais, industriais, de quadros médios e superiores. Os autores mostram que os filhos das classes dominantes, em média, têm melhores notas e são os que menos repetem um ano.

Esses autores chegaram à conclusão de que existem, na verdade, duas *redes escolares*: a "secundária-superior" (SS), praticamente reservada aos 25% de filhos da classe dominante, e a "primária-profissional" (PP) para os 75% que constituem as classes dominadas.

O crescimento das possibilidades de escolarização de todas as classes sociais não mudou a distribuição de probabilidade para alcançar os níveis mais elevados do ensino, de acordo com as diferentes classes sociais.

Na rede PP, o conteúdo é dominado pelas noções adquiridas no ensino fundamental, sempre revistas e repetidas. Na rede SS, os conteúdos são uma preparação para o ensino superior. Na rede SS é cultivada a abstração, enquanto o ensino na rede PP permanece ligado ao concreto. Essa divisão de conteúdos corresponde à oposição entre teoria e prática, na ideologia burguesa do conhecimento.

Os conteúdos culturais também variam de uma rede para outra. Na rede SS se consome a cultura própria da classe dominante; na rede PP os alunos recebem a mesma cultura, mas de forma degradada, empobrecida, vulgarizada. Na rede PP, o objetivo é que os alunos se submetam à ideologia dominante, enquanto a rede SS prepara os futuros agentes e intérpretes dessa ideologia.

Diante desse quadro, a ideologia escolar vê-se obrigada a dar uma explicação. A preferida é a da "diferença entre os dons naturais". Esse postulado ideológico encontra seu auge na determinação do quociente de inteligência (QI) de cada aluno, cuja distribuição "miraculosamente" coincide com a distribuição por classes sociais.

A linguagem desempenha um papel importante na divisão e discriminação. São os alunos das classes populares que têm maiores problemas na leitura e escrita, logo no primeiro ano. A escola reforça apenas a linguagem burguesa, a "norma de prestígio", desconsiderando as práticas linguísticas das crianças pobres.

Jesús Palacios, educador espanhol contemporâneo, em sua obra *La cuestión escolar*, depois da análise das teorias "reprodutivistas", na qual fundamentamos nossa análise, conclui afirmando que a escola não é nem a causa, nem o instrumento da divisão da sociedade em classes; é sua consequência. Alterações nos métodos e nas técnicas escolares ou na democratização do ensino não alteram esse quadro.

O pensamento crítico e antiautoritário encontrado na chamada "Escola de Frankfurt" (Alemanha) apresenta um dos referenciais mais importantes. Nele se inspira, por exemplo, o pedagogo estadunidense contemporâneo Henry A. Giroux (1943–).

Entre os autores da Escola de Frankfurt que se ocuparam da educação, encontramos Walter Benjamin (1892–1940) e Theodor Adorno (1903– –1969). Nascido em Berlim, Walter Benjamin foi militante da "Juventude Livre", associação de estudantes que pretendia uma reforma espiritual das instituições e dos costumes na família, nas escolas, nas igrejas, na vida cultural etc. Depois, tornou-se comunista. Sua permanência na associação foi curta, até 1914, quando esta apoiou a declaração de guerra.

Benjamin produziu várias obras importantes nos diversos domínios da reflexão teórica, lutando contra situações adversas, como o exílio, para escapar do nazismo, mudanças constantes, doenças e pobreza — sofrimentos que culminaram com seu suicídio, aos 48 anos de idade.

Em seu livro *Reflexões: a criança, o brinquedo, a educação*, ele criticou o ensino nas universidades, onde predominava a informação ao invés da formação, o ensino profissionalizante ao invés da preocupação com a totalidade e a individualidade de cada ser humano, o espírito burocrático do dever ao invés do espírito de pesquisa. Benjamin também criticou as visões "adultocêntricas" e a falta de seriedade para com a criança. Ele apontou o valor da *ilustração* dos livros infantis, salientando ao mesmo tempo que "a criança exige do adulto uma representação clara e compreensível, mas não infantil, muito menos aquilo que o adulto concebe como tal"[28]. Ressaltou ainda o valor dos jogos que se dirigem à pura intuição da fantasia: bolhas de sabão, jogos de chá, aquarelas e decalcomanias.

Benjamim valorizava, sobretudo, os mais antigos brinquedos da humanidade, resgatando, com eles, a história e a cultura dos povos, até chegarmos aos modelos industrializados e "psicologizados" dos brinquedos atuais. Com a análise que fez do modo de construir ou brincar com bonecas, miniaturas e outros objetos, Benjamin indicou a presença do adulto na transmissão da cultura.

Theodor Adorno, autor de *Educação e emancipação*, dedicou sua vida ao entendimento do processo humanização-desumanização. Sua teoria crítica tinha como foco a emancipação humana na qual a educação teria um papel decisivo na construção de uma sociedade baseada na solidariedade, na dignidade e no respeito às diferenças, formando para a cidadania ativa e a convivência democrática. Confrontando-se com a barbárie nazifascista, chamou a atenção, de um lado, para a necessidade de um processo educacional que evitasse que isso se repetisse, e, de outro, para a necessidade de uma formação da consciência crítica, resistindo ao que chamava de indústria cultural desumanizadora.

Outro teórico do pensamento crítico é o inglês Basil Bernstein (1924– –2000). Bernstein nasceu em Londres. Sua educação primária e secundária foi feita em escolas públicas da cidade, numa área de proletários e imigrantes. Ao final da Segunda Guerra, trabalhou em um centro comunitário judeu que mantinha atividades educativas e de formação religiosa.

---

[28] BENJAMIN, Walter. *Reflexões*: A criança, o brinquedo, a educação. São Paulo: Summus, 1984.

Em 1947, Bernstein ingressou na Escola de Economia da Universidade de Londres para estudar Sociologia. Sofreu influências do pensamento de Durkheim, em especial, e, mais tarde, de Marx e George Herbert Mead. Logo após graduar-se em Sociologia, iniciou a pós-graduação e lecionou por sete anos num colégio secundário para jovens trabalhadores. Voltado para a fonética, seus primeiros artigos se basearam em análises da linguagem de seus alunos.

A investigação e a teoria de Basil Bernstein representam um dos esforços mais importantes em sociologia da segunda metade do século XX, por compreender as relações entre poder, significados e consciência. Sua obra explora esse tema clássico através do estudo da interação entre *linguagem* e *relações sociais*, e dos processos de produção e reprodução cultural na escola.

Sua principal obra é uma seleção de seus trabalhos publicados entre 1958 e 1977, em três volumes: *Class, Codes and Control*. Bernstein estudou o papel da educação na reprodução cultural das relações de classe: "a maneira pela qual uma sociedade seleciona, classifica, distribui, transmite e avalia o conhecimento educacional que considera público, reflete tanto a distribuição de poder quanto os princípios de controle social"[29]. É a sua *teoria da transmissão cultural*.

Para ele, o currículo, a pedagogia e a avaliação constituiriam sistemas de mensagens cujos princípios estruturais subjacentes representam modos de controle social. A educação moldaria então a identidade e a experiência. Poder e controle se veriam imbricados nos mecanismos estruturadores das experiências e consciências dos homens, que passam por espaços sociais como a família, a escola e o mundo do trabalho. Os princípios de controle social seriam codificados nos mecanismos estruturadores que moldam as mensagens entranhadas nas escolas e outras instituições sociais.

Henry A. Giroux, partindo da *teoria crítica da sociedade*, elaborada pela Escola de Frankfurt, fez a *crítica do pensamento crítico*, evidenciando suas limitações. Para ele, tanto Pierre Bourdieu quanto Basil Bernstein apresentavam uma versão de dominação na qual o ciclo da reprodução parece inquebrável. Segundo Giroux, nas suas teorias do pensamento crítico não há lugar para o conflito e a contradição. Embora os dois teóricos forneçam análises esclarecedoras sobre a relativa autonomia das escolas e a natureza

---

[29] BERNSTEIN, Basil. *Poder, educación y conciencia*. Tradução: Martin Bruggendieck; Cristián Cox; Rosita Puga; Rafael Hernández. Santiago: Cide, 1988.

política da cultura como força reprodutora, terminariam ignorando ou minimizando as noções de resistência e luta contra-hegemônica.

Giroux foi além das teorias da reprodução social e cultural, tomando os conceitos de *conflito* e *resistência* como pontos de partida para suas análises. Procurou redefinir a importância do poder da ideologia e da cultura para a compreensão das relações complexas entre escolarização e a sociedade dominante, construindo as bases de uma *pedagogia radical* neomarxista.

Além de Giroux, destacam-se nos Estados Unidos as contribuições de outros educadores "radicais": Martin Carnoy (1938–), Michael W. Apple (1942–), Stanley Aronowitz (1933–2021) e Peter McLaren (1948–), bem como as análises de Philip Wexler (1943–2023) e Cleo H. Cherryholmes (1938–2013).

Stanley Aronowitz, autor, entre outras obras, de *Education under Siege*, em coautoria com Henry A. Giroux, foi professor de Sociologia na CUNY (City University of New York). Peter McLaren é professor de educação na Miami University (Ohio) e autor de obras nas quais se destaca *Life in School* (1989), em que é analisada a pedagogia crítica e seus fundamentos. Philip Wexler foi professor da Universidade de Rochester e publicou, entre outras obras, *Social analysis of education* (1987), em que ele mostra a importância das teorias de Derrida, Barthes, Foucault, Baudrillard e outros, para a educação. Cleo H. Cherryholmes, que publicou a obra *Power and criticism* (1988), na qual ele analisa a educação estrutural e pós-estrutural, entre outras, foi professor da Universidade de Michigan.

Martin Carnoy é atualmente professor de Educação Internacional e Economia da Universidade de Stanford, nos Estados Unidos. É especialista em economia dos Estados Unidos, da América Latina e da África. Foi diretor e cofundador do Center for Economic Studies. Tem três obras traduzidas em português: *Educação, economia e Estado* (Cortez, 1984); *Estado e teoria política* (Papirus, 1984); e *Escola e trabalho no Estado capitalista* (Cortez, 1987). Ele defende a tese de que só os *movimentos sociais*, que exigem a expansão dos direitos e das oportunidades, podem tornar a escola mais democrática. As escolas, diz ele, são instituições conservadoras; na ausência de pressões externas pela mudança, elas tendem a preservar as relações sociais existentes.

Michael W. Apple, professor da Universidade de Wisconsin, é conhecido por suas análises políticas do currículo escolar. Seu livro *Ideologia e currículo* é uma crítica tanto às teorias educacionais quanto às práticas curriculares adotadas nas escolas norte-americanas. Neste livro, o centro das análises de Apple são as relações existentes entre as classes, os sexos, as raças e as respectivas formas culturais de resistência. A escola, sustentou ele, é um aparelho do Estado, ao mesmo tempo produtivo e reprodutivo.

Em seu livro *Educação e poder*, Apple retomou a crítica da escola num outro nível. Como a maioria dos pensadores críticos, reafirmou suas próprias análises sobre as teorias da reprodução cultural e social e introduziu elementos novos para superar o "reprodutivismo". Entre esses elementos, ele chamou a atenção para o importante papel que as escolas têm na produção do conhecimento. Na obra, influenciado pelas obras de Giroux, introduziu elementos de contradição, resistência e oposição onde antes ele apenas via reprodução, imposição e passividade.

No campo da educação popular e da educação de adultos é extremamente significativa a obra do educador Myles Horton (1905–1990). Por mais de cinquenta anos, persistiu em sua prática da educação, pela qual foi preso, apanhou e foi injuriado por racistas e governantes. Fundou em 1932 a Highlander Folk School, nas montanhas dos Apalaches, para a formação de jovens e adultos trabalhadores. Essa escola, mais tarde transformada em centro de pesquisas, teve grande importância nas décadas de 1950 e 1960 na luta pelos direitos civis. O processo educacional de Highlander se baseava na cultura dos grupos que a frequentavam: história oral, canções, dramas, danças, com o objetivo de aumentar a confiança e a determinação. Em 1977, Horton encontrou-se com Paulo Freire em Chicago, numa conferência sobre escolas alternativas, e puderam verificar o quanto, por caminhos diversos, haviam andado na mesma direção. No ano da morte de Horton (1990), foi publicado um livro de ambos contando suas experiências, intitulado *We make the road by walking: conversations on education and social change* (edição brasileira: *O caminho se faz caminhando: conversas sobre educação e mudança social*).

Bourdieu-Passeron: a escola e a reprodução social

Pierre Bourdieu (1930–2002), sociólogo francês, lecionou na Escola Prática de Altos Estudos, em Paris. Além de seus trabalhos sobre Etnologia e de suas investigações teóricas sobre Sociologia, Bourdieu dirigiu, com Jean-Claude Passeron (1930–), o Centro de Sociologia Europeia, que pesquisa os problemas da educação e da cultura na sociedade contemporânea.

O ponto de partida para a análise de Bourdieu-Passeron é a relação entre o sistema de ensino e o sistema social. Para eles, a origem social marca de maneira inevitável e irreversível a carreira escolar e, depois, profissional, dos indivíduos. Essa origem social produz, primeiro, o fenômeno de seleção: a simples estatística das possibilidades de ascender ao ensino superior, segundo a categoria social de origem, mostra que o sistema escolar elimina de maneira contínua uma forte proporção das crianças saídas das classes populares.

No entanto, segundo esses pesquisadores franceses, é um erro explicar o sucesso e o fracasso escolar apenas pela origem social. Existem outras causas, que eles designam pela expressão "herança cultural". Entre as vantagens que os "herdeiros" possuem, deve-se mencionar o maior ou menor domínio da linguagem. A seleção intervém quando a linguagem escolar é insuficiente para o "aproveitamento" do aluno. E este fenômeno atinge prioritariamente as crianças de origem social mais baixa. As que têm êxito são as que resistiram, por diversas razões, à laminagem progressiva da seleção. Mantendo-se no sistema de ensino, elas provam ter adquirido um domínio da linguagem ao menos igual ao dos estudantes saídos das classes superiores.

Finalmente, para Bourdieu e Passeron, a cultura das classes superiores estaria tão próxima da cultura da escola que a criança originária de um meio social inferior não poderia adquirir senão a formação cultural que é dada aos filhos da classe culta. Portanto, para uns, a aprendizagem da cultura escolar é uma conquista duramente obtida; para outros, é uma herança "normal", que inclui a reprodução das normas. O caminho a percorrer é diferente, conforme a classe de origem.

Principais obras dos autores: *Les héritiers: Les étudiants et la culture* e *A reprodução: elementos para uma teoria do sistema de ensino.*

A função ideológica do sistema de ensino

66 Descobrir que se pode relacionar com o mesmo princípio todas as falhas que podem ser descobertas em análises do sistema de ensino baseadas em filosofias sociais aparentemente tão opostas quanto um economismo evolucionista e um relativismo culturalista é obrigar-se a buscar o princípio da construção teórica capaz de corrigir essas falhas e de explicá-las. Mas

HISTÓRIA DAS IDEIAS PEDAGÓGICAS

não é suficiente perceber as falhas comuns às duas tentativas de análise para chegar à verdade da relação entre a autonomia relativa do sistema de ensino e sua dependência relativa à estrutura das relações de classe: como levar em conta a autonomia relativa que a escola deve à sua função própria sem deixar escapar as funções de classe que ela preenche necessariamente numa sociedade dividida em classes? Deixando-se de analisar as características específicas e sistemáticas que o sistema de ensino deve à sua função própria de inculcação, não se fica impossibilitado, paradoxalmente, de colocar a questão das funções externas que o sistema de ensino preenche ao preencher sua função própria e, mais sutilmente, a questão da função ideológica da dissimulação da relação entre a função própria e as funções externas da função própria?

Se não é fácil perceber simultaneamente a autonomia relativa do sistema de ensino e sua dependência relativa à estrutura das relações de classe, é porque, entre outras razões, a percepção das funções de classe do sistema de ensino está associada na tradição teórica a uma representação instrumentalista das relações entre a escola e as classes dominantes, enquanto a análise das características de estruturas e de funcionamento que o sistema de ensino deve à sua função própria tem quase sempre tido por contrapartida a cegueira face às relações entre a escola e as classes sociais, como se a comprovação da autonomia supusesse a ilusão da neutralidade do sistema de ensino. Acreditar que se esgota o sentido de um elemento qualquer de um sistema de ensino quando se contenta em relacioná-lo diretamente com uma definição reduzida de interesse das classes dominantes, sem se interrogar sobre a contribuição que esse sistema traz, enquanto tal, à reprodução da estrutura das relações de classe, é de se entregar sem esforço, por uma espécie de finalismo do pior, às facilidades de uma explicação simultaneamente *ad hoc* e *omnibus*: do mesmo modo que, recusando reconhecer a autonomia relativa do aparelho do Estado, fica-se condenado a ignorar certos serviços mais dissimulados que esse aparelho presta às classes dominantes, credenciando, graças à sua autonomia, a representação do Estado-árbitro. Também as denúncias esquemáticas da 'Universidade de classe' que estabelecem, antes de toda análise, a identidade 'em última análise' da cultura escolar e da cultura das classes dominantes, da inculcação cultural e do doutrinamento ideológico, da autoridade pedagógica e do poder político, impedem a análise dos mecanismos através dos quais se realizam, indiretamente e mediatamente, as equivalências tornadas possíveis pelas defasagens estruturais, os duplos jogos funcionais e os deslocamentos ideológicos [...]. **"**

> BOURDIEU, Pierre; PASSERON, Jean-Claude. *A reprodução*: elementos para uma teoria do sistema de ensino. Rio de Janeiro: Francisco Alves, 1975.

Análise e reflexão

1. Por que as teorias de Althusser, Bourdieu, Passeron, Baudelot e Establet são chamadas "crítico-reprodutivistas"?

2. De acordo com Bourdieu e Passeron, qual é a importância da origem social do indivíduo no sistema educacional?

3. Que importância tem o domínio da linguagem, de acordo com os pesquisadores franceses crítico-reprodutivistas?

Baudelot-Establet: a escola dividida

Christian Baudelot e Roger Establet foram professores de Sociologia da Educação na França. Eles demonstraram que a chamada "escola única" não pode ser "única" numa sociedade de classes. A cultura aí transmitida e elaborada não é uma só. Tudo o que se passa na escola é atravessado pela divisão da sociedade. A escola não é uma ilha de pureza e harmonia num mundo em conflito. Os fins da educação não são apenas diferentes, mas opostos e até antagônicos.

Baudelot e Establet tiveram o mérito de nos desvendar a ilusão da unidade da escola. Eles desenvolveram os temas da divisão, da segregação e do antagonismo que condicionam os resultados finais do aluno, os conteúdos e as práticas escolares. É a divisão social do trabalho a responsável pelo insucesso escolar da imensa maioria que inicia a escolaridade e não consegue prosseguir. A escola, o professor e o aluno não são os responsáveis, os réus, mas as vítimas.

Por isso não se pode compreender a escola se não for relacionada com a divisão da sociedade. É impossível ignorar que a escola está dividida.

Principal obra desses autores: *A escola capitalista na França*.

A escola e a divisão capitalista do trabalho

❝ Tudo o que acontece dentro da escola — incluindo a escola primária — só pode ser explicado através do que ocorre fora dos muros escolares, isto é, pela divisão capitalista do trabalho.

A divisão capitalista do trabalho caracteriza-se hoje por uma crescente dissociação entre o trabalho manual e o trabalho intelectual. De um lado, há uma massa de trabalhadores manuais e empregados subalternos (operários, funcionários do comércio e de escritórios, pessoal de serviços), condenados a realizar tarefas fragmentadas e rotineiras. De outro, uma minoria de quadros intelectuais, encarregados das tarefas de criação e planejamento.

A escola capitalista contribui, por sua vez, para reproduzir e aprofundar essa *polarização das qualificações*. De fato, a escola alimenta os dois *polos* do mercado de trabalho, através de dois fluxos bem distintos. Em uma extremidade, ela forma um pequeno número de quadros intelectuais nas melhores escolas secundárias, desembocando nas universidades. Na outra ponta, a escola orienta a formação de massas trabalhadoras mais ou menos qualificadas e condenadas a vender-se por um salário irrisório aos donos das grandes corporações industriais, das cadeias de lojas ou dos escritórios.

Eis por que a escola não é única, mas dividida em *duas redes de ensino*: a rede primária/profissionalizante e a secundária/superior. Essas redes são estanques, heterogêneas, devido a seu programa de ensino diferenciado, assim como o estrato social de seus alunos.

Visíveis com clareza a partir da escola secundária com sua separação de fato, essas duas redes existem, no entanto, desde a escola primária. É justamente ali, em meio à obscuridade de uma escola aparentemente única e igual para todos, que a diferenciação se forma e deita raízes. De fato, é a escola primária que assegura, sob o manto da unidade e da democracia, o essencial da polarização social de uma geração escolar.

Ora, tudo ocorre como se fosse absolutamente natural... Afinal, sabe-se que há enormes diferenças entre uma e outra escola; sabe-se ainda que os livros escolares não são neutros, e pressente-se que os filhos de operários terão mais dificuldades que os outros alunos. Mas daí a admitir de forma exata e positiva que a escola primária é local onde se processa a polarização de classes e compreender as relações entre a escola e a exploração capitalista é dar um salto grande demais. Entre o curso preparatório e a linha de montagem, o caminho é longo...

[...] A divisão capitalista do trabalho; a exploração dos trabalhadores; a extração da mais-valia; a desqualificação do trabalho; o vaivém do desemprego; o exército industrial de reserva; a crescente dissociação entre o trabalho manual e o trabalho intelectual: eis aí as verdadeiras *causas* que possibilitam explicar a estrutura e o funcionamento da escola capitalista. E é preciso procurar na organização capitalista do trabalho, isto é, *fora da escola*, as razões de sua divisão em duas redes de ensino, com a consequente polarização operada entre as crianças.

Os educadores estão em uma posição particularmente ruim para perceber esse processo em seu conjunto, bem como suas consequências. Afastados e protegidos das condições da produção capitalista, eles têm dificuldades em perceber, e mais ainda em admitir, que o trabalho exigido dos educadores *dentro* da escola é, de fato, regido pelo que ocorre fora da escola, ou seja, nas fábricas.

No entanto, é esta a realidade e devemos encará-la de frente. A função real da escola não é em absoluto fazer desabrochar harmonicamente o indivíduo ou desenvolver suas aptidões pessoais; este é um sonho abstrato dos psicólogos. Ao contrário, o papel da escola é produzir contingentes de mão de obra mais ou menos qualificada para o mercado de trabalho. É a estrutura do mercado de trabalho que pressiona a escola com toda a sua força, a ponto de imprimir sobre ela sua marca. 99

> BAUDELOT, Christian; ESTABLET, Roger. *L'école primaire divise...* un dossier. Paris: Maspero, 1979.

Análise e reflexão

1. À luz das ideias de Baudelot e Establet, explique a relação existente entre a "escola única" e a sociedade de classes.

2. Que tipo de dissociação decorre da divisão capitalista do trabalho?

3. "A função real da escola não é em absoluto fazer desabrochar harmonicamente o indivíduo ou desenvolver suas aptidões pessoais; este é um sonho abstrato dos psicólogos. Ao contrário, o papel da escola é produzir contingentes de mão de obra mais ou menos qualificada para o mercado de trabalho. É a estrutura do mercado de trabalho que pressiona a escola com toda a sua força, a ponto de imprimir sobre ela sua marca."

Discuta essa tese com seu grupo e exponha aos outros grupos a conclusão a que chegaram.

Giroux: a teoria da resistência e da pedagogia radical

Henry A. Giroux foi professor do Ensino Médio, doutorou-se no Carnegie-Mellon Institute (EUA) e lecionou na Universidade de Boston e na Miami University (Ohio).

Definindo-se como socialista democrático, Giroux se dedicou ao estudo da sociologia da educação, da cultura, da alfabetização e da teoria do currículo.

Em seu livro *Teoria crítica e resistência em educação*, Giroux propôs uma visão "radical" da educação, inspirada na Escola de Frankfurt, integrando e superando as posições neomarxistas da teoria da reprodução de Althusser, Bourdieu, Passeron, Samuel Bowles e Herbert Gintis. Incorporou as ideias de Gramsci, numa síntese de todas essas posições, focalizando o conceito de *resistência*. O aspecto mais marcante do trabalho de Giroux parece ser o tratamento dialético dos dualismos entre *ação humana* e *estrutura, conteúdo* e *experiência, dominação* e *resistência*. A escola é analisada como um local de dominação e reprodução, mas que ao mesmo tempo permite às classes oprimidas um espaço de resistência.

Outras obras do autor: *Critical pedagogy, the state, and cultural Stingle* (1989), em coautoria com Peter McLaren, e *Postmodern Education: politics, culture and social criticism* (1991), em coautoria com Stanley Aronowitz.

Papel dos professores radicais

❝ Em primeiro lugar, enquanto professores, os radicais devem começar a partir de suas próprias perspectivas sociais e teóricas, em relação a sua visão da sociedade, do ensino e da emancipação. Os professores não podem escapar de suas ideologias (e em alguns casos devem abraçá-las), e é importante entender o que a sociedade fez de nós, em que é que acreditamos, e como podemos minimizar os efeitos, em nossos alunos, daqueles aspectos de nossas histórias 'sedimentadas' que reproduzem interesses e valores dominantes. Os professores trabalham sob restrições, mas dentro desses limites eles estruturam e moldam as experiências de sala de aula, e precisam ser autorreflexivos com relação a que interesses servem tais comportamentos. Dito de outra forma, enquanto professores nós precisamos buscar em nossas próprias histórias e tentar entender como as questões de classe, gênero e raça deixaram sua marca sobre como nós agimos e pensamos. Em segundo lugar, os professores radicais devem lutar para tornar possível a democracia escolar. Isso é particularmente importante quando se chega a lidar com grupos fora da escola, a fim de lhes dar voz, como mencionei anteriormente, no controle e na participação do currículo e da política escolar. A democratização da escola também envolve a necessidade de os professores formarem alianças com outros professores. Essas alianças não apenas dão credibilidade à extensão de relações sociais democraticamente inspiradas em outras esferas públicas, mas também promovem novas formas de relações sociais e modos de pedagogia dentro da própria escola. A estrutura celular do ensino é um dos aspectos piores da divisão do trabalho. A 'taylorização' do processo de trabalho, como manifestado nas escolas, representa uma das restrições estruturais com que se deparam os professores, isto é, ela isola os professores e reifica formas hierárquicas de tomada de decisão e modos autoritários de controle. Finalmente, deve-se lembrar que a pedagogia radical, seja dentro, seja fora da escola, envolve ligar a crítica à transformação social, e significa, portanto, assumir riscos.

Ser comprometido com uma transformação radical da sociedade existente em todas as suas manifestações sempre coloca o indivíduo ou o grupo na posição de perder um emprego, a segurança, e, em alguns casos, os amigos. Frequentemente, como radicais, somos impotentes diante de tais repercussões, e o único consolo é saber que outros também estão lutando, que os valores e ideias pelos quais se luta têm raízes não apenas em princípios éticos, mas em uma obrigação para com o passado, para com nossas famílias, amigos e camaradas que têm sofrido debaixo desses sistemas lúgubres de opressão. Obviamente nós lutamos também pelo futuro — por nossas crianças e pela promessa de uma sociedade mais justa.

O que isso sugere é que uma pedagogia radical precisa ser inspirada por uma fé apaixonada na necessidade de se lutar para criar um mundo melhor. Em outras palavras, a pedagogia radical precisa de uma visão — uma visão que exalte não o que é mas o que poderia ser, que enxergue para além do imediato, em direção ao futuro, e associe a luta com um novo conjunto de possibilidades humanas. Esse é um chamado para um utopismo concreto. É um chamado por modos alternativos de experiências, por esferas públicas onde se afirme a fé da pessoa na possibilidade do risco criativo, de comprometer a vida de forma a enriquecê-la; significa apropriar-se do impulso crítico, de forma a desvelar a distinção entre realidade e as condições que ocultam suas possibilidades. Essa a tarefa com que nos defrontamos se quisermos construir uma sociedade onde as esferas públicas alternativas não sejam mais necessárias. **"**

GIROUX, Henry A. *Teoria crítica e resistência em educação*. Petrópolis: Vozes, 1987.

Análise e reflexão

1. Em que se diferenciam as ideias de Giroux e as dos outros pensadores críticos?

2. Que tipo de relação se estabelece entre os professores no processo de democratização da escola?

3. Explique o que significa "pedagogia radical" na teoria de Henry A. Giroux.

Capítulo 14

O pensamento pedagógico do Terceiro Mundo

Até agora apresentamos as ideias pedagógicas da educação "universal", mas que foram desenvolvidas principalmente na Europa e nos países do chamado "Primeiro Mundo"[30]. Falaremos agora sobre o pensamento pedagógico do "Terceiro Mundo", aquele pensamento originado através da experiência educacional dos países colonizados, principalmente os da América Latina e os da África. Esses países construíram uma teoria pedagógica original, no processo de lutas por sua emancipação. Hoje, esse pensamento tem influência não apenas nos países de origem, mas também em muitos educadores do chamado "Primeiro Mundo", como o demonstra a difusão das obras de Paulo Freire, Amílcar Cabral, Emilia Ferreiro e outros.

A África e a América Latina não podem ser compreendidas sem a Europa. A Europa colonizou os dois continentes, dividindo territórios segundo seus interesses econômicos, políticos e ideológicos, tornando

---

[30] Desde a primeira edição deste livro, em 1993, utilizamos a expressão "Terceiro mundo" entre aspas, chamando a atenção para a sua ambiguidade. Alguns poderiam dizer que hoje esse conceito está em desuso e que seria melhor usar "Sul Global", também habitado pela ambiguidade. Entre uma e outra ambiguidade preferimos a primeira. Ambos são conceitos históricos e, mais do que um hemisfério, representam um projeto político em disputa. É nesse sentido que devem ser entendidos. Podemos pensar num outro mundo possível a partir da pedagogia do oprimido, sem dividir o mundo em Sul, Norte, Leste ou Oeste. Somos e estamos num só mundo, com um destino comum, humanos, não humanos e o planeta que também precisa ser visto como um ser vivo e em evolução.

238 HISTÓRIA DAS IDEIAS PEDAGÓGICAS

esses países cada vez mais dependentes e mantendo-os subdesenvolvidos. Os países da América Latina tiveram seu desenvolvimento limitado primeiro pelas políticas das metrópoles e, depois da independência, por um tipo de desenvolvimento associado ainda aos interesses delas.

Os *colonizadores* combateram a educação e a cultura nativas, impondo seus hábitos, costumes e religião, escravizando indígenas e negros e catequizando--os em uma língua estrangeira, a única instituída.

Os países africanos que, nos anos de 1970 conseguiram libertar-se da metrópole portuguesa, fizeram enormes campanhas de alfabetização que, do ponto de vista europeu, seriam consideradas verdadeiros fracassos. Os resultados obtidos foram enormes se considerarmos a falta de condições sociais e econômicas e a multiplicidade de línguas faladas pela população.

A história do pensamento pedagógico latino-americano registra contribuições importantes e variadas, como a do educador cubano José Julián Martí (1853–1895), dos chamados "estadistas da educação", entre eles o mexicano Benito Juárez (1806–1872), o argentino Domingo Faustino Sarmiento (1811–1888) e o uruguaio José Pedro Varela (1845–1879). Além deles, também merecem destaque os marxistas: o argentino Aníbal Ponce (1898–1938)[31] e o peruano José Carlos Mariátegui (1895–1930).

Poeta, escritor, jornalista e educador, José Martí tornou-se conhecido entre os povos de fala hispânica através de seus escritos para crianças. Nascido em Havana, foi um anticolonialista radical e por isso foi preso por várias vezes e exilado. Viveu na Espanha, no México, na Guatemala e na Venezuela. Autor de vasta obra (publicada em 28 volumes), escreveu *O presídio político em Cuba* e *A República Espanbola ante a Revolução Cubana*, na Espanha, e também um conjunto de versos: *Ismaelillo*, *Versos libres* e *Versos sencillos*.

Martí era um professor que acreditava profundamente no poder e na importância da liberdade. Ele acreditava que um governo que deseja servir seus cidadãos deve demonstrá-lo através da importância que dá à educação de seu povo. Sua primeira preocupação era a extensão de oportunidades educacionais para todo o povo, o que não significava oferecer educação exclusivamente às classes mais pobres, mas a todos.

Para Martí, os aspectos mais importantes do sistema educacional eram quatro: primeiro, a educação deveria ser leiga, não religiosa; segundo,

---

[31] Autor de *Educação e luta de classes* (São Paulo: Cortez e Autores Associados, 1981).

deveria ser científica e técnica; terceiro, a educação deveria ser uma preparação para a vida; e, finalmente, a educação deveria ter um conteúdo nacional.

Destaque-se ainda o venezuelano Simón Rodríguez (1769–1854), professor de Simón Bolívar, que criticava o "sedentarismo da razão", imposto pelos interesses da classe hegemônica, sustentando que era necessário fazer um "retorno crítico" aos textos para ler de outra maneira nossas realidades sociais.

Os três históricos "estadistas da educação" (Juárez, Sarmiento e Varela) defenderam, em seus respectivos países, uma educação cujo centro era a formação do cidadão, na linha do pensamento pedagógico iluminista e liberal, bem como a extensão da escola para todos, como Varela defendeu em seu livro *La Educación del Pueblo* (1874). Eles postulavam uma ordem social que permitisse superar o atraso econômico, ordem essa fundada na educação e na participação.

Um dos maiores difusores do pensamento pedagógico liberal europeu na América Latina foi o argentino Lorenzo Luzuriaga (1889–1959). Foi um dos mais fecundos e destacados pedagogos nos países de língua espanhola, desde a década de 1920. Propagou de maneira infatigável e inteligente a Escola Nova na *Revista da pedagogia*, publicada por muitos anos na Espanha. Numa de suas últimas produções — *Reforma da Educação* —, Luzuriaga intencionou levar a todos os níveis de ensino e setores da educação os princípios da pedagogia ativa.

Em suas obras, Luzuriaga abordou os diversos aspectos da psicologia e da educação da infância, adolescência e juventude e suas relações com os ensinos fundamental, médio e superior, assim como o aperfeiçoamento e o preparo do magistério e do professorado. Suas principais obras são: *História da educação pública* (1946), *História da educação e da pedagogia* (1952), *A escola única* (1931), *A educação nova* (1949) e *Pedagogia social e política* (1954).

Além de defender os princípios da Escola Nova, Luzuriaga defendia a criação de um sistema de ensino *supranacional* sob a égide da Unesco (Organização das Nações Unidas para a Educação, Ciência e Cultura).

A América Latina produziu um rico pensamento pedagógico, no qual se destaca a contribuição de Gustavo Francisco José Cirigliano (1930––2012), Maria Teresa Nidelcoff (1937–), Fernando Flores, Tomás Amadeo Vasconi, Juan Carlos Tedesco (1944–2017), Germán Rama (1932–2020), Justa Ezpeleta e Juan Eduardo García-Huidobro (1940–).

Como na América Latina o desenvolvimento da teoria educacional é variado e diferenciado, é difícil estabelecer um marco comum. Entretanto, pode-se afirmar que, após os movimentos de independência do século XIX e o advento da República, todos os países passaram pela visão otimista da construção democrática via educação.

Pode-se dizer que, no período de 1930 a 1960, predominou na América Latina a teoria da *modernização desenvolvimentista*. A partir da década de 1960, com as lutas de libertação, surge a *teoria da dependência*, que negava a teoria anterior. Era uma educação denunciatória do aparato ideológico e das desigualdades sociais, de crítica radical à escola.

Essa teoria foi dominante na primeira metade da década de 1970, com a forte presença do autoritarismo do Estado e dos militares. Foi uma época em que predominou o desencanto com a escola: o que importava era mudar a sociedade. Em consequência, surgiram muitas iniciativas não escolares.

A década de 1980 não apresenta teorias ou paradigmas pedagógicos dominantes. Trata-se de uma era de crises e perplexidade. Há um crescente desenvolvimento da pós-graduação em educação e um aumento de organizações não governamentais, que se constituem no marco teórico-prático da década. Constata-se um rápido esgotamento do modelo teórico-crítico, em função de seu distanciamento da prática. Na verdade, não faltam teorias, mas elas não dão conta do grave problema educacional latino-americano. Por isso, muitos educadores se voltam hoje para soluções microestruturais, valorizando o vivido na sala de aula, o retorno à autogestão, os pequenos projetos e as novas categorias pedagógicas como a alegria, a decisão, a escolha, o vínculo, a escuta, a radicalidade do cotidiano, os pequenos gestos que fazem da educação um ato singular.

A prática de enfrentamento da crise parece juntar duas fortes correntes: de um lado, os defensores da *escola pública*; de outro, os educadores ligados aos movimentos pela chamada *educação popular* não escolar. Uma síntese superadora dessas tendências pedagógicas encontra-se na perspectiva da "educação pública popular" que tem, entre outros inspiradores, o educador Paulo Freire.

A educação popular como modelo teórico reconceituado tem oferecido grandes alternativas. Dentre elas está a reforma dos sistemas de escolarização pública. O modelo teórico da educação popular, elaborado com base na reflexão sobre a prática da educação durante várias décadas, tornou-se, sem dúvida, uma das grandes contribuições da América Latina ao pensamento pedagógico. A noção de aprender a partir do conhecimento do sujeito, a noção de ensinar a partir de palavras e temas geradores, a educação como ato de conhecimento e de transformação social e a politicidade da educação são apenas alguns dos legados da educação popular à pedagogia crítica.

No contexto da educação popular latino-americana destacam-se os educadores: os chilenos Antonio Faundez e Marcela Gajardo, a equatoriana Rosa María Torres, os argentinos Carlos Alberto Torres, Adriana Puiggios, autora de *Hacia una pedagogia de la imaginación en América Latina* (1992), Isabel Hernandez e Enrique Dussel, o peruano Oscar Jara, o colombiano Orlando Fals Borda, autor de *Conocimiento y poder popular* (1986) e o espanhol Francisco Gutiérrez, radicado na Costa Rica.

Carlos Alberto Torres, nascido em 1950, professor de Educação Internacional da Universidade de Alberta, no Canadá, e da UCLA (Universidade da Califórnia, Los Angeles), desenvolveu vários trabalhos na área de sociologia política da educação de adultos e sobre pesquisa participante. Entre seus livros destacamos: *Sociologia política de la educación de adultos* (1987) e *The politics of nonformal education in Latin America* (1990).

Isabel Hernandez, nascida em 1948, secretariou o Conselho de Educação de Adultos da América Latina (CEAAL) e desenvolveu seus trabalhos no Chile e na Argentina, aplicando o método de Paulo Freire em povos indígenas Mapuche. Essa experiência é apresentada no seu livro *Educação e sociedade indígena.*

Oscar Jara (1949–) é sociólogo, natural do Peru, vive e trabalha na Costa Rica. É coordenador da Alforia (Rede Centro-Americana de Educação Popular), constituída por várias entidades. Trabalha com camponeses, operários e educadores populares. É autor de vários livros sobre educação popular, entre eles: *Educación popular: la dimensión educativa de la acción política* (1981). Esse autor traz importante contribuição na busca de uma prática educativa comprometida com o fortalecimento das organizações populares e da luta de libertação dos povos da América Latina.

Marcela Gajardo é consultora da Unesco e de outros organismos de cooperação técnica internacional, docente e pesquisadora da Flacso (Faculdade Latino-Americana de Ciências Sociais). Entre suas publicações, destacamos:

Teoria y práctica de la educación popular (1985) e *La concientización en América Latina: una revisión crítica* (1991).

Destaque-se a visão humanista da educação do sociólogo e educador colombiano Orlando Fals Borda, que defendia a necessidade de uma teoria do conhecimento que não excluísse a emoção e de uma ciência social crítica e rigorosa que valorizasse o saber popular. É um dos criadores, ao lado de Camilo Torres, do método Investigación-Acción Participativa (IAP) como extensão de sua opção gnosiológica.

Importantes reformas educativas ocorreram na América Latina, como a implementada pela *Revolução Cubana*, na década de 1960, que reduziu o analfabetismo a menos de quatro por cento. Professores e estudantes foram à zona rural para alfabetizar um milhão de pessoas. A educação formal foi considerada o principal meio de levar à população a plena participação na economia.

Tanto na África quanto na América Latina, o pensamento pedagógico desenvolveu-se apenas quando libertado da educação do colonizador e da tutela do clero. O desenvolvimento da escola pública e a expansão da imprensa desencadearam a popularização do ensino.

As lutas pela independência que destruíram o regime colonial não apenas apontavam para um novo modelo econômico-político, mas também para uma nova valorização da cultura nativa e para a expansão da educação popular. Apesar disso, na maioria dos países latino-americanos e africanos que não revolucionaram suas estruturas econômico-políticas, persistem problemas educacionais dramáticos. Entre eles, a alta taxa de analfabetismo, a falta de escolas e de professores qualificados, a inexistência de uma formação para o mundo do trabalho, as altas taxas de evasão e repetência e o descaso dos governos pela educação e pela cultura.

Pode-se dizer que a pedagogia originária do "Terceiro Mundo" é principalmente política, portanto não especulativa, mas prática. É o que Paulo Freire chama de "pedagogia do oprimido" e Enrique Dussel, outro grande filósofo da educação latino-americana, chama de "pedagogia da libertação".

Para facilitar o estudo das fontes básicas do pensamento pedagógico do "Terceiro Mundo", nós o dividimos em duas partes: pensamento pedagógico africano e pensamento pedagógico latino-americano.

Primeira parte: o pensamento pedagógico africano

Cabral: a educação como cultura

Amílcar Cabral (1924–1973) nasceu na Guiné Portuguesa (que, após a independência, passa a se chamar Guiné-Bissau), onde viveu sua infância. Terminou brilhantemente o liceu, conquistando o direito a uma bolsa de estudos universitários no Instituto Superior de Agronomia de Lisboa. Depois de ter concluído o curso de Agronomia, volta para a Guiné, onde ocupa o cargo de engenheiro agrônomo.

Pela independência da Guiné e das ilhas de Cabo Verde, Cabral lutou durante toda a sua vida.

Deixou obras que comportam vários domínios: o político e o ideológico, a estratégia militar, o desenvolvimento social, o processo de formação nacional e as relações internacionais.

Inserindo a teoria e a prática do combate libertador numa perspectiva revolucionária de transformação global da sociedade, Amílcar Cabral nos deixou uma grande contribuição ao aprofundamento dos debates ideológicos que caracterizam nossa época.

Amílcar Cabral foi assassinado em 20 de janeiro de 1973 por agentes dos colonialistas portugueses. O povo prosseguiu a luta iniciada por ele e conquistou sua independência de Portugal, em 24 de setembro de 1973.

Principais obras: *A arma da teoria* e *A prática revolucionária*.

Cultura e libertação nacional

❝ [...] podemos considerar o movimento de libertação como a expressão política organizada da cultura do povo em luta. A direção desse movimento deve assim ter uma noção clara do valor da cultura no âmbito da luta e conhecer profundamente a cultura de seu povo, seja qual for o nível do seu desenvolvimento econômico.

Atualmente, tornou-se um lugar-comum afirmar que cada povo tem a sua cultura. Já vai longe o tempo em que, numa tentativa para perpetuar o domínio dos povos, a cultura era considerada como apanágio de povos ou nações privilegiadas e em que, por ignorância ou má-fé, se confundia cultura e tecnicidade, senão mesmo cultura e cor da pele e forma dos olhos. O movimento de libertação, representante e defensor da cultura do povo, deve ter consciência do fato de que, sejam quais forem as condições materiais da sociedade que representa, esta é portadora e criadora de cultura, e deve, por outro lado, compreender o caráter de massa, o caráter popular da cultura, que não é, nem poderia ser, apanágio de um ou de alguns setores da sociedade.

Numa análise profunda da estrutura social que qualquer movimento de libertação deve ser capaz de fazer em função dos imperativos da luta, as características culturais de cada categoria têm um lugar de primordial importância. Pois, embora a cultura tenha um caráter de massa, não é contudo uniforme, não se desenvolve igualmente em todos os setores da sociedade. A atitude de cada categoria social perante a luta é ditada pelos seus interesses econômicos, mas também profundamente influenciada pela sua cultura. Podemos mesmo admitir que são as diferenças de níveis de cultura que explicam os diferentes comportamentos dos indivíduos de uma mesma categoria socioeconômica face ao movimento de libertação. E é aí que a cultura atinge todo o seu significado para cada indivíduo: compreensão e integração no seu meio, identificação com os problemas fundamentais e as aspirações da sociedade, aceitação da possibilidade de modificação no sentido do progresso.

Nas condições específicas do nosso país — e diríamos mesmo da África — a distribuição horizontal e vertical dos níveis de cultura tem uma certa complexidade. Com efeito, das aldeias às cidades, de um grupo étnico a outro, do camponês ao operário ou ao intelectual indígena mais ou menos assimilado, de uma classe social a outra, e mesmo, como afirmamos, de indivíduo para indivíduo, dentro da mesma categoria social, há variações significativas do nível quantitativo e qualitativo de cultura. Ter esses fatos em consideração é uma questão de primordial importância para o movimento de libertação.

[...] A experiência do domínio colonial demonstra que, na tentativa de perpetuar a exploração, o colonizador não só cria um perfeito sistema de repressão da vida cultural do povo colonizado, como ainda provoca e desenvolve a alienação cultural da parte da população, quer por meio da pretensa assimilação dos indígenas, quer pela criação de um abismo social entre as elites autóctones e as massas populares. Como resultado desse processo de divisão ou de aprofundamento das divisões no seio da sociedade, sucede que parte considerável da população, especialmente a 'pequena burguesia', urbana ou campesina, assimila a mentalidade do colonizador e considera-se culturalmente superior ao povo a que pertence e cujos valores culturais ignora ou despreza. Essa situação, característica da maioria dos intelectuais colonizados, vai cristalizando à medida que aumentam os privilégios sociais do grupo assimilado ou alienado, tendo implicações diretas no comportamento dos indivíduos desse grupo perante o movimento de libertação. Revela-se assim indispensável uma reconversão dos espíritos — das mentalidades — para a sua verdadeira integração no movimento de libertação. Essa reconversão — *reafricanização*, no nosso caso — pode verificar-se antes da luta, mas só se completa no decurso desta, no contato cotidiano com as massas populares e na comunhão de sacrifícios que a luta exige.

É preciso, no entanto, tomar em consideração o fato de que, perante a perspectiva da independência política, a ambição e o oportunismo que afetam em geral o movimento de libertação podem levar à luta indivíduos não reconvertidos. Estes, com base no seu nível de instrução, nos seus conhecimentos científicos ou técnicos, e sem perderem em nada os seus preconceitos culturais de classe, podem atingir os postos mais elevados do movimento de libertação. Isto revela como a vigilância é indispensável, tanto no plano da cultura como no plano da política. Nas condições concretas e bastante complexas do processo do movimento de libertação, nem tudo o que brilha é ouro: dirigentes políticos — mesmo os mais célebres — podem ser alienados culturais. **"**

ANDRADE, Mário de (coord.). *Obras escolhidas de Amílcar Cabral*. Lisboa: Seara Nova, 1976. v. I.

Análise e reflexão

1. Quais os recursos que o colonizador utiliza, na tentativa de perpetuar a exploração?

2. Explique o que significa a "reafricanização", sugerida por Cabral.

Nyerere: educação para a autoconfiança

Em 1961, logo depois de sua independência, a Tanzânia passou por uma revolução educacional na qual o presidente do país, Julius K. Nyerere (1922–1999), teve um papel bastante decisivo.

Baseado no denominado *self-reliance programme* ("programa de autoconfiança"), o presidente Nyerere resolveu investir maciçamente em educação. Em apenas seis anos, o país duplicou o número de escolas.

A nova filosofia educacional baseava-se no resgate da autoconfiança de cada criança e de cada cidadão, através do estudo e da valorização de sua cultura e de sua história. Os educandos deveriam ser formados para participar ativamente da nova sociedade socialista que se instalou após a independência.

As aspirações educacionais foram implementadas com garantia de que se obtivesse uma melhoria quantitativa e qualitativa do ensino, aliada à elevação da qualidade de vida do cidadão.

O primeiro estágio foi garantir que cada professor tivesse clareza a respeito das implicações educacionais dessa nova filosofia. Foram organizados seminários em nível nacional, envolvendo todas as pessoas ligadas direta ou indiretamente à educação, bem como representantes de organizações de outra natureza.

Uma das mudanças mais radicais foi o resgate e a adoção do idioma nativo, o suaíli, como língua oficial. Para isso, foi necessário confeccionar novos materiais pedagógicos, o que envolveu os mais diversos segmentos da sociedade, num esforço para se resgatar a autonomia cultural.

Para que o programa *self-reliance* fosse implantado, foi necessária a construção de uma nova consciência nacional em que não apenas os professores, mas todos os cidadãos — muito mais através de seus exemplos do que de suas palavras — contribuíssem na formação dos jovens e crianças tanzaneses.

O sistema educacional da Tanzânia

❝ [...] Os sistemas educacionais em diferentes tipos de sociedades no mundo foram, e são, muito diferentes em organização e em conteúdo. São diferentes porque as sociedades são diferentes e porque a educação, seja ela formal ou informal, tem um objetivo. Esse objetivo é transmitir a sabedoria e o conhecimento acumulados pela sociedade de uma geração para a seguinte e preparar os jovens para ter um papel ativo na manutenção ou desenvolvimento dessa sociedade.

[...] O fato de a África pré-colonial não possuir 'escolas' — exceto por curtos períodos de iniciação em algumas tribos — não implica que as crianças não fossem educadas. Elas aprendiam vivendo e fazendo. Nas casas e nas fazendas ensinavam-lhes as habilidades da sociedade e o comportamento esperado de seus membros. Através do contato com os mais velhos no trabalho, aprendiam que tipos de gramíneas eram adequados a este ou àquele propósito, o trabalho que deveria ser feito nas colheitas, ou o cuidado que precisava ser dispensado aos animais. Ouvindo as histórias dos mais velhos, aprendiam a história tribal e o relacionamento de sua tribo com outras tribos e com os espíritos. Assim, e pela adaptação ao costume de compartilhar, eram transmitidos aos jovens os valores da sociedade. A educação era, portanto, 'informal'; num grau mais ou menos elevado, todo adulto era um professor. Porém, essa falta de formalização não significava que não havia educação, nem isso afetava sua importância para a sociedade. Na verdade, isso deve tê-la tornado mais diretamente relevante à sociedade na qual a criança se desenvolvia.

Na Europa, há muito a educação é formalizada. Entretanto, uma análise de seu desenvolvimento mostrará que ela sempre teve objetivos semelhantes aos implícitos no sistema educacional tradicional africano. Ou seja, a educação formal na Europa tinha como meta reforçar a ética social existente em determinado país, e preparar as crianças e jovens para o lugar que ocupariam naquela sociedade.

[...] Nosso povo nas áreas rurais, assim como o seu governo, deve organizar-se cooperativamente e trabalhar para si e ao mesmo tempo para a comunidade à qual pertence. A vida em nossas aldeias, assim como nossa organização estatal, deve estar baseada nos princípios do socialismo e da igualdade no trabalho e na remuneração que fazem parte dele.

É isso que nosso sistema educacional deve estimular. Ele deve fomentar os objetivos sociais de viver e trabalhar em conjunto pelo bem comum. Deve preparar nossos jovens para desempenhar um papel dinâmico e construtivo no desenvolvimento de uma sociedade na qual todos os membros compartilhem imparcialmente a boa ou má sorte do grupo e em que o progresso seja medido em termos de bem-estar humano e não em construções, carros ou outras coisas semelhantes, sejam elas de domínio público ou privado. Nossa educação deve portanto propor uma noção de compromisso com a comunidade total e ajudar os alunos a aceitar os valores adequados ao nosso futuro e não os adequados a nosso passado colonial.

Assim, o sistema educacional da Tanzânia deve enfatizar o empenho cooperativo e não o avanço individual; deve salientar conceitos de qualidade e a responsabilidade de dar serviço condizente com qualquer habilidade especial, seja ela dirigida à carpintaria, à agropecuária ou à atividade acadêmica.

[...] Não é, entretanto, apenas em relação a valores sociais que nossa educação tem uma tarefa a cumprir. Ela deve também preparar os jovens para o trabalho que serão chamados a desempenhar na sociedade existente na Tanzânia — uma sociedade rural onde o progresso dependerá enormemente dos esforços do povo na agricultura e no desenvolvimento das aldeias. Isso não quer dizer que a educação na Tanzânia deva dirigir-se somente à produção de trabalhadores agrícolas passivos com diferentes níveis de especializações que simplesmente cumpram planos ou ordens recebidas de cima.

[...] Eles devem ser capazes de pensar por si mesmos, de emitir julgamentos sobre todos os problemas que os afetam; devem ser capazes de interpretar as decisões tomadas através das instituições democráticas para nossa sociedade e implementá-las à luz das circunstâncias locais peculiares nas quais vivam.

[...] A educação fornecida deveria, portanto, estimular em cada cidadão o desenvolvimento de três aspectos: uma mente inquiridora, uma habilidade de aprender a partir do que os outros fazem e rejeitar ou adaptar essas coisas às suas próprias necessidades, e uma confiança básica em sua própria posição como membro livre e igual da sociedade que valoriza os outros e é valorizada por eles pelo que se faz e não pelo que se obtém.

Conclusão

[...] A educação dada pela Tanzânia para os estudantes da Tanzânia deve servir aos propósitos da Tanzânia. Ela deve estimular o crescimento dos valores socialistas a que aspiramos.

[...] Não se trata apenas de uma questão de organização escolar e de currículo. Os valores sociais são formados pela família, pela escola e pela sociedade — ou seja, pelo ambiente global em que uma criança se desenvolve. Mas é inútil nosso sistema educacional enfatizar valores e conhecimentos adequados ao passado ou aos cidadãos de outros países; é errado contribuir para a continuação das desigualdades e privilégios ainda existentes em nossa sociedade devido ao que herdamos de nossos antepassados. Que nossos alunos sejam instruídos para serem membros e empregados de um futuro justo e igualitário ao qual este país aspira. **"**

> NYERERE, Julius K. The Overall Educational Conception. *In*:
> SVENDSEN, Knud Erik; TEISEN, Merete (orgs.). *Self-reliant Tanzania*.
> Dar es Salaam: Tanzania Publishing House, 1969.

Análise e reflexão

1. Nyerere faz uma comparação entre a educação formal europeia e a educação "informal" da África pré-colonial. Comente o que existe em comum entre os dois processos.

2. "[...] o sistema educacional da Tanzânia deve enfatizar o empenho cooperativo e não o avanço individual [...]." Por que Nyerere insiste tanto na predominância do trabalho cooperativo sobre o individual?

Faundez: a educação de adultos

Antonio Faundez (1938–) nasceu no Chile. Graduou-se em Filosofia pela Universidade de Concepción, onde mais tarde veio a lecionar e dirigir o Departamento de Filosofia.

Exilado político desde o golpe de Estado em 1973, Faundez doutorou-se em Sociologia e Semiologia das Artes e Literatura pela Escola de Estudos Avançados em Ciências Sociais de Paris (1981). É especialista em sociologia da cultura e da educação.

No Brasil, participou de vários congressos, nos quais falou em especial sobre *educação de adultos* na África, onde trabalhou em diversos países, principalmente nos de língua portuguesa. A proximidade entre o pensamento pedagógico africano e o latino-americano é muito grande.

> No caso de Antonio Faundez poderíamos dizer que seu pensamento é afro-latino-americano.
>
> Foi consultor do Centro de Estudos da Educação de Países em Desenvolvimento, em Haia, nos Países Baixos, e secretário executivo do IDEA (Instituto para o Desenvolvimento de Educação de Adultos). Entre suas obras estão: *Por uma pedagogia da pergunta*, discussão entre Antonio Faundez e Paulo Freire, e *Oralidade e escrita*.

Alfabetização, pós-alfabetização e cultura oral na educação africana

❝ O conceito de alfabetização já não pode ser considerado como o simples processo de aprendizagem da leitura e da escrita de uma língua determinada. Sem dúvida seus limites se ampliaram pelas exigências históricas — entre outras causas — dos povos que têm de incorporar grandes massas na participação ativa da criação e recriação permanente da sociedade.

Por isso hoje se fala em pós-alfabetização como momento superior do próprio processo de alfabetização, onde o domínio da língua escrita e falada se vincula necessariamente ao domínio dos instrumentos conceptuais e metodológicos para compreender e transformar a realidade social e natural. A língua, então, vem a ser considerada não como um mundo separado da realidade, mas sim como expressão e instrumento de comunicação com a realidade, e, portanto, expressão de domínio, de libertação ou de diálogo com a realidade, considerada como totalidade. Em todas essas expressões a palavra é poder e sua posse permitirá, segundo as circunstâncias históricas, a hegemonia de uma dessas expressões sobre as outras, no processo contraditório de uma sociedade determinada.

A língua — e sua expressão concreta cotidiana, a linguagem — é uma das manifestações culturais mais ricas e complexas. Ela é parte importante da cultura, mas, por sua vez, veículo de cultura, na medida em que se manifestam através dela outras expressões culturais que só podem alcançar sua concretização e seu desenvolvimento pela mediação privilegiada da palavra.

Assim o processo de alfabetização deve ser entendido como parte do processo cultural como totalidade e, como tal, nas contradições inerentes a esse processo, o qual em geral expressa contradições sociais que é necessário superar.

Inegavelmente, a partir dessa perspectiva, o processo de alfabetização adquire uma complexidade maior. Em todo país ou região concretos, nos quais esse processo começa — sempre por razões histórico-políticas —, o processo cultural tem suas formas específicas de manifestação. Estas deverão ser conhecidas e estudadas para determinar tanto o material linguístico a utilizar como o conteúdo desse material. Assim, por exemplo, um país que conta com culturas diversas e que deve conservar a unidade cultural na cultura-nação deverá considerar esses dois aspectos do problema cultural e tentar que o material a utilizar conserve, valorize e desenvolva tanto as diferenças culturais como a unidade cultural nacional.

Não é, portanto, exagero considerar, nestes casos, diferentes materiais e conteúdos utilizáveis em todo o processo de alfabetização que considerem esse duplo aspecto, o da diversidade cultural e o da unidade cultural.

[...] Um povo iletrado não é um povo ignorante. O conhecimento que acumulou por meio da produção de sua vida social se transmite fundamentalmente através da oralidade e da ação. Os programas que tendem a introduzir a escrita como meio de transmissão do conhecimento e como meio de criação de conhecimento em geral têm a tendência de se apresentar como antagônicos à oralidade e ao conhecimento ligado a ela. O erro, então, é duplo. De um lado se ignora — e, em muitos casos, se nega — a oralidade como meio privilegiado de expressão comunicativa e, de outro, se ignora e se nega o conhecimento acumulado e transmitido através da oralidade. Acreditamos que a posição que considera como antagônicos esses dois momentos da transmissão e criação de conhecimento e cultura é um dos elementos essenciais dos fracassos mais ou menos estrondosos de certos programas de alfabetização, tanto na África como na América Latina. Nossa experiência mostrou como é importante conceber como complementares essas duas expressões da cultura e da formação e transmissão de conhecimento.

Nos países africanos, sobretudo, e no nível linguístico, a cultura se expressa fundamentalmente por meio de manifestações orais. São culturas orais, essencialmente. Os conhecimentos empíricos, o imaginário, os sentimentos, a luta política popular, a literatura, as técnicas etc. privilegiam o oral, em oposição ao escrito. Assim, nossa experiência nos programas de alfabetização partiu dessa premissa fundamental. Sem dúvida, esse domínio não exclui outros tipos de dominação entre os grupos sociais; contudo, essa é uma forma de poder que uns têm sobre outros. A criação de uma cultura nacional e popular passa, também, pela superação dessa contradição, porque não se pode pensar e elaborar uma cultura nacional sem o enriquecimento mútuo das diferentes culturas que existem na sociedade dividida em interesses de grupos sociais. O esforço da construção de uma cultura nacional deve ser um esforço de todos os setores sociais do país, ainda que estejam separados por razões econômicas, sociais, culturais, regionais, políticas etc. Sem dúvida, essa construção não exclui uma luta social por vezes necessária, mas a realidade nos mostra que, também por meio da luta, ou talvez por meio da luta por interesses superiores aos interesses de grupos ou regiões, se pode chegar concretamente à realização de uma sociedade mais justa e mais solidária.

Sob essa perspectiva é que na África e na América Latina se foram recuperando e valorizando os conhecimentos populares em todos os campos, sejam saúde, técnicas de produção, organização social, mitos, lendas, poesia, música etc., que, através do diálogo com a cultura escrita, se foram superando e melhorando. Esta, por sua vez, através do diálogo, foi exigindo e impulsionando a superação do próprio conhecimento escrito e da própria transmissão da cultura escrita. Sem dúvida, nesse diálogo, o animador, oriundo da escolha comunitária, desempenha um papel essencial, pois sente e pode compreender mais facilmente a cultura comunitária ou popular. Além do que, nos países de plurilinguismo, seu conhecimento da língua ou das línguas nativas permitirá a concretização de uma política bilinguística tão necessária para a valorização das diferentes culturas. Na África, os materiais confeccionados nos processos educativos dos quais participamos utilizam de forma abundante o conhecimento popular e oral. Dessa forma, alguns cadernos de cultura popular são inteiramente confeccionados com base na cultura oral, sendo imaginados pelo povo, escritos por ele e para ele.**"**

FAUNDEZ, Antonio. Oralidade e escrita. São Paulo: Paz e Terra, 1969.

Análise e reflexão

1. Qual a relação que o autor faz entre energia e cultura?
2. "Um povo iletrado não é um povo ignorante." Comente essa afirmação.
3. Por que o autor acredita que alguns programas de alfabetização fracassaram em países da África e da América Latina?

Segunda parte: o pensamento pedagógico latino-americano

Francisco Gutiérrez: a pedagogia da comunicação

Francisco Gutiérrez (1928–2014) nasceu na Espanha. Ainda jovem, veio para a América Latina, onde, na Costa Rica, terminou seus estudos médios e cursou os estudos superiores. Sua tese de graduação fala sobre "educação do espectador cinematográfico", tema que será como um fio condutor de suas atividades em diferentes países latino-americanos, especialmente na Colômbia, no Panamá, na Costa Rica e no Peru. Licenciado em Ciências da Educação, fez pós-graduação em Estética e História Cinematográfica.

Em 1969, estudou na França, com uma bolsa do governo francês, temas como *os meios de comunicação e a pedagogia da linguagem total*. Dedicou-se à investigação e à colocação em prática de sua "pedagogia da linguagem total" em vários países da América Latina.

Obras publicadas: *El lenguaje total* (1972), *Hacia una pedagogía basada en los nuevos lenguajes de los medios de comunicación social* (1972), *Total language, a new approach to education* (1973) e *El lenguaje total: vocabulario* (1972).

A linguagem total

❝ [...] As metodologias em uso nas escolas tiveram, até o presente, um enfoque eminentemente verbalista. A exposição do professor e o livro de texto foram os veículos principais para levar aos jovens as especulações do espírito e todas as aquisições formais do saber. Para consegui-lo, sintetizou-se e dosificou-se a ciência. O que fez com que a escola se assemelhasse a uma fábrica. O professor, usando uma linguagem eminentemente abstrata e convencional, tratava de dirigir-se diretamente ao intelecto dos jovens. Para facilitar o processo, entregavam ao aluno os pensamentos feitos e até digeridos, tanto em forma oral como em forma escrita. Ao estudante, bastava memorizá-los. Todas as instituições escolares e religiosas (basta lembrar os catecismos de perguntas e respostas) se acomodaram a esta metodologia.

Hoje, os meios de comunicação de massa, codificando a realidade de um modo diferente, contribuíram para a exploração que dá à comunidade uma comunicação mais consoante com a integridade da natureza humana.

254 HISTÓRIA DAS IDEIAS PEDAGÓGICAS

A linguagem oral, e particularmente a escrita, chegaram a descarnar o homem ao separar a realidade de sua representação simbólica. A palavra chegou a ser um instrumento neutro, alheio ao processo criador do homem. A percepção visual e sonora são operações fundamentais ao ato de conhecer. A compreensão não vem depois da audição ou da visão, é imanente à percepção. A linguagem total reintroduz o homem num universo de percepções porque é, antes de mais nada e primordialmente, uma experiência pessoal, global, onde a percepção opera integrando os diversos sentidos.

Desta forma, a pedagogia da linguagem total leva ao perceptor o prazer novo e motivador da aprendizagem. O aluno está sempre querendo saciar sua fome de estímulos, sensações e percepções.

Os jovens de hoje sentem necessidade de uma sacudida sensorial para trabalhar e comunicar-se. Estão inclinados a captar, globalmente, a conexão das imagens, das sensações e dos sons, sem necessidade de recorrer ao processo de análise-síntese.

Por outro lado, a psicologia nos ensina que não é possível falar diretamente à razão sem violentar o que há de mais elementar da natureza humana. Isto já foi colocado em relevo pelas novas linguagens dos meios de comunicação social. A página de uma revista, ou jornal, não pretende falar diretamente à razão, mas aos sentidos. Diga-se outro tanto, e com maior razão, do cinema e da televisão. [...]

As novas linguagens nos evidenciaram que se comunicar não consiste somente em transmitir ideias, fatos, mas sim em oferecer novas formas de ver as coisas, influenciando e até modificando, desse modo, os significados ou conteúdos.

[...] A educação deverá promover, antes de mais nada, o desenvolvimento de aptidões para assumir responsabilidades tanto individuais quanto sociais frente a um mundo imprevisível e cada dia menos codificado. Em outras palavras, educar é fazer aparecer as múltiplas possibilidades num indivíduo ou num grupo social. Isto levará os responsáveis pelos sistemas educacionais a dar menor importância à seleção dos conhecimentos. Esses conhecimentos surgirão das necessidades e circunstâncias reais dos educandos e de seu relacionamento com a semiótica social e a semiótica dos meios de comunicação.

[...] A comunicação profunda é básica entre os alunos entre si, e entre alunos e professores ou coordenadores. Poder-se-ia afirmar que, para a realização de uma autêntica educação, tanto educadores como educandos têm que 'colocar-se em estado de comunicação'. Cada um deve ir ao encontro do outro. **"**

GUTIÉRREZ, Francisco. *Linguagem total*: uma pedagogia dos meios de comunicação. São Paulo: Summus, 1978.

Análise e reflexão

1. Que consequências gera o enfoque verbalista adotado pelas escolas até o presente?
2. Explique o tipo de linguagem utilizado nos meios de comunicação social.
3. "Poder-se-ia afirmar que, para a realização de uma autêntica educação, tanto educadores como educandos têm que 'colocar-se em estado de comunicação'." Você concorda com essa afirmação? Por quê?

Rosa María Torres: a alfabetização popular

Rosa María Torres, pedagoga e linguista equatoriana, tem tido grande atuação dentro do campo da educação popular: participou de projetos de alfabetização e educação popular em países da América Latina, inclusive na Nicarágua pós-revolucionária; dedicou-se à assessoria, sistematização e avaliação didáticas, tendo reproduzido reconhecidas contribuições teóricas e práticas. Foi diretora pedagógica da Campanha Nacional pelo Letramento, no Equador, e, após a Conferência Mundial de Educação para Todos, em 1990, tornou-se assessora do Unicef em Nova York.

Em seu ensaio *Discurso e prática em educação popular*, publicado no Brasil em 1988, a pedagoga critica a distância entre o que se diz ser a educação popular e o que ela tem sido realmente. No discurso, a educação das massas é sempre alvo de promessas e esperanças, é sempre apontada como a solução para os problemas do país. Na prática, entretanto, a educação pública nunca é priorizada, existe em condições adversas e ainda está longe de universalizar-se.

Outras obras publicadas: *Nicarágua: revolución popular, educación popular* e *Educación popular: un encuentro con Paulo Freire*.

Nove teses sobre alfabetização (reflexões em torno da experiência nicaraguense)

" 1. O êxito e o fracasso de uma ação alfabetizadora não se fundam, em última instância, nem em questões econômicas nem em questões técnicas, mas na experiência ou não de uma firme vontade política com capacidade para organizar e mobilizar o povo em torno do projeto alfabetizador.

2. Um projeto alfabetizador requer a aplicação de conhecimentos científicos e técnicos historicamente negados ao povo, cujo controle pode ser-lhe restituído através de uma aliança com o setor social que os detém, e ao longo de um processo que tem a alfabetização precisamente como seu ponto de partida.

3. A alfabetização popular não pode ser vista nem como uma obra beneficente nem como uma concessão, mas como um direito do povo e, consequentemente, como um compromisso dos setores progressistas e do movimento revolucionário.

4. A alfabetização é um dos instrumentos que pode contribuir significativamente e através de múltiplas vias de construção e consolidação de um projeto popular hegemônico e, portanto, deve acompanhar e integrar-se plenamente ao conjunto de ações orientadas para a libertação do povo.

5. A alfabetização popular não pode ser vista como um processo puramente 'conscientizador', mas como um processo de aquisição da leitura e da escrita que, como tal, constitui-se numa condição favorável para promover a tomada de consciência e a organização popular.

6. A alfabetização popular, em sua dimensão conscientizadora, não pode ser entendida como uma ação mecânica, interpessoal ou puramente intelectual, mas como um processo basicamente social de formação, organização e mobilização de uma nova consciência crítica, isto é, de uma consciência de classe.

7. A alfabetização, enquanto instrumento posto a serviço da construção de um projeto popular hegemônico, deve constituir-se num processo aglutinador, fundamentado na mais ampla, unitária e democrática participação de todos os setores e grupos sociais, porém com a condição de não renunciar a seu caráter popular e contestatório.

8. Impulsionar e levar à frente uma alfabetização popular requer, como condição, uma autêntica confiança no povo como protagonista ativo e sujeito de suas próprias transformações históricas.

9. A alfabetização não pode ser vista como uma meta em si mesma, mas apenas como o ponto de partida de um processo de educação permanente dos setores populares, dentro do qual a pós-alfabetização constitui-se num momento superior e necessário de consolidação e aprofundamento da alfabetização. **"**

TORRES, Rosa María. *Nicarágua*: revolución popular, educación popular. México: Linea, 1985.

Análise e reflexão

1. De que depende o êxito de uma ação alfabetizadora?

2. Que tipo de conhecimento Rosa María Torres afirma que tem sido sistematicamente negado ao povo? Como ela acha que tais conhecimentos possam ser restituídos ao povo?

3. Por que a alfabetização não pode ser encarada como uma meta em si mesma?

Maria Teresa Nidelcoff: a formação do professor-povo

Educadora e ativista argentina, Maria Teresa Nidelcoff desenvolveu suas atividades práticas com crianças da classe trabalhadora nos bairros operários de Buenos Aires. Sua obra visou formar educadores engajados, que denominava "professores-povo", contrapondo-se à formação do educador tradicional ("neutro") e ao educador das classes dominantes, que denominava "professor-policial". Procurava substituir a atitude "policialesca e castradora" deste por uma atitude criativa de "engajamento" na cultura do educando do "professor-povo".

Para ela, os professores podem e devem constituir-se em elementos da mudança numa sociedade preocupada em manter as coisas como estão. Para isso, a mudança de atitude e uma compreensão concreta da realidade local e da escola por parte do magistério são fundamentais.

Nidelcoff afirma que a escola "real", em que os estudantes vivem suas experiências pedagógicas concretas, é substancialmente diferente da escola "teórica" projetada pelos donos do poder para preservar e reproduzir a ordem social vigente.

Diante da "massificação" da pedagogia e da sociedade, ela propõe que os professores comecem a atuar com maior participação no processo educativo e iniciem a criação de uma didática que surja deles mesmos, que interrompa o processo de despersonalização da educação e, acima de tudo, possa começar a ser aplicada agora, sem esperar que as coisas mudem para que as mudanças internas possam acontecer.

A obra de Nidelcoff situa-se entre aquelas que buscam o estudo da própria realidade como técnica de transformação e mudança.

Principais obras: *Uma escola para o povo, A escola e a compreensão da realidade* e *As ciências sociais na escola*.

As Ciências Sociais na escola

❝ Nossa praxe leva implícita uma concepção de sociedade e das relações humanas que se faz notar por ação ou por omissão. Explicitar essas ideias, que de qualquer maneira darão o colorido a nossa ação, é um ato de clareza para conosco, que deve ser acompanhado de uma atitude honrosa de respeito ao aluno e da criação de um ambiente que torne possível a pluralidade. Estas são as linhas gerais propostas:

1) antes de mais nada, nós, professores, somos pessoas, temos que nos resgatar como tal, alimentar nosso fogo, viver plenamente, explorar nossas possibilidades, ser plenamente seres vivos. Somente um ser vivo pode ser um professor desperto. [...];

2) valorizar a comunicação e seus componentes afetivos, centrar nela nosso trabalho: eu e eles, eles e eu. Se alguma coisa — um método, uma forma de avaliação — está sendo obstáculo em nossa relação com os alunos, deve ser deixada de lado. [...];

3) gostar dos alunos, querer vê-los felizes. Isto é uma utopia? [...] Mas se não somos capazes de gostar deles... o que estamos fazendo entre eles? Método algum pode ser eficaz quando existe aversão do professor em relação ao aluno, que acaba sendo necessariamente mútuo. [...];

4) ser plenamente conscientes de que vivemos numa sociedade com profundos conflitos de classes, com situações cotidianas de injustiça social, de impotência frente aos privilégios de alguns. Nós, trabalhadores do ensino de escolas cujos alunos pertencem precisamente a esses setores mais desfavorecidos, para os quais não se estende ainda a tão célebre 'igualdade de oportunidades', não somos nem podemos ser neutros, e devemos começar por esclarecer para nós mesmos de que lado estamos. [...];

5) nossa didática em Ciências Sociais também não tem por que ficar à margem da luta pela paz, pela defesa do meio ambiente e pela justiça social. [...] Temos que abrir nossa aula para a discussão do tema sobre a paz: o que é, o que atenta contra ela, como se constrói. Aqui não é válida somente uma colocação espiritualista da paz 'na sala de aula'. Isto só é válido se os alunos são também conscientes das causas das guerras, das injustiças de ordem internacional, da problemática do armamentismo. [...];

6) devemos ser sensíveis à problemática da mulher e estar atentos para introduzi-la em classe: descobrir a situação da mulher nas diferentes épocas que estudamos; impulsionar o debate sobre a questão; não repetir em classe os estereótipos de condutas consideradas 'próprias da mulher', como arrumar a sala de aula, varrer, costurar; ajudá-los a descobrir em seus próprios livros, nas revistas que leem e na publicidade a imagem da mulher que se transmite e se reitera; estimular nas meninas a ocupação de espaços a elas vedados e a que não se deixem subestimar;

7) proponho que outro tema orientador de nossa didática seja o dos direitos humanos, com um compromisso solidário pela defesa da dignidade do homem em qualquer regime. Isto se ajusta plenamente às responsabilidades de nossa área, as Ciências Sociais. [...];

8) ter uma constante atitude de inquietação em fomentar a criatividade. [...] É nosso papel dar-lhes pistas, fazer-lhes propostas, abrir-lhes trilhas para que possam começar a caminhar. Introduzi-los nos diversos meios possíveis de expressão. É lamentável ver, como no ensino secundário, circunscrever-se tudo à expressão escrita e oral, deixando de lado a cor, a imagem, a mímica, os fantoches, a música etc. [...];

9) valorizar de forma suficiente o aspecto lúdico: parece que, em nosso afã de que os alunos descubram e analisem a realidade, enfatizamos exclusivamente o que é sério, os aspectos duros e criticáveis, e não valorizamos suficientemente o prazeroso, o agradável, o divertido, o lúdico, como parte dos temas ou parte da relação em classe e dos mil e um incidentes que nela ocorrem. [...];

10) ter sempre em mente que a escola não pode se limitar ao descobrimento do que está fora de nós — o país, o meio, a classe etc. —, mas que também deve assumir o descobrimento de si mesmo, do próprio corpo, das próprias sensações, dos próprios pensamentos, afetos e questionamentos. [...];

11) criar um ambiente sereno e de respeito no qual possa aflorar e desenvolver-se a pluralidade dentro da classe. Para isto, teremos que nos precaver

contra nossa tendência (por formação, por rotina) às diversas formas de autoritarismo duro, moderado ou 'progressista'. Como integrantes da classe, temos o direito de expressar nossas ideias dentro dela, mas de maneira tal que os alunos entendam que elas não são mais do que isso: as ideias do professor, que não pretende que eles as assumam, mas, sim, que saibam trilhar com autonomia seu próprio caminho e que façam suas próprias descobertas. [...];

12) partir do que é imediato ao aluno, de sua experiência conhecida. Cumpriremos o velho princípio didático de 'ir do conhecido ao desconhecido', mas, além disso, descobriremos e os faremos descobrir que nossa realidade cotidiana é muito rica e que nos sugere muitas dúvidas. [...];

13) aprender com eles a ser livres, a amar a liberdade e a descobrir o que a anula. Porém aqui também viveremos com eles a contradição entre as liberdades individuais e a disciplina que a vida em grupo e a aprendizagem mais ou menos ordenada de uma ciência supõem lembrando que a ordem é um meio e não um fim em si mesmo. Ampliaremos o campo daquilo que podem escolher, abriremos a possibilidade de que elaborem suas próprias normas mas também lhes exigiremos responsabilidades no cumprimento do que for democraticamente estabelecido.

Chegamos então ao tema da responsabilidade, que deveria ser outra norma orientadora de nossa didática. A verdadeira responsabilidade é exercida quando se pode escolher e discutir as decisões para então acostumar-se a cumprir suas obrigações, não cedendo sem necessidade.

Dadas estas linhas gerais, trata-se de elaborar uma didática ativa no duplo sentido do termo: ativa por estar baseada no princípio de que os alunos aprendem através de sua atividade e ativa no sentido de que nasça de nossa criatividade, que não nos limitemos a copiar propostas dos manuais ou outras experiências realizadas. **"**

NIDELCOFF, Maria Teresa. *As ciências sociais na escola.* São Paulo: Brasiliense, 1987.

Análise e reflexão

1. "Gostar dos alunos, querer vê-los felizes. Isto é uma utopia? [...] Mas se não somos capazes de gostar deles... o que estamos fazendo entre eles? Método algum pode ser eficaz quando existe aversão do professor em relação ao aluno, que acaba sendo necessariamente mútuo."

Você acha que a relação professor-aluno tem esse aspecto? Comente.

2. Transcreva um trecho do texto que contenha algo de que você discorde. Explique por que discorda.

3. Comente a questão da valorização do aspecto lúdico da educação.

Emilia Ferreiro: o construtivismo

Emilia Ferreiro (1937–2023), argentina, doutorou-se em Psicologia pela Universidade de Genebra. Foi orientanda e colaboradora de Jean Piaget. Desenvolveu trabalhos sobre a psicogênese da língua escrita.

Foi professora em várias universidades latino-americanas e europeias. Exerceu a função de professora titular do centro de pesquisa e de estudos avançados do Instituto Politécnico Nacional do México e trabalhou como pesquisadora do Centro Internacional de Epistemologia Genética.

A teoria de Emilia Ferreiro nasce no bojo da América Latina, onde a evasão e a repetência escolares progridem de forma alarmante. Como uma importante saída para essa problemática, Emilia Ferreiro repensou o processo de aquisição da escrita e da leitura. A autora pesquisou a psicogênese da língua escrita, verificando que as atividades de interpretação e de produção da escrita começam antes da escolarização, e que a aprendizagem dessa escrita se insere em um sistema de concepções, elaborado pelo próprio educando, cujo aprendizado não pode ser reduzido a um conjunto de técnicas perceptivo-motoras.

Principais obras: *Los procesos constructivos de apropriación de la escritura* (1982), *Psicogênese da língua escrita, Alfabetização em processo* (1986), *Reflexões sobre alfabetização* (1985).

Outra educadora argentina, Ana Teberosky (1944–2023), acompanhou o estudo e a pesquisa de Emilia Ferreiro na Espanha. Para elas o uso de cartilha na alfabetização é obsoleto pois a criança já dispõe de conhecimento sobre a escrita antes de entrar na escola. É a partir desses estágios de conhecimentos que o educador deve desenvolver sua prática pedagógica.

A aprendizagem da leitura e da escrita

❝ Entre as propostas metodológicas e as concepções infantis há uma distância que pode medir-se em termos do que a escola ensina e a criança aprende. O que a escola pretende ensinar nem sempre coincide com o que a criança consegue aprender. Nas tentativas de desvendar os mistérios do código alfabético, o docente procede passo a passo, do 'simples ao complexo', segundo uma definição própria que sempre é imposta por ele. O que é próprio dessa proposição é atribuir simplicidade ao sistema alfabético. Parte-se do suposto de que todas as crianças estão preparadas para aprender o código, com a condição de que o professor possa ajudá-las no processo. A ajuda consiste, basicamente, em transmitir-lhes o equivalente sonoro das letras e exercitá-las na realização gráfica da cópia. O que a criança aprende — nossos dados assim o demonstram — é função do modo em que vai se apropriando do objeto, através de uma lenta construção de critérios que lhe permitam compreendê-lo. Os critérios da criança somente coincidem com os do professor no ponto terminal do processo. É por isso que:

1. A escola se dirige a quem já sabe, admitindo, de maneira implícita, que o método está pensado para aqueles que já percorreram, sozinhos, um longo e prévio caminho. O êxito da aprendizagem depende, então, das condições em que se encontre a criança no momento de receber o ensino. As que se encontram em momentos bem avançados de conceitualização são as únicas que podem tirar proveito do ensino tradicional e são aquelas que aprendem o que o professor se propõe a ensinar-lhes. O resto, são as que fracassam, às quais a escola acusa de incapacidade para aprender ou de 'dificuldades na aprendizagem', segundo uma terminologia já clássica. Porém, atribuir as deficiências do método à incapacidade da criança é negar que toda a aprendizagem supõe um processo, é ver *déficit* ali onde somente existem diferenças em relação ao momento de desenvolvimento conceitual em que se situam. Isso porque:

2. Nenhum sujeito parte do zero ao ingressar na escola de primeiro grau, nem sequer as crianças de classe baixa, os desfavorecidos de sempre. Aos 6 anos, as crianças 'sabem' muitas coisas sobre a escrita e resolveram sozinhas numerosos problemas para compreender as regras de representação escrita. Enquanto a escola supõe que:

3. É através de uma técnica, de uma exercitação adequada, que se supera o difícil transe da aprendizagem da língua escrita. A sequência clássica 'leitura mecânica, compreensiva, expressiva' para a leitura e a exercitação na cópia gráfica supõe que o segredo da escrita consiste em produzir sons e reproduzir formas.

4. O sujeito a quem a escola se dirige é um sujeito passivo, que não sabe, a quem é necessário ensinar, e não um sujeito ativo, que não somente define

seus próprios problemas, mas que além disso constrói espontaneamente os mecanismos para resolvê-los. É o sujeito que reconstrói o objeto para dele apropriar-se através do desenvolvimento de um conhecimento e não da exercitação de uma técnica. Quando podemos seguir de perto esses modos de construção do conhecimento, estamos no:

5. terreno dos processos de conceitualização que diferem dos processos atribuídos por uma metodologia tradicional. Os processos de aproximação ao objeto seguem caminhos diferentes dos propostos pelo docente. A ignorância da escola a respeito dos processos subjacentes implica:

6. pressuposições atribuídas à criança em termos de:

a) 'a criança nada sabe', com o que é subestimada, ou

b) 'a escrita remete, de maneira óbvia e natural, à linguagem', com o que é superestimada, porque, como temos visto, não é uma pressuposição natural para a criança e isto é assim porque:

7. parte-se de uma definição adulta do objeto a conhecer e se expõe o problema sob o ponto de vista terminal. Além disso, porém, a definição do que é ler e do que é escrever está errada. Acreditamos que, à luz dos conhecimentos atuais, a escola deve revisar a definição desses conceitos. Assim como também deve revisar o:

8. conceito de 'erro'. Piaget mostrou a necessária passagem por 'erros construtivos' em outros domínios do conhecimento. A leitura e a escrita não podem ser uma exceção: encontramos também muitos 'erros' no processo de conceitualização. É óbvio que, tratando de evitar tais erros, o professor evita que a criança pense. No outro extremo, temos erros, produtos do método, resultado da aplicação cega de uma mecânica. Com efeito, a partir de que modelos se pode definir uma dificuldade de aprendizagem? Segundo que definição de erro? Isto obriga também a revisar o conceito de 'maturidade' para a aprendizagem, assim como as fundamentações das provas psicológicas que pretendem medi-la. E, finalmente, é necessário que nos coloquemos também:

9. os critérios de avaliação de progressos assim como a concepção sobre a preparação pré-escolar para a aprendizagem da leitura e escrita. Ambas são dependentes de uma teoria associacionista, ambas estão pensadas em termos de *performance* na destreza mecânica da cópia gráfica e o decifrado.

Em resumo, a leitura e a escrita se ensinam como algo estranho à criança e de forma mecânica, em lugar de pensar que se constituem num objeto de seu interesse, do qual se aproxima de forma inteligente. Como disse Vygotsky:

'às crianças se ensina traçar letras e fazer palavras com elas, mas não se ensina linguagem escrita. A mecânica de ler o que está escrito está tão enfatizada que afoga a linguagem escrita como tal'. E logo acrescenta: 'É necessário levar a criança a uma compreensão interna da escrita e conseguir que esta se organize mais como um desenvolvimento do que como uma aprendizagem'. **"**

FERREIRO, Emilia; TEBEROSKY, Ana. *Psicogênese da língua escrita*. Porto Alegre: Artes Médicas, 1985.

Análise e reflexão

1. "O sujeito a quem a escola se dirige é um sujeito passivo, que não sabe, a quem é necessário ensinar [...]" Comente.
2. Emilia Ferreiro fala da importância dos "erros construtivos" para o processo de desenvolvimento. Cite dois exemplos em que você aprendeu algo a partir de um erro.
3. Quais são os dois tipos de erro que ela especifica?

Juan Carlos Tedesco: a autonomia da escola

Juan Carlos Tedesco (1944–2017) foi um dos mais respeitados sociólogos educacionais da América Latina. Nasceu na Argentina, foi professor da Universidade de La Plata, na Argentina, e da Flacso (Faculdade Latino-Americana de Ciências Sociais). Foi também diretor do escritório regional da Unesco, com sede em Santiago, no Chile, e diretor do Bureau Internacional de Educação da Unesco, com sede em Genebra, na Suíça.

Os estudos de Juan Carlos Tedesco o levaram à conclusão de que a qualidade da educação e seu maior ou menor dinamismo e eficiência não têm relação direta com o caráter público ou privado dos estabelecimentos de ensino, e, sim, com a capacidade de levar à frente uma gestão autônoma.

Entre seus livros, destacamos: *El desafío educativo: calidad y democracia (1987)* e *Sociologia da educação* (1983).

A dinamização do sistema educativo

❝ A proposta central deste artigo consiste em sustentar que o eixo de discussão da dinamização do sistema educativo não radica tanto na questão do caráter privado ou estatal dos estabelecimentos, mas sim nos estilos de gestão que caracterizam um ou outro segmento da oferta educativa. A realidade dos países em desenvolvimento demonstra que o serviço estatal é o único que chega aos setores pobres (isto é, o único setor público do ponto de vista da população a que atende). Mas essa mesma experiência mostra que a forma com a qual o Estado enfrenta o desafio de oferecer esse serviço é ineficiente e excludente. Inversamente, o setor privado possui uma dinâmica de gestão que lhe permite ser eficiente, criativo e flexível, mas está dirigido somente aos setores sociais mais favorecidos.

Frente a esta situação, existiriam duas formas diferentes de enfrentar o problema:

1. definir uma estratégia destinada a introduzir democracia no setor privado; ou

2. definir uma estratégia destinada a introduzir o dinamismo da oferta privada no setor público.

As estratégias mais comuns a democratizar o funcionamento do setor privado consistem em: subsidiar escolas administradas por particulares ou apoiar, com programas de bolsas, o acesso de alunos de famílias pobres aos estabelecimentos privados.

Para introduzir dinamismo na gestão pública, por outro lado, atualmente tem-se generalizado o consenso acerca das potencialidades das estratégias de descentralização e de maior autonomia aos estabelecimentos.

Em apoio a esta linha de ação, argumenta-se que as estratégias tradicionais baseadas em melhorar homogeneamente os insumos (salários de professores, equipamentos, textos, currículo etc.) não têm dado resultados positivos devido, entre outros fatores, à heterogênea situação dos estabelecimentos. O peso com o qual cada insumo deve ser melhorado e o momento preciso no qual esta melhora deve ser efetuada dependem das condições locais. As decisões desse tipo, em consequência, também devem ser tomadas a nível local. [...]

A esse respeito, a hipótese que este trabalho intenta postular é que o ponto central em toda política de autonomia pedagógica é o que se refere a pessoal, já que autonomia institucional implica autonomia profissional por parte do pessoal docente.

A situação dos países em desenvolvimento, em relação a esses pontos, é muito heterogênea. Há países com forte tradição de escolas públicas

266 HISTÓRIA DAS IDEIAS PEDAGÓGICAS

de excelente qualidade, com docentes altamente profissionalizados. Mas, também, e mais frequentemente, é a situação inversa, reforçada pelas tendências dos últimos anos de deterioração das condições de trabalho dos docentes, a desprofissionalização e o abandono da profissão docente por parte dos mais qualificados. A interrogação, do ponto de vista da definição de políticas, consiste em definir se é preciso primeiro profissionalizar para logo dar autonomia ou, ao inverso, a autonomia institucional deve ser o primeiro passo para lograr maiores níveis de profissionalização.

Em realidade, obviamente, essas opções excluem os extremos e o debate coloca-se ao redor das ênfases e na sequência das ações. Tal debate, ademais, não pode dar-se somente, nem principalmente, a partir de uma perspectiva acadêmica. As variáveis mais importantes são as que se referem às especificidades políticas nacionais. Nesse sentido é importante destacar que o problema central situa-se no Estado e em sua capacidade para exercer suas funções de regulamentação, de avaliação de resultados e de dotação prioritária de recursos para os setores mais estratégicos, do ponto de vista do desenvolvimento econômico e de equidade social.

No entanto, há, ao menos, dois pontos sobre os quais é preciso chamar atenção e analisar os resultados de experiências concretas: 1) o igualitarismo com o qual se considera os docentes, sem relação com os resultados, o qual priva o sistema de um mecanismo fundamental de eficiência; 2) o novo rol dos diretores das escolas, que deve deixar de ser predominantemente um executor de instruções uniformes para passar a ser um gestor e um criador de alternativas apropriadas. **"**

> TEDESCO, Juan Carlos. Alguns aspectos da privatização educativa na América Latina. *Estudos Avançados*, São Paulo, Instituto de Estudos Avançados da Universidade de São Paulo, v. 5, n. 12, 1991.

Análise e reflexão

1. Estabeleça diferenças entre os serviços educacionais estatais e os privados, sob o ponto de vista de Tedesco.

2. Quais as estratégias comumente usadas para democratizar os estabelecimentos privados? E para dinamizar a gestão pública?

3. Comente os dois pontos para os quais o autor chama a atenção:

   a) o igualitarismo com o qual se considera os docentes;

   b) o papel dos diretores de escola.

Capítulo 15

O pensamento pedagógico brasileiro

O pensamento pedagógico brasileiro começa a ter autonomia apenas com o desenvolvimento das teorias da Escola Nova. Quase até o final do século XIX nosso pensamento pedagógico foi dominado pela tradição católica, do *Brasil Colônia* ao início da *República Velha*, passando pelo *Brasil Império*. Foi graças ao pensamento iluminista trazido da Europa por intelectuais e estudantes de formação laica, positivista, liberal, que a teoria da educação brasileira pôde dar seus primeiros passos.

A criação da Associação Brasileira de Educação (ABE), em 1924, foi um marco nessa caminhada. Foi um tempo de grande *otimismo pedagógico*: reconstruir a sociedade pela reconstrução da educação.

Reformas importantes realizadas na década de 1920 impulsionaram o debate educacional, superando gradativamente a *educação jesuítica tradicional*, conservadora, que dominava o pensamento pedagógico brasileiro desde os primórdios. O domínio dos jesuítas havia sofrido um recuo durante apenas um curto espaço de tempo, entre 1759 e 1772. O obscurantismo português sobre o Brasil era tanto que, em 1720, a metrópole proibiu a imprensa em toda a colônia, na tentativa de mantê-la isolada de influências externas.

Os jesuítas nos legaram um ensino de caráter verbalista, retórico, livresco, memorístico e repetitivo, que estimulava a competição através de prêmios e castigos, mais preocupado com a formação das elites coloniais, difundindo nas classes populares a cultura da subserviência. Era uma educação que reproduzia uma sociedade perversa, dividida entre analfabetos e sabichões, os "doutores".

Um balanço da educação até o final do Império está em dois brilhantes e eruditos *pareceres* de Rui Barbosa (1849–1923): o primeiro sobre os ensinos médio e superior, e o segundo sobre o ensino fundamental, apresentados ao Parlamento, respectivamente, em 1882 e 1883. Neles Rui Barbosa prega a liberdade de ensino, a laicidade da escola pública e a instrução obrigatória. A reforma sugerida por Rui Barbosa inspirava-se nos sistemas educacionais da Inglaterra, da Alemanha e dos Estados Unidos. O balanço mostrava o nosso atraso educacional, a fragmentação do ensino e o descaso pela educação popular, que predominaram até o Império. A República prometia levar a questão educacional a sério. Em 1890, os republicanos criaram o Ministério da Instrução junto com os Correios e Telégrafos. Em 1931, o Ministério da Justiça seria associado à Saúde Pública.

A educação foi interesse constante também do *movimento anarquista* no Brasil no início do século XX. Para os anarquistas, a educação não era o único nem o principal agente desencadeador do processo revolucionário. Entretanto, se não ocorressem mudanças profundas na mentalidade das pessoas — em grande parte promovidas pela educação —, a revolução social desejada jamais alcançaria êxito.

Este posicionamento dos anarquistas em relação à educação derivava do princípio da liberdade: os libertários eram contra a opressão e a coerção.

O movimento anarquista no Brasil era profundamente influenciado pelo movimento anarquista europeu através de livros, revistas e jornais. Essa influência é claramente percebida quando se comparam duas iniciativas educacionais promovidas em São Paulo: a Escola Libertária Germinal, que não foi em frente, e a Escola Moderna (destinada à educação de crianças da classe operária), inspirada na obra de Francisco Ferrer.

O ensino libertário ministrado pelas Escolas Modernas encerrou-se, pelo menos na capital de São Paulo e em São Caetano (atual São Caetano do Sul), em 1919. Aquele ano foi marcado por fortes tensões entre os anarquistas e as autoridades, especialmente porque circulavam informações de que estava sendo urdida no Rio de Janeiro, com a participação de anarquistas, uma conspiração visando à derrubada do governo.

Entretanto, desde 1915 já vinha se configurando um quadro bem pouco favorável à sobrevivência do ensino racionalista tal como fora proposto por Ferrer. O recrudescimento do nacionalismo e a consequente decisão do governo de imprimir novas diretrizes no campo da educação foram outros fatores que contribuíram para o encerramento da mais avançada experiência libertária da esfera educacional.

O *pensamento pedagógico libertário* teve como principal difusora a educadora Maria Lacerda de Moura (1887–1944), combatendo principalmente o analfabetismo.

Em *Lições de Pedagogia I* (1925), Maria Lacerda de Moura propôs uma educação que incluísse educação física, educação dos sentidos e o estudo do crescimento físico. Amparando-se em Binet, Claparède e Montessori, afirmava que, além das noções de cálculo, leitura, língua pátria e história, seria preciso estimular associações e despertar a vida interior da criança para que houvesse uma autoeducação. Dizia ela que era preciso declarar guerra ao analfabetismo, mas também à ignorância presumida, ao orgulho tolo, à vaidade vulgar, à pretensão, à ambição, ao egoísmo, à intolerância, ao sectarismo absorvente, aos preconceitos; em suma: guerra à mediocridade, à vulgaridade e à prepotência assegurada pela autoridade do diploma e do bacharelado incompetente.

Em 1930, a burguesia urbano-industrial chega ao poder e apresenta um novo projeto educacional. A educação, principalmente a educação pública, passou a ter espaço nas preocupações do poder.

O *Manifesto dos pioneiros da educação nova*, assinado por 27 educadores, em 1932, seria o primeiro grande resultado político e doutrinário de 10 anos de luta da ABE em favor de um *Plano Nacional de Educação*.

O *Manifesto* nasceu em meio à efervescência política dos anos 1920 e 1930, no contexto do chamado "entusiasmo pela educação" e de defesa da escola pública, marcando a passagem de uma sociedade oligárquica para uma sociedade republicana. Pelo seu caráter prospectivo, estratégico e mobilizador, ele pode ser considerado como um documento fundador da educação nacional.

Os pioneiros afirmavam o dever do Estado para com a educação e apontavam para uma política educacional central forte, capaz de criar uma identidade nacional, mas, ao mesmo tempo, descentralizada, articulando responsabilidades próprias e compartilhadas dos entes federados. A tese de uma organização sistêmica da educação nacional, tema central do *Manifesto*, traduzir-se-ia na Constituição de 1934 nos dispositivos que instituíram os sistemas de ensino e os conselhos de educação, articulados por um Plano Nacional de Educação.

Não se trata apenas de um manifesto pedagógico. Trata-se de um manifesto político e civilizatório. Os pioneiros defendiam um modelo econômico centrado na educação, afirmando ser impossível desenvolver as forças econômicas sem o preparo das forças culturais, priorizando, na "hierarquia dos problemas nacionais", a formação dos profissionais necessários para o projeto de país que estava em construção. O manifesto discute os fundamentos e finalidades da educação na "reconstrução social" através da "reconstrução educacional", inserindo a democracia como valor universal e apontando para a constituição de um sistema nacional de educação ancorado num projeto de nação.

Outro grande acontecimento da década de 1930 para a teoria educacional foi a fundação, em 1938, do Instituto Nacional de Estudos Pedagógicos (Inep), realizando um antigo sonho de Benjamin Constant, que havia criado em 1890 o *Pedagogium*. Em 1944 o Inep inicia a publicação da *Revista Brasileira de Estudos Pedagógicos*, que se constitui, desde então, num precioso testemunho da história da educação no Brasil, fonte de informação e formação para os educadores brasileiros até hoje.

Os grandes teóricos desse período foram Fernando de Azevedo (1894– –1974), Lourenço Filho (1897–1970) e Anísio Spínola Teixeira (1900–1971).

O pensamento pedagógico liberal teve ainda outras grandes contribuições no Brasil. Entre elas, as de Roque Spencer Maciel de Barros (1927–1999), João Eduardo Rodrigues Villalobos, Antonio Ferreira de Almeida Junior (1892–1971), Laerte Ramos de Carvalho (1922–1972), Moysés Brejon (1938- -1983) e Paul-Eugène Charbonneau (1925–1987) defenderam a educação como instrumento de modernização e o sistema público de ensino.

Os *católicos* e os *liberais* representam grupos diferentes, correntes históricas opostas, porém não antagônicas. Os primeiros desejavam imprimir à educação um conteúdo religioso, e os segundos, um cunho democrático. Contudo, os dois grupos tinham pontos em comum. Representavam apenas facções da classe dominante e, portanto, não questionavam o sistema econômico que dava origem aos privilégios e à falta de uma escola para o povo. A mudança apregoada pelos dois grupos estava centrada mais nos métodos do que no sentido da educação. A análise da sociedade de classes, com poucas exceções, estava ausente da reflexão dos dois grupos. Só o *pensamento pedagógico progressista*, a partir das reflexões de Paschoal Lemme, Álvaro Vieira Pinto e Paulo Freire, é que coloca a questão da transformação radical da sociedade e o papel da educação nessa transformação.

Em 1948, o ministro Clemente Mariani enviou ao Congresso um projeto de lei de *Diretrizes e Bases da Educação Nacional*, que só seria sancionado depois de muitas disputas e alterações, em 1961, constituindo-se na primeira lei geral da educação brasileira, em vigor até a Constituição de 1988.

Depois da ditadura de Getúlio Vargas (1937–1945), abre-se um período de redemocratização no país, que é brutalmente interrompido com o golpe militar de 1964. Nesse curto espaço de tempo, em que as liberdades democráticas foram respeitadas, o movimento educacional pegou novo impulso, traduzido por dois grandes movimentos: o *movimento por uma educação popular* e o *movimento em defesa da educação pública*, o primeiro predominante no setor da educação informal e na educação de jovens e adultos, e o segundo mais concentrado na educação escolar formal. O primeiro teve seu ponto alto em 1958, com o segundo *Congresso Nacional de Educação de Adultos* e, logo a seguir, com a criação, em 1963, do *Programa Nacional de Alfabetização*, coordenado por Paulo Freire, defendendo uma concepção libertadora da educação. O segundo teve um momento importante com os debates em torno da Lei de Diretrizes e Bases (LDB), principalmente em 1960, com a realização, em São Paulo, da primeira *Convenção Estadual de Defesa da Escola Pública* e da *Convenção Operária em Defesa da Escola Pública*.

Mas encarar esses dois movimentos como antagônicos seria um equívoco, já que em ambos existem posições conservadoras e progressistas. O ideal seria unir os defensores da educação popular que se encontram nos dois movimentos: aqueles que defendem uma escola com uma nova função social, formando a solidariedade de classe e lutando por um Sistema Nacional Articulado de Educação Pública.

Essa unidade passou a ser mais concreta a partir de 1988, com o movimento da *educação pública popular*, sustentado pelos partidos políticos mais engajados na luta pela educação do povo. Esse novo movimento acredita que só o Estado pode dar conta do nosso atraso educacional, mas sem dispensar o engajamento da sociedade organizada. Preconiza uma reorganização político-administrativa embasada num projeto ético-político progressista, a partir da participação ativa e deliberativa da sociedade civil.

A contribuição maior de Paulo Freire deu-se, inicialmente, no campo da alfabetização de jovens e adultos, mas sua teoria pedagógica envolve muitos outros aspectos, como a *pesquisa participante* e os métodos de ensinar. Seu método de formação da consciência crítica passa por três etapas que podem ser esquematicamente assim descritas:

a) *etapa da investigação*, em que se descobre o universo vocabular, as palavras e temas geradores da vida cotidiana dos alfabetizandos;

b) *etapa de tematização*, em que são codificados e decodificados os temas levantados na fase anterior de tomada de consciência, contextualizando- -os e substituindo a primeira visão mágica por uma visão crítica e social;

c) *etapa de problematização*, em que se descobrem os limites, as possibilidades e os desafios das situações existenciais concretas, para desembocar na práxis transformadora.

O objetivo final do método é a conscientização. Sua pedagogia é uma pedagogia para a libertação, na qual o educador tem um papel diretivo importante, mas não é "bancário", é problematizador, é, ao mesmo tempo, educador e educando, é coerente com a sua prática, é pacientemente impaciente, mas pode também se indignar e gritar diante da injustiça.

No pensamento pedagógico contemporâneo, Paulo Freire situa-se entre os pedagogos humanistas e críticos que deram uma contribuição decisiva à concepção dialética da educação. Ele não se cansava de repetir que a história é possibilidade e o problema que se coloca ao educador e a todos os homens é saber o que fazer com ela.

Carlos Rodrigues Brandão (1940–2023), autor de *Saber e ensinar* (1984), antropólogo e educador popular, na esteira de Paulo Freire desenvolveu o conceito de educação popular e de pesquisa participante, distinguindo claramente as diferentes "educações". Esse é apenas um dos muitos trabalhos de grande inserção social produzidos por ele. *O que é educação* e *O que é Método Paulo Freire* são outros grandes clássicos do educador. Na década de 1980, organizou o livro *A questão política da educação popular*, com trabalhos sobre os movimentos de cultura e educação popular do início dos anos de 1960. Dizia que era preciso optar, na educação, entre competir ou conviver, entendendo a Educação Popular como aquela que forma um indivíduo melhor para melhorar a vida de todos, e não só ao próprio indivíduo.

Na defesa da *escola pública popular*, destacam-se os sociólogos Florestan Fernandes (1920–1995) e Luiz Pereira (1933–1985) e os educadores Luiz Eduardo W. Wanderley (1935–), autor de *Educar para transformar: Educação popular, Igreja Católica e política no Movimento de Educação de Base* (1984), Silvia Maria Manfredi (1946–), Miguel González Arroyo (1935–), José Eustáquio Romão, Ana Maria Saul (1945–), autora de *Avaliação emancipatória: desafio à teoria e à prática de avaliação e reformulação de currículo* (1988) e Celso de Rui Beisiegel (1935–2017), autor de *Estado e educação popular: um estudo sobre a educação de adultos* (1974).

Florestan Fernandes lecionou na Faculdade de Ciências Sociais da USP até 1969, quando foi aposentado compulsoriamente pelo regime militar. Foi também professor da PUC de São Paulo. Sua influência estende-se por todo o meio intelectual brasileiro e espalha-se pela América Latina e Caribe. As controvérsias sobre seu pensamento também refletem sua influência. Sua sociologia criou um novo estilo de pensar a realidade social, por meio do qual se torna possível reinterpretar a sociedade e a história, bem como a sociologia anterior produzida no Brasil. Há dimensões da história da sociedade que somente se desvendam quando se descobre o estilo de pensar. Em certa medida, o estilo de pensar a realidade social pode ser um modo de iniciar sua transformação ("saber militante").

Histórico defensor da escola pública, bateu-se na década de 1950 e início da década de 1960 contra os conservadores que queriam imprimir à Lei de Diretrizes e Bases da Educação Nacional um cunho privatista. Teve um papel destacado como membro da Subcomissão da Educação, Cultura e Esportes na Assembleia Nacional Constituinte (1987–1988).

Florestan Fernandes escreveu numerosas obras, entre elas: *Educação e sociedade no Brasil* (1966), *Universidade brasileira: reforma ou revolução?* (1975) e *O desafio educacional* (1989).

Luiz Pereira (1933–1985) foi um educador crítico do pensamento pedagógico brasileiro. Foi professor do Departamento de Sociologia da USP. Para ele, a solução dos problemas enfrentados dentro da escola depende da solução dos problemas externos a ela, que envolvem aspectos econômicos e sociais. Ele criticou a maioria dos pedagogos que desconsideravam esses aspectos extraescolares e que acreditavam que a escola, por si só, transformaria a sociedade. É autor de *A escola numa área metropolitana* (1960) e *Anotações sobre o capitalismo* (1977).

A *concepção democrática* da educação recebeu, no Brasil e na América Latina, a contribuição expressiva de Benno Sander (1936-2014), Pedro Demo (1941–) e Walter Esteves Garcia.

Rubem Alves (1933–2014) também precisa ser mencionado como um educador de grande influência sobre jovens educadores brasileiros. Refletiu sobre o valor progressista da alegria, sobre a necessidade de o educador se descobrir como um ser vivo, amoroso, criativo. As categorias principais de sua teoria pedagógica são o prazer, a fala, o corpo, a linguagem, o despertar e o agir.

274 HISTÓRIA DAS IDEIAS PEDAGÓGICAS

Entre os que defendem uma concepção fenomenológica da educação, destacamos Joel Martins (1920–1993), Ivani Catarina Arantes Fazenda (1943–), João Francisco Regis de Morais (1940–), autor de *Cultura brasileira e educação: estudo histórico e filosófico* (1989), e Antonio Muniz de Rezende (1928-2014).

Antonio Muniz de Rezende foi professor do programa de pós-graduação em Filosofia da Educação da Unicamp e diretor da Faculdade de Educação dessa universidade. Entre outras obras, escreveu *Concepção fenomenológica da Educação* (1990). Para ele, a educação é essencialmente *fenômeno e discurso*. Como fenômeno (que significa "mostrar-se", "aparecer", "desvelar-se"), a educação é um processo permanente de aperfeiçoamento humano. A concepção fenomenológica valoriza a categoria de discurso na educação porque é através dele que a educação se mostra, verdadeira ou falsa. Daí valorizar a noção de "texto" no trabalho pedagógico.

Dentro de uma concepção *fenomenológico-dialética*, devemos destacar ainda a grande contribuição de Antonio Joaquim Severino (1941–), autor de *Educação, ideologia e contraideologia* (1986) e *Filosofia* (1992). Ele entende a educação como um processo de humanização pelo qual o ser humano se constitui como humano ético e político. Retoma a questão central da educação que é antropológica: pensar como nos tornamos humanos, o que isso significa e qual é o seu sentido. Esse é um processo eminentemente cultural já que se dá entre humanos em formação, dando-se um próprio ser, autonomamente, como sujeitos de seu destino, mas em sociedade.

A *crítica da escola capitalista no Brasil* foi particularmente desenvolvida por Maurício Tragtenberg (1929–1998), Marilena Chaui (1941–), Bárbara Freitag (1941–) e Luiz Antônio Cunha (1943–), este último com uma grande produção na pesquisa histórica da educação. Destaque-se ainda a grande contribuição de Vanilda Pereira Paiva (1943–2023), sobretudo na área de educação de adultos e educação permanente.

Dois educadores distinguiram-se por desenvolverem projetos de grande impacto: Darcy Ribeiro, que criou a Universidade de Brasília em 1961 e, entre 1982 e 1986, desenvolveu o ambicioso projeto dos CIEPs (Centros Integrados de Educação Pública) no estado do Rio de Janeiro. Outro educador foi Lauro de Oliveira Lima que, na década de 1960, difundiu as práticas da dinâmica de grupo nas escolas e posteriormente desenvolveu numa escola experimental as teorias piagetianas da socialização e do desenvolvimento da inteligência da criança.

Cientista social, político e antropólogo, Darcy Ribeiro, em seu livro *Nossa escola é uma calamidade* (1984), analisou o ensino público brasileiro e, em particular, as escolas do Rio de Janeiro. Nessa obra, o autor propôs a extinção do terceiro turno, o aperfeiçoamento do magistério, a implantação de escolas integradas. Para isso, seria preciso: permanecer mais tempo na escola, dispor de professores competentes, encontrar recursos e orientação que a maioria das crianças pobres não encontra em casa. Essas metas foram concretizadas com a criação, no estado do Rio de Janeiro, dos CIEPs, entre 1983 e 1986. Na perspectiva de Darcy Ribeiro, é notável a contribuição de José Mário Pires Azanha (1931–2004), autor de *Educação: alguns escritos* (1987), seguindo a esteira de grandes educadores como Fernando de Azevedo e Anísio Teixeira.

A análise da prática educativa e da formação do educador encontra nas obras de Ezequiel Theodoro da Silva e de Selma Garrido Pimenta uma preocupação particular: o primeiro expressa essa preocupação em seu trabalho sobre a *Pedagogia da leitura*, e a segunda, em sua defesa em favor da formação de docentes como profissionais crítico-reflexivos.

Ao nível da teoria educacional, também destacou-se o professor de Filosofia da Educação Dermeval Saviani, que orientou e formou em cursos de pós-graduação um grupo de quadros que, embora com orientações diversificadas, conservou muito do seu pensamento, entre eles Neidson Rodrigues, Guiomar Namo de Mello, Carlos Roberto Jamil Cury, Gaudêncio Frigotto, Mirian Jorge Warde, José Carlos Libâneo e Paulo Ghiraldelli Jr.

No início da década de 1990, o discurso pedagógico foi enriquecido pela discussão da *educação como cultura*. Temas como diversidade cultural, diferenças étnicas e de gênero começaram a ganhar espaço no pensamento pedagógico brasileiro e universal. Nesse sentido, uma obra como *Dialética da colonização* (1992), de Alfredo Bosi (1936–2021), traz uma grande contribuição. Alfredo Bosi foi professor emérito da Universidade de São Paulo, crítico e historiador da literatura brasileira e membro da Academia Brasileira de Letras de 2003 a 2021.

A título de síntese, poderíamos dizer que o pensamento pedagógico brasileiro tem sido definido por duas tendências gerais: a *liberal* e a *progressista*. Nas duas partes que seguem, alguns representantes, entre tantos, da pedagogia brasileira, foram agrupados nessas duas tendências.

Os educadores e teóricos da *educação liberal* defendem a liberdade de ensino, de pensamento e de pesquisa, além de métodos novos baseados na natureza da criança. Segundo eles, o Estado deve intervir o mínimo possível na vida de cada cidadão particular. Os católicos também podem ser incluídos no pensamento liberal. Uns defendem a escola pública, e outros, a escola privada. Mas têm em comum o liberalismo na educação e restringem o papel da escola ao estritamente pedagógico.

Os educadores e teóricos da *educação progressista* defendem o envolvimento da escola na formação de um cidadão crítico e participante da mudança social. Também aqui, segundo as diversas posições políticas e filosóficas, encontramos correntes que defendem diferentes papéis para a escola: para uns, a formação da consciência crítica passa pela assimilação do saber elaborado; para outros, o saber técnico-científico deve ter por horizonte o compromisso político. Uns combatem mais a burocracia escolar, e outros, a deterioração da educação escolar. Uns defendem mais a direção escolar, e outros, a autogestão pedagógica. Uns defendem maior autonomia de cada escola, e outros, maior intervenção do Estado.

O pensamento pedagógico brasileiro é muito rico e está em movimento, e tentar reduzi-lo a esquemas fechados seria uma forma de esconder essa riqueza e esse dinamismo[32].

---

[32] **Nota da décima edição:** Foi com essa observação final que terminei a apresentação deste capítulo em 1993. Hoje, passadas três décadas, haveria muito a ser considerado. Entre avanços e recuos, eu poderia fazer alguns destaques. Registraria avanços na educação formal oferecida à população do campo, às comunidades indígenas e quilombolas e na educação antirracista e anticapacitista, fruto sobretudo da luta de movimentos sociais, sindicais e populares. Poderia citar ainda avanços na *etnomatemática*, proposta por Ubiratan D'Ambrósio, e na *educomunicação*, impulsionado por educadores como Luis Ramiro Beltrán e Ismar de Oliveira Soares, desde a década de 1970, inspirados em Paulo Freire. Trabalhando com a interface entre a comunicação e a educação, a *educomunicação* é entendida como um campo de intervenção social para o exercício da cidadania ativa, reforçando a educação como prática dialógica, horizontal e democrática. A *etnomatemática* surgiu também na década de 1970, referindo-se a diferentes formas de matemática que são próprias de grupos culturais. Ela se desenvolveu como uma nova abordagem do ensino da matemática que identifica a presença da matemática nas diferentes culturas e contextos, valorizando o saber escolar do universo cultural em que o estudante está inserido. Mas há também recuos. Entre os retrocessos, registraria as *escolas cívico-militares*, que ressurgem hoje com a ascensão do fascismo, e que lembram a educação romana, utilitarista e militarista, machista, do *pater potestas*, de uma romanização conquistada por massacres e que era chamada de *pax romana*. As escolas cívico-militares se propõem introduzir no Brasil o modelo prussiano da educação fascista da primeira metade do século XX: escola disciplinadora da pedagogia da ordem, estudantes enfileirados cantando hinos nacionais, conteúdos predefinidos sem qualquer reflexão crítica, a serem repassados pelos professores, doutrinação política voltada para a reprodução do *status quo*,

Primeira parte: o pensamento pedagógico brasileiro liberal

Fernando de Azevedo: o projeto liberal

Educador, sociólogo e humanista brasileiro, Fernando de Azevedo (1894–1974) nasceu em São Gonçalo do Sapucaí, em Minas Gerais, e faleceu em São Paulo. Foi professor de Sociologia na Universidade de São Paulo, de cuja Faculdade de Filosofia foi diretor. Como Secretário da Educação e Saúde do estado de São Paulo, promoveu muitas reformas.

Membro de diversas associações científicas, brasileiras e estrangeiras, Fernando de Azevedo atuou como especialista da Unesco para a Educação na América Latina. Em 1967, foi eleito membro da Academia Brasileira de Letras.

Inclinado inicialmente para os estudos clássicos, firmou depois sua reputação como sociólogo e educador, especialmente a partir da reforma do sistema escolar do Rio de Janeiro.

Principais obras: *A educação pública em São Paulo* (1937), *A educação e seus problemas* (1937, em 2 volumes), *A cultura brasileira* (1943) e *A educação entre dois mundos: problemas, perspectivas e orientações* (1958).

Programa Nacional de Educação

❝ I — Estabelecimento de um sistema completo de educação, com uma estrutura orgânica, conforme as necessidades brasileiras, as novas diretrizes econômicas e sociais da civilização atual e os seguintes princípios gerais:

a) a educação é considerada em todos os seus graus como uma função social e um serviço essencialmente público que o Estado é chamado a realizar com a cooperação de todas as instituições sociais;

b) cabe aos Estados federados organizar, custear e ministrar o ensino em todos os graus, *de acordo com os princípios e as normas gerais estabelecidas na Constituição e em leis ordinárias pela União* a que competem a educação na capital do país, uma ação supletiva onde quer que haja deficiência de

---

educação física voltada para a superação do outro, considerando-o como inimigo a vencer etc. *Escolas cívico-militares, homeschooling e escolas sem partido* fazem parte da mesma ideologia conservadora. Elas são diametralmente opostas às escolas cidadãs críticas e emancipadoras.

278 HISTÓRIA DAS IDEIAS PEDAGÓGICAS

meios e a ação fiscalizadora, coordenadora e estimuladora pelo Ministério da Educação;

c) o sistema escolar deve ser estabelecido nas bases de uma educação integral; em comum para os alunos de um e outro sexo e de acordo com as suas aptidões naturais; única para todos e leiga, sendo a educação primária gratuita e obrigatória; o ensino deve tender progressivamente à obrigatoriedade até 18 anos e à gratuidade em todos os graus.

II — Organização da escola secundária (de 6 anos) em tipo flexível de nítida finalidade social, como escola para o povo, não preposta a preservar e a transmitir as culturas clássicas, mas destinada, pela sua estrutura democrática, a ser acessível e proporcionar as mesmas oportunidades para todos, tendo, sobre a base de uma cultura geral comum, as seções de especialização para as atividades de preferência intelectual (humanidades e ciências) ou de preponderância manual e mecânica (cursos de caráter técnico).

III — Desenvolvimento da educação técnica profissional, de nível secundário e superior, como base da economia nacional, com a necessária variedade de tipos de escolas: a) de agricultura, de minas e de pesca (extração de matérias-primas); b) industriais e profissionais (elaboração de matérias-primas); c) de transportes e comércio (distribuição de produtos elaborados), e segundo métodos e diretrizes que possam formar técnicos e operários capazes em todos os graus de hierarquia industrial.

IV — Organização de medidas e instituições de psicotécnica e orientação profissional para o estudo prático do problema de orientação e seleção profissional e adaptação científica do trabalho às aptidões naturais.

V — Criação de universidades de tal maneira organizadas e aparelhadas que possam exercer a tríplice função que lhes é essencial, de elaborar ou criar a ciência, transmiti-la e vulgarizá-la, e sirvam, portanto, na variedade de seus institutos:

a) à pesquisa científica e à cultura livre e desinteressada;

b) à formação do professorado para as escolas primárias, secundárias, profissionais e superiores (unidade na preparação do pessoal do ensino);

c) à formação de profissionais em todas as profissões de base científica;

d) à vulgarização ou popularização científica, literária e artística por todos os meios de extensão universitária.

VI — Criação de fundos escolares ou especiais (autonomia econômica) destinados à manutenção e ao desenvolvimento da educação em todos os graus e constituídos, além de outras rendas e recursos especiais, de uma percentagem das rendas arrecadadas pela União, pelos Estados e pelos municípios.

VII — Fiscalização de todas as instituições particulares de ensino que cooperarão com o Estado na obra de educação e cultura, já com função supletiva, em qualquer dos graus de ensino, de acordo com as normas básicas estabelecidas em leis ordinárias, já como campos de ensaios e experimentação pedagógica.

VIII — Desenvolvimento das instituições de educação e de assistência física e psíquica à criança na idade pré-escolar (creches, escolas maternais e jardins de infância) e de todas as instituições complementares periescolares e pós-escolares:

a) para a defesa da saúde dos escolares, como os serviços médico e dentário escolares (com função preventiva, educativa ou formadora de hábitos sanitários, e clínica, pelas clínicas escolares, colônias de férias e escolas para débeis) e para a prática de educação física (praças de jogos para crianças, praças de esportes, piscinas e estádios);

b) para a criação de um meio escolar natural e social e o desenvolvimento do espírito de solidariedade e cooperação social (como as caixas escolares, cooperativas escolares etc.);

c) para a articulação da escola com o meio social (círculos de pais e professores, conselhos escolares) e intercâmbio interestadual e internacional de alunos e professores;

d) e para a intensificação e extensão da obra de educação e cultura (bibliotecas escolares, fixas ou circulantes, museus escolares, rádio e cinema educativo).

IX — Reorganização da administração escolar e dos serviços técnicos de ensino, em todos os departamentos, de tal maneira que todos esses serviços possam ser:

a) executados com rapidez e eficiência, tendo em vista o máximo de resultado com o mínimo de despesa;

b) estudados, analisados e medidos cientificamente, e, portanto, rigorosamente *controlados* nos seus resultados;

c) e constantemente estimulados e revistos, renovados e aperfeiçoados por um corpo técnico de analistas e investigadores pedagógicos e sociais, por meio de pesquisa, inquéritos, estatística e experiência.

X — Reconstrução do sistema educacional em bases que possam contribuir para a interpenetração das classes sociais e a formação de uma sociedade humana mais justa e que tenha por objeto a organização da escola unificada, desde o jardim da infância à universidade, 'em vista da seleção dos melhores', e, portanto, o máximo desenvolvimento dos normais (escola comum), como o tratamento especial de anormais, subnormais e supernormais (classes diferenciais e escolas especiais). **"**

Esboço escrito a partir do Manifesto dos pioneiros da educação nova (1932).

Análise e reflexão

1. Releia o item *b* do artigo I do texto "Programa Nacional de Educação". Reescreva esse item com suas próprias palavras para melhor compreendê-lo.

2. Segundo o autor, qual é a tríplice função que deve ser exercida pela universidade?

3. Selecione uma frase ou um trecho do texto que tenha lhe parecido importante. Comente por que achou importante.

Lourenço Filho: a reforma da escola

Manoel Bergström Lourenço Filho (1897–1970) nasceu em São Paulo e faleceu no Rio de Janeiro.

Em 1922, comissionado diretor-geral da Instrução Pública do Ceará, realizou no estado uma reforma geral do ensino que repercute em todo o país, considerada um dos movimentos pioneiros da Escola Nova no Brasil.

Em 1927, fundou o Liceu Nacional Rio Branco, onde organizou e dirigiu a escola experimental, participou da fundação da Sociedade de Educação de São Paulo e do Instituto de Organização Racional do Trabalho. Em 1938, foi convidado pelo ministro Gustavo Capanema para organizar e dirigir o Inep. Em 1940, publicou o livro *Tendências da educação brasileira*. Em 1941, presidiu a Comissão Nacional do Ensino Primário, organizou e secretariou a I Conferência Nacional de Educação. Em 1944, fundou no Inep a *Revista Brasileira de Estudos Pedagógicos*. Em 1947, ocupou pela segunda vez a direção do Departamento Nacional de Educação; organizou e dirigiu a *Campanha Nacional de Educação de Adultos*, primeiro movimento de educação popular de iniciativa do governo federal. Em 1948, presidiu a comissão designada para elaborar o anteprojeto de Lei de Diretrizes e Bases da Educação Nacional.

Traço importante do pensamento e da ação de Lourenço Filho é o da inovação, destacando-se como um dos pioneiros da Educação Nova. Desde os anos 1920 o Ensino Fundamental foi preocupação central. Entre suas obras, destacamos: *Introdução ao estudo da Escola Nova* (1929), *Tendências da educação brasileira* (1940) e *Organização e Administração Escolar: curso básico* (1963).

Escola Nova

❝ Por Escola Nova se deve entender, hoje, um conjunto de doutrinas e princípios tendentes a rever, de um lado, os fundamentos da finalidade da educação, de outro, as bases de aplicação da ciência à técnica educativa. Tais tendências nasceram de novas necessidades, sentidas pelo homem, na mudança de civilização em que nos achamos, e são mais evidentes, sob certos aspectos, nos países que mais sofreram, direta ou indiretamente, os efeitos da conflagração europeia. Mas a educação nova não deriva apenas da grande guerra. Ela se deve, em grande parte, ao progresso das ciências biológicas, no último meio século, ao espírito objetivo, introduzido no estudo das ciências do homem. É possível resumir os pontos essenciais das novas doutrinas? Parece-nos que sim. Do ponto de vista dos *fins da educação*, a Escola Nova entende que a escola deve ser órgão de reforçamento e coordenação de toda a ação educativa da comunidade: a educação é a socialização da criança. Do ponto de vista político, pretende a *escola única* e a *paz pela escola*. Do ponto de vista filosófico, admite mais geralmente as bases do neovitalismo e do neoespiritualismo, que as do mecanicismo empírico. Dentro desses pontos de vista, e para a consecução de tais fins, propõe *novos meios* de aplicação científica. Aconselha, primeiramente, a transformação da *organização estática* dos estabelecimentos de ensino, pelo emprego do estudo objetivo da criança, para classificação racional: e pela verificação objetiva do trabalho escolar (*testes*), para avaliação objetiva do que foi aprendido. Depois, a transformação da *dinâmica* do ensino, a reforma dos processos. Ao invés do ensino passivo, decorrente da filosofia sensualista e intelectualista de outros tempos, proclama a necessidade do ensino funcional ou ativo, baseado na expansão dos interesses naturais da criança. Ao invés do 'nada

HISTÓRIA DAS IDEIAS PEDAGÓGICAS

está na inteligência que não tivesse passado pelos sentidos', o 'nada está na inteligência que não tenha sido ação interessada'. Ao invés do trabalho individual, de fundo egoístico, o trabalho em comunidade, que dê o hábito da cooperação. Ao invés da discriminação de materiais, o ensino em situação total ou globalizado. Ao invés da escola de ouvir, a escola de fazer, de praticar a vida. Ao invés da autoridade externa, a reunião de condições que permitiam desenvolver-se, em cada indivíduo, a autoridade interna: toda educação deve ser uma autoeducação. **"**

> LOURENÇO FILHO, Manoel Bergström. *Introducção ao estudo da Escola Nova*. São Paulo: Cia. Melhoramentos, 1930.

Análise e reflexão

1. Dentre os princípios da Escola Nova está o uso dos testes como instrumento de avaliação para fazer a "verificação objetiva do trabalho escolar". O que você acha das avaliações de tipo teste?

2. A Escola Nova introduziu os trabalhos em grupo, a fim de forjar o "hábito da cooperação". Escreva sobre as vantagens e as desvantagens de fazer um trabalho em grupo.

3. "[...] toda educação deve ser uma autoeducação." Você concorda com essa afirmação? Por quê?

Anísio Teixeira: uma nova filosofia da educação

As ideias de Anísio Spínola Teixeira (1900–1971) influenciaram todos os setores da educação no Brasil e mesmo o sistema educacional da América Latina. Entre suas contribuições pode-se citar a criação da Escola Parque (Centro Educacional Carneiro Ribeiro), em Salvador, primeira experiência no Brasil a promover a educação cultural e profissional de jovens.

Anísio Teixeira nasceu em Caetité (BA). Foi inspetor-geral de ensino da Secretaria do Interior, Justiça e Instrução Pública da Bahia e diretor--geral de Instrução Pública do Rio de Janeiro

Esteve nos EUA pesquisando a organização escolar desse país e graduou-se, em 1929, em Educação no Teachers College da Universidade de Colúmbia, tornando-se um estudioso e amigo do filósofo e educador estadunidense John Dewey. Em 1935, como Secretário da Educação e

Cultura do Distrito Federal, lançou um sistema de educação global do ensino fundamental à universidade. Foi ainda membro do Conselho Federal de Educação, reitor da Universidade de Brasília e recebeu o título de professor emérito da Universidade Federal do Rio de Janeiro. Faleceu no Rio de Janeiro.

Principais obras: *Educação pública: organização e administração* (1935), *Educação não é privilégio* (1956), *Educação é um direito* (1967) e *Pequena introdução à filosofia da educação* (8. ed. em 1978).

Filosofia e educação

❝ Nos dias de hoje, quando a ciência vai refazendo o mundo e a onda de transformação alcança as peças mais delicadas da existência humana, só quem vive à margem da vida, sem interesses e sem paixões, sem amores e sem ódios, pode julgar que dispensa uma filosofia. [...]

A filosofia de um grupo que luta corajosamente para viver não é a mesma de outro cujas facilidades transcorrem em uma tranquila e rica abundância.

Conforme o tipo de experiência de cada um, será a filosofia de cada um.

A vida vai, porém, assumindo aspectos mais gerais, dia a dia, e os predicamentos da filosofia irão também, assim, dia a dia, se aproximando.

À medida que se alargam os problemas comuns, mais vivamente sentida será a falta de uma filosofia que nos dê um programa de ação e de conduta, isto é, uma interpretação harmoniosa da vida e das suas perplexidades.

Está aí a grande intimidade entre a filosofia e a educação. 'Se educação é o processo pelo qual se formam as disposições essenciais do homem — emocionais e intelectuais — para com a natureza e para com os demais homens, filosofia pode ser definida como a *teoria geral da educação*', diz [John] Dewey. [...]

Filosofia se traduz, assim, 'em educação, e educação só é digna desse nome quando está percorrida de uma larga visão filosófica. Filosofia da educação não é, pois, senão o estudo dos problemas que se referem à formação dos melhores hábitos mentais e morais em relação às dificuldades da vida social contemporânea'.

Considerada assim, a filosofia, como a investigadora dos valores mentais e morais mais compreensivos, mais harmoniosos e mais ricos que possam

284 HISTÓRIA DAS IDEIAS PEDAGÓGICAS

existir na vida social contemporânea, está claro que a filosofia dependerá, como a educação, do tipo de sociedade que se tiver em vista. [...]

Admitindo que nos achamos em uma sociedade democrática servida pelos conhecimentos da ciência moderna e agitada, em princípio, pela revolução industrial iniciada no século XVIII, a filosofia deve procurar definir os problemas mais palpitantes dessa nova ordem de coisas e armá-los para as soluções mais prováveis.

Nenhuma das soluções pode ser definitiva ou dogmática. A filosofia de uma sociedade em permanente transformação, que aceita essa transformação e deseja torná-la um instrumento do próprio progresso, é uma filosofia de hipóteses e soluções provisórias.

O método filosófico será, assim, experimental, no sentido de que as soluções propostas serão hipóteses sujeitas à confirmação das consequências.

Os ideais e aspirações, contidos no sistema social democrático, envolvem a igualdade rigorosa de oportunidades entre todos os indivíduos, o virtual desaparecimento das desigualdades econômicas e uma sociedade em que a felicidade dos homens seja amparada e facilitada pelas formas mais lúcidas e mais ordenadas. Essas aspirações e esses ideais serão, porém, uma farsa, se não os fizermos dominar profundamente o sistema público de educação. [...]

A escola tem que dar ouvidos a todos e a todos servir. Será o *teste* de sua flexibilidade, da inteligência de sua organização e da inteligência dos seus servidores.

Esses têm de honrar as responsabilidades que as circunstâncias lhes confiam, e só o poderão fazer transformando-se a si mesmos e transformando a escola.

O professor de hoje tem que usar a legenda do filósofo: 'Nada que é humano me é estranho'.

Tem de ser um estudioso dos mais embaraçosos problemas modernos, tem que ser estudioso da civilização, tem que ser estudioso da sociedade e tem que ser estudioso do homem; tem que ser, enfim, *filósofo...*

A simples indicação desses problemas demonstra que o educador não pode ser equiparado a nenhum técnico, no sentido usual e restrito da palavra. Ao lado da informação e da técnica, deve possuir uma clara filosofia da vida humana e uma visão delicada e aguda da natureza do homem. **"**

TEIXEIRA, Anísio. *Pequena introdução à filosofia da educação.*
8. ed. São Paulo: Nacional, 1978. p. 146–150.

Análise e reflexão

1. De acordo com o texto, procure conceituar a filosofia da educação.
2. Procure estabelecer relações de causa e efeito entre três fatores comentados no texto: a Revolução Industrial, a ciência moderna e a sociedade democrática.
3. Por que o educador não deve ser simplesmente um técnico? Que mais é necessário à sua formação?

Roque Spencer Maciel de Barros: a reforma do sistema

Nascido no interior de São Paulo, onde cursou o Ensino Fundamental e o Médio, Roque Spencer Maciel de Barros (1927–1999) estudou Filosofia na Universidade de São Paulo. Nessa instituição passou sua vida profissional, como professor na área de História e Filosofia da Educação, até aposentar-se, em 1984.

Além de professor, trabalhou, desde os 20 anos, para o jornal *O Estado de S. Paulo*. Foi chefe do Departamento de Educação e diretor da Faculdade de Educação da Universidade de São Paulo. Participou da reforma dessa universidade e do processo da reforma universitária brasileira, ambos em 1968. Participou ativamente da *Campanha em Defesa da Escola Pública*, em 1959. Roque Spencer foi um pessimista em relação à educação brasileira, e afirmou, frequentemente, que a decadência qualitativa do ensino, a falta de educação dos estudantes, a mediocridade e os movimentos grevistas o levaram a aposentar-se cedo.

Afirmou-se com satisfação como um liberal; seu liberalismo foi, sobretudo, um compromisso de coerência consigo mesmo, isto é, com um pensamento filosófico que não se propõe a ser uma possível solução política para o futuro, nem uma resposta aos problemas concretos da sociedade em que vivemos. Para ele, o liberalismo não se preocupa com esses problemas, uma vez que pressupõe uma sociedade em que os problemas de sobrevivência já estejam resolvidos para todos. Para Roque Spencer, a defesa do liberalismo se resumia, fundamentalmente, no ataque ao comunismo, considerado por ele como totalitário.

Principais obras: *Diretrizes e bases da educação nacional* (1960) e *A ilustração brasileira e a ideia de universidade* (1959).

Diretrizes e bases da educação nacional

66 O movimento popular desencadeado contra a aprovação do projeto de Diretrizes e Bases da Educação Nacional pela Câmara dos Deputados já é um momento marcante da história da educação brasileira: graças a ele o problema da educação deixou de ser preocupação de um círculo restrito de especialistas para atingir em cheio as preocupações do povo brasileiro. Só esta tomada da consciência popular em relação aos assuntos pedagógicos já justificaria a campanha de defesa da escola pública, cujo mérito fundamental foi pôr a descoberto, em termos inequívocos, a relação entre o desenvolvimento nacional, a democracia, a melhora de condições de vida, de um lado, e a intensa instrução popular, que só o Estado pode promover, de outro. [...] As condições [do Brasil] são hoje outras: o país se industrializa, o povo se liberta das injunções do caudilhismo que asfixiava as manifestações de sua vontade e reclama, cada vez com mais força, a efetivação de seus direitos. Transformamo-nos, apesar de todas as adversidades, numa democracia. Não numa democracia nominal, apregoada apenas pelos dirigentes do país, mas numa democracia de fato, só possível quando o povo se torna consciente de suas necessidades e de seus direitos. [...] E um dos fatos que nos levam a acreditar que estamos no caminho certo para uma democracia autêntica, em que o direito a uma vida digna não seja o privilégio de alguns grupos, é precisamente a tomada de consciência pedagógica do povo. Este percebe que, sem educação adequada, continuará perpetuamente sob o jugo dos que a sorte favorece e sabe ainda que, subjugada, com ele estará igualmente subjugada a nação no concerto internacional.

Nesse sentido, a luta que ora se trava em defesa da escola pública é um verdadeiro divisor de águas na história pedagógica da nação, propiciando o choque inevitável entre duas mentalidades existentes no país. Em certo sentido, é possível dizer, usando a feliz expressão do prof. Jacques Lambert, que se trata de um choque entre os 'dois Brasis': o Brasil arcaico e desatualizado, abaixo do nível da civilização moderna, e o Brasil novo que se procura atualizar, pondo-se ao nível das exigências do século. Para o primeiro, a educação é um instrumento por excelência conservador das posições adquiridas; é estruturalmente um privilégio porque, para ele, as relações entre os homens hão de ser de subordinação e dependência, de obediência passiva de uns em relação a outros. 'Educar-se', nestes termos, é tomar posse de posições que, consuetudinariamente, ia pertencem aos que se educam. Esse é o Brasil discriminatório, o Brasil dos privilégios, contra o qual todo liberalismo verdadeiro vem lutando desde os tempos imperiais. Para o segundo, para o Brasil novo, a educação é um instrumento renovador, uma arma a serviço do progresso, um elemento primordial na luta que se trava contra a estagnação e o subdesenvolvimento, contra a miséria e contra a injustiça, sob a inspiração dos ideais éticos e jurídicos que vêm, dia a dia, tomando forma na evolução da civilização moderna. [...] Para o Brasil novo, a escola não mais pode ser pensada como um 'luxo', um gozo do qual estaria excluída a metade da população. E esse novo Brasil sente que só o Estado democrático pode atender às necessidades educativas de todos porque só ele exprime os ideais e os valores comuns, porque só ele tem realmente, em termos civis, o *dever* de educar e de obrigar os particulares a proporcionarem educação, quando capazes, às crianças e jovens em idade escolar, sob sua responsabilidade. Não que se exclua ou se condene a iniciativa pedagógica privada: todo esforço sério e honesto em educação desde que inspirado na filosofia liberal e democrática da Constituição — que condena as discriminações religiosas, políticas, filosóficas, bem como os preconceitos de raça e classe — deve ser recebido de braços abertos pelo Brasil novo. [...]

É esta, pelo menos, a nossa forma de encarar a luta contra o projeto de Diretrizes e Bases da Educação Nacional; é esta, pelo menos, a inspiração que nos leva a dar de nós o que podemos para que o país tenha melhor sorte em matéria de educação. **"**

BARROS, Roque Spencer Maciel de (org.). Diretrizes e bases da educação nacional. São Paulo: Pioneira, 1960.

Análise e reflexão

1. O texto que você acabou de ler foi publicado em 1960. Nele, o autor afirma: "E um dos fatos que nos levam a acreditar que estamos no caminho certo para uma democracia autêntica, em que o direito a uma vida digna não seja o privilégio de alguns grupos, é precisamente a tomada de consciência pedagógica do povo."

   Em que medida essa afirmação é verdadeira no Brasil de hoje? E em que medida é falsa?

2. Cite duas características do "Brasil arcaico" e duas do "Brasil novo".

3. Releia a introdução desta parte e comente rapidamente sobre a importância da criação das *Diretrizes e Bases da Educação Nacional*.

Segunda parte: o pensamento pedagógico brasileiro progressista

Paschoal Lemme: educação política × instrução

Paschoal Lemme (1904–1997) nasceu no Rio de Janeiro. Colaborou, entre 1927 e 1930, na administração Fernando de Azevedo, no Rio de Janeiro, no projeto de reforma educacional da cidade. Entre 1931 e 1935, trabalhou com Anísio Teixeira e Lourenço Filho na direção da Instrução Pública no mesmo estado.

Em 1932, já então no Conselho Diretor da ABE (Associação Brasileira de Educação), juntamente com outros educadores e intelectuais, lança o *Manifesto dos Pioneiros da Educação Nova* — um projeto de educação dirigido ao povo e ao governo, propondo uma reestruturação do ensino no país.

Defendeu na Assembleia Constituinte de 1933–1934 as ideias liberais e democráticas que procuravam assegurar ao cidadão a educação como dever do Estado, acessível e igualitária para todos.

Com Paschoal Lemme podemos dizer que se inicia o que chamamos de "pensamento pedagógico progressista", embora autores como Antonio Candido citem também como iniciadores dos ideais progressistas na educação Fernando de Azevedo e Anísio Teixeira, que tiveram grande influência sobre Paschoal Lemme. A tese central de suas obras é que não há educação democrática a não ser em uma sociedade verdadeiramente democrática.

Principais obras: *A educação na URSS – 1953* (1955), *Problemas brasileiros de educação* (1959), *Educação democrática e progressista* (1961) e *Memórias* (1988), em 5 volumes.

Sobre a educação política

❝ [...] Mas há sempre uma forma de educação que poderemos chamar de fundamental: é aquela que faz com que o indivíduo passe a compreender a própria estrutura da sociedade em que vive, o sentido das transformações que estão se processando nela, e assim, de mero protagonista inconsciente do processo social, passe a ser um membro atuante da sociedade, no sentido de favorecer sua transformação ou, ao contrário, a ela se opor, porque ela se dará em detrimento de seus interesses.

Essa conscientização em relação aos problemas sociais — que é a *educação política* — não coincide, assim, nem é facilitada necessariamente pelo fato de o indivíduo ter a oportunidade de adquirir *instrução* ou *ilustração*, e é por isso mesmo que podemos encontrar até entre analfabetos pessoas muito mais esclarecidas ou suscetíveis de serem esclarecidas politicamente do que entre portadores de títulos universitários. É que estes últimos podem pertencer a setores parasitários da sociedade, improdutivos e alienados, que gozam de situação vantajosa sem darem a ela uma correspondente cota de esforço, de trabalho socialmente útil, enquanto os primeiros, através das relações de trabalho cotidiano e realmente produtivo, se põem em contato com as verdadeiras realidades sociais, que pesam sobre eles, tornando-os mais interessados nas transformações da sociedade, que se processarão em seu benefício. Assim, por exemplo, camponeses incultos poderão ser mobilizados, isto é, esclarecidos, para apoiar correntes políticas que lutam pelas transformações, que aliviarão as duras condições em que vivem, mas também beneficiarão toda a sociedade, uma vez que podem julgar com exatidão o acerto das medidas propostas, pois são exatamente os protagonistas da situação existente.

Assim, *educar politicamente* é revelar ao indivíduo a verdade sobre o contexto social em que vive e sua posição nele, para que essa verdade exerça todo o poder mobilizador que somente a verdade possui.

É por isso justamente que os setores da sociedade interessados em manter as condições existentes, de que são beneficiários, fazem o maior esforço e empregam todo o seu poderio para manter sob seu domínio a formação das novas gerações e os meios de divulgação, através dos quais canalizam a 'verdade' que lhes é favorável. Lutam, assim, encarniçadamente, para não perderem o controle sobre a escola, o ensino e a educação, domesticadores das consciências, deformadores da realidade, obliteradores dos caminhos de acesso à verdade.

Para o especialista em educação, interessado na educação política do povo, a tarefa fundamental será pois a de esclarecê-lo sobre as razões pelas quais a maioria da população do país não consegue sequer deixar de ser analfabeta, enquanto apenas uma ínfima minoria tem condições para atingir os mais altos estágios do ensino. As causas dessa situação, entre nós, residem na própria estrutura econômico-social do país, atrasada, subdesenvolvida, onde a maioria da população ainda vive ou apenas sobrevive de uma atividade agrária com as características de épocas ultrapassadas, onde

290 HISTÓRIA DAS IDEIAS PEDAGÓGICAS

não há, pois, condições para que floresçam aspirações culturais mais altas, onde uma simples escola primária é na realidade impossível de ser devidamente estabelecida, pois que não corresponde a qualquer necessidade realmente sentida por essas populações economicamente marginalizadas, que a não poderiam frequentar regularmente, mesmo no caso de haver recursos disponíveis para estabelecê-la com eficiência.

A falta de educação política leva também muitos administradores desavisados a se comprometerem com planos mirabolantes de alfabetização, que se tornam demagógicos, defraudadores das minguadas verbas existentes, uma vez que a estrutura econômico-social permanece inalterada. [...]

Muito mais importante [...] é mobilizar os milhões de analfabetos para obterem o direito de voto, com que derrubarão as oligarquias opressoras e marcharão para uma organização social mais justa, que lhes permitirá ter aspirações culturais mais altas. 🙰

LEMME, Paschoal. *Memórias*[33]. São Paulo: Cortez; Brasília: Inep, 1988. v. 3, p. 73–76.

Análise e reflexão

1. Como o autor explica o fato de que pessoas analfabetas podem ser muito mais esclarecidas do que outras que possuem títulos universitários?

2. O que é "educar politicamente"?

3. Para o autor, por que a maioria da população não consegue deixar de ser analfabeta?

Álvaro Vieira Pinto: o caráter antropológico da educação

Nascido no Rio de Janeiro, Álvaro Vieira Pinto (1909–1987) formou-se em Medicina e foi um autodidata no campo da filosofia. Foi exilado em 1964. Viveu na Iugoslávia e depois no Chile, onde trabalhou com Paulo Freire, fazendo conferências organizadas pelo Ministério da Educação.

Homem de extremo rigor e dedicação ímpar ao exame atento dos pormenores do que escrevia, produziu no Departamento de Filosofia do Iseb (Instituto Superior de Estudos Brasileiros) duas obras que são

---

[33] Este texto foi escrito em 1964, mas não pôde ser publicado em razão do terrorismo cultural imposto naquele ano pelo regime militar.

hoje referência obrigatória de qualquer estudioso da educação brasileira: *Consciência e Realidade Nacional* (em dois volumes), e *Ideologia e Desenvolvimento Nacional*. Tem estudos sobre ética, tecnologia, educação, sociologia e filosofia. Alguns de seus manuscritos, não publicados, ele os intitulou: *A educação para um país oprimido*, *A sociologia do povo subdesenvolvido* e *A crítica da existência*.

O pensamento pedagógico de Vieira Pinto supõe que a educação implica uma modificação de personalidade. Ela modifica a personalidade do educador, ao mesmo tempo que vai modificando a do educando, e, ainda que a educação reflita a totalidade cultural que a condiciona, é também um processo autogerador de cultura.

Vieira Pinto morreu aos 78 anos, deixando uma herança de inúmeras obras, sendo as principais: *Consciência e realidade nacional* (1960), *Ideologia e desenvolvimento nacional* (1956), *A questão da Universidade* (1962), *Sete lições sobre educação de adultos* (1982) e *Ciência e existência* (1969).

Caráter histórico-antropológico da educação

❝ A educação é *um processo*, portanto é o decorrer de um fenômeno (a formação do homem) no tempo, ou seja, é um fato histórico. Porém, é histórico em duplo sentido: primeiro, no sentido de que representa a própria história individual de cada ser humano; segundo, no sentido de que está vinculada à fase vivida pela comunidade em sua contínua evolução. [...]

A educação é um fato *existencial*. Refere-se ao modo como (por si mesmo e pelas ações exteriores que sofre) o homem *se faz ser homem*. A educação configura o homem em toda sua realidade. [...]

A educação é um fato *social*. Refere-se à sociedade como um todo. É determinada pelo interesse que move a comunidade a integrar todos os seus membros à forma social vigente (relações econômicas, instituições, usos, ciências, atividades etc.). É o procedimento pelo qual a sociedade se reproduz a si mesma ao longo de sua duração temporal. [...]

A educação é um fenômeno *cultural*. Não somente os conhecimentos, experiências, usos, crenças, valores etc. a transmitir ao indivíduo, mas também os métodos utilizados pela totalidade social para exercer sua ação educativa, são parte do fundo cultural da comunidade e dependem do grau de seu desenvolvimento. Em outras palavras, a educação é a transmissão integrada da cultura em todos os seus aspectos, segundo os moldes e pelos meios que a própria cultura existente possibilita. O método pedagógico é função da cultura existente. O saber é o conjunto dos dados da cultura que se têm tornado socialmente conscientes e que a sociedade é capaz de expressar pela linguagem. Nas sociedades iletradas não existe saber graficamente conservado pela escrita e, contudo, há transmissão do saber pela prática social, pela via oral e, portanto, há educação.

Nas sociedades altamente desenvolvidas, com divisões internas em classes opostas, a educação não pode consistir na formação uniforme de todos os seus membros, porque: por um lado, é excessivo o número de dados a transmitir; e, por outro, não há interesse nem possibilidade em formar indivíduos iguais, mas se busca manter a desigualdade social presente. Por isso, em tais sociedades, a *educação pelo saber letrado* é sempre privilégio de um grupo ou classe. [...]

A educação se desenvolve sobre o fundamento do processo *econômico* da sociedade. Porque é ele que:

— determina as possibilidades e as condições de cada fase cultural;

— determina a distribuição das probabilidades educacionais na sociedade, em virtude do papel que atribui a cada indivíduo da comunidade;

— proporciona os meios materiais para a execução do trabalho educacional, sua extensão e sua profundidade;

— dita os fins gerais da educação, que determina se em uma dada comunidade serão formados indivíduos de níveis culturais distintos, de acordo com sua posição no trabalho comum (na sociedade fechada, dividida) ou se todos devem ter as mesmas oportunidades e possibilidades de aprender (sociedades democráticas).

A educação é uma atividade *teleológica*. A formação do indivíduo sempre visa a um fim. Está sempre 'dirigida para'. No sentido geral esse fim é a conversão do educando em membro útil da comunidade. No sentido restrito, formal, escolar, é a preparação de diferentes tipos de indivíduos para executar as tarefas específicas da vida comunitária (daí a divisão da instrução em graus, em carreiras etc.). O que determina os fins da educação são os interesses do grupo que detém o comando social.

A educação é uma modalidade de *trabalho social*. [...] A educação é parte do trabalho social porque:

— trata de formar os membros da comunidade para o desempenho de uma função de trabalho no âmbito da atividade total;

— o educador é um trabalhador (reconhecido como tal);

— no caso especial da educação de adultos, dirige-se a outro trabalhador, a quem tenciona transmitir conhecimentos que lhe permitam elevar-se em sua condição de trabalhador...

A educação é um fato de ordem *consciente*. É determinada pelo grau alcançado pela consciência social e objetiva suscitar no educando a consciência de si e do mundo. É a formação de autoconsciência social ao longo do tempo em todos os indivíduos que compõem a comunidade. Parte da inconsciência cultural (educação primitiva, iletrada) e atravessa múltiplas etapas de consciência crescente de si e da realidade objetiva (mediante o saber adquirido, a cultura, a ciência etc.) até chegar à plena autoconsciência. [...]

A educação é um processo *exponencial*, isto é, multiplica-se por si mesma com sua própria realização. Quanto mais educado, o homem mais necessita educar-se e portanto exige mais educação. Como esta não está jamais acabada, uma vez adquirido o conhecimento existente (educação transmissiva) ingressa-se na fase criadora do saber (educação inventiva).

A educação é por essência *concreta*. Pode ser concebida *a priori*, mas o que a define é sua realização objetiva, concreta. Esta realização depende das situações históricas objetivas, das forças sociais presentes, de seu conflito, dos interesses em causa, da extensão das massas privadas de conhecimento etc. Por isso, toda discussão abstrata sobre educação é inútil e prejudicial, trazendo em seu bojo sempre um estratagema da consciência dominante para justificar-se e deixar de cumprir seus deveres culturais para com o povo.

A educação é por natureza *contraditória*, pois implica simultaneamente conservação (dos dados do saber adquirido) e criação, ou seja, crítica, negação e substituição do saber existente. Somente desta maneira é profícua, pois do contrário seria a repetição eterna do saber considerado definitivo e a anulação de toda possibilidade de criação do novo e do progresso da cultura. **"**

PINTO, Álvaro Vieira. *Sete lições sobre educação de adultos*. São Paulo: Cortez, 1982.

Análise e reflexão

1. a) Por que a educação numa sociedade de classes não se estende a todos?

   b) Compare as opiniões de Álvaro Vieira Pinto e as de Paschoal Lemme a respeito da questão exposta no item anterior. Aponte as divergências de posição ou os pontos em comum.

2. Por que a educação é por natureza "contraditória"?

Paulo Freire: a pedagogia do oprimido

Paulo Freire (1921–1997) nasceu em Recife, no estado de Pernambuco. Foi professor de português de 1941 a 1947, quando se formou em Direito na Universidade do Recife, sem, no entanto, seguir a carreira. Entre 1947 e 1956, foi assistente e, depois, diretor do Departamento de Educação e Cultura do SESI-PE, onde desenvolveu suas primeiras experiências com educação de trabalhadores e, também, seu método, que ganhou forma em 1961, com o Movimento de Cultura Popular do Recife. Entre 1957 e 1963, lecionou História e Filosofia da Educação em cursos da Universidade do Recife. Em 1963, presidiu a Comissão Nacional de Cultura Popular e coordenou o *Programa Nacional de Alfabetização*, a convite do Ministério da Educação, em Brasília, no governo de João Goulart. Como diretor do Serviço de Extensão Cultural da Universidade do Recife, desenvolveu um extenso programa de educação de adultos.

Com o golpe civil-militar de 1964, ele passou 72 dias na prisão, partindo, depois, para o exílio no Chile, onde permaneceu até 1969, assessorando o governo democrata-cristão de Eduardo Frei em programas de educação popular.

Em 1969, foi professor convidado da Universidade de Harvard, e, no ano seguinte, foi para a Suíça, a convite do Conselho Mundial de Igrejas, sediado em Genebra. Lá, com um grupo de exilados, fundou e manteve o Idac (Instituto de Ação Cultural), assessorando governos de vários países em programas educacionais, como Nicarágua, Angola, São Tomé e Príncipe, Cabo Verde e Guiné-Bissau.

Retornando do exílio, em 1980, trabalhou na Universidade Estadual de Campinas e na Pontifícia Universidade Católica de São Paulo. Foi Secretário Municipal de Educação de São Paulo (1989–1991).

Paulo Freire é considerado um dos maiores educadores do século XX. Sua principal obra, *Pedagogia do oprimido*, foi traduzida em mais de 20 idiomas. Desde então, Paulo Freire vem marcando o pensamento pedagógico mundial.

Em 2014, Paulo Freire foi declarado *Patrono da Educação Brasileira* e, em 2017, seu acervo foi declarado *Patrimônio Documental da Humanidade* pela Unesco.

Para Paulo Freire, a educação é um momento do processo de humanização mediatizado pela leitura do mundo. Sua concepção do diálogo nutre-se de amor, humildade, esperança, fé e confiança. Essa filosofia educacional cruzou as fronteiras das disciplinas, das ciências e das artes, para além da América Latina, criando raízes nos mais variados solos. Como legado, nos deixou a utopia.

Principais obras: *Educação como prática da liberdade* (1967), *Pedagogia do oprimido* (1970), *Ação cultural para a liberdade* (1975), *Extensão ou comunicação* (1971), *Educação e mudança* (1979), *A importância do ato de ler* (1983), *A educação na cidade* (1991), *Pedagogia da esperança* (1992) e *Pedagogia da autonomia* (1997).

A educação é um quefazer neutro?

" O problema que se põe àqueles que, mesmo em diferentes níveis, se comprometem com o processo de libertação, enquanto educadores, dentro do sistema escolar ou fora dele, de qualquer maneira dentro da sociedade (estrategicamente fora do sistema; taticamente dentro dele), é saber o que fazer, como, quando, com quem, para que, contra que e em favor de quê.

Por isto, ao tratar, em diferentes oportunidades, como agora, o problema da alfabetização de adultos, jamais a reduzi a um conjunto de técnicas e de métodos. Não os subestimando, também não os superestimo. Os métodos e as técnicas, naturalmente indispensáveis, se fazem e se refazem na práxis. O que se me afigura como fundamental é a clareza com relação à opção política do educador ou da educadora, que envolve princípios e valores que ele ou ela assumir. Clareza com relação a um 'sonho possível de ser concretizado'. O sonho possível deve estar sempre presente nas nossas cogitações em torno dos métodos e das técnicas. Há uma solidariedade entre eles que não pode ser desfeita. Se, por exemplo, a opção do educador ou da educadora é pela modernização capitalista, a alfabetização de adultos não pode ir, de um lado, além da capacitação dos alfabetizandos para que leiam textos sem referência ao contexto; de outro, da capacitação profissional com que melhor vendam sua força de trabalho no que, não por coincidência, se chama 'mercado de trabalho'.

Se revolucionária é sua opção, o fundamental na alfabetização de adultos é que o alfabetizando descubra que o importante mesmo não é ler estórias alienadas e alienantes, mas fazer história e por ela ser feito.

Correndo o risco de parecer esquematicamente simétrico diria que, no primeiro caso, os educandos jamais são chamados a pensar, criticamente, os condicionamentos de seu próprio pensamento, a refletir sobre a razão de ser de sua própria situação, a fazer uma nova 'leitura' da realidade que lhes é apresentada como algo que é e a que devem simplesmente melhor adaptar-se. O pensamento-linguagem é desconectado da objetividade; os mecanismos de introjeção da ideologia dominante jamais discutidos. O conhecimento é algo que deve ser 'comido' e não feito e refeito. O analfabetismo é visto ora como uma erva daninha, ora como uma enfermidade, daí que se fale tanto de sua 'erradicação' ou se refira a ele como a uma 'chaga'.

Objetos no contexto geral da sociedade de classes enquanto oprimidos e proibidos de ser, os analfabetos continuam objetos no processo da aprendizagem da leitura e da escrita. É que compareçem a este processo, não como quem é convidado a conhecer o conhecimento anterior para, reconhecendo as limitações deste conhecimento, conhecer mais. Pelo contrário, o que a eles se lhes propõe é a recepção passiva de um 'conhecimento empacotado'.

No segundo caso, os educandos são convidados a pensar. Ser consciente não é, nesta hipótese, uma simples fórmula ou um mero 'slogan'. É a forma radical de ser dos seres humanos enquanto seres que, refazendo o mundo que não fizeram, fazem o seu mundo e neste fazer e refazer se refazem. São porque estão sendo.

O aprendizado da leitura e da escrita, como um ato criador, envolve, aqui, necessariamente, a compreensão crítica da realidade. O conhecimento do conhecimento anterior a que os alfabetizandos chegam ao analisar a sua prática concreta abre-lhes a possibilidade de um novo conhecimento. Conhecimento novo que, indo mais além dos limites do anterior, desvela a razão de ser dos fatos, desmistificando assim as falsas interpretações dos mesmos. Agora, nenhuma separação entre pensamento-linguagem e realidade; daí que a leitura de um texto demande a 'leitura' do contexto social a que se refere.

Não basta saber ler mecanicamente que *'Eva viu a uva'*. É necessário compreender qual a posição que *Eva* ocupa no seu contexto social, quem trabalha para produzir uvas e quem lucra com esse trabalho.

Os defensores da neutralidade da alfabetização não mentem quando dizem que a clarificação da realidade simultaneamente com a alfabetização é um ato político. Falseiam, porém, quando negam o mesmo caráter político à ocultação que fazem da realidade. **"**

> (Parte final da fala de Paulo Freire, no Simpósio Internacional para a Alfabetização, em Persépolis, Irã, em setembro de 1975.)

Análise e reflexão

1. "[...] o importante mesmo é não ler estórias alienadas e alienantes, mas fazer história e por ela ser feito." Tendo em mente essa afirmação feita por Paulo Freire, comente:

   a) como deve ser a postura do educador numa perspectiva transformadora;

   b) o que significa "conhecimento empacotado" que a educação na sociedade de classes propõe;

2. Comente o que Paulo Freire fala sobre a frase de cartilha "Eva viu a uva".

Rubem Alves: o prazer na escola

Rubem Alves (1933–2014) nasceu em Boa Esperança (MG) e faleceu em Campinas (SP). A falência de seu pai o levou para o Rio de Janeiro e sua solidão nessa cidade o fez religioso e amante da música. Quis ser médico, pianista e teólogo. Passou por um seminário protestante e tornou-se pastor em Lavras (MG). Fez mestrado em Nova York (EUA), entre 1963 e 1964, e sua volta ao Brasil, em 1964, o fez acreditar que seria melhor continuar estudando fora do país: doutorou-se em Princeton (EUA). Escreveu: *Da esperança*, no ponto mesmo em que a teologia da libertação estava nascendo; *Tomorrow's Child: Imagination, Creativity, and the Rebirth of Culture*, sobre o triste destino dos dinossauros e a sobrevivência das lagartixas, para concluir que os grandes e os fortes pereceram, enquanto os mansos e fracos herdarão a terra. E ainda:

> *O enigma da religião; O que é religião?; Filosofia da ciência: introdução ao jogo e a suas regras.* Criado numa tradição calvinista, lutou, como costumava dizer, contra as obsessões de pontualidade e trabalho, companheiras das insônias e das úlceras.
>
> Dois pequenos livros são muito conhecidos pelos educadores brasileiros: *Conversas com quem gosta de ensinar* e *Estórias de quem gosta de ensinar.* Além de ter exercido a profissão de psicanalista, escreveu contos para crianças. Para Rubem Alves, "é preciso reaprender a linguagem do amor, das coisas belas e das coisas boas, para que o corpo se levante e se disponha a lutar"[34].

A escola: fragmento do futuro[35]

" Pediram-me para contar os meus desejos...

Que eu dissesse quais são os meus sonhos para a escola do meu filho...

Os antigos acreditavam que as palavras eram seres encantados, taças mágicas, transbordantes de poder. Os jovens também sabiam disto e pediam:

'— A sua bênção, meu pai...'

Bênção, bendição, bendizer, bem-dizer, benzer, dizer bem...

A palavra, dita com desejo, não ficaria vazia: era como sêmen, semente que faria brotar, naquele por ela penetrado, o desejo bom por ela invocado.

E o pai respondia:

'— Meus desejos são poucos e pobres. Te desejo tanto bem que não basta o meu bem-dizer. Por isto, que Deus te abençoe. Que seja ele aquele que diga todo o bem com todo o poder...

E então, pelo milagre da fantasia, tudo se tornava possível. As palavras surgiram como cristais de poesia, magia, neurose, utopia, oração, fruição pura de desejo.

É isto que acontece sempre que o desejo fala e diz o seu mundo.

Viramos bruxos e feiticeiros e a nossa fala constrói objetos mágicos, expressões simples de amor, nostalgia por coisas belas e boas, onde moram os risos...

---

[34] ALVES, Rubem. *Estórias de quem gosta de ensinar.* São Paulo: Cortez, 1984. p. 105.

[35] Reproduzindo palavras de Rubem Alves numa Sessão Pública do *Fórum de Educação do Estado de São Paulo* (1983), onde foi solicitado a falar como gostaria que fosse a educação de seus filhos.

É só isto que desejo fazer: saltar sobre os limites que separam o possível existente do utópico desejado, que ainda não nasceu.

Dizer o nome das coisas que não são, para quebrar o feitiço daquelas que são...

Seus rostos diziam que eram crianças excepcionais. O ano do deficiente as trouxera à nossa contemplação doméstica, até que se voltavam para o telespectador, com a sua mensagem:

'— Esperamos que, no final de tudo isto, estas crianças possam ser úteis à sociedade.'

Nunca ouvi ninguém que dissesse:

'— O que a gente deseja mesmo é que as crianças estejam se divertindo e possam vir a ser um pouquinho mais felizes...'

Talvez pensassem, mas não podiam dizer por medo. Perderiam os empregos. Todos sabem que o objetivo da educação é executar a terrível transformação: fazer com que as crianças se esqueçam do desejo de prazer que mora nos seus corpos selvagens, para transformá-las em patos domesticados, que bamboleiam ao ritmo da utilidade social.

Filosofia silenciosa: cada criança é um *meio* para esta coisa grande que é a sociedade.

Mas, e a alegria e o prazer? Aqueles corpos não têm direitos? Não haverá neles uma exigência de felicidade?

Pais de outros filhos fazem perguntas mais sutis:

'— Que é que você vai ser quando crescer?'

No fundo, a mesma coisa. Agora, você nada é. Será, depois de passar pela escola. Como na história de Pinóquio, suponhamos que a criança, ignorando a armadilha, responda simplesmente:

'— Quando crescer quero ter muito tempo para olhar as nuvens.'

'— Quando crescer desejo poder empinar pipas, como faço agora.'

'— Quando crescer quero continuar a ser meio criança, porque os adultos me parecem feios e infelizes.'

Sorriremos, compreensivos.

'— Não é bem isto, filho. Você vai ser médico, engenheiro, dentista?...'

De novo, a pergunta sobre a utilidade social.

Não é para isto que se organizam escolas, para que as crianças se esqueçam dos seus próprios corpos, e aprendam o mundo que os adultos lhes impõem?

Lembro-me do lamento de Bergson: 'Que infância teríamos tido, se nos tivessem permitido viver como desejávamos...'

E lembro-me também da 'tolice' evangélica, que ninguém leva a sério:
'— O Reino de Deus? É necessário que nos tornemos crianças primeiro...'
Crianças, aqueles que brincam.

Brinquedo: inutilidade absoluta. Zero de produtividade. Ao seu final, tudo continua como dantes: nenhuma mercadoria, nenhum lucro. Por que, então? Prazer, puro prazer.

Diz o poema hebreu da criação que Deus, depois de seis dias de trabalho, parou suas mãos e se deteve extasiado, na pura contemplação daquilo que havia criado. E dizia:

'— Como é belo...'

Arte e brinquedo têm isto em comum; não são *meios* para *fins* mais importantes, mas puros horizontes utópicos em que se inspira toda a canseira do trabalho, suspiro da criatura oprimida que desejaria ser transformada em brinquedo e em beleza.

Bem posso sentir interrogações graves que se levantam sobre sobrancelhas políticas que prefeririam que eu falasse sobre coisas mais sérias. Mas, que posso fazer? Meu demônio é o espírito de gravidade e acho que a política começa melhor no riso do que na azia... Afinal de contas, não é por isto que se realizam todas as revoluções? Que coisas mais importantes haverá que o brinquedo e a beleza? A justiça e a fraternidade, não são elas mesmas nada mais que condições para que os homens se tornem crianças e artistas? Não basta que os pobres tenham pão. É necessário que o pão seja comido com alegria, nos jardins. Não basta que as portas das prisões sejam abertas. É necessário que haja música nas ruas. Política, no final das contas, não será simplesmente isto, a arte da jardinagem transplantada para as coisas sociais? Examino os nossos currículos e os vejo cheios de lições sobre o poder. Leio-os novamente e encontro-os vazios de lições sobre o amor. E toda sociedade que sabe muito sobre o poder e pouco sobre o amor está destinada a ser possuída por demônios. É preciso reaprender a linguagem do amor, das coisas belas e das coisas boas, para que o corpo se levante e se disponha a lutar. Porque o corpo não luta pela verdade pura, mas está sempre pronto a viver e a morrer pelas coisas que ele ama. Na sabedoria do corpo, a verdade é apenas um instrumento e brinquedo do desejo...

E é isto que eu desejo, que se reinstale na escola a linguagem do amor, para que as crianças redescubram a alegria de viver que nós mesmos já perdemos.

Cada dia um fim em si mesmo. Ele não está ali por causa do amanhã. Não está ali como elo na linha de montagem que transformará crianças em adultos úteis e produtivos. É isto que exige o capitalismo: o permanente adiamento do prazer, em benefício do capital. Eu me lembro do *Admirável mundo novo* em que todos os prazeres gratuitos foram proibidos, em benefício do progresso, e de *1984*, em que a descoberta do corpo e do seu prazer se constituíram numa experiência de subversão...

Que a aprendizagem seja uma extensão progressiva do corpo, que vai crescendo, inchando, não apenas em seu poder de compreender e de conviver com a natureza, mas em sua capacidade para sentir o prazer, o prazer da contemplação da natureza, o fascínio perante os céus estrelados, a sensibilidade tátil ante as coisas que nos tocam, o prazer da fala, o prazer das histórias e das fantasias, o prazer da comida, da música, do fazer nada, do riso, da piada... Afinal de contas, nem é para isto que vivemos, o puro prazer de estarmos vivos?

Acham que tal proposta é irresponsável? Mas eu creio que *só aprendemos aquelas coisas que nos dão prazer.* Fala-se no fracasso absoluto da educação brasileira, os moços não aprendem coisa alguma... O corpo, quando algo indigesto para no estômago, vale-se de uma contração saudável: vomita. A forma que tem a cabeça de preservar a sua saúde, quando o desagradável é despejado lá dentro, não deixa de ser um vômito: o esquecimento. A recusa em aprender é uma demonstração de inteligência. O fracasso da educação é, assim, uma evidência de saúde e um protesto: a comida está deteriorada, não está cheirando bem, o gosto está esquisito...

E creio mais que é só de prazer que surge a disciplina e a vontade de aprender. É justamente quando o prazer está ausente que a ameaça se torna necessária.

E eu gostaria, então, que os nossos currículos fossem parecidos com a 'Banda', que faz todo mundo marchar sem mandar, simplesmente por falar as coisas de amor. Mas onde, nos nossos currículos, estão estas coisas de amor? Gostaria que eles se organizassem nas linhas do prazer: que falassem das coisas belas, que ensinassem física com as estrelas, pipas, os piões e as bolinhas de gude, a química com a culinária, a biologia com as hortas e os aquários, política com o jogo de xadrez, que houvesse a história cômica dos heróis, as crônicas dos erros dos cientistas, e que o prazer e suas técnicas fossem objeto de muita meditação e experimentação... Enquanto a sociedade feliz não chega, que haja pelo menos fragmentos de futuro em que a alegria é servida como sacramento, para que as crianças aprendam que o mundo pode ser diferente: que a escola, ela mesma, seja um fragmento de futuro...

Sobretudo, que das nossas escolas se retire a sombra sinistra dos vestibulares. Digo-lhes que pouco me importo com tais exames como artifícios para escolher os poucos que entrarão e os muitos que ficarão de fora. Preocupa-me, antes, o terror que eles lançam sobre as crianças, antes que elas mesmas deles tenham conhecimento. Elas não sabem, mas os pais já procuram os colégios que apertam mais — é preciso preparar para o vestibular — e as crianças perdem a alegria de viver, a alegria de aprender, a alegria de estudar. Porque a alegria do estudo está na pura gratuidade, estudar como quem brinca, estudar como quem ouve música... Mas, uma vez instaurado o terror, já não haverá tempo para a poesia, por amor a ela; e nem para a curiosidade histórica, por pura curiosidade; e nem para a meditação ociosa, coisa que faz parte do prazer de viver. Nossas melhores inteligências estão sendo arruinadas por esta catástrofe que, sozinha, tem mais influência sobre nosso sistema educacional do que todas as nossas leis juntas. Melhor seria que se fizesse um sorteio...

E eu gostaria, por fim, que nas escolas se ensinasse o horror absoluto à violência e às armas de qualquer tipo. Quem sabe algum dia teremos uma Escola Superior de Paz, que se encarregará de falar sobre o horror das espadas e a beleza dos arados, a dor das lanças e o prazer das tesouras de podar. Que as crianças aprendessem também sobre a natureza que está sendo destruída pelo lucro, e as lições do dinossauro que foi destruído por causa do seu projeto de crescimento, enquanto as lagartixas sobreviveram... É certo que os mais aptos sobreviverão mas não sugere que os mais gordos sejam os mais aptos. E que houvesse lugar para que elas soubessem das lágrimas e da fome e que o seu projeto de alegria incluísse a todos... Que houvesse compaixão e esperança...

E aqui está, minha filha, o meu bem-dizer, minha bendição, meu melhor desejo: que você seja, com todas as crianças, da alegria sempre uma aprendiz, para citar o Chico, e que a escola seja este espaço onde se servem às nossas crianças os aperitivos do futuro, em direção ao qual os nossos corpos se inclinam e os nossos sonhos voam... **"**

REVISTA Educação Municipal, São Paulo, Cortez, ano I, n. 1, jul. 1988.

Análise e reflexão

1. Faça um levantamento das principais necessidades infantis citadas no texto.
2. Que importância tem o prazer para a aprendizagem, na opinião de Rubem Alves?
3. Que relação existe entre prazer e disciplina? Explique.

Maurício Tragtenberg: a educação libertária

Pensador anarquista preocupado com a escola, Maurício Tragtenberg (1929–1998) representa uma importante corrente de pensamento e ação político-pedagógica cujas raízes estão em Bakunin, Kropotkin, Malatesta e Lobrot.

O pensamento de Tragtenberg a respeito da educação mostra os *limites da escola* como instituição disciplinadora e burocrática e as possibilidades da *autogestão pedagógica* como iniciação à autogestão social. A burocracia escolar é poder, repressão e controle. Critica tanto os países capitalistas quanto os socialistas que desencantaram a beleza e a riqueza do mundo e introduziram a racionalização sem sentido humano. A *burocracia* perverte as relações humanas, gerando o conformismo e a alienação.

As propostas de Tragtenberg mostram as possibilidades de organização das lutas das classes subalternas e de participação política do trabalhador na *empresa* e na *escola*, visando a reeducação dos próprios trabalhadores em geral e, em particular, dos trabalhadores em educação.

Principais obras: *Administração, poder e ideologia* (1980), *Sobre educação, política e ideologia* (1982) e *Burocracia e ideologia* (1974).

Relações de poder na escola

❝ Professores, alunos, funcionários, diretores, orientadores. As relações entre todos estes personagens no espaço da escola reproduzem, em escala menor, a rede de relações que existe na sociedade. [...]

Disciplina: herança do presídio

As áreas do saber se formam a partir de práticas políticas disciplinares, fundadas em vigilância. Isso significa manter o aluno sob um olhar permanente, registrar, contabilizar todas as observações e anotações sobre os alunos, através de boletins individuais de avaliação, ou uniformes-modelo, por exemplo, perceber aptidões, estabelecendo classificações rigorosas.

A prática de ensino em sua essência reduz-se à vigilância. Não é mais necessário o recurso à força para obrigar o aluno a ser aplicado, é essencial que o aluno, como o detento, saiba que é vigiado. Porém há um acréscimo: o aluno nunca deve saber que está sendo observado, mas deve ter a certeza de que poderá sempre sê-lo. [...]

Dessa forma a escola se constitui num observatório político, um aparelho que permite o conhecimento e o controle perpétuo de sua população através da burocracia escolar, do orientador educacional, do psicólogo educacional, do professor ou até dos próprios alunos. [...]

É necessário situar ainda que a presença obrigatória com o 'diário de classe' nas mãos do professor, marcando ausências e presenças nuns casos, atribuindo 'meia falta' ao aluno que atrasou uns minutos ou saiu mais cedo da aula, é a técnica de controle pedagógico burocrático por excelência herdada do presídio. [...]

No seu processo de trabalho, o professor é submetido a uma situação idêntica à do proletário, na medida em que a classe dominante procura associar educação ao trabalho, acentuando a responsabilidade social do professor e de seu papel como guardião do sistema. Nesse processo o professor contratado ou precário (sem contrato e sem estabilidade) substitui o efetivo ou estável, conforme as determinações do mercado, colocando-o numa situação idêntica à do proletário. [...]

Na unidade escolar básica é o professor que julga o aluno mediante a nota, participa dos conselhos de classe, onde o destino do aluno é julgado, define o programa de curso nos limites prescritos e prepara o sistema de provas ou exames. Para cumprir essa função ele é inspecionado, é pago por esse papel de instrumento de reprodução e exclusão. [...]

A própria disposição das carteiras na sala de aula reproduz relações de poder: o estrado que o professor utiliza acima dos ouvintes, estes sentados em cadeiras linearmente definidas próximas a uma linha de montagem industrial, configura a relação 'saber/poder' e 'dominante/dominado'. [...]

O poder professoral manifesta-se através do sistema de provas ou exames onde ele pretende avaliar o aluno. Na realidade está selecionando, pois uma avaliação de uma classe pressupõe um contato diário demorado com a mesma, prática impossível no atual sistema de ensino.

A disciplinação do aluno tem no sistema de exame um excelente instrumento: o pretexto de avaliar o sistema de exames. Assim, a avaliação deixa de ser um instrumento e torna-se um fim em si mesma. O fim, que deveria ser a produção e transmissão de conhecimentos, acaba sendo esquecido. O aluno submete-se aos exames e provas. O que prova a prova? Prova que o aluno sabe como fazê-la, não prova seu saber.

O fato é que, na relação professor/aluno, enfrentam-se dois tipos de saber, o saber inacabado do professor e a ignorância relativa do aluno. Não há saber absoluto nem ignorância absoluta. No fundo, os exames dissimulam, na escola, a eliminação dos pobres, que se dá sem exame. Muitos deles não chegam a fazê-lo, são excluídos pelo aparelho escolar muito cedo, veja-se o nível de evasão escolar na 1ª série do 1º grau e nas últimas séries do 1º e 2º grau. [...]

Qualquer escola se estrutura em função de uma quantidade de saber, medido em doses, administrado homeopaticamente. Os exames sancionam uma apropriação do conhecimento, um mau desempenho ocasional, um certo retardo que prova a incapacidade do aluno de apropriar-se do saber. Em face de um saber imobilizado, como nas Tábuas da Lei, só há espaço para humildade e mortificação. Na penitência religiosa só o trabalho salva, é redentor; portanto, o trabalho pedagógico só pode ser sadomasoquista. [...]

Para não desencorajar os mais fracos de vontade surgem os métodos ativos em educação. A dinâmica de grupo aplicada à educação alienou-se quando colocou em primeiro plano o grupo em detrimento da formação. A utilização do pequeno grupo como técnica de formação deve ser vista como uma possibilidade entre outras. Tal técnica não questiona radicalmente a essência da pedagogia educacional. O fato é que os grupos acham-se diante de um monitor; aqueles caracterizam o não saber e este representa o saber.

Ao invés de colocar como tarefa pedagógica dar um curso e o aluno recebê-lo, por que não colocá-lo em outros termos: em que medida o saber acumulado e formulado pelo professor tem chance de tornar-se o saber do aluno? [...]

Por tudo isso a escola é um espaço contraditório: nela o professor se insere como reprodutor e pressiona como questionador do sistema, quando reivindica. Essa é a ambiguidade da função professoral.

A possibilidade de desvincular saber de poder, no plano escolar, reside na criação de estruturas de organização horizontais onde professores, alunos e funcionários formem uma comunidade real. É um resultado que só pode provir de muitas lutas, de vitórias setoriais, derrotas, também. Mas sem dúvida a autogestão da escola pelos trabalhadores da educação — incluindo os alunos — é a condição de democratização escolar.

Sem escola democrática não há regime democrático; portanto, a democratização da escola é fundamental e urgente, pois ela forma o homem, o futuro cidadão. **"**

TRAGTENBERG, Maurício. *Educação e sociedade.*
Campinas: Cortez, jan./abr. 1985. p. 40–45.

Análise e reflexão

1. Para o autor, o que existe em comum entre um aluno e um presidiário?
2. O autor faz um comentário sobre a disposição das carteiras na sala de aula e o estrado em que o professor sobe para dar aula. A respeito desse ponto, responda:

   a) O que isso tem a ver com a reprodução das relações de poder?

   b) Qual a sua opinião sobre essa configuração da sala de aula? Você apresentaria uma outra solução?

Dermeval Saviani: a especificidade da prática pedagógica

Formado em Filosofia, Dermeval Saviani (1944–), professor de ensino superior desde 1967, lecionou Filosofia da Educação nos cursos de mestrado e doutorado da Pontifícia Universidade Católica de São Paulo e da Universidade Estadual de Campinas.

Em suas obras o autor destaca a necessidade de se elaborar uma teoria educacional a partir da prática, e de tal teoria ser capaz de servir de base para a construção de um sistema educacional. Realça a necessidade da *atividade sistematizadora* da prática educativa, referindo-se a cinco *métodos principais*: lógico, científico, empírico-logístico, fenomenológico e dialético; e a diferentes *correntes pedagógicas*: materialismo, pragmatismo, psicologismo, naturalismo e sociologismo.

Saviani acredita que, para uma reflexão ser filosófica, torna-se necessário cumprir três requisitos básicos: a *radicalidade* (reflexão em profundidade), o *rigor* (métodos determinados) e a *globalidade* (contexto no qual se insere).

Principais obras: *Educação brasileira: estrutura e sistema* (1973), *Educação: do senso comum à consciência filosófica* (1980) e *Escola e democracia* (1983).

Onze teses sobre educação e política

66 A importância política da educação reside na sua função de socialização do conhecimento. É, pois, realizando-se na especificidade que lhe é própria que a educação cumpre sua função política. Daí ter eu afirmado que ao se dissolver a especificidade da contribuição pedagógica anula-se, em consequência, a sua importância política.

As reflexões expostas podem ser ordenadas e sintetizadas através das teses seguintes:

Tese 1: Não existe identidade entre educação e política.

COROLÁRIO: educação e política são fenômenos inseparáveis, porém efetivamente distintos entre si.

Tese 2: Toda prática educativa contém inevitavelmente uma dimensão política.

Tese 3: Toda prática política também contém, por sua vez, inevitavelmente uma dimensão educativa.

OBS.: As teses 2 e 3 decorrem necessariamente da inseparabilidade entre educação e política afirmada no corolário da tese 1.

Tese 4: A explicitação da dimensão política da prática educativa está condicionada à explicitação da especificidade da prática educativa.

Tese 5: A explicitação da dimensão educativa da prática política está, por sua vez, condicionada à explicitação da especificidade da prática política.

OBS.: As teses 4 e 5 decorrem necessariamente da efetiva distinção entre educação e política afirmada no corolário da tese 1. Com efeito, só é possível captar a dimensão política da prática educativa e vice-versa, na medida em que essas práticas forem captadas como efetivamente distintas uma da outra.

Tese 6: A especificidade da prática educativa se define pelo caráter de uma relação que se trava entre contrários não antagônicos.

COROLÁRIO: a educação é, assim, uma relação de hegemonia alicerçada, pois, na persuasão (consenso, compreensão).

Tese 7: A especificidade da prática política se define pelo caráter de uma relação que se trava entre *contrários antagônicos*.

COROLÁRIO: a política é, então, uma relação de dominação alicerçada, pois, na *dissuasão* (*dissenso, repressão*).

Tese 8: As relações entre educação e política se dão na forma de autonomia relativa e dependência recíproca.

Tese 9: As sociedades de classe se caracterizam pelo primado da *política*, o que determina a subordinação real da educação à *prática política*.

Tese 10: Superada a *sociedade* de classes cessa o *primado* da política e, em consequência, a subordinação da educação.

OBS.: Nas sociedades de classes a subordinação real da educação reduz sua margem de autonomia mas não a exclui. As teses 9 e 10 apontam para as variações históricas das formas de realização da tese 8.

Tese 11: A função política da educação se cumpre na medida em que ela se realiza enquanto prática especificamente pedagógica.

OBS.: A tese 11 se põe como conclusão necessária das teses anteriores que operam como suas premissas. Trata-se de um enunciado analítico, uma vez que apenas explicita o que já está contido nas premissas. Esta tese afirma a autonomia relativa da educação em face da política como condição mesma de realização de sua contribuição política. Isto é óbvio uma vez que, se a educação for dissolvida na política, já não cabe mais falar de prática pedagógica restando apenas a prática política. Desaparecendo a educação como falar de sua função política?

À luz das teses apresentadas, como interpretar o 'slogan' expresso na frase 'a educação é sempre um ato político?' Obviamente, se se quer com isso afirmar a identidade entre educação e política, tal 'slogan' deve ser rejeitado. Há, porém, duas situações em que essa afirmação pode ser levada em conta:

a) tomando-se o adjetivo 'político' em sentido amplo onde a política se identifica com a prática social global, como ocorre na afirmação de Aristóteles: 'o homem é um animal político'. Mas, nesse caso, todo ato humano é político e cai-se, com isso, na tautologia e na indiferenciação. No limite, isso se expressa em frases do tipo: tudo é tudo, tudo é nada, nada é tudo, nada é nada. Com efeito, nesse âmbito, podemos afirmar que tudo é político como tudo é educativo ou outra coisa qualquer. Assim, comer, vestir, amar, brincar e cantar são atos políticos, assim como são atos educativos etc.;

b) na medida em que se pretende evidenciar a dimensão política da educação. Nesse sentido, dizer que a educação é sempre um ato político não significaria outra coisa senão sublinhar que a educação possui sempre uma dimensão política, independentemente de se ter ou não consciência disso (conforme o enunciado da tese 2). E aqui vale lembrar que a recíproca também é verdadeira e que esse sentido não pode ser evidenciado senão quando se preserva a especificidade de cada uma dessas práticas (conforme os enunciados das teses 3, 4 e 5). Com efeito, eu só posso afirmar que a educação é um ato político (contém uma dimensão política) na medida em que eu capto determinada prática como sendo primordialmente educativa e secundariamente política. **"**

> SAVIANI, Dermeval. *Escola e democracia*. São Paulo: Cortez: Autores Associados, [198-]. p. 92–95.

Análise e reflexão

1. Comente a tese 1: "Não existe identidade entre educação e política".

2. Com relação à tese 2, você concorda que toda "prática educativa contém inevitavelmente uma dimensão política"? Explique.

Capítulo 16
Perspectivas atuais

A educação pode parecer, à primeira vista, um campo da atividade humana que pouco se transforma, mas, na verdade, ela sempre foi um espaço dinâmico de ação e reflexão e de disputa de concepções e paradigmas. A educação, como cultura, é, ao mesmo tempo, fator e produto da sociedade, com suas crises e perplexidades. Nem tudo está definido. Há espaço para o estudo, a pesquisa e para proposições. Por isso, para não sermos omissos, podemos falar de "perspectivas atuais", tendências, apoiados naqueles educadores, pedagogos e filósofos que tentaram, em meio a essa perplexidade, apontar caminhos.

A *Educação Tradicional*, enraizada na sociedade de classes escravagista da Idade Antiga, destinada a uma pequena minoria, começou seu declínio já no movimento renascentista, embora sobreviva até hoje.

A *Educação Nova*, que apareceu com vigor na obra de Rousseau, desenvolveu-se nos séculos XIX e XX e trouxe numerosas conquistas, sobretudo nas Ciências da Educação e nas metodologias de ensino. As técnicas de Freinet, por exemplo, são aquisições definitivas.

Esses dois grandes movimentos da história do pensamento pedagógico e da prática educativa têm em comum a ideia de que a educação é um processo de desenvolvimento pessoal, individual — centrado no docente ou no discente —, o que foi se perdendo com o deslocamento da formação puramente individual para o social, o político, o ideológico. A educação tornou-se permanente e social.

É verdade, existem ainda muitos desníveis entre regiões e países, entre o hemisfério norte e o hemisfério sul, entre países periféricos e hegemônicos etc., mas existem *tendências universais*, entre elas a ideia de que não existe idade para a educação, de que ela se estende ao longo de toda a vida e de que ela não é neutra. E isso a torna um fenômeno muito mais complexo.

Caminhamos para uma mudança estrutural da própria *função social* da escola. Entre nós, por exemplo, isso se verifica no que chamamos de *educação popular*, não porque ela seja destinada apenas às camadas populares, mas, pelo *caráter popular* e *democrático* que essa concepção traz. Isso mostra o quanto educação e sociedade são interdependentes.

Como sustenta Jesús Palacios em sua obra *La cuestión escolar*, podemos pensar a questão escolar através de dois momentos históricos: o da *Educação Tradicional* e o da *Educação Nova*.

A educação tradicional repousava sobre a certeza de que o ato educativo se destinava a reproduzir os valores e a cultura da sociedade. Os problemas começaram quando essa convivência harmoniosa entre educação e sociedade foi rompida. Esse momento, segundo Palacios, foi inaugurado por Rousseau, que contrapunha a inocência da criança à sociedade perversa. Mas as respostas a essa questão não foram satisfatórias. A *crise da escola* começou com a perda da certeza na qual ela se apoiava em relação à sua função reprodutora. As respostas a essa crise podem ser divididas em três grupos:

1º) O primeiro insiste na *disfuncionalidade da Escola Tradicional*: são os sintomas através dos quais se manifesta a "enfermidade" do sistema tradicional de ensino. Palacios aponta *nove sintomas* dessa disfuncionalidade: o atraso da escola, ligando-se sempre ao passado; a incapacidade da escola atual de oferecer instrução, simplesmente; a promoção de estudos de maneira puramente mecânica; o autoritarismo escolar; a negação das relações interpessoais; o desconhecimento da realidade; a incapacidade de poder preparar o indivíduo para poder viver e atuar no mundo; a incapacidade de equacionar a relação entre *educação* e *política*; a incapacidade de reciclar os professores que acabam neuróticos (sobretudo os autoritários). O primeiro grupo insiste que a superação da crise passa pela superação dessas nove disfunções da escola atual.

2º) O segundo grupo de respostas reúne as várias tendências não autoritárias, passando pela perspectiva marxista e pela desescolarização. Mas, segundo Palacios, essas tendências caem em algumas ilusões. A resposta dada pela Escola Nova, que renovava principalmente os métodos pedagógicos, cai na *ilusão pedagogista* de pretender resolver a crise da educação com propostas puramente pedagógicas. A pedagogia não diretiva e a institucional, filhas da Escola Nova, são duplamente ilusórias: querem resolver a crise acreditando na igualdade entre professor e aluno e acreditando que podem chegar à autogestão social pela autogestão pedagógica. A perspectiva marxista, segundo Palacios, desvaloriza a ação pedagógica e cai na *ilusão sociologista*: redução da questão escolar à questão social. Nesse grupo ele inclui também os que defendem a desescolarização da sociedade e acabam desistindo de qualquer solução: a escola é culpada pela sua própria existência.

3º) O autor filia-se a um terceiro grupo, o da "superação integradora das ilusões". Essa superação encontra-se na *escola viva*, concreta, formadora da personalidade política, social, ativa, científica, socialista. E conclui:

> **"**só a crítica que se converte em *práxis* escapa da ilusão. Para essa *práxis* não existem receitas. Cada professor, cada classe, cada centro de ensino, cada sociedade deve desenvolver seu esforço em função de seus problemas e de suas possibilidades. Somente esse esforço, unido ao esforço comum de transformação social, pode conseguir que a educação seja um processo enriquecedor e facilitador do desenvolvimento pessoal e social; que a escola compense as desigualdades ligadas ao meio de procedência; que a escola se vincule à vida e às necessidades vitais (família, bairro, cidade) da criança; que a escola sirva à integração social e à cooperação entre os indivíduos; que desenvolva ao máximo as possibilidades e os interesses de cada um; que utilize todos os recursos disponíveis da sociedade para a aprendizagem e o desenvolvimento dos alunos; que a escola, finalmente, deixe de reproduzir o *status quo* e ajude a transformá-lo. **"** [36]

Para não cair em ilusões, parece-nos que o melhor caminho de superação da crise educacional é vivê-la intensamente, não fazer economia

---

[36] PALACIOS, Jesús. *La cuestión escolar*: críticas y alternativas. Barcelona: Laia, 1978. p. 647, tradução própria.

314 HISTÓRIA DAS IDEIAS PEDAGÓGICAS

de trabalho sobre ela mesma, evidenciar suas *contradições*, suas disfunções. Desenvolver as contradições escolares é a única forma de superá-la. Contudo, como a crise da educação e da sociedade são inseparáveis, o desenvolvimento das contradições escolares e a sua transformação também são inseparáveis do desenvolvimento e da superação das contradições sociais.

Em meados do século XX, a Unesco (Organização das Nações Unidas para a Educação e Cultura), órgão das Nações Unidas, se constituiu como um espaço importante no debate em torno da ideia de uma *educação internacional* que já existia desde 1899, quando foi fundado, em Bruxelas, o Bureau Internacional de Novas Escolas, por iniciativa de Adolphe Ferrière, e depois, em 1917, quando foi criada a disciplina *Pedagogia comparada*.

Os estudos e as pesquisas em educação caracterizaram-se, desde suas origens, pela comparação entre teorias, práticas e sistemas educacionais. No Brasil, essa prática iniciou-se em 1932, com os "pioneiros da educação nova", na tentativa de divulgar inovações de países mais desenvolvidos. Vista inicialmente de forma acrítica, a educação comparada se prestou ao *transplante cultural*.

A Unesco deu grande ênfase à educação comparada, divulgando estudos e pesquisas que hoje fazem parte da formação do educador em muitos países. As expressões "pedagogia comparada" e "educação comparada" são utilizadas frequentemente com o mesmo sentido, embora a primeira conote mais as teorias educativas, e a segunda, as práticas e os sistemas educacionais.

Superando a visão funcionalista da primeira hora, a educação comparada tem-se tornado um campo fértil de estudos de pós-graduação em muitas universidades, numa perspectiva dialética e popular, principalmente na América Latina.

O *movimento estudantil de 1968*, iniciado na França, que ocorreu também em outros países, denunciava a excessiva centralização dos sistemas educacionais. O princípio da centralização, adotado pela Revolução Francesa para permitir o controle administrativo, técnico e ideológico sobre o ensino e para conter as iniciativas regionais, foi profundamente contestado. Impôs-se a exigência de maior *autonomia* e *participação* na definição das políticas públicas e também a política educacional, contestando a ideia de uma uniformização de escolas e sistemas.

Neste mesmo ano, em que os estudantes defenderam as bandeiras da "imaginação no poder" e do "é proibido proibir", a Unesco, em sua

15ª Conferência Geral, analisando a crise da educação, respondeu com um novo conceito de educação: a chamada *educação permanente*. Os sistemas nacionais de educação deveriam ser orientados pelo princípio de que o ser humano se educa a vida inteira. Nós nos tornamos humanos durante toda a vida e não apenas durante os anos de frequência escolar propriamente dita. Essa nova orientação da educação era muito ampla, mas era entendida também como uma *educação para a paz*. Depois de mais de meio século de guerras mundiais, a todos parecia necessário que a educação fosse um baluarte da paz.

O princípio da *educação permanente* — um conceito-chave no Ano Internacional da Educação (1970) — deveria inspirar as novas políticas educacionais dos países-membros. Era inevitável, porém, que um conceito tão amplo, que se dizia "desideologizado", não tivesse os efeitos esperados. Na proclamação de que o planejamento da educação deveria ser integrado na planificação econômica, já apareceria a primeira contradição, que era a diferenciação entre os sistemas econômicos, políticos e sociais. Dificilmente poderia esse princípio universal ser adaptado às especificidades regionais.

Na segunda metade do século XX, na América Latina, fez-se um grande esforço pela expansão do ensino. Todavia, os governos obscurantistas, as ditaduras, o colonialismo e a dependência econômica impossibilitaram maiores avanços. O atraso educacional é verificável pelos altos índices de analfabetismo associados à pobreza generalizada. O reconhecimento dessa situação está estampado na própria Constituição Brasileira, promulgada em 5 de outubro de 1988, em seu artigo 60 das Disposições Transitórias, que impôs ao poder público o desenvolvimento de todos os esforços, com mobilização de todos os setores organizados da sociedade e com a aplicação de, pelo menos, cinquenta por cento dos recursos do Ministério da Educação para a eliminação do *analfabetismo* e a *universalização do Ensino Fundamental* em dez anos. Passados os dez anos dessa "disposição transitória", o analfabetismo não havia sido eliminado. A disposição transitória caducou e ficamos por isso mesmo.

Os esforços da Unesco, embora tivessem por limite o fato de não servirem senão como *vagas recomendações* aos países-membros, tiveram algum impacto nos países do chamado Terceiro Mundo, sobretudo naqueles que avançaram no caminho da democracia e do socialismo. Receberam desses países maior acolhimento, demonstrando que só numa sociedade democrática, popular e socialista a educação recebe o tratamento que lhe é devido.

Mesmo assim, apesar de todos os esforços internacionais, muitos países não conseguiram eliminar o analfabetismo.

Em 1969, Herbert Marshall McLuhan (1911–1980) previu que a evolução das *novas tecnologias* traria várias consequências à educação. A educação opera com a linguagem, e a nossa cultura vive impregnada por uma nova linguagem, a dos meios de comunicação de massa, impulsionados por essas tecnologias.

As críticas de McLuhan estavam corretas: trabalhamos na escola ainda com recursos tradicionais. É preciso mudar profundamente nossos métodos para reservar ao cérebro humano o que lhe é peculiar: a *capacidade de pensar* em vez de desenvolver a memória. A função da escola consistirá em *ensinar a pensar*, a dominar a linguagem e ensinar a pensar criticamente.

Fritjof Capra (1939–), autor de *O ponto de mutação* (1982), sustenta que a visão do mundo e o sistema de valores que estão na base de nossa cultura ocidental tiveram diferentes concepções ao longo da nossa evolução histórica. A partir das mudanças revolucionárias, ocasionadas pela *física moderna*, uma nova e consistente visão do mundo começa a surgir. Para ele, a *economia* caracteriza-se pelo enfoque reducionista e fragmentário típico da maioria das ciências sociais. Os economistas não reconhecem que a economia é um dos aspectos de todo um contexto ecológico e social. Os sistemas econômicos estão em contínua mudança e evolução, dependendo dos mutáveis sistemas ecológicos e sociais em que estão implantados.

A evolução da sociedade está ligada a mudanças no sistema de valores que serve de base a todas as suas manifestações. Uma das consequências mais importantes da mudança de valores no final da Idade Média foi a ascensão do capitalismo.

Marx reconheceu que as formas capitalistas de organização social aceleraram o processo de inovação tecnológica e aumentaram a produtividade material, e previu que isso mudaria as relações sociais. O crescimento econômico e tecnológico é considerado essencial por todos os economistas e políticos, embora reconhecendo que a expansão ilimitada num ambiente finito só pode levar ao desastre.

Segundo Capra, o ser humano é dependente do meio no qual está inserido. Assim, sua atividade será modelada por influências ambientais. Apesar de o homem ser totalmente dependente do meio ambiente, ele possui condições de adaptar-se ao meio ou modificá-lo de acordo com suas necessidades. Para que haja bom estado de *saúde*, é fundamental a inter-relação entre corpo, mente e *meio ambiente*. O desequilíbrio entre esses fatores tem como consequência a doença.

Um dos maiores críticos do tecnicismo é o filósofo alemão Jürgen Habermas (1929–), da Escola de Frankfurt, autor da "teoria da ação comunicativa". Para ele, a teoria deve ser crítica e engajada politicamente. A técnica e a ciência surgiram sob a forma de uma nova ideologia que legitima o poder opressor. Os grandes problemas éticos e as grandes interrogações dos homens a respeito do significado de sua existência e da história são relegados a um segundo plano, pela ciência e pela técnica. É preciso recolocar o ser humano como o centro de "interesse" do conhecimento.

Entre os filósofos da educação na linha da Escola de Frankfurt, destacamos o alemão Wolfdietrich Schmied-Kowarzik (1939–), autor de *Pedagogia dialética, de Aristóteles a Paulo Freire* (1983). No conjunto de sua obra, ele discute principalmente a relação entre teoria e prática na história das ideias pedagógicas.

No século XX, tivemos, também na educação, um rico confronto entre os *paradigmas clássicos* e os chamados *paradigmas holísticos* ou *holonômicos*. Um debate que também foi travado entre modernidade e pós-modernidade.

Para os defensores dessas novas teorias, os *paradigmas clássicos* (identificados no positivismo e no marxismo) lidariam com categorias redutoras da totalidade da realidade. Já os *paradigmas holísticos* pretendem restaurar a totalidade do sujeito individual, valorizando a iniciativa, a criatividade, o micro, a singularidade, a complementaridade, a convergência. Os paradigmas clássicos estariam sustentando o sonho milenarista de uma sociedade plana, sem arestas, onde nada perturbaria um consenso sem fricções. A aceitação do "homem contraditorial" permitiria manter, sem pretender "superá-los", todos os elementos da complexidade da vida, que é, segundo Carl Jung, um "jogo duplo" (com a morte).

Os holistas sustentam que são o imaginário, a utopia e a imaginação os fatores instituintes da sociedade. Recusam uma ordem que aniquila o desejo, a paixão, o olhar, a escuta. Os enfoques clássicos banalizam essas dimensões da vida porque sobrevalorizam o macroestrutural, o sistema, onde tudo é função ou efeito das superestruturas socioeconômico-políticas ou epistêmicas, linguísticas, psíquicas.

Nessa perspectiva podemos incluir as reflexões de Edgar Morin (1921–), autor de *O enigma do homem — Para uma nova Antropologia* (1975), que se insurge contra a razão produtivista e a racionalização moderna, propondo uma "lógica do vivente", isto é, um princípio unificador do saber, do conhecimento em torno do humano, valorizando o seu cotidiano, o pessoal, a singularidade, o acaso e outras categorias como decisão, projeto, ruído, ambiguidade, finitude, escolha, síntese, vínculo e totalidade. Essas seriam as novas categorias dos paradigmas chamados holonômicos (etimologicamente, *holos*, em grego, significa "todo"), pois procuram não perder de vista a *totalidade*. Mais do que a *ideologia*, a *utopia* teria essa força para resgatar a totalidade do real.

O grande desafio desses novos paradigmas está menos na sua formulação teórica e, muito mais, na sua tradução para a prática educativa. As *alternativas* educacionais só podem nascer de uma articulação entre teoria e prática, mobilização, ação coletiva. Não tem sido muito produtivo ficar apenas na discussão entre correntes e tendências do pensamento pedagógico, divididas por orientações políticas, questões metodológicas ou questões epistemológicas. Por isso preferimos falar em "perspectivas" As tendências limitam, dividem; as perspectivas somam, integram. Situando o fenômeno da educação não mais nas questões políticas (como queria o iluminismo), não mais nas questões científicas (como queria o positivismo) e não mais nas questões metodológicas (como queria o escolanovismo), essa nova visão fundamenta-se na antropologia, evitando o "silêncio antropológico" de que nos fala Bernard Charlot[37]. Nessa nova concepção podemos encontrar a síntese, o fundamento perdido abaixo da montanha de numerosas teorias e métodos acumulados historicamente: o ser humano.

Partindo desse referencial, numa primeira aproximação sintética, podemos observar e destacar, entre outras, a perspectiva da educação permanente (Unesco, Pierre Furter e Bertrand Schwartz), a perspectiva da tecnologia e da desescolarização (Burrhus Frederic Skinner, Herbert Marshall McLuhan e Ivan Illich) e a perspectiva da educação voltada para o futuro (Bogdan Suchodolski e Georges Snyders).

---

[37]   CHARLOT, Bernard. *Educação ou barbárie?* Uma escolha para a sociedade contemporânea. São Paulo: Cortez, 2020. p. 60.

Primeira parte: a perspectiva da educação permanente

Unesco: aprender a ser

A Organização das Nações Unidas para a Educação, a Ciência e a Cultura (Unesco) é uma agência especializada das Nações Unidas (ONU), com sede em Paris, fundada em 16 de novembro de 1945, com o objetivo de contribuir para a paz e segurança no mundo mediante a educação, as ciências naturais, sociais e humanas, a comunicação e a informação. Em 1948, a Unesco recomendou que os Estados-membros deveriam tornar o ensino primário obrigatório e universal. Em 1990, a Conferência Mundial sobre Educação, realizada em Jomtien, na Tailândia, lançou um movimento global para oferecer educação básica para todas as crianças, jovens e adultos. Dez anos depois, no Fórum Mundial de Educação, de 2000, realizado em Dacar, no Senegal, os governos-membros se comprometeram em alcançar a educação básica para todos até 2015. A Unesco vem publicando relatórios importantes, como o Relatório Faure, *Aprender a ser*[38], de 1972, chamando a atenção para os riscos das desigualdades na educação; o relatório Delors, *Educação: um tesouro a descobrir*[39] (1996), acertadamente, acrescentou mais três pilares ao futuro da educação: além de aprender a ser, sublinhou a importância de aprender a conhecer, aprender a fazer e aprender a viver juntos. Em outros documentos a Unesco vem chamando a atenção para a educação para a cidadania global e os bens comuns da Terra e da humanidade.

Educação permanente

"Em 1970, Ano Internacional da Educação, a Unesco criou uma Comissão Internacional para o Desenvolvimento da Educação para estudar os problemas educacionais da maior parte dos países e apresentar estratégias de superação.

---

[38] FAURE, Edgar. *Aprender a ser*. São Paulo: Difusão Europeia do Livro; Rio de Janeiro: Bertrand, 1977.

[39] DELORS, Jacques *et al. Educação*: um tesouro a descobrir. Relatório para a Unesco da Comissão Internacional sobre educação para o século XXI. São Paulo: Cortez. Brasília: Unesco/MEC, 1998.

A Comissão defendeu o princípio da Educação Permanente como fundamento da educação do futuro. Essa estratégia, recomendada a todos os países do mundo indistintamente (daí o seu ecletismo), funda-se em 21 princípios:

1. A educação permanente deve ser a pedra angular da política educacional nos próximos anos, tanto nos países desenvolvidos quanto nos países em desenvolvimento, para que todo indivíduo tenha oportunidade de aprender durante toda a sua vida.

2. A educação deve ser prolongada durante toda a vida, não se limitando apenas aos muros da escola. Deve haver uma reestruturação global do ensino. A educação deve adquirir dimensões de um movimento popular.

3. A educação deve ser repartida por uma multiplicidade de meios. O importante não é saber que caminhos o indivíduo seguiu, mas o que ele aprendeu e adquiriu.

4. É necessário abolir as barreiras que existem entre os diferentes ciclos, graus de ensino, assim como da educação formal e não formal.

5. A educação pré-escolar deve figurar entre os principais objetivos da estratégia educacional dos anos vindouros. É um requisito importante de toda política educativa e cultural.

6. A educação elementar deve ser assegurada a todos os indivíduos. Deve ter um caráter prioritário entre os objetivos educacionais.

7. O conceito de ensino geral deve ser ampliado de forma a englobar os conhecimentos socioeconômicos, técnicos e práticos. Devem ser abolidas as distinções entre os diferentes tipos de ensino: científico, técnico, profissional. A educação deve ter um caráter simultâneo entre o teórico, o tecnológico, o prático e o manual.

8. A educação tem a finalidade de formar os jovens não num determinado ofício, mas oferecer recursos para que eles possam adaptar-se às diferentes tarefas, tendo um aperfeiçoamento contínuo, na medida em que evoluem as formas de produção e as condições de trabalho.

9. A formação técnica deve distribuir-se entre escolas, empresas e educação extraescolar.

10. No que diz respeito ao ensino superior, há necessidade de uma ampla diversificação das estruturas, dos conteúdos e dos alunos, abrindo acesso às categorias sociais daqueles que ainda não podem frequentar as universidades.

11. Os diferentes tipos de ensino e as atividades profissionais devem depender de modo exclusivo dos conhecimentos, da capacidade e das aptidões de cada indivíduo.

12. A educação de adultos, escolar e extraescolar, deve ocupar dentro dos objetivos um caráter primordial da estratégia educacional nos próximos anos.

13. A alfabetização deve deixar de ser um momento e um elemento da educação de adultos; pelo contrário, deve articular-se com a realidade socioeconômica do país.

14. A ética da educação deve fazer do indivíduo um mestre, agente do seu próprio desenvolvimento cultural.

15. Os sistemas educacionais devem ser planejados, levando-se em conta todas as possibilidades que as novas tecnologias oferecem, como a televisão, o rádio etc.

16. A formação dos educadores deve levar em conta as novas funções que eles irão desempenhar.

17. Qualquer função do educador deve ser exercida com dignidade, devendo-se reduzir de forma gradual a hierarquia mantida entre as diversas categorias docentes: professores de 1º e 2º graus, professores de ensino técnico, nível superior etc.

18. A formação dos docentes deve ser profundamente modificada para que seu trabalho seja mais o de educadores que o de especialistas em transmissão de conhecimentos.

19. Além dos educadores profissionais, deve-se recorrer a auxiliares e profissionais de outros domínios como: operários, técnicos, executivos, bem como a alunos e estudantes, com o objetivo de que eles também instruam outros e tenham a compreensão de que toda a aquisição intelectual deve ser repartida.

20 .O ensino deve adaptar-se ao educando e não submeter-se a regras preestabelecidas.

21. Os educandos, jovens e adultos, deverão exercer responsabilidades como sujeitos não só da própria educação mas também da empresa educativa em seu conjunto. **"**

FAURE, Edgar (org.) *Apprendre à être*. Paris: Unesco: Fayard, 1972. p. 205–251.

Análise e reflexão

1. Por que e com que objetivo foi criada a Unesco?

2. Explique o que é *educação permanente* e *educação comparada*.

3. Para você, dos 21 princípios recomendados pela Unesco, quais são os mais importantes? Por quê?

Furter: a educação do nosso tempo

Pierre Furter (1931–2020) nasceu na Suíça e estudou Filosofia e Pedagogia, licenciando-se em Filosofia e em Educação. Especializou-se em literatura comparada em Lisboa, Zurique e Recife. Lecionou Português, durante seis anos, no Ensino Médio suíço.

Depois de doutorar-se em Filosofia da Educação, trabalhou durante seis anos na América Latina. Primeiro no Brasil, realizando pesquisas no campo do analfabetismo e da cultura popular; depois na Venezuela, avaliando a contribuição da educação de adultos para o desenvolvimento cultural nacional.

Foi professor de Educação Comparada e de Planejamento Educacional na Universidade de Genebra e coordenou pesquisas sobre as disparidades regionais do desenvolvimento da educação no Programa Nacional de Pesquisas da Suíça.

Foi muito lido na década de 1960 no Brasil, onde introduziu o conceito de Educação Permanente e de andragogia (pedagogia da educação de adultos).

Furter foi um adepto do pensamento utópico de Ernst Bloch (1885–1977), para quem o pensamento utópico não é um mero devaneio, pois ele se fundamenta na reflexão e no estudo. Sem utopia, sem projeto, não há pedagogia. O "princípio esperança", de Bloch, é a escolha de uma existência voltada para o futuro. É o princípio instituinte do futuro humano. Para Furter, a utopia é uma forma de ação, não uma mera interpretação da realidade.

Princípais obras: *Educação e reflexão* (1966), *Educação e vida: uma contribuição à definição da educação permanente* (1966) e *Dialética da esperança*.

A educação de adultos e a educação continuada

❝ Vejamos, primeiro, um exemplo óbvio. Quando, hoje, se fala de *educação dos adultos*, nem sempre se vê que, para esta educação ser possível, se torna necessário admitir uma concepção bastante nova da *maturidade*.

Se a educação do adulto tem sentido, é porque o adulto continua aprendendo. Não é mais possível, pois, dividir a vida humana em duas partes distintas: o tempo da aprendizagem (da infância até a adolescência) e o tempo da maturidade, onde se goza do aprendizado. Assim a própria noção de maturidade torna-se indefinida, chegando mesmo a desaparecer, segundo certos autores, dando lugar à noção de maturação contínua. Ainda mais se o adulto é, também, um ser aperfeiçoável, perfectível, mesmo dentro dos seus limites e da limitação que a capitalização das suas experiências impõe, então é o futuro do adulto que muda profundamente. A associação estreita que se costuma fazer entre a idade e o declínio das forças é discutível e discutida, de tal modo que, para o homem de hoje, a cada idade, abrem--se novas perspectivas, novas e decisivas possibilidades de se realizar e de se aperfeiçoar. A concepção tão comum do 'oslerismo', segundo a qual a velhice é forçosamente uma degenerescência, deve ser eliminada, por ser uma visão pessimista *a priori* e não científica do curso da vida humana. Ao contrário, as recentes pesquisas, nesta nova ciência que é a gerontologia, demonstram largamente que o 'oslerismo' é um mero mito e que estamos longe de haver esgotado as possibilidades de readaptação e de criação do homem, mesmo quando está velho. [...]

A ideologia da imortalidade

Se o homem nasce *imaturo*, o que é, aliás, a concepção habitual, então o importante para ele é atingir, o mais depressa possível, sua maturidade. Uma vez adquirido o que lhe faltava, isto é, os bens cuja presença pode ser controlada por uma série de provas ou de exames, então o período anterior só terá interesse no aspecto histórico ou biográfico.

Esta definição da criança como um 'homem *imaturo*' equivale rigorosamente à definição, também negativa, do adulto *analfabeto*, como alguém a quem *falta* algo que a *educação lhe pode dar*. A educação terá, exatamente, a função social de completar o homem, até ele receber tudo o que é necessário. O processo educativo será, antes de qualquer outra coisa, uma *transmissão* de algo que torna o homem maduro. Normalmente, este algo é definido como *cultura* e, portanto, pode ser designado como uma verdadeira 'bagagem cultural'. Será um 'haver' que se sobrepõe à realidade anterior e que pertencerá ao homem como um capital, do qual vai desfrutar e que vai entretê-lo.

Como, nesta perspectiva, o resultado da educação não pertence ao existir do homem, mas lhe é imposto, então o educador tem, pelas artimanhas da pedagogia, científica ou não, que inventar maneiras de impor esta atividade. Fundamentalmente, aproveitará três meios:

a) *valorizará* esta cultura, criando um verdadeiro mito de homem maduro e culto como ideal da humanidade;

b) definirá a cultura mínima necessária para ser um homem maduro com um *saber* e medirá a assimilação deste saber pelo homem;

c) tornar-se-á um *exemplo vivo* deste ideal, dominando perfeitamente este saber e inventando técnicas para permitir uma digestão fácil do saber.

O que nos parece mais grave nesta perspectiva é que, entre o aluno e o professor, se estabelece aprioristicamente um desnível radical, que implica a existência de uma tensão constante entre o professor (que dará o seu saber com certas condições) e o aluno (ávido de recebê-lo o mais depressa possível). Por isto mesmo, neste caso, não existem condições para um verdadeiro diálogo.

A ideologia da prematuridade

Na outra perspectiva, a da *prematuridade*, tanto a interpretação como as concepções pedagógicas decorrentes são profundamente diferentes. A partir de considerações sobre a evolução do gênero humano, que se encontram já em Darwin e que foram reelaboradas por L. Bolk, o homem não nasce incompleto (imaturo), mas, antes, prematuramente. Isto é, ele é *completo* (por isto o bebê pode viver), mas *inacabado*.

Há, portanto, no caso do homem um nascimento prematuro, mesmo no caso de um parto normal, no sentido de que, sem educação, sem o cuidado dos pais e da sociedade, o homem não tem condição de aperfeiçoar a sua evolução, nem chegar a ser homem; permanece apenas um ser vivo. O homem, depois de nascer, continua, portanto, evoluindo lentamente, tão lentamente quanto necessário para poder aproveitar uma aprendizagem complexa e completa.

É porque o homem nasce prematuro que a infância tem uma importância tão grande para toda a existência. Nesta perspectiva não existe, de fato, um limite claro entre a imaturidade e a maturidade.

As consequências imediatas desta prematuridade são:

a) O homem precisa amadurecer, porque senão ele perderá as suas possibilidades. A maturação não é mais imposta. É uma *tarefa* da qual sente a possibilidade até no próprio corpo.

b) Esta maturação é uma *história* que não é predeterminada — como no caso do homem imaturo, o qual deve assemelhar-se um dia com o homem maduro ou homem ideal —, mas é condicionada por sua situação. Se tem um alvo, a maturação não tem um ponto-final propriamente dito.

c) Esta maturação é pessoal, *existencial* e, portanto, implica responsabilidade, tanto da comunidade quanto do homem, que tem, sempre, a possibilidade de interromper este processo e de pensar, declarar e viver como se já estivesse maduro.

A educação, neste caso, não pode trazer apenas algo para completar o que a natureza já fez, visto que a *maturação é o próprio movimento histórico que o homem, como sujeito responsável, efetua*. A sua função é muito mais modesta. É a de permitir que este processo possa realizar-se nas melhores condições. O próprio educador não é mais um possuidor de uma bagagem a ser vendida, sob certas condições, ou transmitida, ou dada, mas um companheiro que está, também, num processo de maturação. A sua função é a de *estar presente* e de acompanhar o aluno, de maneira que ambos vivam a comunicação educacional como uma intersubjetividade, com várias histórias possíveis, mas paralelas.

A cultura também sofre uma interpretação bem diferente, visto que, nesta perspectiva, não pode, de maneira alguma, ser definida como um objeto, mas, ao contrário, como *uma certa maneira de viver a vida*. A cultura não é bagagem, nem coisa. *É uma certa forma dada à história pessoal*. A educação tem um papel importante na formação cultural do homem: não o de 'dar uma cultura', mas o de lhe dar *as possibilidades e os instrumentos* que lhe permitam ser culto, se quiser. A educação pode ser, pois, definida como uma *metodologia: a aprendizagem do aprender*.

Assim, a partir da definição do inacabamento do homem como prematuridade, devemos revisar totalmente o conceito de educação. Se o homem é um ser fundamentalmente prematuro, então a educação terá, como função principal, o permitir ao homem o *fazer-se* a partir da situação concreta e global na qual está colocado. É uma presença atenta da geração anterior para permitir à nova geração *afirmar-se* nas plenas possibilidades novas, para uma sociedade nova, a ser vivida em novas condições.

A educação, fundamentalmente, não é conservadora, porque, assim, seria imaginar que o ideal é a situação atual; nem adaptadora, porque seria pensar que a socialização é a única maneira de amadurecer, nem tampouco será imposta totalmente pela sociedade, porque a educação goza de uma liberdade relativa dentro das estruturas sociais, liberdade que lhe permite prever a evolução.

O homem sendo um ser temporal, por ser prematuro, a sua educação é a *primeira maneira de organizar a temporalidade vivida, para que seja plena e autenticamente significativa.* **99**

FURTER, Pierre. *Educação e reflexão.* Petrópolis: Vozes, 1970.

Análise e reflexão

1. O que é maturidade, para Pierre Furter?
2. Diferencie os conceitos de *imaturidade* e *prematuridade.*
3. Comente o seguinte trecho:

   "A educação tem um papel importante na formação cultural do homem: não o de 'dar uma cultura', mas o de lhe dar *as possibilidades e os instrumentos* que lhe permitam ser culto, se quiser".

Schwartz: a educação amanhã

Bertrand Schwartz (1919–2016) nasceu em Paris, onde estudou na Escola Politécnica. Em 1957, foi nomeado diretor da Escola Nacional de Minas de Nancy, na França, uma escola de engenharia. Foi diretor do Centro Universitário de Cooperação Econômica e Social e do Instituto Nacional para a Formação de Adultos.

Em 1970, foi nomeado conselheiro para a Educação Permanente do Ministério da Educação da França. Foi professor da Universidade de Paris.

Em sua obra principal, *A educação amanhã*, funda todo um projeto educacional no conceito de educação permanente. Defende a educação pré-escolar como um instrumento de igualdade de chances. Para ele, a educação deve formar para a autonomia intelectual e para o pluralismo. Suas ideias serviram de base para a construção do novo sistema educacional da Europa unificada.

Um novo sistema: onde começa a mudança?

❝ É, sem dúvida, de um sistema novo que estamos tratando. Pode-se, ainda, falar de escola? Traduzidos e executados no tempo e espaço, nossos princípios fazem nascer as mais diversas formas educativas, mas estas continuam quase sempre inéditas; de qualquer modo, jamais ainda generalizadas. Não se deve constatar, partindo-se da reflexão sobre as modalidades de ensino e sobre a estranha resistência que as estruturas e as mentalidades opõem à mudança, que a sala de aula está para o ensino assim como a diligência está para os transportes modernos: uma categoria fora de uso e inadequada...

É a mesma reflexão que fazemos aqui a propósito da escola, em geral: uma categoria pode estar totalmente fora de uso e inadequada para traduzir nosso projeto educativo.

Se nos acontece, pois, nos capítulos seguintes, os quais têm precisamente por finalidade esboçar uma aplicação concreta de nossos princípios diretores, empregar ainda os termos escola e escolaridade, tal sucederá por pobreza de linguagem. Ou, melhor ainda, teremos dado ao termo uma significação radicalmente nova, como McLuhan, quando escreve: 'um dia passaremos nossa vida inteira na escola; um dia passaremos nossa vida inteira em contato com o mundo, sem nada que nos separe dele...', e ainda,

❝ o arquiteto de amanhã será capaz de se lançar na apaixonante tarefa que é a criação de um novo ambiente escolar. Os estudantes nele evoluirão livremente, quer o espaço que lhes for concedido seja delimitado por uma peça, um edifício ou edifícios, ou quer mesmo seja bem mais vasto ❞.

Essa mesma ideia é retomada por M. Janne:

❝ A educação escolar ensinará o jovem a se formar pelos meios exteriores à escola e o levará por si mesmo a uma assunção de autonomia. O ensino não será mais um monopólio único e os estudos não se farão mais em um espaço particularizado, a escola. [...] ❞

Uma nova pedagogia

É, sem dúvida, artificialmente que tratamos em separado do desenvolvimento da autonomia, da criatividade e da socialização. Na realidade concreta, o desenvolvimento da criatividade concorre para garantir a autonomia das pessoas, a autonomia facilita e enriquece as relações sociais, e uma boa inserção social estimula ao mesmo tempo a assunção da responsabilidade e o gosto de criar... O desenvolvimento pessoal não se corta em fatias.

HISTÓRIA DAS IDEIAS PEDAGÓGICAS

Isso é tão verdadeiro que, por vezes, as dificuldades de ordem intelectual chegam a comprometer o equilíbrio afetivo de um indivíduo, em compensação uma dificuldade profunda para se desenvolver afetivamente bloqueia gravemente qualquer progresso no campo intelectual. De fato, trata-se de uma interação permanente. O homem se percebe como mutilado, se um certo número de modalidades de expressão de si lhe é inacessível.

O aparelho educativo deve, pois, dar igualmente ao indivíduo as chaves do saber, dos saber-fazer e dos saber-ser. *Por tal razão, quisemos que nosso projeto se definisse como simultaneamente centrado sobre a pessoa e aberto.*

• *Centrado sobre a pessoa*, distingue-se dos projetos ou sistemas centrados apenas sobre a aquisição o mais rápido, o mais econômico possível, dos conhecimentos e automatismos. Distancia-se das 'técnicas que conduzem a bem aprender, mas não a inventar' (Piaget) e, de maneira geral, face a tudo o que pode levar à estandardização dos comportamentos e dos métodos de trabalho. Como McLuhan, toma, ao contrário, partido a favor de um novo tipo de estudante, que 'suscitará bagagem e até mesmo inventará seus próprios métodos de pesquisa...'

• *Aberto*, nosso projeto pretende se diferenciar de um tipo de ensino fechado, dominado pelo mimetismo da competição, em que a questão a ser tratada pelo aluno é determinada pelo mestre, e em que o aluno é pressionado a encontrar o encaminhamento e a solução do mestre, únicos considerados como válidos. Esse processo apresenta, na realidade, pelo menos dois inconvenientes.

Inicialmente, na vida corrente, um verdadeiro problema coloca-se, na maioria das vezes, em termos de funções a preencher, restando a descobrir os meios e os dados. E isso é igualmente verdadeiro em se tratando de problemas materiais, tais como a organização do orçamento familiar, quanto de problemas intelectuais, tais como os que podem ser postos, por exemplo, em física.

Além disso, porque os problemas postos pelos mestres são, a não ser muito raramente, os que os alunos se colocam, os quais, por seu lado, se apresentam para eles, em todo caso, muito importantes. Um sistema aberto pretende desenvolver, em todos os níveis, a aptidão dos indivíduos para descobrir e inventar, o que passa por uma pedagogia que permite aos alunos colocar *seus* encaminhamentos e *suas* soluções. Essa é uma condição indispensável ao desenvolvimento da criatividade, que exige uma alternância de pesquisa livre e de criação, mas também perseverança, espírito de persistência e disciplina. [...]

Por onde começar? Algumas pistas

Não elaboraremos uma lista das pistas de experimentação, considerando que essencialmente dependem das situações nacionais. Limitamo-nos a dizer que deverão se apoiar, de uma parte, ao máximo, sobre as instituições educativas existentes, com a ideia de transformá-las e, de outra, sobre o desenvolvimento da utilização das mais diversas formas de suportes educativos.

Em uma outra ordem de ideias, deverão elas ser tão significativas quanto possível, e a esse título:

- de um lado, inspirar-se em um modelo de educação permanente: desenvolvimento da igualdade de oportunidades, continuidade no tempo e no espaço, associação em todos os níveis da formação geral (cultural e social) à formação profissional, participação dos usuários na determinação dos objetivos, dos meios e das modalidades de controle;
- de outro lado, ser suscetíveis de repercussão em consideráveis partes do sistema estabelecido.

Para ter esse efeito de envolvimento, essas experiências deverão:

- ter alcance suficientemente amplo (volume de público atingido, caráter representativo da amostra) e sobretudo global (isto é, se possível atingir todos os públicos e todos os níveis ao mesmo tempo); notemos a este respeito que toda experiência horizontal, isto é, atingindo de maneira uniforme apenas um nível, corre o forte risco de ser destruída pelas reações da corrente abaixo e a não preparação para a subida;
- prestar-se à análise científica e ao controle (hipóteses claramente expressas, conjunto de variáveis e indicadores de produto bem formulados);
- prestar-se à generalização (isto é, não envolver *a priori* nem despesas inaceitáveis nem exigências de pessoal ou de meios impossíveis de se satisfazer em regime de exploração).

Os primeiros critérios são, pois, mais 'políticos', e os segundos, mais técnicos. Devendo nosso cuidado iniciar aqui sobre as estratégias de partida, não causará estranheza a particular atenção concedida aos segundos. A realização que permaneça pontual e marginal não será vista por nós como significativa. Ao contrário, devemos valorizar todas aquelas que se apresentarem aptas para 'contaminar' o conjunto.

De fato, nenhuma experiência deveria ter início sem que se tivesse posto na partida (para se as colocar em cada etapa de sua história) as poucas e simples questões que se seguem:

- Como prosseguir? Isto é:

Que sequência os participantes poderão dar à sua experiência?

330 HISTÓRIA DAS IDEIAS PEDAGÓGICAS

As estruturas e os métodos que encontrarão nessa sequência são coerentes com os que acabam de abandonar, e como afirmar e aperfeiçoar essa coerência?

- Como contaminar? Isto é:

Se nos ocuparmos de jovens (escolares, por exemplo), como provocar um movimento entre os adultos (pais, por exemplo, ou empregadores...)? E, se nos ocuparmos de adultos, como sensibilizar os jovens e os educadores para essa ação? Que incidência, enfim (nem sempre perceptível à primeira vista), terá nossa ação sobre o conjunto da população que forma o meio? E como chegar a dominar esses efeitos indiretos?

- Como ampliar? Isto é:

Como levar outros estabelecimentos ou organismos, intervenientes ao mesmo nível e sobre populações idênticas às nossas, a tirar partido de nossas pesquisas, êxitos e fracassos?

- Como diversificar? Isto é:

Como, em um movimento aparentemente contrário mas que representa apenas uma outra etapa da pesquisa, simplificar, reunir aproximações aparentemente divergentes, para submetê-las a um modelo mais amplo e mais aberto?

Propomos, pois, uma tática essencialmente pragmática. Sempre e em todo lugar, trata-se de tirar partido das situações e, especificamente, das situações de crise, entendendo-se por isso uma situação que se desenvolve cada vez que uma nova necessidade se exprime e que a instituição educativa, pressionada à última hora, não tiver ainda elaborado sua resposta, ou melhor, não a tiver encontrado no arsenal de suas fórmulas já utilizadas em outras condições e em face de outras necessidades, a resposta menos inadequada. Trata-se de tirar proveito dessas lacunas, dessas áreas de indeterminação no espaço e no tempo, para dar oportunidade à inovação.

Se, ao mesmo tempo, se tiver sabido tornar a inovação 'contaminante' a respeito do conjunto do aparelho e se o meio, preparado para esse efeito, fizer eco à proposição e a repercutir assumindo-a, podemos dizer que os freios inerentes à instituição e aos homens não serão mais determinantes. Ter-se-á dado uma oportunidade à mudança. **"**

> SCHWARTZ, Bertrand. *A educação, amanhã*: um projeto de educação permanente. Petrópolis: Vozes, 1976.

Análise e reflexão

1. Comente:

   "Não se deve constatar, partindo-se da reflexão sobre as modalidades de ensino e sobre a estranha resistência que as estruturas e as mentalidades opõem à mudança, que a sala de aula está para o ensino assim como a diligência está para os transportes modernos: uma categoria fora de uso e inadequada..."

2. Para Schwartz, o que o aparelho educativo deve oferecer ao indivíduo?

3. Ao iniciar uma experiência, que perguntas o educador deve fazer? Explique cada uma delas.

Segunda parte: a perspectiva da tecnologia e da desescolarização

Skinner: o indivíduo como produto do meio

Burrhus Frederic Skinner (1904–1990) doutorou-se em Harvard em 1931, onde permaneceu até 1936, recebendo apoio financeiro para fazer pesquisas. Após 1936, lecionou nas universidades de Minnesota e de Indiana.

Regressou a Harvard em 1947. A sua influência sobre os mais jovens psicólogos tem sido muito grande. Skinner pode ser considerado um representante da análise funcional do comportamento dos mais difundidos no Brasil.

Firmou-se como um dos principais behavioristas (do inglês *behavior* = comportamento) e, embora influenciado pelo behaviorismo de John B. Watson (1878–1958), parece seguir mais os trabalhos de Ivan P. Pavlov e Edward Lee Thorndike, que se caracterizam pelo conexionismo — aprendizagem por consequências recompensadoras — e pelo condicionamento clássico —, processo de aprendizagem que consiste na formação de uma associação entre estímulo e resposta.

Limitou-se ao estudo de comportamentos manifestos ou mensuráveis. Sem negar processos mentais ou filosóficos, ele entende que o estudo do comportamento não depende de conclusões sobre o que se passa dentro do organismo. Segundo ele, a tarefa da psicologia é a predição e o controle do comportamento, e, como todos os indivíduos controlam e são controlados, o controle deve ser analisado e considerado.

Ele nega a liberdade humana e afirma que o nosso comportamento só pode ser explicado mediante um rígido determinismo. Contudo, o determinismo de Skinner limita-se praticamente ao indivíduo, não se refere à sociedade e à cultura.

Skinner nega que as diferenças individuais possam explicar as produções geniais. A diferença entre um reconhecido medíocre e um gênio deve ser procurada na história dos reforços a que eles foram submetidos, embora ele admita que as pessoas possam revelar grandes diferenças herdadas.

Segundo ele, o homem é um ser manipulável, criatura circunstancial, governada por estímulos do meio ambiente externo. Este tem a função de moldar, determinar o comportamento. Para isso, são organizadas contingências de reforço, ou seja, quando desejamos que um organismo tenha um comportamento que não lhe é peculiar, começamos por reforçar o desempenho para que se aproxime do esperado. Esse tipo de método é muito utilizado na educação e na indústria. Por exemplo, o aluno que é reforçado por completar uma tarefa ou o operário que ganha por produção. Na escola os reforços são arranjados com propósitos de condicionamento. Os reforçadores são artificiais, como: "treino", "exercício" e "prática".

Para Skinner, o fracasso dos professores está na negligência do método. A educação é montada em esquemas aversivos que os alunos combatem com falta de atenção, conversa, apatia etc. Para resolver os problemas da educação é necessário proceder por meio da análise dos conjuntos. Somente as totalidades são concretas e reais, dando conta da dimensão histórica do social. É preciso definir concretamente o indivíduo dentro da sociedade em que vive.

Principais obras: *Sobre o behaviorismo* e *O mito da liberdade*.

O mito da liberdade e a tecnologia do ensino

66 Quase todos os nossos problemas principais abrangem o comportamento humano e não podem ser resolvidos apenas com a tecnologia física e biológica. É necessária uma tecnologia do comportamento, mas temos sido morosos no desenvolvimento de uma ciência da qual se poderia extrair

essa tecnologia. Uma dificuldade é que quase tudo que é denominado de ciência do comportamento continua a vincular o comportamento humano a estados de espírito, sentimentos, traços de caráter, natureza humana e assim por diante. A Física e a Biologia já seguiram práticas similares e somente se desenvolveram quando as descartaram. As ciências do comportamento têm se transformado lentamente em parte porque as entidades explicativas com frequência parecem ser diretamente observáveis e também pelo fato de ser difícil encontrar outras espécies de explicação. O ambiente é, sem dúvida, importante, mas seu papel tem permanecido obscuro. Não impulsiona nem puxa, mas *seleciona* e essa função é difícil de ser percebida e analisada. O papel da seleção natural na evolução foi formulado há pouco mais de cem anos, e a função seletiva do ambiente na modelagem e manutenção do comportamento do indivíduo está apenas começando a ser reconhecida e estudada. À medida que a interação entre o organismo e o ambiente começa a ser entendida, os efeitos anteriormente atribuídos a estados mentais, sentimentos e traços de caráter começam a se vincular a condições acessíveis; surge, pois, a possibilidade de uma tecnologia do comportamento. Entretanto ela não resolverá nossos problemas até superarmos os pontos de vista pré-científicos, que estão fortemente enraizados. A liberdade e a dignidade ilustram a dificuldade. São propriedades do homem autônomo, da teoria tradicional, e essenciais às práticas nas quais uma pessoa é responsabilizada por sua conduta ou elogiada por suas realizações. A análise científica transfere tanto a responsabilidade quanto a realização para o ambiente. Isto implica também o levantamento de indagações referentes a 'valores'. Quem usará a tecnologia e com que finalidade? Até que esses problemas sejam resolvidos, a tecnologia do comportamento continuará a ser rejeitada e, com ela, possivelmente o único caminho para resolvermos nossos problemas. [...]

A luta do homem pela liberdade não se deve ao desejo de ser livre, mas há certos processos característicos de comportamento do organismo humano, cuja consequência principal é evitar ou fugir dos chamados aspectos 'aversivos' do ambiente. As tecnologias físicas e biológicas têm estado interessadas principalmente nos estímulos aversivos naturais; a luta pela liberdade está preocupada com estímulos intencionalmente fornecidos por outros indivíduos. A literatura da liberdade tem identificado esses indivíduos e tem sugerido meios de fugir deles, ou de enfraquecer ou destruir o seu poder. Tem tido êxito na redução dos estímulos aversivos empregados no controle intencional, mas errou ao definir a liberdade em termos de estados de espírito ou sentimentos. Por isso, não tem sido capaz de lidar eficazmente com técnicas de controle que não provoquem a fuga ou a revolta, mas, no entanto, produzem consequências aversivas. Tem sido forçada a rotular todo controle como errado e a deturpar muitas das vantagens extraídas de um ambiente social. Está despreparada para o passo seguinte, que não será o de libertar os homens do controle, mas sim analisar e modificar os diversos tipos de controle a que se encontram submetidos. [...]

A concepção tradicional do homem é lisonjeira; confere privilégios reforçadores. Portanto, é fácil de ser defendida e difícil de ser modificada. Foi planejada para desenvolver o indivíduo como um instrumento de contracontrole, e o fez de forma bastante eficaz com o intuito de limitar o progresso. Vimos como a literatura da liberdade e da dignidade, com o seu interesse pelo homem autônomo, perpetuou o emprego da punição e desculpou-o de técnicas não punitivas inoperantes, e não é difícil demonstrar a conexão entre o direito do indivíduo em buscar a felicidade e as catástrofes com que somos ameaçados pela procriação descontrolada, a riqueza irrestrita que esgota os recursos e polui o ambiente, e a iminência de uma guerra nuclear.

As tecnologias física e biológica aliviaram a peste e a fome e muitos aspectos dolorosos, perigosos e exaustivos da vida diária, e a tecnologia do comportamento pode começar a aliviar outras formas de adversidades. Na análise do comportamento humano, é bem possível que estejamos um pouquinho além da posição de Newton em relação à análise da luz, pois estamos começando a fazer aplicações tecnológicas. Há possibilidades maravilhosas — cada qual mais maravilhosa que a outra devido à ineficácia das abordagens tradicionais. É difícil imaginar um mundo onde as pessoas vivam juntas sem brigar, que se mantenham através da produção de alimentos, das habitações e do vestuário de que necessitem, que se divirtam e contribuam para o divertimento de outros na arte, na música, na literatura, nos jogos, que consumam só uma parte razoável dos recursos ambientais e acrescentem o menos possível à poluição, que não criem mais filhos além dos que possam criar de modo decente, que continuem a explorar o mundo a seu redor e a descobrir meios melhores de lidar com ele, e venham a se conhecer de forma precisa e, assim, administrem-se eficazmente. Tudo isso ainda é viável, e mesmo que o mais leve sinal de progresso acarretasse uma espécie de mudança, que, em termos tradicionais se diria, suavizaria a vaidade ferida, e compensaria um senso de desesperança ou nostalgia, corrigiria a impressão de que 'não podemos e nem precisamos fazer algo por nós mesmos', e promoveria um 'sentido de liberdade e dignidade', através do estabelecimento de um 'sentido de confiança e valor'. Em outras palavras, reforçaria extremamente aqueles que foram induzidos por sua cultura a trabalhar por sua perpetuação.

Uma análise experimental transfere a determinação do comportamento do homem autônomo para o ambiente — um ambiente responsável tanto pela evolução da espécie como pelo repertório adquirido pelos seus membros. As primeiras versões do ambientalismo foram inadequadas, pois não podiam explicar como o ambiente funcionava, e parece que muito se deixou ao encargo do homem autônomo. Mas, atualmente, as contingências ambientais assumem funções já atribuídas ao homem autônomo, e certas questões são suscitadas. O homem, então, está 'extinto'? Certamente não, como espécie ou como indivíduo empreendedor. O homem interior autônomo é que foi abolido, e isso constitui um passo adiante. Mas, dessa forma, o homem não se torna simplesmente uma vítima ou um observador passivo do que lhe ocorre? Realmente, ele se encontra controlado por seu ambiente, porém não devemos esquecer que é um ambiente construído em grande parte pelo próprio homem. A evolução de uma cultura é um exercício gigantesco de autocontrole. Frequentemente se diz que uma concepção científica do homem conduz à vaidade ferida, a uma sensação de desesperança e nostalgia. Mas nenhuma teoria modifica o seu objeto de análise; o homem permanece o que sempre foi. E uma nova teoria pode modificar o que pode ser feito em relação a ele, que é o seu objeto de estudo. Uma concepção científica do homem oferece possibilidades estimulantes. Ainda não vimos o que o homem pode fazer do homem. **"**

SKINNER, Burrhus Frederic. *O mito da liberdade.* São Paulo: Summus, 1983.

Análise e reflexão

1. De acordo com Skinner, onde estaria a diferença entre um reconhecido medíocre e um gênio?

2. Explique o fracasso dos professores, à luz da teoria behaviorista.

3. Comente estas palavras de Skinner:

"É difícil imaginar um mundo onde as pessoas vivam juntas sem brigar, que se mantenham através da produção de alimentos, das habitações e do vestuário de que necessitem, que se divirtam e contribuam para o divertimento de outros na arte, na música, na literatura, nos jogos, que consumam só uma parte razoável dos recursos ambientais e acrescentem o menos possível à poluição, que não criem mais filhos além dos que possam criar de modo decente, que continuem a explorar o mundo a seu redor e a descobrir meios melhores de lidar com ele, e venham a se conhecer de forma precisa e, assim, administrem-se eficazmente**"**

McLuhan: a educação na era da "aldeia global"

Herbert Marshall McLuhan (1911–1980) foi professor de literatura inglesa no Canadá, professor em diversas universidades dos Estados Unidos e autoridade mundial em comunicação de massa. Suas ideias provocaram grandes polêmicas também na educação.

McLuhan foi um pensador de vanguarda que não temeu levar às últimas consequências suas formulações teóricas, as quais buscaram abarcar todas as implicações daquilo que singulariza o mundo do seu tempo e da atualidade: a complexa *rede de comunicações* em que está imerso o ser humano na era da eletrônica, da cibernética, da automação, que afeta profundamente sua visão e sua experiência do mundo, de si mesmo e dos outros.

McLuhan, em seu livro *A galáxia de Gutenberg*, estudou a cultura manuscrita na Antiguidade e na Idade Média e daí partiu para a análise e a interpretação da cultura da página impressa, da cultura tipográfica, mostrando-nos até que ponto ela transformou a cultura oral anterior. Estudou a cultura da era eletrônica e o renascimento das formas orais da civilização.

Em outro livro, *Os meios de comunicação como extensões do homem*, sustenta que a humanidade passou por três estágios: o *mundo tribal*, vivendo predominantemente no espaço acústico; o *mundo destribalizado*, sob a influência do alfabeto e do livro como extensões dos olhos, portanto, do espaço visual; e o *mundo retribalizado* ("aldeia global"), sob a influência dos meios de comunicação eletrônicos que dão predominância ao espaço acústico.

O futuro da educação

" Chegará o dia — e talvez este já seja uma realidade — em que as crianças aprenderão muito mais e com maior rapidez em contato com o mundo exterior do que no recinto da escola. 'Por que retornar à escola e deter minha educação?', pergunta-se o jovem que interrompeu prematuramente seus estudos. A pergunta é arrogante, mas acerta no alvo: o meio urbano poderoso explode de energia e de uma massa de informações diversas, insistentes, irreversíveis. [...]

A educação de massa é o fruto da era da mecanicidade. Ela se desenvolveu com o crescimento dos poderes de produção e atinge seu esplendor no momento em que a civilização ocidental chega ao máximo de divisão e de especialização, tornando-se assim mestra na arte de impor seus produtos à massa.

O caráter fundamental desta civilização é tratar a matéria, a energia e a vida humana, dissecando cada processo útil em componentes funcionais, de maneira que possa reproduzi-los em tantos exemplares quantos desejar. Como pedaços de metal moldados se tornam as partes que compõem uma locomotiva, os especialistas humanos tornar-se-iam componentes da grande máquina social.

Nestas condições, a educação era uma tarefa relativamente simples: bastava descobrir as necessidades da máquina social, e depois recrutar e formar as pessoas que responderiam a essas necessidades. A função real da escola era menos a de encorajar as pessoas a descobrir e aprender e, com isto, fazer de sua vida um progresso constante, que a de procurar moderar e controlar estes processos de maturação e evolução individuais.

No entanto, o aparecimento das carreiras profissionais úteis, ou a formação de operários especializados, não constitui mais que uma pequena parte do sistema educacional. A todos os estudantes, mais, sem dúvida, aos de letras e ciências humanas que aos de ciências físicas e tecnologias, impunham-se 'corpos de conhecimento' condicionados, estandardizados: vocabulários, conceitos, maneiras de abordar o mundo em geral. As publicações universitárias e profissionais mantêm uma contabilidade escrupulosa: cada noção, em cada domínio especializado, era catalogada.

A especialização e a estandardização tiveram como consequência um mimetismo de todos os indivíduos e suscitaram uma ardente competição. Dentro deste contexto, a única maneira de um indivíduo se distinguir era fazer a mesma coisa que o seu homólogo, porém melhor e mais depressa.

338 HISTÓRIA DAS IDEIAS PEDAGÓGICAS

Na realidade a competição tornou-se a motivação primordial de educação tanto das massas quanto da sociedade. Puseram-se demarcações: graus e diplomas de todo tipo eram aureolados de um prestígio e de poderes desproporcionados com seu papel intrínseco, no final das contas, bastante limitados. Os poderes de produção tratavam a matéria com ajuda de moldes preestabelecidos, estandardizados; da mesma forma, a educação de massa tendia a tratar os estudantes como objetos a formar. No seu conjunto, 'instruir' significava empanturrar escolares passivos de um máximo de informações.

O curso magistral (as aulas expositivas), o modo mais difundido na educação de massa, solicita do estudante um mínimo de engajamento. Este sistema, embora um dos menos eficazes que o homem jamais pôde imaginar, bastava num tempo em que só era solicitada uma pequena parte das faculdades de cada ser humano. Todavia, nenhuma garantia era dada quanto à qualidade dos produtos humanos da educação.

Essa época terminou. Entramos mais depressa do que pensamos numa era fantasticamente diferente. A parcialização, a especialização, o condicionamento são noções que vão ceder lugar às de integralidade, de diversidade e, sobretudo, vão abrir caminho para um engajamento real de toda a pessoa. A produção mecanizada já está em parte submetida ao controle de substitutivos eletrônicos capacitados a produzir qualquer quantidade de objetos diversos a partir de um mesmo material.

Hoje, pode-se considerar que a maioria dos automóveis americanos é, num sentido, puro produto de hábito, quando se sabe que um computador a partir dos dados fornecidos por tal modelo de carro (mecanismo, cor, conforto, segurança etc.) consegue fazer *25 milhões* de versões diferentes e acabadas. E isto é apenas o começo. Quando as produções eletronicamente controladas estiverem totalmente aperfeiçoadas, será, praticamente, tão simples e barato produzir um milhão de objetos diferentes como realizar um milhão de cópias. Os únicos limites a que submeterão a produção e o consumo serão os da imaginação humana.

Do mesmo modo, os novos meios ultrarrápidos de comunicação a grandes distâncias — rádio, telefone, televisão — estão em vias de unir os povos do mundo inteiro, numa vasta rede de circuitos elétricos, suscitando uma dimensão nova no engajamento do indivíduo em face dos acontecimentos, quebrando assim os quadros tradicionais que tornavam possível a especialização.

Esta tecnologia que, pela sua natureza, desperta a necessidade imperiosa de uma forma nova de educação traz em si mesma os meios de consegui-la.

Embora de capital importância, uma revolução das novas formas de educação não é, contudo, tão fundamental no que concerne à escola do amanhã quanto uma revolução nos papéis de aluno e professor. Os cidadãos do futuro terão muito menos necessidade que hoje de ter formação e pontos de vista semelhantes. Pelo contrário, serão recompensados pela sua diversidade e originalidade. Eis por que toda essa necessidade experimentada, real ou imaginária, de uma instrução estandardizada pode provavelmente desaparecer e muito rapidamente. A primeira alteração sofrida pelo sistema escolar poderá abalar e destruir com um mesmo golpe todo o sistema educacional, incluindo a noção do professor todo-poderoso.

O educador de amanhã será capaz de lançar-se à apaixonante tarefa de criar um novo âmbito escolar. Os estudantes circularão nele livremente, qualquer que seja o espaço a eles reservado: uma sala, um prédio, um conjunto de prédios ou, ainda, como depois veremos, algo mais vasto. A tradicional dicotomia trabalho-lazer desaparecerá em função do engajamento cada vez mais profundo do estudante. O professor será enfim responsável pela eficácia de seu ensino. Atualmente ele dispõe da presença garantida de um auditório. Tem a certeza de encontrar a sala cheia e de manter seu cartaz. Os alunos que não apreciam o espetáculo são considerados fracassados. Pelo contrário, se os alunos se tornam livres para ir aonde melhor lhes pareça, a natureza e a qualidade desta experiência denominada educação escolar mudarão totalmente. O educador, então, terá realmente interesse em suscitar e mobilizar a atenção dos alunos. [...]

A televisão ajudará os estudantes a explorar a realidade em grande escala: permitir-lhes-á observar um átomo da mesma forma que os espaços interestelares; poderão analisar suas próprias ondas cerebrais; criar modelos artísticos a partir da luz e do som; familiarizar-se com antigos ou novos costumes etc. e tudo isto onde quer que eles estejam.

A televisão será um instrumento do engajamento individual, da comunicação *recíproca* quer seja com outras pessoas, quer seja com outros sistemas sociais ou científicos. Não será utilizada, certamente, para apresentar cursos convencionais ou para imitar a atmosfera de uma sala de aula tradicional. O fato de que os cursos expositivos apareçam frequentemente na televisão escolar mostra bem como a humanidade se dirige caoticamente para o futuro com os olhos fixos sobre um passado visto num retrovisor. Até agora cada novo canal de informações não fez senão veicular materiais caducos.

No futuro, o estudante viverá realmente como explorador, como pesquisador, como caçador à espreita nesse imenso terreno que será seu universo de informações, e veremos surgir, revalorizadas, novas relações humanas. As crianças, mesmo muito novas, sozinhas ou em grupos, procurarão, por si mesmas, soluções para problemas nunca até então considerados como tais. É necessário distinguir esta atividade exploradora do 'método por descobertas', preconizado por alguns teóricos, que não é, de fato, senão outro meio de condicionar as percepções e a imaginação das crianças. Os educadores do futuro não temerão as tentativas novas e as soluções inéditas, mas as valorizarão.

Uma das primeiras tarefas será a de esquecer as velhas proibições que ferem a verdadeira originalidade. Depois disto a sua linha de conduta será relativamente simples: um olhar no retrovisor, quando sentirem real necessidade de uma referência ao passado, e o resto do tempo, com as mãos na direção, ficarão de olhos fixos sobre a extensão do presente e do futuro, cujos horizontes desconhecidos se revelarão a eles sem cessar. [...]

É evidente que a escola (instituição localizada num edifício ou num conjunto de edifícios) não conservará seu papel primordial, se não se adaptar às mudanças inevitáveis do mundo exterior. Assim posta, a experiência escolar pode-se tornar tão rica e atraente, que todo abandono eventual da parte dos alunos será exceção, e, pelo contrário, a escola atrairá cada vez mais adeptos entusiastas. Todavia, a escola assim concebida terá muros que, por mais transparentes que sejam, continuarão, apesar de tudo, a isolá-la do mundo. É evidente que a educação do futuro será contínua, pois se tratará menos de 'ganhar' a vida, que de aprender a renovar a vida. Nos EUA cerca de 30 milhões de adultos continuam atualmente seus estudos e esse número tende a aumentar.

Já agora, a universidade enquanto bastião se desintegra para abrir-se cada vez mais à comunidade. É mesmo possível que mais tarde cada cidadão seja atingido diretamente por suas atividades. Imaginemos uma universidade que oferecesse aos cidadãos toda uma gama de possibilidades de participação: desde a participação com tempo integral até a simples inscrição no 'serviço de informações' transmitidas a domicílio pelo canal de aparelhos eletrônicos.

Ainda que poucos jornalistas ou reitores de universidades o percebam, as informações mais importantes de nosso tempo provêm dos centros de pesquisa e de altos estudos: descobertas científicas, novos métodos de trabalho, apreensões sensoriais, renovação das relações interindividuais, nova compreensão do valor do engajamento.

A rede mundial de comunicações vai-se estender e melhorar. Serão introduzidos novos *feedbacks* (tomada de consciência do efeito real produzido no outro) levando a comunicação a se tornar diálogo antes que monólogo. Vai transpor o velho muro que separa a escola da vida cotidiana. Atingirá as pessoas onde elas estiverem. Sim, quando tudo isso for realidade, nós perceberemos que o lugar de nossos estudos é o mundo mesmo, o planeta de todos. A 'escola-clausura' está a ponto de tornar-se 'escola-abertura' ou, melhor ainda, 'escola-planeta'.

Um dia passaremos toda nossa vida na escola; um dia passaremos toda nossa vida em contato com o mundo, sem nada que nos separe.

Nesse dia, educar-se será sinônimo de aprender a querer progredir, a melhorar; nesse dia educar não será sinônimo de formar e manter homens a meio caminho de suas possibilidades de desabrochamento, mas, ao contrário, abrir-se à essência e à plenitude da própria existência. **”**

> McLUHAN, Herbert Marshall. *Mutations 1990*. Paris: Name, 1969.
> p. 35–58. Tradução: Moacir Gadotti; Mauro Angelo Lenzi. *In*: REVISTA
> Educação Municipal, São Paulo, Cortez, n. 5, nov. 1989.

Análise e reflexão

1. O que pensa McLuhan sobre as aulas expositivas?
2. Exponha as principais ideias de McLuhan a respeito da influência dos meios de comunicação na educação.
3. No futuro, qual será o significado do ato de "educar-se"?

Illich: a desescolarização da sociedade

Ivan Illich (1926–2002) nasceu em Viena, na Áustria, estudou Filosofia e Teologia em Roma, onde se ordenou padre. De descendência judia, falava fluentemente nove idiomas. Em 1956, chegou a Porto Rico para exercer o cargo de vice-reitor da Universidade Católica. É considerado um humanista radical. Radical não só pelo conjunto de suas ideias, mas também pelas atitudes de vida. Fez uma denúncia orientada para os países industrializados e uma advertência aos países do Terceiro Mundo, alertando quanto ao caos que o modo de produção, tal como se dá no Ocidente, tem gerado: uma sociedade destruída, um indivíduo desarraigado, enclausurado em sua alienação, sua impotência e frustração.

Sua crítica é também dirigida ao que ele chama de "instituições do bem-estar social". A escola faz parte desse bloco de instituições, com seu "estilo industrial" de elaboração de um produto que é posteriormente "etiquetado" como "educação" e que é vendido por todos os lados.

Dentre suas principais investidas, faz uma crítica severa ao sistema escolar, como estrutura reprodutora e justificadora do tipo de sociedade que vivemos, caracterizada fundamentalmente pela industrialização crescente e pelo ilimitado consumo (a pedagogização da sociedade).

Perseguido pela Igreja, renunciou ao sacerdócio em 1969, depois de haver criado o Cidoc (Centro Internacional de Documentação), um centro de debates dos problemas contemporâneos como a energia, a saúde, a educação, a convivência, a poluição e a educação permanente.

Os conhecimentos são adquiridos fora da escola

66 Muitos estudantes, especialmente os mais pobres, percebem intuitivamente o que a escola faz por eles. Ela os escolariza para confundir processo com substância. Alcançado isto, uma nova lógica entra em jogo: quanto mais longa a escolaridade, melhores os resultados; ou, então, a graduação leva ao sucesso. O aluno é, desse modo, 'escolarizado', a confundir ensino com aprendizagem, obtenção de graus com educação, diploma com competência, fluência no falar com capacidade de dizer algo novo. Sua imaginação é 'escolarizada' a aceitar serviço em vez de valor. Identifica erroneamente cuidar da saúde com tratamento médico, melhoria da vida comunitária com assistência social, segurança com proteção policial, segurança nacional com aparato militar, trabalho produtivo com concorrência desleal. Saúde, aprendizagem, dignidade, independência e faculdade criativa são definidas como sendo um pouquinho mais que o produto das instituições que dizem servir a estes fins; e sua promoção está em conceder maiores recursos para a administração de hospitais, escolas e outras instituições semelhantes. [...]

O sistema escolar repousa ainda sobre uma segunda grande ilusão, de que a maioria do que se aprende é resultado do ensino. O ensino, é verdade, pode contribuir para determinadas espécies de aprendizagem sob certas circunstâncias. Mas a maioria das pessoas adquire a maior parte de seus conhecimentos fora da escola; na escola, apenas enquanto esta se tornou, em alguns países ricos, um lugar de confinamento durante um período sempre maior de sua vida.

A maior parte da aprendizagem ocorre casualmente e, mesmo, a maior parte da aprendizagem intencional não é resultado de uma instrução programada. As crianças normais aprendem sua primeira língua casualmente, ainda que mais rapidamente quando seus pais se interessam. A maioria das pessoas que aprendem bem outra língua conseguem-no por causa de circunstâncias especiais e não de aprendizagem sequencial. Vão passar algum tempo com seus avós, viajam ou se enamoram de um estrangeiro. A influência na leitura é também, quase sempre, resultado dessas atividades extracurriculares. A maioria das pessoas que lê muito e com prazer crê que aprendeu isso na escola; quando conscientizadas, facilmente abandonam esta ilusão. [...]

A desescolarização da sociedade implica um reconhecimento da dupla natureza da aprendizagem. Insistir apenas na instrução prática seria um desastre; igual ênfase deve ser posta em outras espécies de aprendizagem. Se as escolas são o lugar errado para se aprender uma habilidade, são o lugar mais errado ainda para se obter educação. A escola realiza mal ambas as tarefas; em parte porque não sabe distinguir as duas. A escola é ineficiente no ensino de habilidades, principalmente porque é curricular. Na maioria das escolas, um programa que vise a fomentar uma habilidade está sempre vinculado a outra tarefa que é irrelevante. A história está ligada ao progresso na matemática; e a assistência às aulas, ao direito de usar o campo de jogos. [...]

Creio que o futuro promissor dependerá de nossa deliberada escolha de uma vida de ação em vez de uma vida de consumo; de nossa capacidade de engendrar um estilo de vida que nos capacitará a sermos espontâneos, independentes, ainda que inter-relacionados, em vez de mantermos um estilo de vida que apenas nos permite fazer e desfazer, produzir e consumir — um estilo de vida que é simplesmente uma pequena estação no caminho para o esgotamento e a poluição do meio ambiente. O futuro depende mais da nossa escolha de instituições que incentivem uma vida de ação do que do nosso desenvolvimento de novas ideologias e tecnologias. Precisamos de um conjunto de critérios que nos permitirá reconhecer aquelas instituições que favorecem o crescimento pessoal em vez de simples acréscimos. Precisamos também ter a vontade de investir nossos recursos tecnológicos de preferência nessas instituições promotoras do crescimento pessoal. [...]

As escolas *são fundamentalmente semelhantes em todos os países, sejam fascistas, democráticos ou socialistas, pequenos ou grandes, ricos ou pobres.* Esta identidade do sistema escolar nos força a reconhecer a profunda identidade universal do mito, o modo de produção e o método de controle social, apesar da grande variedade de mitologias em que o mito é expresso.

Em vista dessa identidade, é ilusório dizer que as escolas são, num sentido mais profundo, varáveis dependentes. Isto significa que também é ilusão esperar que a mudança fundamental no sistema escolar ocorra como consequência da mudança econômica ou social convencional. Ao contrário, esta ilusão concede à escola — o órgão reprodutor de uma sociedade de consumo — uma imunidade quase inquestionável. [...]

Um bom sistema educacional deve ter três propósitos: dar a todos os que queiram aprender acesso aos recursos disponíveis, em qualquer época de sua vida; capacitar a todos os que queiram partilhar o que sabem a encontrar os que queiram aprender algo deles e, finalmente, *dar oportunidade a todos os que queiram tornar público um assunto a que tenham possibilidade de que seu desafio seja conhecido.* Tal sistema requer a aplicação de garantias constitucionais à educação. Os aprendizes não deveriam ser forçados a um currículo obrigatório ou à discriminação baseada em ter um diploma ou certificado. Nem deveria o povo ser forçado a manter, através de tributação regressiva, um imenso aparato profissional de educadores e edifícios que, de fato, restringe as chances de aprendizagem do povo aos serviços que aquela profissão deseja colocar no mercado. É preciso usar a tecnologia moderna para tornar a liberdade de expressão, de reunião e imprensa verdadeiramente universal e, portanto, plenamente educativa. [...]

Acredito que apenas quatro — possivelmente três — 'canais' diferentes ou intercâmbios de aprendizagem poderiam conter todos os recursos necessários para uma real aprendizagem. A criança se desenvolve num mundo de coisas, rodeada por pessoas que lhe servem de modelo das habilidades e valores. Encontra colegas que a desafiam a interrogar, competir, cooperar e compreender; e, se a criança tiver sorte, estará exposta a confrontações e críticas feitas por um adulto experiente e que realmente se interessa por sua formação. Coisas, modelos, colegas e adultos são quatro recursos; cada um deles requer um diferente tipo de tratamento para assegurar que todos tenham o maior acesso possível a eles.

Usarei o termo 'teia de oportunidades' em vez de 'rede' para designar modalidades específicas de acesso a cada um dos quatro conjuntos de recursos. A palavra 'rede' é muitas vezes usada erroneamente para designar os canais reservados ao material selecionado por outros para doutrinação, instrução e diversão. Mas também pode ser usada para os serviços telefônicos e postais que são principalmente utilizados pelos indivíduos que desejam enviar mensagens uns aos outros. Oxalá tivéssemos outra palavra com menos conotações de armadilha, menos batida pelo uso corrente e mais sugestiva pelo fato de incluir aspectos legais, organizacionais e técnicos. Não encontrando tal palavra, tentarei redimir a que está disponível, usando-a como sinônimo de 'teia educacional'. **"**

> ILLICH, Ivan. *Sociedade sem escolas*. Petrópolis: Vozes, 1973. p. 21; 37–38; 44; 96; 124–129.

Análise e reflexão

1. De acordo com Ivan Illich, de que maneira ocorre a maior parte da aprendizagem?

2. Comente:

   "Creio que o futuro promissor dependerá de nossa deliberada escolha de uma vida de ação em vez de uma vida de consumo [...]"

3. Quais os três propósitos de um bom sistema educacional?

Terceira parte: a perspectiva da educação voltada para o futuro

Suchodolski: o humanismo socialista

Bogdan Suchodolski (1903–1992) nasceu na Polônia. Doutorou-se em Filosofia pela Universidade de Varsóvia, onde assumiu a cátedra de Pedagogia, após um tempo lecionando no ensino secundário. Foi, desde 1958, diretor do Instituto de Ciências Pedagógicas da mesma universidade. Foi membro de academias científicas polonesas, da Academia Internacional de História das Ciências e do Conselho Diretivo da Associação Internacional das Ciências da Educação, além de um dos fundadores da Sociedade de Educação Comparada da Europa, criada em Londres, em 1961. Durante a ocupação alemã, foi um dos corajosos animadores da Universidade Clandestina.

As obras que publicou testemunham seu interesse pelas questões filosóficas da pedagogia e sua relação com a sociedade. No livro *A pedagogia e as grandes correntes filosóficas: a pedagogia da essência e a pedagogia da existência* (1960), Suchodolski defende que é possível discernir, na história do pensamento pedagógico, duas tendências fundamentais:

a da pedagogia firmada na *essência do homem*, e outra, na *existência*. A síntese integradora dessas duas tendências estaria na pedagogia socialista. Essa perspectiva ofereceu abertura para uma nova compreensão e uma nova leitura das grandes doutrinas pedagógicas. Partindo de uma teoria da natureza social do ser humano, preconizou a instauração de um "sistema social de escala humana", em que a educação criadora desempenharia papel essencial.

Outras obras importantes do autor: *Teoria marxista da educação* (1957) e *A pedagogia socialista* (1976).

Um sistema social à escala humana

❝ Esta posição filosófica não se enquadra numa pedagogia que aceite o estado de coisas existentes: não será respeitada senão por uma tendência que assinale o caminho do futuro, por uma pedagogia associada a uma atividade social que transforme o estado de coisas que tenda a criar ao homem condições tais que a sua existência se possa tornar fonte e matéria-prima da sua essência. A educação virada para o futuro é justamente uma via que permite ultrapassar o horizonte das más opções e dos compromissos da pedagogia burguesa. Defende que a realidade presente não é a única realidade e que, por conseguinte, não é o único critério de educação. O verdadeiro critério é a realidade futura. A necessidade histórica e a realização do nosso ideal coincidem na determinação desta realidade futura. Esta necessidade permite-nos evitar a utopia e esta atividade protege-nos do fatalismo.

O feiticismo do presente que não tolera a crítica da realidade existente e que, por esse motivo, reduz a atividade pedagógica ao conformismo, é destruído pela educação virada para o futuro.

Na concepção da educação dirigida para o futuro, o presente deve ser submetido a crítica e esta deve acelerar o processo de desaparecimento de tudo o que é antiquado e caduco acelerando o processo de concretização do que é novo, onde quer que este processo evolua de modo excessivamente lento e deficiente.

Uma tal crítica pressupõe um ideal que ultrapasse o presente: neste sentido a educação virada para o futuro integra-se na grande corrente pedagógica que designamos por pedagogia da essência. Trata-se contudo de uma simples afinidade pois tem profundas divergências, consistindo a diferença essencial no fato de este ideal se caracterizar por uma diretriz de ação no presente, ação que deve transformar a realidade social de acordo com as exigências humanas. Na medida em que o ideal que inspira a crítica da realidade deve representar uma diretriz para a ação no presente, tem de organizar as forças atuais e deve encorajar o homem a fazer a opção do momento atual. A educação orientada para o futuro liga-se neste sentido à segunda grande corrente do pensamento pedagógico, à pedagogia da existência. Todavia, também aqui não encontramos senão uma afinidade; a diferença essencial em que, nesta concepção da educação, a vida é o aspecto presente da edificação do futuro.

Definindo deste modo os traços particulares da pedagogia da educação virada para o futuro, indicamos a tradição de que partiu. Deriva das tendências pedagógicas que não admitiam que o princípio da adaptação ao presente fosse o princípio capital da educação e ainda das correntes que concebiam a crítica do presente não como um convite para evadir-se do presente mas como um apelo para melhorá-lo.

Este é o único caminho que permite resolver a antinomia do pensamento pedagógico moderno.

Se queremos educar os jovens de modo a tornarem-se verdadeiros e autênticos artífices de um mundo melhor, é necessário ensiná-los a trabalhar para o futuro, a compreender que o futuro é condicionado pelo esforço do nosso trabalho presente, pela observação lúcida dos erros e lacunas do presente, por um programa mais lógico da nossa atividade presente.

Grande parte da juventude sente uma intensa necessidade de lutar por um futuro melhor para o homem; é sobre este sentimento que deveria basear-se o programa educativo. Permitamos que esta necessidade se manifeste mediante formas de crítica e de revolta, severas ou mesmo brutais, mas guiemo-la também para a ação concreta verificável, que exige comprometimento e esforço pessoais, em suma, a responsabilidade da pessoa. Diz-se muito mal e muito bem da nossa juventude. Todavia, estas definições não são corretas porque exprimem acerca da juventude uma apreciação estática; a juventude tornar-se-á melhor ou pior consoante o modo como seremos capazes de organizar as suas atividades concretas no meio em que vive, conforme a ajuda que lhe facultarmos para que se torne apta a realizar as tarefas futuras e conforme o que soubermos fazer para facilitar o desenvolvimento interior dos jovens. É o único modo de desenvolver as forças criadoras da juventude, de a libertar das peias provocadas pela desilusão que a leva a afirmar 'nada se pode fazer, portanto não vale a pena fazer o que quer que seja'; é o único processo para limitar

348 HISTÓRIA DAS IDEIAS PEDAGÓGICAS

as tendências dos jovens a basearem a sua vida na exclusiva satisfação das necessidades materiais; é o único recurso para lutar contra um cinismo que é hoje, na maior parte das vezes, uma forma de protesto contra o que está mal na vida, mas que corre o risco de se tornar o pior dos males.

Diz-se que o curso da existência do homem, neste período crítico da nossa história, deve ser modelado consoante as tarefas históricas, de modo que a nova realidade edificada pelos homens possa ser melhor e, por consequência, tornar os homens mais livres e melhores; se assim é, este programa educativo torna-se indispensável, especialmente em face da juventude. Compete à pedagogia contemporânea assegurar a realização deste programa.

Para tal impõe-se a resolução de dois problemas fundamentais: o da instrução e o da educação. No que respeita à instrução, devemos abandonar numerosos princípios tradicionais que estão totalmente desadaptados às novas condições da vida social e econômica, assim como à evolução que prevemos. Temos de introduzir muitas inovações. Todos nós nos apercebemos da necessidade da instrução politécnica, mas ainda não descobrimos que a formação social é pelo menos de importância igual, muito embora seja completamente negligenciada. Esta formação social é fundamental, não só porque um número crescentemente vasto de trabalhadores será utilizado no setor dos serviços em detrimento do setor da produção, mas sobretudo porque na sociedade do futuro cada profissão será revestida de caráter social e cada cidadão tornar-se-á membro responsável da democracia. O problema da formação social deve ser posto no primeiro plano das nossas preocupações referentes aos programas de ensino, deve ser considerado em toda a sua vastidão e ir do conhecimento dos grandes processos sociais do mundo moderno à capacidade de compreender o meio concreto em que se age e se vive. O ensino politécnico não pode dar plenos resultados se não for associado à formação social assim concebida; apenas esta cooperação pode formar o pensamento aliado à prática, produtiva e social, quer dizer, à realidade plenamente humana. Enfim no âmbito da formação do pensamento resta resolver outro problema: a formação dos outros tipos de pensamento, alheios ao pensamento técnico e social; a formação destes outros tipos de pensamento devia ser sistematicamente fomentada nas escolas. Referimo-nos a certas concepções modernas da filosofia e da lógica, em especial as noções de valor.

No domínio da educação a tarefa mais importante consiste em transpor os grandes ideais universais e sociais para a vida cotidiana e concreta do homem. No período que acaba de findar cometemos o grande erro de atribuir muito pouca importância à vida cotidiana do homem, para realçar a sua participação espetacular nos grandes momentos nacionais; cometemos o erro de menosprezar a vida interior do homem para insistir na efetivação de determinadas funções sociais. A educação moral, justamente, diz respeito à nossa vida cotidiana em situações sociais concretas. A educação moral é o problema do homem no pleno sentido da palavra do homem que vive e que sente.

A ciência social deve-se tornar um instrumento da educação moral assim concebida pois permite compreender e justificar os deveres dos homens e auxilia-os a resolver os seus problemas de consciência frente às opções difíceis. É necessário cultivar os sentimentos que permitem ao homem compreender o próximo e ensinar-lhe a prestar atenção a este para o ajudar a organizar a sua própria vida interior. Nestas duas linhas de ação impõe-se iniciar o nosso trabalho quase do ponto zero; não possuímos sequer o esquema preliminar de uma moral laica e social para uso das escolas e da juventude, continuamos a descurar o papel importante da formação dos sentimentos na educação moral.

Não convém, todavia, esquecer que a educação moral não é uma educação parcelar; só resulta se for fundamentada na educação do homem considerado como um todo. A vida moral do homem mergulha as suas raízes a um nível mais fundo do que o plano dos motivos de conduta bem fundamentados.

Não basta saber como nós devemos conduzir, é fundamental compreender também qual a razão. Além disso, é necessário — e de certo modo em primeiro lugar — querer aceitar determinada conduta de valor moral. Não será precisamente nesta interrogação lancinante: Por que ser moral? Por que fazer o bem? Que se dissimulam os conflitos interiores mais dramáticos e mais difíceis de resolver da juventude atual, desta juventude que viu e sofreu tanto, que foi testemunha de tanta grandeza e de tanta mesquinhez humanas: desta juventude que exprime frequentemente a sua confusa revolta em face do mal agindo mal?

Eis por que a educação moral deve fundamentar-se na educação sistemática do homem desde a sua mais tenra infância, numa educação que desenvolva e crie este 'impulso do coração' imperceptível de que fala a psicanálise com tanta parcialidade e erro, mas que é todavia um dos mais importantes fundamentos da dignidade humana que se opõe ao fascínio de uma má conduta.

Uma juventude educada desta maneira fornecerá cidadãos a um mundo que, embora criado há vários séculos pelos homens, não foi até o presente um mundo de todos os homens. É somente através da participação na luta para criar um mundo humano que possa dar a cada homem condições de vida e desenvolvimento humanos que a jovem geração se pode verdadeiramente formar.

Tal é a única via que permitirá resolver os conflitos seculares que existem entre a pedagogia da essência e a pedagogia da existência e superar as tentativas falhadas de conciliação destas duas pedagogias. Com efeito, somente quando se aliar a atividade pedagógica a uma atividade social que vise evitar que a existência social do homem esteja em contradição com a sua essência se alcançará uma formação da juventude em que a vida e o ideal se unirão de modo criador e dinâmico. **"**

> SUCHODOLSKI, Bogdan. *A pedagogia e as grandes correntes filosóficas*. Lisboa: Livros Horizonte, 1972.

Análise e reflexão

Faça um resumo das ideias expostas no texto, dando ênfase para:

- A educação voltada para o futuro;
- A resolução de dois problemas fundamentais: o da instrução e o da educação;
- A transposição dos grandes ideais universais e sociais para a vida cotidiana;
- A concepção de educação moral.

Snyders: enfim, uma escola não autoritária

Georges Snyders (1917–2011), educador francês, desenvolveu uma análise profunda das chamadas pedagogias não diretivas. Tentou revisar os principais críticos da educação capitalista em seu país; propôs uma visão gramsciana da educação como antídoto a outros críticos — Illich, por exemplo.

Dois pontos importantes da contribuição de Snyders para a educação:

1) A visão do caráter contraditório da escola, que não é nem apenas reprodutora, nem revolucionária, mas local de confronto de interesses de classes antagônicas;

2) A caracterização das chamadas pedagogias não diretivas — com sua pretensão de resolverem os problemas educativos e sociais através da "liberação do ser natural" que é a criança, deixando-a realizar sua "natureza humana" livremente — como sendo, na verdade, pedagogias legitimadoras da organização atual da sociedade.

Snyders demonstrou que as crianças deixadas a si mesmas dentro de um ambiente escolar não são uma "natureza humana" abstrata, mas o resultado de todas as determinações sociais. Para ele, o espontaneísmo educacional é a legitimação da ordem vigente. A omissão do professor torna-se não uma atitude democrática, mas uma ação conservadora disfarçada sob a aparência do respeito humano. Se a relação professor-aluno deve ser uma relação estimulante, no sentido de permitir e ajudar o crescimento da criança como ser humano, é fundamental que o professor assuma sua posição como orientador da evolução da criança.

Ao longo de suas obras, Snyders trabalhou o tema da alegria, sempre acompanhado da compreensão marxista da sociedade. Ficou conhecido pelas diversas publicações que se caracterizam pelo empenho em articular explicitamente a pedagogia ao marxismo.

Em seu livro *A alegria na escola*, publicado em 1986, Snyders inicia evocando a alegria da cultura espontânea, depois a da cultura elaborada, abordando especificamente a escola sob o prisma da alegria.

Outras obras do autor: *Escola, classe e luta de classes*, *Pedagogia progressista*, *Não é fácil amar nossos filhos* e *Para onde vão as pedagogias não diretivas?*

A alegria na escola

❝1. Alegria e alegrias culturais

Para circunscrever o tema da alegria ousaria apoiar-me em Spinoza: 'a alegria é a passagem de uma perfeição menor a uma perfeição maior'.

E entrevejo assim coisas que me tocam diretamente: ali onde há alegria, há um passo à frente, crescimento da personalidade no seu conjunto. Um sucesso foi atingido e a alegria é tanto maior quanto o sucesso é mais válido.

Por oposição, de um lado, à tristeza, na qual o indivíduo é obrigado a restringir-se, reduzir-se, economizar-se. Por oposição também ao prazer: satisfação de tal desejo, alegria parcial e não central; momentos descontínuos de prazer, como o encanto de se sentir, em tal instante, bem na sua pele. E uma vez que estou no século XVII, retomarei em Descartes a distinção entre alegria e prazer: '[Não é] sempre quando se está mais alegre que se tem o espírito mais satisfeito; bem ao contrário, as grandes alegrias são comumente melancólicas e sérias, e apenas as alegrias medíocres e passageiras são acompanhadas do riso'.

Na alegria, é a totalidade da pessoa que progride — e, em relação à totalidade da vida: sentir, compreender, força de agir.

A cultura da satisfação — Quero afirmar que há cultura da satisfação, ou melhor, que há culturas capazes de dar satisfação. Isso significa que a caminhada em direção à verdade, à apreensão do real, dá mais satisfação, abre mais esperança que permanecer na incoerência, no aproximativo, no indeciso.

Isso significa também que a satisfação da cultura pode e deve culminar em ação que mude alguma coisa no mundo, participe às forças que mudam algo no mundo.

Em suma, a alegria da cultura como que fortalecendo a confiança em mim mesmo, a confiança na vida; amar mais o mundo, apreendê-lo como mais estimulante, mais acolhedor.

Quem ousa falar de satisfação? — Mas evocar a satisfação lança-me numa encruzilhada de dificuldades; inicialmente quanto à satisfação mesmo: ousar afirmar a satisfação, que somos capazes de ter satisfação, que podemos pretender a satisfação: ousarei dizer que o mundo de hoje é favorável à satisfação, e que não devemos renunciar a ela, abdicá-la.

A destreza na escala universal, catástrofes, insucessos, esperanças decepcionadas; em mim mesmo, dor de envelhecer, minhas longas meditações de culpa e de fraqueza; ao meu redor, a extrema dificuldade de comunicar-me com os que me são mais caros, talvez justamente porque me sejam queridos. E quero dizer que há lugar para a satisfação. Mais precisamente, quero indicar a cultura como satisfação, como um dos meios de conquistar a satisfação.

Será que a cultura não provoca antes inquietude, dilaceramento que satisfação? Será que realmente são os mais cultos que são os mais felizes? Não seria, ao contrário, os 'simples' que vivem os prazeres simples?

O escândalo da satisfação — E mesmo se houvesse satisfação na cultura, essa satisfação não seria um escândalo? As obras de cultura elaborada de que espero ter satisfação não são obras populares; na verdade, ouvir Mozart separa-me da massa de meus contemporâneos — e faço parte então de pequenos grupos de 'elite' dos quais sei bem que seus projetos de ação batem muito raramente com os meus.

Escândalo por eu querer ser feliz, no momento em que tantos sofrem; esta famosa satisfação não é ela atingida em detrimento dos outros, tomada sobre o direito de viver dos outros? E desde então meu conforto, mas também esses refinamentos de concertos, diante de todos os que têm fome... Sou solidário, sou cúmplice pelo menos por minhas aceitações e meus silêncios de um mundo que condena milhões à infelicidade. Vou tentar ser feliz entre os oprimidos ou estou condenado a ignorar a alegria, e por muito, muito tempo?

Mas também a eficácia da satisfação — Devo portanto procurar ao mesmo tempo uma cultura que não termine em tristeza, em decepção e que possa ao menos esperar estabelecer comunicação com as massas, e por aí mesmo cooperar com sua ação. Uma satisfação comum de comunicação, comunitária.

É precisamente para não esquecer a infelicidade dos outros, para ter a força para participar das lutas, que tenho necessidade da satisfação, que vou esforçar-me para atingir a satisfação. Satisfações bem intensas para me fazer sentir que vale a pena viver, satisfações da cultura que me farão sentir o possível desabrochar do homem, o escândalo de sua sorte atual, um apelo à harmonia, uma exigência de harmonia, e a satisfação de persuadir-me de que sou capaz de juntar-me a esses esforços.

Que posso oferecer a meus colegas se eu não soube construir para mim algo que já é preciso chamar de satisfação? Na procura desvairada do prazer, Gide percebeu-o bem: 'Há na terra tais imensidões de miséria, de infortúnio... que o homem feliz não pode pensar em sua felicidade sem sentir vergonha dela. E, no entanto, nada pode pela felicidade de outrem, aquele que não sabe ser feliz ele próprio'.

E mesmo o valor progressista da satisfação — Os homens não são felizes, absolutamente tão felizes como poderiam ser — e é bem por isso que este mundo, esta sociedade devem ser transformados: os que têm muita confiança nos homens, muita esperança na possibilidade de serem felizes, só eles podem tomar parte nos avanços revolucionários; não será isto o mesmo que dizer que eles se aproximam desde agora de um certo tipo de satisfação? Quando Engels grita 'o direito da vocação à felicidade', nunca nos preocupamos com as classes oprimidas: escravos, servos, proletários, não faz sentir a importância revolucionária que se coloca em relação ao problema da alegria — e para todos?

Os momentos de queda — A satisfação, a satisfação cultural, sonho que ela constitua a armação da minha vida, mas não posso ter esperança de me manter continuamente neste nível; haverá passagens com vazio, quedas e provavelmente também muitos esforços para reconquistar o domínio de si mesmo, contra as tentações de deixar ir, deixar cair, de resignar-se a colher um pouco do prazer e dos abandonos consentidos.

Satisfação dolorosa — Esta satisfação cultural comporta a luta para que maior número de homens atinja mais satisfação — e para que uma confiança culturalmente fundamentada prevaleça sobre o desespero.

É uma alegria sempre incerta a ser mantida a muque, perdida, dissimulada no desalento, e, apesar de tudo, de novo, ela é um fim para o qual nos dirigimos.

Satisfação dolorosa, trágica, da qual a angústia nunca está ausente, nada que se assemelhe menos à calma uniforme, à banalidade da calma.

Estamos à procura de... nunca possuidores estáveis, nem assegurados pela satisfação. Minhas satisfações, pude experimentá-las antes da Revolução, mas não fora do movimento que vai em direção à Revolução. Refletindo sobre minhas satisfações, percebi que elas queriam ser progressistas.

2. Uma escola não 'totalitária'

A riqueza da vida dos jovens é sua variedade, sua diversidade e a multiplicidade dos tipos de alegrias. Os jovens vivem pelo menos em quatro ambientes: a família, a escola, a vida cotidiana com os colegas e as colegas e a formação fora da escola: ela mesma pode se desenrolar nas atividades, seja organizadas (a saber esportes dirigidos, animações, cursos mais ou menos assegurados), seja escolhidas de modo esporádico: jogar um jogo, ler determinado livro, ver determinado filme, fazer pequenos reparos etc.

Cada ambiente tem sua riqueza específica, seus tipos de exigências, seus modos de progresso; penso que é essencial que nenhum se deixe invadir pelos outros, que nenhum queira absorver tudo, englobar tudo; nem estender seu domínio a outros nem anularem-se em outros. Cada um deve oferecer ao jovem suas possibilidades diferenciadas — e assim complementares.

Sempre se diz que não é preciso cortar a criança em rodelas de salsicha, que ela é caracterizada pela unidade de sua pessoa. Mas a abundância desta unidade está em participar, de modo diferente, em setores de vida diferentes. Aliás o melhor modo de aproveitar uma salsicha é ainda assim cortá-la.

Em particular toda educação não pode, não deve ser feita na escola, pela escola. A escola imprime sua marca particular sobre uma parte da vida e da cultura do jovem: ela se dá como tarefa o encontro com o genial — e o máximo de sua ambição é que quer este encontro para todos.

Há muitos outros momentos da vida em que não temos tais objetivos, em que partimos simplesmente de novos gostos, de nosso desejo; podemos então também encontrar o genial, lançarmo-nos no Museu de Louvre, na maioria das vezes não pretenderemos ir tão longe, há muitas possibilidades para que não se vá tão longe — e assim está muito bem. Do mesmo modo não temos necessidades da obrigação, recusamos a obrigação.

A escola, minha escola tem como objetivo extrair alegria do obrigatório. O que justifica que se vá à escola (evidentemente fora da preparação para o futuro, mas é preciso lembrar que, por hipótese, estou proibido de evocá-lo?) é que ela suscita uma alegria específica: a alegria da cultura elaborada, o confronto com o mais bem-sucedido; o que exige condições particulares do sistemático: o que pode ser fácil, daí o recurso necessário ao obrigatório. O problema todo é que os alunos sentem efetivamente a instituição como dirigida para a alegria — e uma alegria que quase não se poderia atingir de outra maneira.

Eu gostaria de uma escola que tivesse a audácia, que corresse o risco de assumir sua especificidade, jogar totalmente a carta de sua especificidade. Uma das causas do mal-estar atual parece-me ser que a escola quer beber em todos os copos: ensinar o sistemático, mas também deleitar-se com o disperso, com o acaso dos encontros; recorrer ao obrigatório, mas ela tenta dissimulá-lo sob aparências de livre escolha. Em particular a escola, frequentemente ciosa dos sucessos da animação, cobiça suas fórmulas mais suaves, mais agradáveis — mas ela é na verdade obrigada a constatar que inadequadas para ensinar álgebra ou para chegar até Mozart.

Direi até que isso não me parece um elogio concedido à escola que os alunos chegam a confundir a classe com a recreação, o jogo com o trabalho, que eles queiram prolongar a classe como uma recreação, retomar à escola como a um lazer, pois realmente é à escola que eles retomam? Temo que a escola tenha abandonado seu próprio papel — reconhecendo-se precisamente que tem certos momentos, para certos alunos pode ser indicado introduzir elementos de brincadeira, momentos de distração, com a condição de que não se esqueça que estes são estimulantes intermediários, destinados a ser temporários. **"**

SNYDERS, Georges. *A alegria na escola*. São Paulo: Manole, 1988.

Análise e reflexão

1. Para Snyders, o espontaneísmo educacional é a legitimação da ordem vigente. A omissão do professor torna-se não uma atitude democrática, mas uma ação conservadora disfarçada. Você concorda com essa ideia? Por quê?

2. De acordo com o autor, por que a satisfação seria um escândalo?

3. Comente:

"O que justifica que se vá à escola [...] é que ela suscita uma alegria específica: a alegria da cultura elaborada, o confronto com o mais bem-sucedido [...]".

Epílogo

Aos fazedores do futuro

Ao fazer a releitura de *História das ideias pedagógicas* para este projeto humanista da Série Moacir Gadotti, criada pela Global Editora, deparei-me, com frequência, pensando na minha própria história de professor, nos momentos felizes que vivi nas aulas de Filosofia e História da Educação. Foram tantas salas de aula, inúmeras turmas, vários lugares. Não tenho a lembrança exata dos alunos com os quais tive a oportunidade de conviver nas aulas, mas tenho lembranças muito claras das emoções, das alegrias, do prazer que inúmeras vezes vivi quando fui provocado pela curiosidade, pelas perguntas, pelas novas relações, associações que eles faziam entre o conhecimento que traziam e o que juntos íamos elaborando. Quem é ou já foi professor, não raro, em momentos inesperados, se depara com um(a) ex-aluno(a). Fico emocionado e tomado de alegria quando assisto a uma entrevista, a uma palestra, quando leio um artigo, e identifico que se trata de um(a) ex-aluno(a) e vejo que se tornou um(a) profissional competente técnica, ética e politicamente. Fico me lembrando de tantas vidas que passaram pela minha história de educador. Com certeza, não fazemos um caminho pela educação sozinhos. Assim como na história de um educador é sempre necessário voltar ao passado, ao que já foi realizado, para avaliar, repensar, atualizar, criar novas e melhores práticas amanhã, precisamos lembrar do passado para construir o futuro, e, assim, nos assumirmos como sujeitos da história. Como educadores, é crucial entender a educação do presente e do passado como um momento da educação do futuro, aprender que podemos ser fazedores do futuro[40] — daí a ideia de uma educação voltada para o futuro.

---

[40] Essa expressão foi usada por Paulo Freire numa fala que se encontra no vídeo "Teto e Chão: a história do Movimento de Defesa do Favelado" (1993): "o futuro [...] não é uma província que fica distanciada de mim, [...] à espera de que eu chegue lá. Pelo contrário, eu sou fazedor do futuro".

Quando pensamos nessa perspectiva de uma educação voltada para o futuro, estamos supondo a necessidade de uma certa educação, com determinadas características, uma outra educação possível. O que nos coloca, desde já, a necessidade de nos interrogar sobre os desafios que precisamos enfrentar para que, amanhã, nosso sonho de hoje se torne realidade, já que não esperamos, simplesmente, que o futuro chegue até nós, mas nos assumimos como fazedores dele.

— Que desafios são esses? Os desafios de hoje seriam os mesmos de ontem?

Os desafios do século XXI não são misteriosos, nem muito difíceis de encontrar. Também não são muito diferentes dos desafios do século XX, por mais aceleradas que sejam as mudanças. As utopias e os sonhos de justiça social e equidade do século passado não perderam a data de validade no simbólico ano de 2001. Nasceu um novo milênio, mas carregado de passado e de velhos desafios.

Com a emergência climática, tomamos consciência de que, se não mudarmos de rota, podemos destruir toda a vida no planeta. A categoria "sustentabilidade" tornou-se um tema gerador central desde o início deste milênio, reacendendo o debate sobre a estreita conexão entre o social e o ambiental, mostrando-nos que um futuro com dignidade para todos e todas não será conquistado sem a garantia da vida do próprio planeta. Despertamos para a necessidade de uma ação conjunta global, fundamentada em outros princípios éticos que não são os baseados na exploração econômica, na dominação política, na degradação ambiental e na exclusão social. Insustentável é, acima de tudo, a fome, o analfabetismo, a miséria, o ódio, a guerra, o genocídio, a intolerância e a cruel e repugnante diferença entre ricos e pobres. O modo pelo qual vamos produzir nossa existência neste pequeno planeta decidirá sobre a vida ou a morte dele e a de todos os seus filhos e filhas. A Terra deixou de ser um fenômeno puramente geográfico para tornar-se um fenômeno histórico.

Os paradigmas clássicos, fundados numa visão industrialista predatória, antropocêntrica e desenvolvimentista, estão se esgotando, não dando conta de explicar o momento presente e de responder às necessidades atuais. Necessitamos de um outro paradigma, fundado numa visão sustentável do planeta[41]. O globalismo é essencialmente insustentável.

---

[41] BOFF, Leonardo. *Princípio-Terra*: a volta à Terra como pátria comum. São Paulo: Ática, 1995.

Ele atende, acima de tudo, às necessidades do capital, e não às necessidades humanas. E muitas das necessidades humanas a que ele atende tornaram-se "humanas" apenas porque foram produzidas como tais para servirem ao capital.

Precisamos de uma pedagogia apropriada para este momento de reconstrução paradigmática, apropriada à cultura da sustentabilidade e da paz, uma *pedagogia da Terra*. Ela vem se constituindo gradativamente, beneficiando-se de muitas reflexões que ocorreram nas últimas décadas, no interior do movimento ecológico e de outros movimentos sociais e populares. Ela se fundamenta num paradigma emergente na educação que propõe um conjunto de saberes e valores[42]. Entre eles, podemos destacar: educar para pensar globalmente; educar os sentimentos; ensinar a identidade terrena como condição humana essencial; formar para a consciência planetária; formar para a compreensão e educar para a simplicidade, para a quietude, para o cuidado. Tudo isso supõe justiça, e justiça supõe que todas e todos tenham acesso ao bem-viver, consigo mesmo, com os outros e com a natureza. Não existe paz verdadeira sem justiça social.

Diante do possível extermínio do planeta, surgem alternativas numa cultura da paz e da sustentabilidade. Sustentabilidade não tem a ver apenas com a biologia, a economia e a ecologia, mas também com a relação que mantemos com nós mesmos, os outros e a natureza. A pedagogia deveria começar por ensinar a ler o mundo, o mundo que é o próprio Universo, nosso primeiro grande educador. Essa primeira educação é uma educação emocional que nos coloca diante do mistério do Universo, na intimidade com ele, produzindo a emoção de nos sentirmos parte desse ser vivo e em constante mudança.

Não entendemos o Universo como partes e entidades separadas, mas como um todo misterioso, em expansão, em interação, que nos desafia a cada momento de nossas vidas. Razão, emoção, imaginação e intuição são partes desse processo, em que o próprio observador está implicado. Como a cultura da sustentabilidade oferece uma nova percepção do planeta, habitado por uma única comunidade de humanos, ela se torna básica para uma cultura da paz e da justiça social.

O Universo não está lá fora. Está dentro de nós. Está muito próximo de nós. Um pequeno jardim, uma horta, um pedaço de terra é um microcosmos

---

[42] MORIN, Edgar. *Sete saberes necessários à educação do futuro*. Tradução: Catarina Eleonora F. da Silva; Jeanne Sawaya. Revisão técnica: Edgard de Assis Carvalho. 2. ed. São Paulo: Cortez; Brasília: Unesco, 2000.

de todo o mundo natural[43]. Nesse microcosmos, encontramos formas, recursos e processos de vida. A partir dele, podemos reconceitualizar nosso currículo escolar. Ao construí-lo e cultivá-lo, podemos aprender muitas coisas. As crianças o encaram como fonte de muitos mistérios. Ele nos ensina os valores da emocionalidade com a Terra: a vida, a morte, a sobrevivência, os valores da paciência, da perseverança, da criatividade, da adaptação, da transformação, da renovação. Todas as nossas escolas podem transformar-se em jardins e professores-alunos, educadores-educandos, em jardineiros, como nos dizia nosso saudoso Rubem Alves (1933–2014)[44]. O jardim nos ensina ideais democráticos: conexão, escolha, responsabilidade, decisão, iniciativa, igualdade, biodiversidade, cores, classes, etnicidade, gênero.

Destaco, nesse sentido, a contribuição que tem dado a ecopedagogia[45] nessas últimas décadas, com sua visão holística. Com ela, aprendemos que só podemos ser e bem-viver, juntos: o eu, o outro e a natureza. A educação exerce um papel fundamental no processo de humanização. A ecopedagogia juntou o que antes estava separado. Somos sujeitos indivisíveis e responsáveis, conectados com o Universo. Somos partes instituintes dele. A ecopedagogia busca pôr sentido numa época obscura em que o ser humano, colocado em risco, se pergunta sobre seu próprio destino. O que é ser humano, como nos tornamos humanos, para quê? Não somos responsáveis por ter nascido, mas somos responsáveis pelo sentido da nossa existência neste planeta. Como sustenta Greg William Misiaszek, a ecopedagogia, nascida no seio dos movimentos populares da América Latina, se define como uma pedagogia crítica e transformadora, que tenta reforçar a justiça socioambiental[46]. É essa preocupação que leva à ecopedagogia como resposta à violência ambiental, uma resposta à cultura do ódio em que se baseia nosso modo dominante de produzir e reproduzir nossa existência

---

[43] DeMOOR, Emily A. O jardim como currículo: valores educacionais para a sustentabilidade. *Revista Pátio*, Porto Alegre, Artmed, ano 4, n. 13, p. 11–15, maio-jul. 2000.

[44] ALVES, Rubem. *A alegria de ensinar.* São Paulo: ARS Poética, 1994.

[45] GUTIÉRREZ, Francisco; PRADO, Cruz. *Ecopedagogia e cidadania planetária.* São Paulo: Cortez: Instituto Paulo Freire, 1999.

[46] MISIASZEK, Greg William, 2016. Ecopedagogy as an element of citizenship education: The dialectic of global/local spheres of citizenship and critical environmental pedagogies. *International Review of Education,* New York, v. 62, n. 5, p. 587–607, out. 2016.

no planeta Terra. Desde crianças, descobrimos nossa relação profunda e entranhável com um planeta. Descobrimos que somos parte insubstituível dele. Descobrimos que só nós podemos conhecê-lo, estudá-lo, amá-lo, conviver pacificamente com ele. Somos seres privilegiados desse planeta, porque podemos nomeá-lo, revelá-lo, descobri-lo, redescobri-lo e reinventá-lo. Somos os únicos seres conhecidos que são capazes de dar sentido ao planeta e ao Universo.

Sem uma educação para uma vida sustentável, a Terra continuará sendo considerada apenas um espaço para o exercício da nossa dominação, e não da nossa convivência e aconchego. Não somos humanos apenas porque nascemos no seio de uma espécie e nos expressamos como seres dessa espécie. Somos porque nossa condição de humanos nos permite compartilhar um mundo comum e nos humanizar, ao mesmo tempo em que humanizamos esse mesmo mundo que nos acolhe.

Vivemos hoje num mundo complexo, no qual o real é virtual e vice-versa. O mundo de dentro e o mundo de fora são instituídos como um único mundo. Sustentabilidade e virtualidade são categorias que se interconectam, formando um todo orgânico. Este é um mundo não apenas misterioso, como todo o Universo, mas um mundo humano, construído pelos seres humanos, com todos os seus riscos e possibilidades. Um mundo tomado pelas novas tecnologias, pelas redes sociais, pela chamada inteligência artificial, um mundo em que o maquínico e não maquínico se interpenetram.

Estamos diante do crescimento incessante e paralelo entre a miséria e a tecnologia: somos uma espécie de sucesso no campo tecnológico, mas muito malsucedida no governo do humano. Vivemos na era da informação, mas não propriamente do conhecimento e da comunicação. Dispomos mais de tecnologias da comunicação do que as gerações anteriores, mas isso não significa que estejamos nos comunicando melhor.

Pela primeira vez na história, não por efeito de armas nucleares, mas pela forma como produzimos e reproduzimos nossa existência, podemos destruir toda a vida do planeta. "A possibilidade da autodestruição nunca mais desaparecerá da história da humanidade. Daqui para a frente todas as gerações serão confrontadas com a tarefa de resolver este problema"[47]. Mais do que a solidariedade, estamos vendo crescer a competitividade.

---

[47] SCHMIED-KOWARZIK, Wolfdietrich. *O futuro ecológico como tarefa da filosofia*. São Paulo: Instituto Paulo Freire, 1999. p. 6. (Cadernos de Ecopedagogia, v. 4).

Venceu a barbárie, de novo? Qual é o papel da educação neste novo contexto? Para onde vamos?

Na conclusão das edições anteriores de *História das ideias pedagógicas* — que agora substituí por este epílogo — chamei a atenção para uma discussão muito presente entre os anos 1990 e início dos anos 2000, em relação à educação pós-moderna e multicultural. É um fato que os discursos entre os conceitos de modernidade e pós-modernidade — o projeto moderno e o projeto pós-moderno — vêm suscitando polêmicas há várias décadas. Não é um debate encerrado.

O que há de comum nos discursos da pós-modernidade é a crítica à modernidade. Basicamente, essa crítica refere-se à ilimitada confiança do projeto moderno na razão instrumental, um projeto com vistas à universalização de uma certa visão de mundo que leva à dominação e à colonização, em nome de um suposto futuro melhor para todos. Um projeto baseado na crença na ciência, na tecnologia e no progresso ilimitado. Na visão dos modernistas, a pós-modernidade levaria ao fim da história, onde tudo seria válido. Como dizia a filósofa húngara Agnes Heller (1929–2019), sobrevivente do nazismo, a maldade mata, mas a razão leva a coisas mais terríveis: milhões de pessoas foram assassinadas em nome da razão.

Os pós-modernos respondem que a modernidade — que produziu Auschwitz e Hiroshima/Nagasaki — é incapaz de reconhecer seus próprios limites. A pós-modernidade vem abrindo espaço para vozes esquecidas pela modernidade, que resistiram à invasão cultural e criticaram o modo capitalista de existir, insensível ao sofrimento de milhões de "esfarrapados do mundo". Paulo Freire, ao recolocar a questão antropológica, ético-política, consegue afastar-se tanto do universalismo moderno quanto do relativismo pós-moderno. Ele fala sobre a existência de uma "ética universal do ser humano" e de uma "ética do mercado" como inconciliáveis.

No discurso da pós-modernidade, em educação, prevalece a multiplicidade de ideias em oposição à razão universalista. Professores e alunos se encontram em igualdade de condições, emitindo suas opiniões e debatendo suas ideias, mediados pela leitura do mundo. Compartilhar ideias, sonhos e utopias, e não universalizar e colonizar. Na visão de Henry A. Giroux, embora Paulo Freire possa ser considerado um dos maiores pensadores da modernidade, ideias pós-modernas críticas estão presentes na sua obra, conseguindo ser, ao mesmo tempo, moderno e pós-moderno.

A escola não pode ser uma instituição universalizadora de uma certa visão de mundo. Ela precisa ser um espaço da "razão comunicativa"[48], onde pontos de vista opostos possam se confrontar e dialogar, entre iguais e diferentes, num ambiente democrático, e pode tornar-se um espaço privilegiado da integração multiétnica, multirracial e multicultural.

Com a internacionalização da economia, as constantes migrações, a globalização das comunicações e a inteligência artificial, o número de referenciais culturais à disposição do aluno é cada vez maior. A educação multicultural e intercultural procura familiarizar as crianças com as realizações culturais, intelectuais, morais, artísticas e religiosas de outras culturas, principalmente das culturas não dominantes. As crianças que não aprendem a estudar outras culturas perderão o contato com outros mundos e terão mais dificuldade de entender as diferenças, fechando-se para a riqueza cultural da humanidade e perdendo também um pouco da sua capacidade de aprender e de se humanizar. O pluralismo, como filosofia do diálogo para o entendimento e para a paz, deverá fazer parte integrante e essencial da educação do futuro.

A Organização das Nações Unidas para a Educação, a Ciência e a Cultura (Unesco) publicou, em 2020, um relatório com o sugestivo título *Reimaginar nossos futuros juntos: um novo contrato social para a educação*[49]. O documento foi elaborado depois de uma consulta a mais de 1 milhão de pessoas, e projeta a educação de 2050 a partir de uma pedagogia baseada na cooperação e na solidariedade, buscando reverter preconceitos e divisões com vistas a mais empatia e compaixão social. A Unesco recomenda que os currículos escolares se foquem no aprendizado intercultural e interdisciplinar para que os estudantes desenvolvam capacidades críticas e abracem conhecimentos sobre ecologia para que a humanidade reequilibre a maneira com que se relaciona com o planeta Terra. Nesse novo documento, a Unesco sustenta que a educação é um percurso individual, mas que se faz junto com os outros, com a partilha de conhecimentos na escola e na sociedade. Ela entende a educação como domínio público e como bem comum da humanidade, como direito humano e como responsabilidade mundial, e

---

[48] HABERMAS, Jürgen. *Teoria de la acción comunicativa*. Tradução: Manuel Jiménez Redondo. Madrid: Taurus, 1988. v. I-II.

[49] UNESCO. *Reimaginar nossos futuros juntos*: um novo contrato social para a educação. Brasília: Comissão Internacional sobre os Futuros da Educação — Unesco; Boadilla del Monte: Fundación SM, 2022.

364 HISTÓRIA DAS IDEIAS PEDAGÓGICAS

não só nacional. Propõe repensar juntos os futuros da educação e construir um novo contrato social que implica uma metamorfose da escola e o desenvolvimento de pedagogias baseadas na cooperação. Trata-se de reinventar a escola como espaço de encontro, de trabalho, de convivialidade.

Ao longo do século XX, a educação pública tinha como foco apoiar a cidadania nacional e os esforços de desenvolvimento ao tornar a educação obrigatória para crianças e jovens. No relatório de 2020, a Unesco clama por união em torno de esforços coletivos e de acesso ao conhecimento e à inovação, necessários para moldar um futuro sustentável e pacífico para todos, ancorado na justiça social, econômica e ambiental. Ela aponta para um futuro em que os (as) professores(as) sejam reconhecidos(as) pela sua importância para a transformação social. Para a Unesco, a colaboração e o trabalho em equipe deveriam ser a principal característica da atuação dos docentes, com novas práticas pedagógicas focadas na autonomia, na liberdade e na inclusão.

— O que esperar desse novo convite da Unesco?

Sabemos que a educação atual está fortemente alinhada à Revolução Industrial de meados do século XVIII, em defesa dos Estados Nacionais e na preparação de mão de obra para a nova sociedade que surgiu com ela. Supõe-se que um novo contrato social para a educação estaria questionando esse alinhamento e propondo outra coisa. Por isso, entende-se que um novo contrato social para a educação não poderia simplesmente tornar a educação atual mais eficaz, mas reinventá-la, o que supõe, igualmente, a reinvenção da sociedade que a mantém. O que está em questão é a função social da escola. Se os promotores desse novo relatório estiverem se referindo à incapacidade de a escola promover a aprendizagem, estariam apenas reforçando o que há de pior no contrato de hoje, que é a ausência de qualquer reflexão crítica sobre a natureza mesma desse saber. Essa natureza é certamente política e ideológica, e não apenas pedagógica. Se reduzirmos o novo contrato social para a educação a um melhor desempenho das escolas, estaremos apenas tentando universalizar a escola das elites, que pode ser boa para as elites privilegiadas, mas não boa para todos. Mesmo que a sua universalização fosse possível, deixaria de existir como escola das elites, já que seria para todos. Precisamos de outra escola possível e necessária: uma escola popular e democrática, para todos e todas.

O dualismo na educação não está entre uma escola onde alunos têm sucesso nas aprendizagens e outra em que não se tem sucesso, mas entre uma escola que forma predadores e outra que se propõe formar pessoas solidárias, seja ela pública, privada ou comunitária. O dualismo não está entre escola estatal e privada, mas, sim, entre escola realmente pública e escola mercantil. Não se trata de estender a qualidade da escola das elites para todos. Esta deixaria de ser uma escola de elite que pressupõe esse dualismo, quando ele deveria ser eliminado.

É preciso repensar a função social da escola. Não poderá haver um futuro compartilhado sem a superação desse dualismo. Uma escola que fecha seus olhos para a desigualdade social é uma escola que contribui para a reprodução da injustiça. Uma escola verdadeiramente solidária é a que forma para a justiça social, e não apenas promove a aprendizagem de conteúdos curriculares que serão exigidos por uma avaliação global do estudante, por meio de uma cultura da testagem. É uma escola com projeto político-pedagógico emancipador.

Se o novo contrato social para a educação se basear na ideologia das aprendizagens e na pedagogia das competências, não será certamente um novo contrato social. Precisamos de um contrato social que se baseie numa pedagogia dos direitos. Nesse sentido, a *Declaração Universal dos Direitos Humanos* poderia ser um bom ponto de partida para um novo contrato social para a educação.

Estamos diante de um futuro incerto e vivemos um passado de promessas não cumpridas. Nossa história nos indica que precisamos de cautela e muito diálogo. A conjuntura atual não é nada favorável: a desigualdade persiste, o planeta não sustenta mais a degradação ambiental, as mudanças climáticas estão castigando os mais empobrecidos, nossa biodiversidade está comprometida, discursos de ódio proliferam, as crises se multiplicam em todas as direções. As guerras continuam e ainda não nos livramos de genocídios. Não estamos caminhando para um futuro comum justo e sustentável. O que vemos é um planeta exaurido, habitado por humanos predadores, onde os ricos são cada vez mais ricos, e os pobres, cada vez mais pobres. Grande parte das nossas elites é cruel e maldosa, maldade já denunciada por Paulo Freire em seu último livro, *Pedagogia da autonomia*. Neste cenário, não vemos esperança e, muito menos, compaixão, como espera a Unesco. Este é o mundo que estamos herdando às nossas crianças. Desse mundo elas não podem esperar nada de bom. Os avanços estão sendo muito lentos e, muitas vezes, não tocam na questão de fundo, que é a fome, a desigualdade e a manutenção dos privilégios de classe.

366 HISTÓRIA DAS IDEIAS PEDAGÓGICAS

Não é suficiente mudar o estilo de vida para sermos pessoas mais "piedosas" e sustentáveis. É preciso mudar o sistema que produz a impiedade e a insustentabilidade. Anúncio e denúncia se completam. É preciso denunciar incansavelmente toda forma de opressão e desrespeito aos direitos humanos. Radicalizar nossa luta pela igualdade e responsabilidade compartilhada. O planeta está em perigo, e estamos todos nós juntos, com ele. Chega de predadores sorridentes e senhores da guerra. Temos que erguer alto nossa voz de indignação. Mais participação cidadã, mais diálogo, mais ativismo político. Vamos usar as mídias sociais e as tecnologias digitais em favor de uma causa emancipadora. A compaixão nasce dos debaixo. A educação sozinha não transforma o mundo, mas, sem ela, novas realidades não serão sonhadas e construídas, já nos ensinou Paulo Freire.

Muitas dessas crises são também resultado da forma como educamos.

Hannah Arendt tinha razão quando sustentava que a crise da educação deveria ser examinada à luz da crise global à qual ela está associada[50], crise do modo como produzimos nossa existência no planeta e que agora colocamos em risco a existência da própria espécie. É o *homo sapiens* em risco de extinção. A educação é parte dessa crise, não apenas produto: "se a crise da educação é a de toda a civilização, não é menos verdade que a própria educação é grandemente responsável por essa crise e que é dela, da educação, em grande parte, que pode vir a solução"[51]. Nisso, a história da educação se confunde com a história da humanidade, porque, como sustentava Jean-Jacques Rousseau, "tudo o que não temos ao nascer e de que precisamos quando grandes nos é dado pela educação"[52].

Não nascemos determinados, mas programados para aprender, para aprender a ser, a ser mais. Por isso, podemos construir um sentido para nossa existência pessoal e para a sociedade. Podemos decidir o que seremos: animais, predadores, agressivos, violentos, exploradores, dominadores ou seres meigos, humanos acolhedores, solidários, cuidadosos. Como diz Nelson Mandela em sua obra autobiográfica *Long walk to freedom* [Longo caminho para a liberdade], "as pessoas aprendem a odiar e, se podem

---

[50] ARENDT, Hannah. *Entre o passado e o futuro*. São Paulo: Perspectiva, 1972. p. 247.

[51] REBOUL, Olivier. *Filosofia da educação*. Tradução e notas: Luiz Damasco Penna; J. B. Damasco Penna. São Paulo: Nacional: Edusp, 1974. p. 98.

[52] ROUSSEAU, Jean-Jacques. *Émile ou de l'éducation*. Paris: Garnier-Flammarion, 1966. p. 37.

aprender a odiar, podem ser ensinadas a amar, pois o amor vem mais naturalmente ao coração humano do que seu oposto"[53].

Se até agora educamos para um mundo insustentável, podemos ensinar a construir um outro mundo, um mundo compartilhado num planeta saudável. Para isso, precisamos de novas formas de pensar a relação entre educação e sociedade. A corrida entre educação e catástrofe está sendo ganha pela catástrofe, longe do mundo de paz que sonhamos.

— Vamos continuar educando da mesma forma que temos educado?

É para responder a perguntas como essa que o convite da Unesco pode significar algo realmente novo. Pensemos. Comecemos por desaprender a ser competitivos, praticando uma avaliação educacional que valorize mais as ações solidárias de nossos(as) alunos e alunas. A aprendizagem pode ser significativa quando o conhecimento é construído coletivamente e se baseia no pensar crítico e criativo da realidade e não se reduz à reprodução de conteúdos curriculares. Nossas aprendizagens precisam estar voltadas para o cuidado conosco mesmos, com os outros e com a natureza. Nos formamos para a colaboração, contribuindo, trabalhando cooperativamente, fortalecendo a democracia participativa, crítica e radical: "ensinar e aprender a decidir através da prática de decisões"[54]. Dando exemplo, seja no trato interdisciplinar no nosso trabalho docente, seja nas relações colaborativas que construímos com nossos pares como professores e com nossos estudantes. Como sustenta António Nóvoa, defensor da ideia de um novo contrato social para a educação, educar é um ato humano relacional. Este não será eficaz sem a interação direta entre professores(as) e estudantes. Para Nóvoa, a autonomia docente deve fortalecer a colaboração entre professores com vistas a uma prática pedagógica mais rica e diversificada[55].

Um mundo de paz, segurança e prosperidade para todos e todas só será possível se todos o construírem em suas diferenças e semelhanças em benefício comum. Construir o comum, o que é de todos. Estabelecer princípios e valores para um desenvolvimento global que respeite o meio

---

[53] MANDELA, Nelson. *Long walk to freedom*. Randburg: Macdonald Purnell, 1994. p. 615, tradução própria.

[54] LIMA, Licínio C. *Organização escolar e democracia radical*: Paulo Freire e a governação democrática da escola pública. São Paulo: Cortez; Instituto Paulo Freire, 1999. p. 85.

[55] NÓVOA, António. *Escolas e professores*: proteger, transformar, valorizar. Salvador: SEC/IAT, 2022.

ambiente e as pessoas e que seja fortemente ancorado na educação. Tendo a educação e a escola como um instrumento de construção coletiva de um novo modelo de desenvolvimento baseado na justiça, na equidade e na solidariedade. E lembrando que esse desenvolvimento, num mundo limitado, não pode ser ilimitado.

A escola só mudará se mudarem as relações sociais e humanas que a constituem. Nesse sentido, vale mais desenvolver processos de longo prazo do que se preocupar com resultados imediatos e passageiros. Substituir o transitório pelo permanente, pelo estruturante e não conjuntural. A escola mercantilista se orienta pelo princípio da competitividade e da produtividade que leva à seleção dos mais aptos para o comando e manutenção de relações de mando e subordinação. Em vez de formar o aluno desde a infância para o exercício da cidadania e da democracia como modo de vida, essa escola se concentra no treinamento para responder a testes globais, em que a avaliação coloniza o currículo, priorizando a memorização, e não a criatividade. O conteúdo mais importante de uma escola emancipadora diz respeito às relações sociais e humanas. Muita dor, sofrimento, violências e até mortes poderiam ser evitadas se a escola prestasse mais atenção a isso. Precisamos inverter as prioridades da escola. Vamos começar valorizando os mais criativos e solidários, e não os mais subservientes ao modelo de ensino atual que precisa mudar. A meritocracia, ao estabelecer prêmios e honrarias, oferece mais verbas a quem atinge as metas, privilegia os já privilegiados, ampliando a distância entre vencidos e vencedores. Ela reforça o dualismo educacional e mantém a injustiça social. Uma gestão que se preocupa mais com metas, indicadores, planilhas, plataformas e dados pode ser científica, mas, certamente, é política e moralmente injusta.

A matéria-prima da educação é o conhecimento, e, a julgar pelas possibilidades que as novas tecnologias abrem hoje, poderíamos dizer que vivemos numa era do conhecimento, embora admitindo que predomina mais a difusão de dados e informações, e não a de saberes. Graças a essas tecnologias, que estocam gigantescos volumes de informações, podemos acessá-las de maneira muito simples, amigável e flexível. O advento da chamada inteligência artificial ampliou ainda mais essa possibilidade. Só temos é que fazer perguntas inteligentes. Talvez tenha chegado a era da "pedagogia da pergunta", de que nos falava Paulo Freire. Saber perguntar é crucial. A inteligência artificial não adivinhará o que queremos saber se não formulamos adequadamente nossa pergunta.

Mas, cuidado! Nem tudo se resume a uma nova tecnologia. Por vezes caímos num certo lirismo tecnológico e achamos que encontramos a solução final para nossos desafios educacionais. Sobre isso gosto muito de uma fala do educador, filósofo e autor de extensa obra Mario Sergio Cortella — o Secretário Municipal de Educação de São Paulo que deu continuidade à gestão de Paulo Freire[56] entre 1991 e 1992 —, quando diz que a plataforma mais antiga de conhecimento é o livro. Ele estabelece uma diferença entre o que é novo e a novidade: o novo é aquilo que reinventa, recria, refaz e continua, enquanto a novidade é passageira e desaparece, como no mundo da moda. A educação não faz parte do mundo da moda. Entre o livro digital — que tem suas vantagens — e o livro impresso, prefiro o impresso. Há uma enorme diferença entre esses dois formatos. O conteúdo pode ser o mesmo, mas está comprovado que o formato impresso é superior ao digital. No primeiro, nos concentramos melhor e retemos mais o que aprendemos. Nenhum *tablet* pode substituir o livro impresso. Está claro que as tecnologias digitais têm e terão seu lugar na escola e na vida de todos nós. Mas um alerta bateu às nossas portas: o tempo gasto em redes sociais e outras telas está impactando negativamente na saúde física e mental das pessoas, independentemente da idade. Estamos perdendo uma ferramenta essencial como seres humanos, conquistada há séculos, que é a leitura de livros impressos. Para nós, educadores, educadoras, o livro impresso tem sido uma dádiva e precisa voltar a fazer parte de nossas vidas.

Sabemos que o conhecimento é a grande riqueza da humanidade. Não é apenas o capital da transnacional que precisa dele para a inovação tecnológica. Ele é básico para a sobrevivência da espécie e de cada um de nós. Por isso, ele não deve ser vendido ou comprado, mas disponibilizado a todos. Esta é a função de instituições que se dedicam ao conhecimento. Esperamos que a educação do futuro seja mais democrática, menos excludente. Essa é ao mesmo tempo nossa causa e nosso desafio. Infelizmente, diante da falta de políticas públicas no setor, acabaram surgindo "indústrias do conhecimento", prejudicando uma possível visão humanista e tornando-o instrumento de lucro e de poder político e econômico.

O acesso ao conhecimento como patrimônio da humanidade é apenas parte da solução. Precisamos ser autores, assumir nossa autoria como

---

[56] CORTELLA, Mario Sergio. A reconstrução da escola: a Educação Municipal em São Paulo de 1989 a 1991. *Em aberto*, Brasília, MEC/INEP, v. 11, n. 53, p. 54–63, jan./mar. 1992.

produtores de novos conhecimentos, fundamentados numa outra episte-mologia, numa outra antropologia, numa outra lógica, numa outra visão de mundo e de sociedade, priorizando as necessidades dos que mais preci-sam dele numa perspectiva emancipatória. Na história, os seres humanos buscaram construir seus conhecimentos orientados por dois "interes-ses", diz Jürgen Habermas: a preservação do indivíduo e a preservação da espécie[57]. A escola precisa trabalhar o conhecimento como fonte de alegria, felicidade, guiada por uma finalidade emancipatória. Conhecemos para sermos melhores, não para sobrepujar os outros, mas, sim, para que todos sejam melhores, para o bem de todos.

A educação do passado estava centrada mais na reprodução do conheci-mento, ignorando que este "é uma construção cultural", uma "descoberta" coletiva, portanto, social e histórica. E, como construtores de nós mesmos, "somos, antes de mais nada, construtores de sentido"[58]. Essa reprodução dependia das "lições" do mestre que preparava seus alunos para as provas escolares. No entanto, a educação precisa centrar-se no protagonismo do aprendiz, construindo o sentido daquilo que está aprendendo. O prota-gonismo dos estudantes é uma das grandes características da educação no século XXI. Por isso, um dos grandes desafios da educação do futuro é equacionar a relação aluno-professor, a docência, ou melhor, a "dodis-cência", de que nos falava Paulo Freire. O princípio da relação dialógica é um dos princípios de uma educação voltada para o futuro. E isso pode ser mais facilitado pelo avanço das novas tecnologias da comunicação e da informação e o mundo digital que chega com elas, desde que os acolhamos de forma crítica. Como afirma Muniz Sodré,

“a pedagogia de Paulo Freire comporta e acolhe a tecnologia, mas, por seu compromisso visceral com a emancipação social, não é desencarnada, isto é, não está acima das condições sócio-históricas de produção e trans-missão do conhecimento **”**[59].

---

[57] HABERMAS, Jürgen. *Conhecimento e interesse*. Tradução: José Nicolau Heck. Rio de Janeiro: Zahar, 1982.

[58] CORTELLA, Mario Sergio. *A escola e o conhecimento*: fundamentos epistemológicos e políticos. São Paulo: Cortez: Instituto Paulo Freire, 1998. p. 32.

[59] SODRÉ, Muniz. *Reinventando a educação*: diversidade, descolonização e redes. Petrópolis: Vozes, 2012. p. 160.

Saber usar essas tecnologias será decisivo para a educação das gerações que nasceram nesse novo mundo digital. A tecnologia digital na educação vem crescendo com grandes impactos nas atividades relacionadas ao ensino-aprendizagem, num mundo cada vez mais influenciado pelas plataformas. Por um lado, não há dúvida, ela traz grandes benefícios ao facilitar o acesso à informação, mas, por outro, também representa grandes riscos, relacionados sobretudo à desinformação e à manipulação. A transformação digital vai exigir cada vez mais o protagonismo do estudante. Daí a necessidade de uma *pedagogia da autonomia*, com iniciativa, autoria e protagonismo social, associados à criatividade e à inteligência socioemocional. Essa é a ideologia da educação voltada para o futuro.

Em sentido contrário, a mercantilização da educação vem sendo impulsionada hoje em todo o mundo, pelo protagonismo empresarial interessado numa educação puramente instrumental, amplamente hegemônico, atingindo todos os níveis e graus de ensino, restringindo a formação ao catecismo neoliberal e dificultando o avanço da educação democrática e cidadã, a formação crítica, construtiva e emancipatória. Esse protagonismo é financiado pelo próprio Estado, e não pelas empresas privadas, por meio do que chamam eufemisticamente de "parceria" como estratégia de hegemonia da classe empresarial na educação. Essa visão de mundo restrita e conservadora vem sendo amplamente defendida por esses setores, formando um complexo empresarial, de alcance mundial, operando inclusive nos organismos internacionais. Essa é a ideologia da educação voltada para o passado. Tem razão o historiador José Eustáquio Romão, um dos fundadores do Instituto Paulo Freire, quando sustenta que essa "pedagogia" ou ideologia "desideologizante" está largamente "potencializando a rápida expansão do neoconservadorismo e do neofascismo". Segundo ele, "o que o neoconservadorismo criou de mais ameaçador e de mais nefasto foi uma imensa capacidade de controle e manipulação das mídias, mais contemporaneamente chamadas de redes sociais"[60]. Há mais de duas décadas, o educador estadunidense Michael W. Apple mostrava que nos Estados Unidos havia se estabelecido uma grande aliança entre neoliberalismo e religião[61], o que

---

[60] ROMÃO, José Eustáquio. *Pedagogia de massas do neoconservadorismo*. Fortaleza: Caminhar, 2024. p. 131.

[61] APPLE, Michael W. *Educando à direita*: mercados, padrões, Deus e a desigualdade. São Paulo: Cortez: Instituto Paulo Freire, 2003.

pode explicar, pelo menos em parte, a "expansão do neoconservadorismo" de que nos fala José Eustáquio Romão. Apple faz uma análise profunda da influência mundial do projeto político-pedagógico estadunidense apoiado no fundamentalismo cristão conservador e no neoliberalismo, que impõe novas lógicas e racionalidades que ameaçam não só a lucidez científica e educacional, mas, igualmente, a continuidade do processo civilizatório. Para ele, nenhuma estratégia contra-hegemônica e progressista, nenhuma pedagogia crítica pode dar certo, enquanto não compreender a realidade construída por essa aliança conservadora.

Essa disputa entre uma educação voltada para o futuro e outra voltada para o passado é evidenciada no cotidiano das escolas e particularmente na formação dos trabalhadores e trabalhadoras da educação. Essa formação está hoje no centro de uma disputa de concepções de educação que atingem particularmente as propostas curriculares da formação inicial e continuada dos docentes, os quais vivem em constantes tensões frente a essas perspectivas teórico-práticas da educação contemporânea. Isso se reflete nos cursos de formação para a docência na educação básica. Novamente, ressalta-se, nesse contexto, a necessidade de fundamentos antropológicos do quefazer educacional e o debate sobre seus fins e objetivos. A questão da educação hoje é a própria educação, o que chamamos, em outro livro desta série da Global Editora, de "a educação contra a educação".

Não podemos dar as costas para a necessária discussão da função social da escola como princípio político-pedagógico e fundamento de uma educação popular para e pela cidadania, que institua práticas de colaboração e solidariedade e que leve à emancipação humana, numa sociedade compartilhada e radicalmente democrática. A cidadania, entendida dessa forma, poderá ser exercida, desde a infância, em diferentes espaços intra e extraescolares, para além das paredes da escola, e não exclusivamente nas salas de aula. Nem a escola, nem a sala de aula restringem-se hoje a um espaço fechado. Todos e todas — pessoas e instituições — estão conectados a um mundo, o tempo todo, no qual podemos descobrir também nossa conexão primordial com o Universo, essa relação entranhável que temos desde que fomos concebidos — iguais e diferentes —, programados para aprender.

Nesse contexto são positivas as iniciativas da Unesco em torno de uma *educação para a cidadania global*, difundidas como um "marco paradigmático" para "assegurar um mundo mais justo, pacífico, tolerante, inclusivo, seguro e sustentável". Certamente, essas iniciativas representam uma mudança conceitual e uma abordagem mais abrangente da educação para a paz e em defesa dos direitos humanos. Mas tudo depende do sentido que atribuirmos à chamada "cidadania global". Não vejo como pensar num "mundo mais justo, pacífico e sustentável", sem questionar os fundamentos do capitalismo. Como pensar numa cidadania global sem uma crítica radical à meritocracia capitalista? E aqui procede o alerta de outro membro fundador do Instituto Paulo Freire, Carlos Alberto Torres:

> **❝**a educação tem o poder de sustentar a opressão corrente reproduzindo sistemas hierárquicos e desigualdades contemporâneas ou, pelo contrário, de promover pedagogias que façam perguntas e a práxis para o desenvolvimento de soluções que aumentem a justiça social **❞**[62].

A educação para a cidadania global só poderá manter suas promessas desde que ela seja vista de forma crítica.

O colapso da educação global se dá hoje no seio de uma economia também em colapso que está pondo em risco a sobrevivência da espécie. O capitalismo, para manter sua taxa de exploração, precisa manter e acelerar seus instintos predatórios além de qualquer limite, com guerras permanentes, com a exaltação da luxúria, do exibicionismo, do hedonismo, da truculência, em que o único sentido da vida é vencer, sobrepujar o outro. A educação sofre as consequências dessa crise de frequentes ajustes e adaptações cada vez mais cruéis. O sonho da igualdade e da justiça sempre é adiado para amanhã. Há mais de meio século vejo apelos generosos e bem-intencionados nos meios de comunicação para a população oferecer sua solidariedade para com esse "Terceiro Mundo" sofrido, dos mais empobrecidos do planeta, chamados por Paulo Freire de "esfarrapadas do mundo". Um Terceiro Mundo que está também no Primeiro Mundo e vice-versa. Mundos que se interpenetram. Gostaria de ver nos meios de comunicação o mesmo esforço para campanhas que mobilizem a solidariedade em favor da mudança do sistema que produz a necessidade daquelas mesmas

---

[62]   TORRES, Carlos Alberto. *Fundamentos teóricos e empíricos da educação para a cidadania global crítica*. Caxias do Sul: Educs, 2023. p. 15.

campanhas. Essa lógica perversa é sistematicamente escondida. O sistema que gera esse mundo de esfarrapados continua intocável.

> 66 A degradação, opressão, repressão e falta de respeito pelos direitos humanos atingem, em alguns contextos, a forma extrema do genocídio... Em seus extremos temos a política do ódio, bem definida pelo ressurgimento de uma disseminação global de variedades do fascismo que estão minando a base da democracia. A defesa da democracia dialogal constituirá um valor moral, mesmo considerando as limitações da democracia dialógica. 99 [63]

Educar para e pela cidadania significa transformar a escola num espaço de práticas cidadãs, facilitando a convivência democrática, aprendendo a conviver com os diferentes e a respeitar a pluralidade e a igualdade com vistas a uma humanidade diversa, crítica e fraterna. Temos hoje ferramentas que nos facilitam aprender e cooperar, mesmo assim, nossa espécie está em risco. Sobra tecnologia e falta democracia. Redes sociais que poderiam contribuir para nos aproximar estão a serviço da desinformação e da desintegração social. Elas têm um enorme poder de unir, mas, também, de destruir a conexão entre as pessoas. Por isso, não faltam argumentos para os que sustentam que hoje estamos regredindo do ponto de vista propriamente humano. Fazer o mal para o outro tornou-se banal, uma diversão, pelo prazer de ver o outro sofrer, desde a infância, e o mais grave é que o ódio gera *likes*, gera lucro, gera engajamento. A barbárie está em todas as violências, vai do *bullying* à tortura virtual, à desinformação, ao negacionismo, à naturalização da desigualdade e da miserabilidade e ao fascismo explícito e assumido, muitas vezes, como opção de vida em sociedade. É a esse mundo que nos levam as pedagogias contemporâneas nas quais prevalece a "lógica do desempenho e da concorrência"[64] ao esquecerem a questão antropológica. E, se ela é parte do problema, também pode tornar-se parte da solução.

Em sua etimologia, a palavra *educação* significa "condução". Significa que podemos conduzir arrastando, manipulando ou conduzir seduzindo

---

[63] TORRES, Carlos Alberto. *Fundamentos teóricos e empíricos da educação para a cidadania global crítica.* Caxias do Sul: Educs, 2023. p. 14.

[64] CHARLOT, Bernard. *Educação ou barbárie?* Uma escolha para a sociedade contemporânea. São Paulo: Cortez, 2020. p. 60.

para uma causa, construindo dialógica e coletivamente um novo caminho, um caminho melhor para todos e todas. Para isso, nos servimos de um certo currículo, que não é uma grade curricular ou um conjunto de conteúdos, mas, como a palavra "currículo" indica, um percurso de vida. Educar é sempre apontar caminhos. É sempre apontar um futuro possível. Por isso, não há educação sem utopia. Para o educador, o sonho, a utopia não é algo irrealizável. É o seu verdadeiro realismo, o que deve ser feito. A utopia não é algo acrescentado à formação do educador como uma opção pessoal. Não. A utopia faz parte essencial da sua própria formação. Não é competente um educador que não sonha, porque, na verdade, só se educa em função de um sonho, em função de um tipo de sociedade que se deseja ver nascer e crescer. O educador vê primeiro o futuro, um futuro melhor, e depois é que ele se volta para o presente e para o passado. O compromisso ético-político do educador faz parte da sua competência técnica.

Sonhos antigos, como a ideia do "comum", voltam à tona com novas roupagens, menos fatalistas, que poderiam remontar aos primórdios da nossa história. Parece um sonho que acompanha a história da humanidade que se resume na opressão e na luta contra ela, como história da liberdade frente à escravidão e à barbárie. O comum que nos une como humanos, como terráqueos, convivendo com outras comunidades de vida. O comum dos bens sociais, culturais, econômicos e os bens da natureza. Temos que voltar a discutir a apropriação desses bens comuns pelos interesses privados. Vale dizer, discutir os pilares da nossa civilização em crise. O que está em crise não é apenas revelado pela emergência climática. O que está em crise é como produzimos e reproduzimos nossa existência nesse planeta finito.

Os desafios da educação contemporânea são enormes. Nesse contexto, muitas vezes ficamos sem saídas, sem visão de futuro. A tentação é nos entregar à desesperança, ao desânimo, ao que é chamado de "síndrome de *burnout*". Há razões para desesperançar e razões para esperançar. Paulo Freire, desde muito cedo, viveu esse dilema e nos disse por que escolheu a segunda opção, criticando de um lado a desumanização crescente e lutando pela humanização. E viveu a vida toda nessa dialética de denúncia e anúncio. Nem o otimismo ingênuo, nem o pessimismo imobilizador. Ele costumava dizer que era preciso fazer hoje o possível de hoje, para fazer amanhã o que hoje não é possível, sem nunca abrir mão de nossos sonhos.

Uma das expressões mais desumanizadoras da contemporaneidade é a do que é chamado de "fim da história". Alguns chegam até a se perguntar qual é o papel do ser humano diante do avanço da inteligência artificial. O ser humano já não precisaria mais pensar, criar, imaginar, sonhar, já que a resposta a todas as suas perguntas seriam respondidas pela inteligência artificial. Ao contrário, a inteligência artificial reforça a necessidade de o ser humano se assumir como sujeito de sua própria história, que só cessa quando sua capacidade de sonhar desaparecer. A utopia é a grande resposta à inteligência artificial. É onde o ser humano faz realmente a diferença. Não é no armazenamento de dados e informações. É na utopia que mostramos ser livres, que somos humanos e nos humanizamos pela educação. A morte da história é a morte da utopia. A história não morreu porque nos resta ainda a capacidade de sonhar. Somos humanos. Somos fazedores do futuro.

Índice onomástico

A

ABELARDO, Pedro 69
ABRAÃO 67
ADEODATO 70, 71
ADORNO, Theodor 224, 225
AFER 86
AGOSTINHO, Santo 66, 70, 72, 142
AL-BIRUNI 68
ALEXANDRE 91
ALEXANDRIA, Clemente de 66
ALMEIDA JUNIOR, Antonio Ferreira de 270
ALTHUSSER, Louis 221, 222, 231, 234
ALVES, Rubem 273, 297, 298, 303, 360
ANDRADE, Mário de 245
ANSELMO, Santo 69
APOLO 85
APPLE, Michael W. 227, 228, 371, 372
AQUINO, Conde de 72
AQUINO, São Tomás de 69, 72, 75
ARCANJO GABRIEL 67
ARENDT, Hannah 366
ARISTÓTELES 40, 44, 48, 49, 52, 53, 69, 75, 82, 90, 91, 92, 308, 317
ARONOWITZ, Stanley 227, 234
ARROYO, Miguel González 272
AS MUSAS 85, 201
AVERRÓIS 68, 91
AZANHA, José Mário Pires 275
AZEVEDO, Fernando de 15, 270, 275, 277, 288

B

BABEUF, Graco 145
BACHELARD, Gaston 202
BACHELARD, Suzanne 202
BACON, Francis 95, 97
BADEN-POWELL, Robert Stephenson Smyth 198
BAKUNIN, Mikhail 148, 303
BARBOSA, Rui 268
BARROS, Roque Spencer Maciel de 270, 285, 287
BARTHES (Roland B.) 227
BASÍLIO, São 66
BAUDELOT, Christian 221, 222, 223, 231, 233
BAUDRILLARD (Jean B.) 227
BEAUVOIR, Simone de 192
BEISIEGEL, Celso de Rui 273
BELTRÁN, Luis Ramiro 276
BENJAMIN, Walter 224, 225
BERGSON (Henri B.) 299
BERNSTEIN, Basil 225, 226
BINET, Alfred 269
BLOCH, Ernst 322
BLONSKY, Pavel Petrovitch 154
BOFF, Leonardo 358
BOLÍVAR, Simón 239
BOLK, L. 324
BORDA, Orlando Fals 16, 241, 242
BOSI, Alfredo 275
BOURDIEU, Pierre 221, 222, 226, 228, 229, 231, 234
BOWLES, Samuel 234
BRANDÃO, Carlos Rodrigues 14, 272

378 HISTÓRIA DAS IDEIAS PEDAGÓGICAS

BREJON, Moysés 270
BRUNO, Giordano 95
BUBER, Martin 191, 193, 195

C
CABET, Etienne 145
CABRAL, Amílcar 237, 243, 245
CABRAL, Pedro Álvares 77
CADIJA 67
CALVINO, João 81
CANDIDO, Antonio 288
CAPANEMA, Gustavo 280
CAPRA, Fritjof 316
CAPRILES, René 167
CARBONELL, Jaume 16
CARNOY, Martin 227
CARVALHO, Laerte Ramos de 270
CATÃO (Marco Pórcio C.) 56
CÉSAR, Júlio 58
CÉVOLA, Múcio 57
CHARBONNEAU, Paul-Eugène 270
CHARLOT, Bernard 27, 318, 374
CHÂTEAU, Jean 26
CHAUI, Marilena 274
CHERRYHOLMES, Cleo H. 227
CÍCERO, Marco Túlio 56, 57, 58, 60, 61, 83
CIRIGLIANO, Gustavo Francisco José 239
CLAPARÈDE, Édouard 175, 182, 183, 185, 269
CLÓDIO, Públio 58
COLLINGS, Ellworth 173
COMÊNIO, João Amos 97, 98, 99, 100, 105
COMTE, Auguste 131, 132, 133, 134, 135, 138

CONDORCET (Marquês de C.) 109
CONFÚCIO 19, 31
CONSIDERANT, Victor 146
CONSTANT, Benjamin 270
CONSTANTINO 65
COPÉRNICO, Nicolau 77
CORTELLA, Mario Sergio 369, 370
COUSINET, Roger 175
CRISIPO 63
CRISÓSTOMO, São João 66
CRISTO 36, 65, 66, 71, 72
CUNHA, Luiz Antônio 274
CURY, Carlos Roberto Jamil 275

D
D'ALEMBERT (Jean le Rond D.) 107
D'AMBRÓSIO, Ubiratan 276
DANTON (Georges Jacques D.) 123
DARWIN (Charles D.) 324
DEBESSE, Maurice 26
DECROLY, Ovide 174
DEFOE, Daniel 114
DELEUZE (Gilles D.) 202
DELORS, Jacques 319
DEMOOR, Emily A. 360
DEMO, Pedro 273
DERRIDA (Jacques D.) 227
DESCARTES (René D.) 19, 95, 96, 97, 110, 352
DESIDÉRIO, Erasmo 78
DEUS 32, 35, 66, 67, 71, 88, 89, 90, 119, 132, 193, 196, 206, 298, 300, 371
DE VAUX, Clotilde 131
DEWEY, John 110, 154, 172, 173, 177, 179, 180, 182, 185, 282, 283
DIAS, Bartolomeu 77
DIDEROT (Denis D.) 107

DILTHEY (Wilhelm
Christian Ludwig D.) 15
DIOTA 58
DOMMANGET, Maurice 145
DURKHEIM, Émile 133, 134, 138,
140, 141, 190, 226
DUSSEL, Enrique 241, 242

E
EBY, Frederick 26
ENGELS, Friedrich 80, 146, 147, 160,
167, 353
EPICARMO 82
ERASMO de Roterdã 19, 78
ESCALÍGERO, José 102
ESPEUSIPO 85
ESTABLET, Roger 221, 222, 223,
231, 233
EZEQUIEL 73
EZPELETA, Justa 239

F
FAUNDEZ, Antonio 241, 249,
250, 252
FAURE, Edgar 319, 321
FAZENDA, Ivani Catarina
Arantes 274
FEDRO 58
FELTRE, Vittorino da 78, 171
FERNANDES, Florestan 15, 272, 273
FERREIRO, Emilia 175, 237, 261, 264
FERRIÈRE, Adolphe 171, 172, 314
FEUERBACH (Ludwig F.) 153
FICHTE (Johann Gottlieb F.) 110, 120
FILO 58
FILORA 85
FLORES, Fernando 239
FOUCAULT (Michel F.) 227

FOURIER, Charles 146, 157
FRANCA, Leonel 93
FREINET, Célestin 208, 209, 210,
211, 212, 213, 216, 217, 311
FREIRE, Paulo 15, 17, 176, 228, 237,
240, 241, 242, 250, 255, 270, 271,
272, 276, 290, 294, 295, 297, 317,
357, 360, 361, 362, 365, 366, 367,
368, 369, 370, 371, 373, 375
FREITAG, Bárbara 274
FREUD, Sigmund 205, 207, 216
FRIGOTTO, Gaudêncio 275
FROEBEL (Friedrich F.) 108, 110, 111,
119, 190
FURTER, Pierre 318, 322, 326

G
GADOTTI, Moacir 21, 22, 23,
202, 357
GAJARDO, Marcela 241
GALILEI, Galileu 95
GARCÍA-HUIDOBRO, Juan
Eduardo 239
GARCIA, Walter Esteves 273
GARGANTUA 79
GHIRALDELLI JR., Paulo 275
GINTIS, Herbert 234
GIROUX, Henry A. 224, 226, 227,
228, 234, 236, 362
GLAUCO 45, 46, 47, 48
GOLDSZMIT, Henryk 196
GOULART, João 294
GRAÇAS (as três) 85
GRAMSCI, Antonio 152, 153, 167,
168, 170, 234
GREGÓRIO 73, 74, 75
GREGÓRIO, São 66
GUARDIA, Francisco Ferrer 148, 206
GUSDORF, Georges 191, 199, 202

380 HISTÓRIA DAS IDEIAS PEDAGÓGICAS

GUTENBERG 77, 336

GUTIÉRREZ, Francisco 241, 253, 255, 360

H

HABERMAS, Jürgen 317, 363, 370

HARVEY, William 95

HEGEL (Georg Wilhelm Friedrich H.) 110, 153, 157

HEIDEGGER (Martin H.) 192

HELLER, Agnes 362

HENRIQUE VIII 78

HERBART, Johann Friedrich 108, 110, 111, 119, 120, 121, 122, 172

HERNANDEZ, Isabel 241

HOMERO 40, 41, 47

HORÁCIO 97

HORTON, Myles 228

HUSSERL (Edmund Gustav Albrecht H.) 192

I

IGREJA CATÓLICA 66, 78, 81, 207

ILLICH, Ivan 318, 341, 345, 350

J

JANNE, M. 327

JARA, Oscar 241

JASPERS (Karl J.) 192

JERÔNIMO, São 66

JESUS 67

JOSÉ, Rabi 38

JUÁREZ, Benito 238, 239

JUNG, Carl 317

K

KANT, Immanuel 110, 111

KIERKEGAARD (Søren Aabye K.) 190

KILPATRICK, William Heard 173, 174

KORCZAK, Janusz 191, 196, 198, 199

KROPOTKIN (Piotr K.) 303

KRUPSKAYA, Nadejda Konstantinovna 154

L

LAGRANGE, Joseph-Louis 131

LAMBERT, Jacques 286

LAO-TSÉ 19, 33, 34, 35

LAPLACE, Pierre Simon de 131

LARROYO, Francisco 120

LATRÃO, Concílio de 91

LEÃO X, Papa 87

LEMME, Paschoal 270, 288, 290, 294

LÊNIN, Vladimir Ilich 146, 148, 149, 151, 154, 160, 163, 167

LEPELLETIER (Louis Michel L. de Saint-Fargeau) 109, 123, 124, 129

LÉPIDO 58

LIBÂNEO, José Carlos 275

LIMA, Lauro de Oliveira 274

LIMA, Licínio Carlos 367

LOBROT, Michel 210, 216, 217, 219, 303

LOCKE, John 97, 105, 106, 110

LOURENÇO FILHO, Manoel Bergström 120, 270, 280, 281, 282, 288

LOYOLA, Inácio de 81, 90

LUNATCHARSKI, Anatoli Vasilievith 151

LUTERO, Martinho 78, 80, 87, 89, 123

LUZURIAGA, Lorenzo 80, 122, 123, 239

M

MAGALHÃES, Fernão de 77

MAGNO, Alberto 72

MAGNO, Carlos 66

MAKARENKO, Anton Semionovitch 155, 163, 164, 167

MALATESTA (Errico M.) 303

MANACORDA, Mario Alighiero 152

MANDELA, Nelson 366, 367

MANFREDI, Silvia Maria 272

MAOMÉ 67

MARCEL, Gabriel 193

MARIANI, Clemente 271

MARIÁTEGUI, José Carlos 238

MARROU, Henri-Irénée 26

MARTÍ, José Julián 238

MARTINS, Joel 274

MARX, Karl Heinrich 7, 15, 48, 111, 131, 132, 146, 147, 148, 153, 154, 157, 158, 160, 161, 167, 222, 226, 316

MÄRZ, Fritz 79, 111, 207

MASCELLANI, Maria Nilde 15

MAYER, Frederick 89, 104, 106

McLAREN, Peter 227, 234

McLUHAN, Herbert Marshall 316, 318, 327, 328, 336, 341

MEAD, George Herbert 226

MELLO, Guiomar Namo de 275

MENDEL, Gérard 205

MERLEAU-PONTY, Maurice 191, 192

MIALARET, Gaston 26

MINERVA 85

MISIASZEK, Greg William 360

MOISÉS 36, 67

MONROE, Paul 26

MONTAIGNE, Michel de 80, 82, 86, 87

MONTESQUIEU 123

MONTESSORI, Maria 174, 180, 182, 199, 269

MORAIS, João Francisco Regis de 274

MORIN, Edgar 318, 359

MORUS, Thomas 145

MOUNIER, Emmanuel 191, 193

MOURA, Maria Lacerda de 269

MOZART (Wolfgang Amadeus M.) 353, 355

N

NEILL, Alexander S. 207, 208

NÉRI, Filipe 99

NIDELCOFF, Maria Teresa 239, 257, 258, 260

NIETZSCHE (Friedrich N.) 190

NÓVOA, António 367

NYERERE, Julius K. 246, 249

O

ORÍGENES 66

OTÁVIO 58

OURY, Fernand 217

OVÍDIO 97

OWEN, Robert 146, 157

P

PAIVA, Vanilda Pereira 274

PALACIOS, Jesús 224, 312, 313

PANETIUS (Panécio de Rodes) 59

PANTAGRUEL 79

PANTILLON, Claude 191, 202, 204

PARALOS 44

PASCAL (Blaise P.) 97

PASSERON, Jean-Claude 221, 222, 228, 229, 231, 234

PAULO, São 66

PAVLOV, Ivan P. 331

PEREIRA, Luiz 272, 273

PESCADOR OSUNA, José Ángel 17, 19, 20

PESTALOZZI, Johann Heinrich 108, 111, 113, 118, 119, 120, 190

PIAGET, Jean 18, 175, 183, 186, 187, 188, 202, 261, 263, 328

PIMENTA, Selma Garrido 275

PINTO, Álvaro Vieira 15, 270, 290, 291, 293, 294

PISTRAK, Moisey Mikhaylovich 146, 149, 150

PITÁGORAS 40

PLATÃO 40, 41, 42, 44, 45, 48, 82, 83, 84, 85, 123, 145, 189

PLUTARCO 56

POLICLETO 44

PONCE, Anibal 238

PRADO, Cruz 360

PRÍNCIPE de Mântua 78

PROUDHON, Pierre Joseph 146

PUIGGIOS, Adriana 241

Q

QUINTILIANO, Marco Fábio 56, 61, 64, 85

R

RABELAIS, François 79, 80

RAINHA Elizabeth I da Inglaterra 95

RAMA, Germán 239

REBOUL, Olivier 366

REICH, Wilhelm 207

REZENDE, Antonio Muniz de 274

RIBEIRO, Darcy 15, 274, 275

RIBEIRO, Jorge Claudio 48

RICOEUR, Paul 191, 192, 193, 202

RODRIGUES, Neidson 275

RODRÍGUEZ, Simón 239

ROGERS, Carl Ransom 208, 213, 214, 216

ROMÃO, José Eustáquio 272, 371, 372

ROSA, Maria da Glória de 64, 79, 129

ROUSSEAU, Jean-Jacques 107, 108, 109, 110, 111, 113, 114, 118, 123, 124, 134, 135, 138, 145, 152, 154, 171, 183, 186, 190, 207, 311, 312, 366

RUSSELL, Bertrand 141

S

SABINO, Fernando 20

SAINT-SIMON, Claude-Henri de 131, 146, 157

SALLE, Jean Baptiste de la 99

SAMPAIO, Rosa Maria Whitaker Ferreira 212

SAMUEL 38

SANDER, Benno 273

SARMIENTO, Domingo Faustino 238, 239

SARTRE, Jean-Paul 191, 192

SATÃ 89

SAUL, Ana Maria 272

SAVIANI, Dermeval 275, 306, 307, 309

SCHMIED-KOWARZIK, Wolfdietrich 317, 361

SCHWARTZ, Bertrand 318, 326, 330, 331

SÊNECA 56, 102

SEVERINO, Antonio Joaquim 23, 274

SHAKESPEARE (William S.) 34, 35

SILVA, Ezequiel Theodoro da 275

SINA, Ibn (Avicena) 68

SKINNER, Burrhus Frederic 176, 208, 318, 331, 332, 335, 336

SMITH, Adam 113

SNYDERS, Georges 18, 318, 350, 351, 356

SOARES, Ismar de Oliveira 276

SÓCRATES 40, 42, 43, 44, 45, 46, 86

SODRÉ, Muniz 370

SÓLON 105

SPENCER, Herbert 133, 135, 138

STEVENSON, J. 173

STIRNER 190

SUCHODOLSKI, Bogdan 113, 189, 190, 318, 345, 350

SVENDSEN, Knud Erik 249

T

TEBEROSKY, Ana 261, 264

TEDESCO, Juan Carlos 239, 264, 266

TEISEN, Merete 249

TEIXEIRA, Anísio Spínola 15, 270, 275, 282, 284, 288

TETZEL, Monge 87

THORNDIKE, Edward Lee 331

TORRES, Camilo 242

TORRES, Carlos Alberto 241, 373, 374

TORRES, Rosa María 241, 255, 257

TRAGTENBERG, Maurício 274, 303, 306

TROTSKI (Leon T.) 151

TSÉ-TUNG, Mao 31, 156

TUDOR, Maria 78

U

UNESCO (Organização das Nações Unidas para a Educação, a Ciência e a Cultura) 153, 239, 241, 264, 277, 295, 314, 315, 318, 319, 321, 363, 364, 365, 367, 372

V

VARELA, José Pedro 238, 239

VARGAS, Getúlio 271

VARRÃO, Marco Terêncio 56, 117

VASCONI, Tomás Amadeo 239

VASQUEZ, Aida 217

VERRES 58

VILLALOBOS, João Eduardo Rodrigues 270

VIVES, Juan Luis 78, 79, 189

VON KELER, Theodore M. R. 38

VYGOTSKY, Lev Semanovich 155, 156, 263

W

WALLON, Henri 210

WANDERLEY, Luiz Eduardo W. 272

WARDE, Mirian Jorge 275

WATSON, John B. 331

WEIMAR 99

WEXLER, Philip 227

WHITEHEAD, Alfred North 134, 135, 141, 143

WILCZYNSKA, Stefa 196

WITTGENSTEIN, Ludwig 135

X

XANTIPO 44

XENOFONTE 40

XIAOPING, Deng 156

GRÁFICA PAYM
Tel. [11] 4392-3344
paym@graficapaym.com.br